U0051606

字首
&
字尾
活記！

[增進10倍！]

隨身版

英文字彙
記憶能力

附
MP3
音檔連結

英語字源學專家
蔣 爭／著

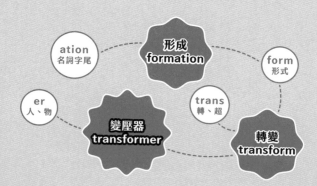

ation
名詞字尾

形成
formation

form
形式

er
人、物

變壓器
transformer

trans
轉、超

轉變
transform

笛藤出版

♪ **MP3音檔請至下方連結下載：**

https://bit.ly/DTvocabulary

*請注意英文字母大小寫

英語發聲｜Terri Pebsworth · Jacob Roth

中文發聲｜賴巧凌

本書是以已學英語數年的人為讀者對象，作為迅速掌握大量英語單字之用。

記憶英語單字的方法有兩種，一種是機械式的死記，另一種是理解的記憶。本書是運用理解的記憶方法幫助記憶單字。

本書以600多個最常用的、中學生所熟悉的單字為基礎，以每一個最常用字為中心，把由同一單字所產生的許多字集中在一起，進行逐字分析解釋，使讀者理解單字的結構及字義的形成。讀者可以根據一個熟悉的單字迅速地記住一大串單字。

例如根據一個熟悉的「use」（用），就可記住

useful（有用的）	useless（無用的）	useable（可用的）
usage（用法）	user（使用者）	misuse（誤用）
reuse（再用）	disuse（不用）	abuse（濫用）
nonuse（不使用）	overuse（使用過度）	……等數十個單字。

掌握字首和字尾，是大量記憶單字的關鍵。本書選用了最常用的字首和字尾，以較多的例字進行淺顯的說明，便於理解和記憶。本書附有字首表和字尾表，作為讀者進一步掌握更多的字首、字尾之用。

書的開頭簡要地介紹了英語的構字法則，使讀者對英語單字的結構有一個概括的認識。

全書一共收錄約一萬單字，適用高中生、大學生及一般自學者。

書中單字後面未注音標，這是為了節省篇幅，同時也考慮到書中600個基礎單字都是讀者知道讀音的熟字，它們的衍生字（derivative）與複合字（compound）當中，很多也是讀者知道讀音的。例如你會讀 green，你同樣也會讀 greenish、greenhouse、evergreen、sea-green 等等。對於一些不知讀音的單字，讀者可翻查一下字典，這樣可加深對該字的印象，更有助於記憶。

由於作者水平有限，書中難免有缺點和錯誤，敬希讀者批評指正。

作者
蔣爭

contents

第 1 部分

字的繁衍與字綴

1. 一個字能產生許多字

學過中文的人都知道，一個國字加上不同的偏旁或部首，可以構成許多不同的字。例如「交」可以變成跤、郊、校、茭、姣、蛟、狡、餃、絞、鉸、佼、皎、咬……等字。

同樣地，一個英語單字也可以加上不同的偏旁或部首構成許多不同單字。例如 color（顏色）可以構成下列單字：

recolor 重新著色   colorable 可著色的

tricolor 三色的   colorless 無色的

multicolored 多彩的   colorful 色彩豐富的

discolor（使）褪色   colorist 著色師

uncolored 未染色的   colory 多色彩的

concolorous 同一色的   colorant 顏料，染料

self-colored 原色的   colorman 染色師

watercolor 水彩畫   color-blind 色盲的

orange-colored 橘色的   colorfast 不褪色的

flesh-colored 肉色的   ……

上列單字中，color 的前面或後面都加上了不同的字。現在我們來分析一下這些單字：

（1）recolor, tricolor, multicolor, discolor
     （再）   （三）   （多）   （除去）

在這些字中，color 前面添加的部分 re-，tri-，multi-，dis- 等都含有具體意義，但它們都不是單字，不能獨立使用，只能依附在其他字的前面，在構字法上叫做「字首」。

（2） colorable, colorless, colorful, colorist
　　　 （可…的）　（無…的）　（多…的）　　（人）

在這些字中，color 後面的添加部分 -able，-less，-ful，-ist 等也都含有具體意義，但它們也不是單字，也不能獨立使用，只能依附在其他字的後面，在構字法上叫做「字尾」。

字首和字尾都不是獨立成分，是輔助成分。而由單字加上字首或字尾構成的字叫衍生字（derivative）。

（3） watercolor, orange-colored, colorman, color-blind
　　　 （水）　　　（橘子）　　　　（人）　　（盲）

在這些字中，color 前面添加的 water，orange 和後面添加的 man，blind，它們不但含有具體意義，而且都是獨立的單字。像這樣由兩個（或兩個以上）獨立的單字所構成的字叫複合字（compound）。

一個英語單字，透過添加字首、字尾或添加另一個單字，便能構成大量的新字。這和中文添加偏旁或部首的作用是相似的。

2. 字首（prefix）和字尾（suffix）

知道一個字首（或字尾）的意義，就可以知道由這個字首（或字尾）所構成的單字的意義。例如知道字首in-（不）的意義，就可以知道 incorrect（不正確的）的意義；知道字尾-let（小）的意義，就可以知道 booklet（小冊子）的意義。

字首和字尾數量有限。常用的字首約有數十個，常用的字尾約有一百多個。但是由這些常用的字首、字尾構成的單字卻是相當龐大的。因此，掌握字首和字尾是掌握大量英語單字的關鍵。英語學習者在短期內掌握數量有限的字首和字尾，並不是一件太難的事。

字首可以增加、改變或加強一個單字的意義，其中有少數的字首也可以改變一個單字的詞性。如：

增加意義	super-（超）：	supermarket（超級市場）
	mini-（小）：	miniwar（小規模戰爭）
改變意義	un-（不）：	unwelcome（不受歡迎的）
	non-（非）：	nonnatural（非天然的）
加強意義	de-：	depicture（描繪）
	ad-：	adventure（冒險）
改變詞性	en-：rich（富的）**a.** →	enrich（使富裕）**v.**
	be-：little（小的）**a.** →	belittle（小看，貶低）**v.**

字尾除了給一個單字增添一定的意義之外，還決定一個字的詞性。字尾分為四種：（1）**名詞字尾**、（2）**形容詞字尾**、（3）**動詞字尾**、（4）**副詞字尾**。

（1）名詞字尾

名詞字尾種類繁多，有表示人、物、地點、行為、性質、總稱、陰性、身分、地位、主意、制度、…學、愛稱、小稱……等。下面略舉數例：

| -er： | teacher（教師） |
| -ation： | visitation（訪問） |

-ness：	greatness（偉大）
-ery：	printery（印刷所）
-ism：	socialism（社會主義）
-ics：	electronics（電子學）
-ock：	hillock（小丘）
-ess：	poetess（女詩人）
-hood：	childhood（童年）
-cy：	captaincy（船長身分）

（2）形容詞字尾

表示一次事物具有或屬於某種性質或狀態，意義是：具有…的、多…的、如…的、關於…的等。如：

-ful：	hopeful（有希望的）
-ous：	dangerous（危險的）
-less：	homeless（無家可歸的）
-y：	rainy（多雨的）

（3）動詞字尾

表示使成為…、致使、做、…化、變成…等。如：

-fy：	citify（使都市化）
-ize：	industrialize（工業化）
-en：	deepen（加深）
-ate：	hyphenate（加連字號）

（4）副詞字尾

-ly：	hourly（每小時地）
-wards：	eastwards（向東）
-wise：	clockwise（順時針方向地）
-s：	outdoors（在戶外）

字首和字尾都可以重疊使用，即幾個不同的字首或字尾可以重疊加在同一單字的前面或後面，形成層層衍生的形式，給這個字添加多層意義。如uncooperative（不合作的），popularizer（推廣者）等。

3. 衍生字（derivative）

　　衍生字是由單字加字首或字尾而構成的。從結構形式上說，衍生字有許多種不同類型。下面略舉數種為例：

（1）字首 + 單字

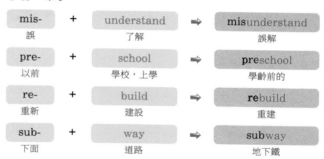

（2）字首 + 字首 + 單字

re-	+	ex-	+	change	➡	reexchange
再		出		換		再交換

（3）單字＋字尾

nation	+	-al	➡	national
國家		的		國家的

invent	+	-or	➡	inventor
發明		者		發明者

modern	+	-ize	➡	modernize
現代		化		現代化

great	+	-ly	➡	greatly
大		…地		大大地

（4）字首＋單字＋字尾

un-	+	change	+	-able	➡	unchangeable
不		改變		能…的		不能改變的

en-	+	large	+	-ment	➡	enlargement
使		大		名詞字尾		放大

con-	+	color	+	-ous	➡	concolorous
共同		色		的		同一色的

im-	+	person	+	-al	➡	impersonal
非		個人		的		非個人的

（5）單字＋字尾＋字尾

period	+	-ic	+	-ity	➡	periodicity
週期		的		性		週期性

| invite
邀請 | + | -ation
名詞字尾 | + | -al
的 | ⇒ | invit**ation**al
邀請的 |

| power
力量 | + | -ful
的 | + | -ly
…地 | ⇒ | power**ful**ly
強而有力地 |

| shame
羞恥 | + | -less
無 | + | -ness
名詞字尾 | ⇒ | shame**less**ness
無恥 |

（6）單字＋字尾＋字尾＋字尾

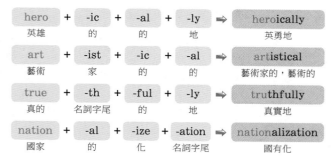

| hero
英雄 | + | -ic
的 | + | -al
的 | + | -ly
地 | ⇒ | hero**ic**ally
英勇地 |

| art
藝術 | + | -ist
家 | + | -ic
的 | + | -al
的 | ⇒ | art**ist**ical
藝術家的，藝術的 |

| true
真的 | + | -th
名詞字尾 | + | -ful
的 | + | -ly
地 | ⇒ | tru**th**fully
真實地 |

| nation
國家 | + | -al
的 | + | -ize
化 | + | -ation
名詞字尾 | ⇒ | nation**al**ization
國有化 |

（7）字首＋單字＋字尾＋字尾

| inter-
…之間 | + | nation
國家 | + | -al
的 | + | -ism
主義 | ⇒ | internation**al**ism
國際主義 |

| un-
不 | + | true
真的 | + | -th
名詞字尾 | + | -ful
的 | ⇒ | un**tru**thful
不真實的 |

| re-
反 | + | act
行動 | + | -ion
名詞字尾 | + | -ary
的 | ⇒ | re**act**ionary
反動的 |

| un-
不 | + | doubt
懷疑 | + | -ed
的 | + | -ly
地 | ⇒ | un**doubt**edly
毫不懷疑地 |

（8）字首 + 字首 + 單字 + 字尾

| un-
不 | + | re-
再 | + | form
形成 | + | -able
能…的 | ➡ | unreformable
不能改革的 |

| ir-
不 | + | re-
再 | + | move
動 | + | -able
能…的 | ➡ | irremovable
不可移動的 |

| un-
非 | + | pre-
預先 | + | meditate
策劃 | + | -ed
的 | ➡ | unpremeditated
非預謀的 |

（9）字首 + 字首 + 單字 + 字尾 + 字尾

| non-
不 | + | co-
共同 | + | operate
工作 | + | -ion
名詞字尾 | + | -ist
人 | ➡ | noncooperationist
不合作主義者 |

| ultra-
極端 | + | re-
反 | + | act
行動 | + | -ion
名詞字尾 | + | -ary
的 | ➡ | ultrareactionary
極端反動的 |

| un-
未 | + | en-
使 | + | light
照亮 | + | -en
動詞字尾 | + | -ed
的 | ➡ | unenlightened
未經啟蒙的 |

4. 複合字（compound）

複合字是由兩個或兩個以上單字構成的，因此字義一目了然，如：classroom（教室），sunflower（向日葵）等。但也有少數字義比較曲折，不易看出，如：streetwise（體察民情的），greenback（美鈔），brainchild（腦力勞動的產物）等。

複合字按照詞性可分為四種：（1）**複合名詞**、（2）**複合形容詞**、（3）**複合動詞**、（4）**複合副詞**。複合字的組合方式很多，難以一一列舉。下面舉出一些較常見的組合形式為例：

（1）複合名詞

名詞 + 名詞	形容詞 + 名詞	動詞 + 名詞
moonlight 月光	highland 高原	breakwind 防風籬
football 足球	shortwave 短波	pickpocket 扒手

名詞 + 動詞	動名詞 + 名詞	副詞 + 動詞
daybreak 破曉	reading-room 閱覽室	outbreak 爆發
toothpick 牙籤	sleeping-car 臥鋪車	downpour 傾盆大雨

副詞 + 動名詞	名詞 + 動名詞	介系詞 + 名詞
well-being 幸福	bookkeeping 簿記	afternoon 下午
hard-landing 強迫著陸	handwriting 筆跡	betweenmaid 女傭

名詞 + s + 名詞	名詞 + in + 名詞
saleswoman 女售貨員	editor-in-chief 總編輯
townspeople 鎮民，市民	mother-in-law 婆婆，丈母娘

（2）複合形容詞

名詞 + 形容詞

skin-deep
膚淺的

age-old
古老的

形容詞 + 形容詞

dark-blue
深藍的

red-hot
灼熱的

名詞 + 過去分詞

man-made
人造的

brick-built
磚建的

名詞 + 現在分詞

English-speaking
說英語的

timesaving
省時間的

介系詞 + 名詞

underwater
水下的

offshore
離岸的，近海的

量詞 + 名詞

one-way
單行的

five-year
五年的

副詞 + 形容詞

evergreen
常綠的

wide-open
張大的

形容詞 + 名詞

long-distance
長途的

old-time
舊時的

形容詞 + 現在分詞

good-looking
好看的

easy-going
隨和的，輕鬆的

副詞 + 現在分詞

everlasting
長久的

never-failing
永不變的

副詞 + 過去分詞

well-bred
教養好的

ill-equipped
裝備不良的

形容詞 + 名詞 +-ed

white-haired
白髮的

high-pitched
音調高的

副詞 + 名詞 +-ed	量詞 + 名詞 +-ed	名詞 + 名詞 +-ed
ill-humored 情緒不好的	one-eyed 獨眼的	eagle-eyed 眼力敏銳的
well-intentioned 善意的	four-legged 四條腿的	bullet-headed 固執的

（3）複合動詞

副詞 + 動詞	形容詞 + 動詞	名詞 + 動詞
ill-treat 虐待	safeguard 捍衛	typewrite 打字
uphold 舉起，支持	whitewash 粉刷	heattreat 熱處理

（4）複合副詞

介系詞 + 名詞	形容詞 + 名詞	形容詞 + 副詞
beforehand 事先	hotfoot 匆忙地	somehow 不知怎麼地
underfoot 腳下，在地上	someday 有朝一日	anywhere 無論何處

二、常用字首 (prefixes)

<u>anti</u>war	反戰的	
<u>anti</u>tank	反坦克的	anti- 反對、防止
<u>anti</u>gas	防毒氣的	

anti-fascist 反法西斯主義的　　**antisocialist** 反社會主義者

antipolitics 反政治　　　　　　**antiwhite** 反白人的

anti-colonial 反殖民主義的　　**anti-imperialism** 反帝國主義

antiforeign 排外的，反外的　　**antiaircraft** 防空襲的

antislavery 反奴隸制度的　　　**antimissile** 反導彈的

antimilitarism 反軍國主義　　　**anti-ageing** 抗老化的

antiscience 反科學　　　　　　**antiship** 反艦艇的

antiblack 反黑人的　　　　　　**antinoise** 抗噪音的

antifat 防止肥胖的　　　　　　**antiracism** 反種族主義

<u>bi</u>color	雙色的	
<u>bi</u>monthly	雙月刊	bi- 兩、雙
<u>bi</u>plane	雙翼飛機	

bicycle 自行車（cycle 輪）　　**bipartisan** 由兩黨成員組成的

bilateral 雙邊的　　　　　　　**bipolar** 雙極的、兩極的

bicultural 兩種文化的　　　　　**bimetal** 雙金屬

bisexual 雙性戀的　　　　　　**biliteral** 由兩個字母組成的

biweekly 雙週刊的　　　　　　**bilingual** 兩種語言的

29

bystander	旁觀者	
bystreet	旁街	**by-** 旁、非正式、副
byname	別名	

byway 偏僻小路   by-product 副產品

byroad 小路，支路   by-businness 副業

bywork 業餘工作   byplay (主題外)穿插的演出

cooperation	合作	
coaction	共同行動	**co-** 共同
coworker	共同工作者	

coexistence 共存   co-founder 共同創立者

coeducation 男女合校   copartner 合伙人

coauthor(書的)合著者之一   cohabitation 同居

coreligionist 信奉同一宗教的人 comate 同伴，伙伴

co-flyer 副飛行員   coagent 共事者

countermove	反向運動	
counteraction	反作用	**counter-** 反對、相反
counterattack	反擊	

counterdemand 反要求   countermarch 反方向行進

counterexample 反典型例子 counterrevolution 反革命

counterdemonstration 反示威 counterspy 反間諜

counterclockwise 逆時針方向 counterreffect 反效果

counterwork 對抗行動   counterproposal 反提案

counteroffensive 反攻   countertrend 反潮流

<u>de</u>water 除去水分	
<u>de</u>salt 除去鹽分	**de-** 否定、取消、除去
<u>de</u>color 使脫色	

decontrol 取消管制   degas 排氣、消除毒氣

deoccupy 解除對⋯的占領   depopulation 人口減少

de-ink 除去污跡   deregister 撤銷登記

de-oil 脫除油脂   decode 解密碼

deforest 砍伐森林   deflower 摘花

decamp 撤營   decivilize 使喪失文明

（**de-** 還有其他意義，見附錄）

<u>dis</u>agree 不同意	
<u>dis</u>like 不喜愛	**dis-** 不、無
<u>dis</u>believe 不相信	

dishonest 不誠實的   disremember 忘記

disappear 不見，消失   disorder 混亂，無秩序

discontinue 不繼續，中斷   disorganize 瓦解

discomfort 不舒服   disloyal 不忠心的

disallow 不予許，拒絕   diseconomy 不經濟

disquiet 不平靜   disunion 不團結，分裂

disclose 揭發，揭開   dispraise 貶低

（**dis-** 還有其他意義，見附錄）

<u>en</u>large 使擴大	
<u>en</u>rich 使富足	**en-** 使成某種狀態、致使⋯⋯
<u>en</u>danger 使遭危險	

enable 使能夠   encourage 使有勇氣

encamp 使紮營   endamage 使損壞

enslave 使成奴隸   entrust 委託

encircle 使成一圈，環繞   ensphere 使成球形

ensky 使聳入天際，把…捧上天   enlink 使連結起來

enoble 使高貴，使崇高   endear 使受喜愛

（en- 還有其他意義，見附錄）

forehead 前額	
forearm 前臂	} fore- 前、先、預見
foretell 預言	

foresee 先見，預見   foreground 前景

forerun 先驅，前驅   foreword 前言，序言

foreknow 先知，預知   foretime 已往，過去

forefront 最前線，最前方   foresight 先見，預見

forefather 前人，祖先   foreshadow 預示，預兆

foredear 女祖先   forenoon 午前，上午

impossible 不可能的	
impure 不純潔的	} im- 不、無、非
impolite 無禮的	

imperfect 不完美的   immemorial 無法記憶的

immovable 不可移動的   impassable 不能通行的

immobile 不動的，固定的   immeasurable 無法計量的

impolicy 失策，不智   impersonal 非個人的

immaterial 非物質的，無形的   impractical 不切實際的

immoral 不道德的   impayable 無價的，極貴重的

（im- 還有其他意義，見附錄）

incorrect	不正確的	
inglorious	不光彩的	in- 不、無、非
inhuman	不人道的	

incomplete 不完全的	insecure 不安全的
inactive 不活動的	indetermination 不確定的
incontrollable 不能控制的	incurious 無好奇心的
injustice 不公平	inexistent 不存在的
inequality 不平等	inartistic 非藝術的
incapable 無能力的	incomparable 無比的,無雙的
inattention 不注意的	inseparable 不可分的

(in- 還有其他意義,見附錄)

international	國際的	
intercity	城市之間的	inter- 在⋯之間、⋯際
interplanetary	星際的	

interpersonal 人與人之間的	interuniversity 大學之間的
intergroup 團體之間的	inter-war 兩次戰爭之間的
interoceanic 大洋之間的	interracial 不同種族之間的
interschool 學校之間的	interstate 州與州之間的
intercontinental 洲際的	intergenerational
interclass 年級之間的	兩代人之間的

(inter- 還有其他意義,見附錄)

intraparty	黨內的	
intracity	市內的	intra- 在內、內部
intraday	一天之內的	

intracompany 公司部門內的	intrapersonal 個人內心的
intragovernmental 政府內部的	intracollegiate 大學內的

33

intra-atomic 原子內的   intraunion 工會內的，聯盟內的
intragroup 在一組以內的   intraoparative 手術期內的
intraregional 地區內部的   intra-trading 內部貿易

irregular   不規則的   ⎫
irremovable   不可移動的   ⎬ ir- 不、無
irrealizable   不能實現的   ⎭

irresistible 不可抵抗的   irreplaceable 不能替代的
irrational 不合理的   irrecoverable 不能恢復的
irresponsible 不能承擔責任的   irresolute 猶豫不決的
irrecognizable 不能識別的   irreligious 無宗教信仰的
irremediable 不能醫治的   irredeemable 不能贖回的
irreparable 不能彌補的   irrelative 無關係的

microrbus   小型公共汽車   ⎫
microwave   微波   ⎬ micro- 微
microelement   微量元素   ⎭

microworld 微觀世界   microbiology 微生物學
microprint 縮微印刷品   microscope 顯微鏡
microsystem 微型系統   microsleep 短暫的暈眩
microreader 顯微閱讀器   microstate 小國家
microcomputer   microclimate 小氣候
微型電子計算機   microexplosion 微型核爆炸
microearthquake 微地震

minibus   小型巴士   ⎫
miniwave   小收音機   ⎬ mini- 小
minitrain   小型列車   ⎭

minitractor 小型拖拉機   minielection 小型選舉

minipark 小型公園　　　　　minicab 小型出租汽車
minicrisis 短暫危機　　　　　ministate 小國
minitelevision 小型電視機　　miniskirt 超短裙
minisub 小型潛水艇　　　　　minipants 超短褲
minibike 小型摩托車　　　　　minicoat 超短外套
minibus 小型公共汽車　　　　minishorts 超短褲

mishear 誤聞
misuse 誤用　　　　} mis- 誤、惡
misread 讀錯

misspell 拼錯　　　　　　　misprint 誤印
misunderstand 誤解　　　　mislead 誤導
misremember 記錯　　　　mistreat 虐待
mispronounce 發錯音　　　misfortune 不幸
miscall 叫錯……的名字　　misrule 對……施暴政
mistranslate 誤譯　　　　misspend 濫用，浪費
misstep 失足　　　　　　　misdoing 惡行，壞事，罪行
missend 送錯(郵件等)　　　misdate 寫錯……的日期

multiparty 多黨的
multinational 多國的　　} multi- 多
multicolored 多彩的

multipartism 多黨制　　　　multiangular 多角的
multiheaded 多彈頭的　　　multi-purpose 多種用途的
multicentric 多中心的　　　multistory 多層樓的
multiracial 多種族的　　　　multilingual 多種語言的
multiplane 多翼(飛)機　　　multipolar 多極的
multidirectional 多向的　　multilateral 多邊的
multimillion 數百萬(尤指金錢)　multiseater 多座(飛)機

nonhuman	非人類的	
nonparty	無黨派的	**non-** 不、無、非
nonsmoker	不抽菸的人	

nonpolitical 非政治的   **nonexistent** 不存在的

noncommunist 非共產主義的   **nonstop** 直達的

nonnatural 非天然的   **noncontinuous** 不繼續的

nonproductive 非生產性的   **noncooperation** 不合作

nondestructive 非破壞性的   **nondrinker** 不喝酒的人

nonwhite 非白種人的   **nonbook** 無真實價值的書

nonmusician 非音樂家   **nonreader** 無閱讀能力的人

nonperiodic 非週期性的   **nonage** 未成年

noninterference 不干涉   **nonpayment** 無力支付

overtalk	過度多言	
overwork	勞累過度	**over-** 過度
overstudy	用功過度	

overproduction 生產過剩   **overpeopled** 居民過多的

overvalue 估價過高   **overquick** 過快的

overuse 使用過度   **overcareful** 過於謹慎的

overcrowd 過度擁擠   **overpay** 多付(錢)

overdrink 飲酒過度   **overpraise** 過獎

overweight 過重,超重   **oversize** 過大的

(**over-** 還有其他意義,見附錄)

postwar	戰後的	
post-liberation	釋放後的	**post-** 後
postgraduate	研究生的	

postatomic 發現原子能以後的   **postcript** 編後記,跋

postnatal 誕生後的，產後的
posttreatment 治療期以後的
postdate 把……的日期填遲

postoperative 手術以後的
postmeridian 午後的

<u>pre</u>war	戰前的	
<u>pre</u>-liberation	釋放前的	**pre-** 前、預先
<u>pre</u>school	學齡前的	

prehistory 史前期
precondition 前提，先決條件
preposition 前置詞，介詞
preexamination 預試，預考
prehuman 人類以前
preteen 十三歲以下的孩子
prepay 提前付，預付

preconference 會議前的
pre-election 選舉前的
pre-battle 戰鬥前的
prebuilt 預制的，預建的
preprodution 生產前的
prechoose 預先選擇
premade 預先做的

<u>re</u>read	重讀	
<u>re</u>build	重建	**re-** 再、重新
<u>re</u>marry	再婚	

reexamination 複試，重考
reheat 重新加熱
reproduction 再生產
renumber 重編號碼
rearm 重新武裝
reconsider 重新考慮
rediscover 重新發現

reunion 再聯合
reuse 重新使用
rebroadcast 重播，再播
recolor 重新著色
resell 再賣，轉賣
reexchange 再交換
restart 重新開始

（**re-** 還有其他意義，見附錄）

self-defense	自衛	
self-support	自立	} self- 自己
self-help	自助	

self-criticism 自我批評　　self-taught 自學的，自修的

self-giving 捨己為人的　　self-glorifying 自我吹噓的

self-control 自我克制　　self-appointed 自封的

self-questioning 自我反省　　self-blinded 自我蒙蔽的

self-seeker 追求私利的人　　self-importance 妄自尊大

semimonthly	半月刊	
semioffcial	半官方	} semi- 半
semiskilled	半熟練的	

semi-socialist 半社會主義　　semiprofessional 半職業的

semicivilized 半文明的　　semiliterate 半文盲的

semiweekly 半週刊　　semi-colony 半殖民地的

semiautomatic 半自動　　semiconductor 半導體

semiyearly 半年一次的　　semifarming 半農業

semicommercial 半商業性的　　semicircle 半圓

subway	地下鐵	
substructure	底部結構	} sub- 下
subsurface	表面下的	

substandard 標準以下的　　sub-zero（溫度）零度以下的

subatmospheric 低於大氣層的　　submarine 海面下的

subaverage 低於一般水平的　　subconscious 下意識的

sub-cloud 雲下的　　substratum 下層

（sub- 還有其他意義，見附錄）

supercountry 超級大國	
supermarket 超級市場	} super- 超級
supertrain 超高速火車	

superstate 超級大國　　　　　　superhighway 超級公路
superpower 超級大國　　　　　　supertanker 超級油輪
superbomber 超級轟炸機　　　　superliner 超級客機
supercarrier 超級航空母艦　　　superprofit 超級利潤
superplane 超級飛機　　　　　　supernatural 超自然的
superweapon 超級武器　　　　　supernormal 超過正規的
supercity 超級城市，特大城市　　supersized 超大型的

　　　（super- 還有其他意義，見附錄）

transnational 跨國的	
transocean 橫渡大洋的	} trans- 越過、轉換
transplant 移植	

transpersonal 超越個人的　　　transnormal 越出常規的
transposition 互換位置，調換　　transvest 換穿別人服裝，易裝
transpacific 橫渡太平洋的　　　transmarine 越海的，海外的
transform 改變，改造　　　　　transfrontier 在國境外的
transatlantic 橫渡大西洋的　　　transracial 超越種族界限的
transship換船，轉載於另一船　　translocation 改變位置

tricar 三輪汽車	
tricolor 三色的	} tri- 三
triplane 三翼飛機	

triangle 三角形　　　　　　　　trilingual 三種語言的
tricycle 三輪腳踏車　　　　　　tripolar 三極的
trisyllable 三音節字　　　　　　triatomic 三原子的
trijet 三引擎噴射機　　　　　　tricontinental 三大洲的

trilateral 三邊的		**triunity** 三位一體	
triweekly 三週一次		**trisection** 三等分	

<u>ultra</u>short	極短的	
<u>ultra</u>-right	極右的	**ultra-** 極端、過度
<u>ultra</u>-left	極左的	

ultra-democracy 極端民主　　　**ultra-conservatism**
ultrathin 極薄的　　　　　　　極端保守主義
ultranationalism 極端民族主義　**ultramilitant** 極端好戰的
ultraclean 極潔淨的　　　　　　**ultra-reactionary** 極端反動的
ultra-fashionable 極其時髦的　　**ultramodern** 極其現代化的
ultrapure 極純的

（ultra- 還有其他意義，見附錄）

<u>un</u>happy	不快樂的	
<u>un</u>fathered	無父的	**un-** 不、無、非、未
<u>un</u>offcial	非官方的	
<u>un</u>changed	未改變的	

unfriendly 不友善的　　　　　　**unsoldierly** 非軍人的
unequal 不平等的　　　　　　　**un-English** 非英國式的
unwelcome 不受歡迎的　　　　　**unscientific** 非科學的
unreal 不真實的　　　　　　　　**unartistic** 非藝術的
unlimited 無限的　　　　　　　　**uncorrected** 未更正的
unmanned 無人駕駛的　　　　　　**undecided** 未決定的
unaccented 無重音的　　　　　　**uneducated** 未受教育的
unsystematic 無系統的　　　　　**unfinished** 未完成的

（un- 還有其他意義，見附錄）

underground 地下的	
underwear 內衣	}under- 下、內、不足
underpay 少付…工資	

underline 在…下劃線　　　　　underthings 女子內衣褲
undersea 在海面下　　　　　　undervest 內衣，汗衫
underfoot 在腳下，礙事　　　　underestimate 低估
underworld 下層社會　　　　　undermanned 人員不足的
undershirt 貼身內衣　　　　　 underweight 重量不足的
underskirt 襯裙　　　　　　　 undersized 不夠大的

vice-chairman 副主席	
vice-president 副總統	}vice- 副
vice-premier 副總理	

vice-minister 副部長　　　　　vice-manager 副經理
vice-king 副王，攝政王　　　　 vice-consul 副領事
vice-principal 副校長　　　　　vice-chancellor 副大法官

三、常用字尾 (suffixes)

eat<u>able</u>	可吃的	
talk<u>able</u>	可談論的	**-able** 可…的、具有…性質的
lov<u>able</u>	可愛的	

changeable 可改變的　　　　　**speakable** 可說出口的

drinkable 能喝的　　　　　　　**thinkable** 可加以思考的

useable 可用的，能用的　　　　**supportable** 能支持住的

movable 可移動的　　　　　　　**preventable** 可防止的

teachable 可教的　　　　　　　**comparable** 可比較的

peaceable 和平的　　　　　　　**comfortable** 舒適的

knowledgeable 有知識的　　　　**noticeable** 顯著的

person<u>al</u>	個人的	
education<u>al</u>	教育的	**-al** …的
autumn<u>al</u>	秋天的	

natural 自然界的，自然的　　　**continental** 大陸的

governmental 政府的　　　　　**conversational** 會話的

national 國家的，民族的　　　　**regional** 地區的，局部的

prepositional 介詞的　　　　　**invitational** 邀請的

musical 音樂，悅耳的　　　　　**emotional** 感情(上)的

global 全球的，世界的　　　　　**exceptional** 例外的，特殊的

（**-al** 還有其他意義，見附錄）

clearance	清除	
appearance	出現	-ance 表示行為、狀態
attendance	出席	

resistance 抵抗   remembrance 記憶，回憶
continuance 繼續，連續   guidance 指導
assistance 援助，幫助   abundance 豐富，充裕
luxuriance 奢華，華麗   expectance 期待，期望
disturbance 騷擾   reliance 依賴
vigilance 警惕   endurance 忍耐，持久

servant	僕人	
examinant	主考人	-ant …人
assistant	助手	

insurant 被保險人   accusant 控告者
informant 提供消息的人   registrant 管登記的人
inhabitant 居民   attendant 出席者
accountant 核算者，會計   expectant 期待者
occupant 佔據者，佔用者

（-ant 還有其他意義，見附錄）

secondary	第二的	
elementary	基本的	-ary …的
revolutionary	革命的	

limitary 限制的   expansionary 擴張性的
honorary 榮譽的，光榮的   exemplary 模範的
questionary 詢問的   revisionary 修正的
planetary 行星的   imaginary 想像中的
disciplinary 紀律的   primary 最初的，初級的

（-ary 還有其他意義，見附錄）

visit<u>ation</u>	訪問	
refor<u>mation</u>	改革	-ation 表示行為、狀態
star<u>vation</u>	飢餓	

preparation 準備		relaxation 鬆弛，緩和	
invitation 邀請		malformation 畸形	
exportation 出口，輸出		taxation 徵稅	
plantation 栽植		ruination 毀滅，毀壞	
valuation 估價，評價		exploitation 剝削	
consideration 考慮		continuation 繼續	

talk<u>ative</u>	健談的	
prepar<u>ative</u>	準備的	-ative …的
prevent<u>ative</u>	預防的	

declarative 宣言的，公告的	affirmative 肯定的
limitative 限制(性)的	fixative 固定的，固著的
argumentative 爭論的	informative 報告消息的
formative 形成的，構成的	continuative 繼續的
quotative 引用的	

free<u>dom</u>	自由	
beggar<u>dom</u>	乞丐身分	-dom 表示狀態、身分、…界
film<u>dom</u>	電影界	

wisdom 智慧	officialdom 官場，政界
serfdom 農奴身分	sportsdom 體育界
chiefdom 首領地位	stardom 明星界
kingdom 王國	

colored	有色的	
moneyed	有錢的	-ed 有…的、…的
returned	歸來的	

winged 有翅的	educated 受過教育的
gifted 有天才的	retired 退休的，退職的
aged 年老的，…歲的	limited 有限的
oiled 上了油的	liberated 釋放了的
booted 穿靴的	failed 已失敗的
bearded 有鬍鬚的	fixed 固定的
skilled 有技能的，熟練的	condensed 縮短了的

employee	被雇者	
payee	受款人	-ee 表示人（被動者、主動者）
absentee	缺席者	

invitee 被邀請者	returnee 回國的人
testee 被測驗者	escapee 逃亡者
electee 被選出者	meetee 參加會議者
trainee 受訓練的人	standee 站票觀眾
callee 被呼喚者	townee 城裡人，大學城居民
examinee 接受考試者	refugee 難民
interviewee 被接見者	retiree 退休者
expellee 被驅逐者	devotee 獻身者

mountaineer	登山者	
weaponeer	武器專家	-eer 表示人
engineer	工程師	

fictioneer 小說作家	cameleer 趕駱駝的人
cannoneer 炮手	rocketeer 火箭專家

marketeer 市場上的賣主

sloganeer 使用口號的人

profiteer 謀取暴利的人

pamphleteer 小冊子作者

auctioneer 拍賣者

charioteer 駕駛戰車者

deep<u>en</u>	加深	
short<u>en</u>	使縮短	**-en 使變成⋯**
sharp<u>en</u>	削尖	

sweeten 使變甜

quicken 加快

richen 使富有

broaden 加寬

lengthen 使延長，伸長

heighten 加高，提高

fatten 使變肥

straighten 弄直，始變直

darken 使變暗，使變黑

strengthen 加強

(-en 還有其他意義，見附錄)

work<u>er</u>	工作者	
teach<u>er</u>	教師	**-er 表示人或物**
wash<u>er</u>	洗衣機	
light<u>er</u>	打火機	

reader 讀者

fighter 戰士

leader 領袖

writer 作家

singer 歌手

Londoner 倫敦人

islander 島民

northerner 北方人

boiler 鍋爐，煮器

bomber 轟炸機

cutter 切削器，刀類

fiver 五元鈔票

heater 加熱器

lander (宇宙航行) 著陸器

silencer 消音器

spinner 紡紗機

nursery	托兒所	
fishery	漁場	**-ery 場所、地點**
drinkery	酒吧間	

goosery 養鵝場	greenery 花房,溫室
piggery 養豬場	vinery 葡萄園
dancery 跳舞廳	nunnery 尼姑庵
printery 印刷所	brewery 釀造廠
bakery 烤麵包房	orangery 柑橘園

（**-ery** 還有其他意義，見附錄）

picturesque	如畫的	
lionesque	如獅的	**-esque 如…的、…式的**
Japanesque	日本式的	

gigantesque 如巨人的	Romanesque 羅馬式的
statuesque 如雕像的	Zolaesque 左拉風格的
arabesque 阿拉伯式的	Dantesque 但丁派的
Normanesque 諾曼帝式的	Moresque 摩爾市的

poetess	女詩人	
manageress	女經理	**-ess 女性（人）、雌性（動物）**
lioness	母獅	

mayoress 女市長,市長夫人	eagless 母鷹
tailoress 女裁縫	tigress 母虎
citizeness 女公民	leopardess 母豹
authoress 女作家	pantheress 母豹
goddess 女神	shepherdess 牧羊女
astronautess 女太空人	hostess 女主人
giantess 女巨人	heiress 女繼承人

48

roomette	小房間	
storiette	小故事	-ette 表示小的
tankette	小坦克	

kitchenette 小廚房	pianette 小型豎式鋼琴
statuette 小雕像	essayette 短文
waggonette 輕便馬車	novelette 短(中)篇小說
parasolette 小陽傘	cigarette 菸捲(比cigar小)
historiette 小史	leaderette 報紙短論

（-ette 還有其他意義,見附錄）

beautification	美化	
uglification	醜化	-fication …化、使成為…
glorification	頌揚	

gasification 氣化	falsification 偽造
purification 淨化,清洗	justification 證明為正當
simplification 簡(單)化	rarefication 變稀少,變稀薄
intensification 加強,強化	solidification 凝固,團結
electrification 電氣化	fortification 築成,設防
Frenchification 法國化	pacification 平定,和解
typification 典型化	classification 分類

hopeful	有希望的	
powerful	強有力的	-ful 有…的、…的
peaceful	和平的	

useful 有用的	sorrowful 悲哀的
dreamful 多夢的	doubtful 可疑的
shameful 可恥的	truthful 真實的
forgetful 易忘的	fearful 可怕的

careful 小心的　　　　　　changeful 多變的，易變的

beautiful 美麗的　　　　　　cheerful 快樂的

（-ful 還有其他意義，見附錄）

beautify　美化
uglify　　醜化 ｝ -fy …化、使成為…
glorify　　頌揚

citify 使都市化　　　　　falsify 偽造

gasify（使）氣化　　　　　justify 證明…是正當的

electrify 電氣化　　　　　solidify（使）凝固，（使）團結

simplify 使簡化　　　　　fortify 築堡於，設防於

purify 使潔淨，淨化　　　　classify 把…分類

intensity 加強，強化　　　rarefy 使稀少，使稀薄

childhood　　童年
brotherhood　兄弟關係 ｝ -hood 身分、狀態、性質、時期
fatherhood　　父親身分

girlhood 少女時期　　　　sisterhood 姐妹關係

boyhood 少年時代　　　　knighthood 爵士身分

motherhood 母親身分，母性　falsehood 謊話

widowhood 守寡，孀居　　　neighborhood

bachelorhood 獨身生活　　　鄰居關係，鄰近地區

manhood 成年

adverb**ial**	副詞的	
commerc**ial**	商業的	-ial …的
fac**ial**	臉部的	

managerial 經理的	**racial** 種族的
provincial 省的，地方的	**official** 官方的
differential 有差別的	**partial** 部分的
agential 代理人的	**dictatorial** 獨裁的
spacial 空間的	**editorial** 編輯的

guard**ian**	守衛者	
grammar**ian**	語法家	-ian 表示人
music**ian**	音樂家	

historian 歷史學家	**electrician** 電工
collegian 高等學校學生	**technician** 技術員
practician 有實踐經驗者	**arithmetician** 算術家
comedian 喜劇演員	**politician** 政治家，政客
tragedian 悲劇演員	**statistician** 統計學家

(**-ian** 還有其他意義，見附錄)

resist**ible**	可抵抗的	
produc**ible**	可生產的	-ible 可…的
add**ible**	可添加的	

suggestible 可建議的	**reflectible** 可反射的
digestible 可消化的	**perfectible** 可完善的
compressible 可壓縮的	**conducible** 能(被)傳導的
extendible 可伸展的	**impressible** 可印的
sensible 可察覺的	**comprehensible** 可理解的

historic	有歷史意義的	
atomic	原子的	-ic …的
poetic	詩的，有詩意的	

periodic 週期的	angelic 天使(般)的
organic 器官的	electronic 電子的
economic 經濟(學)的	Icelandic 冰島的
scenic 景色優美的	Germanic 德國的，日耳曼的
metallic 金屬的	hygienic 衛生的

atomics	原子工藝學	
electronics	電子學	-ics …學
oceanics	海洋學	

economics 經濟學	pedagogics 教育學
mechanics 機械學	magnetics 磁學
mathematics 數學	hygienics 衛生學
politics 政治學	informatics 信息學
systematics 分類學	nucleonics 核子學

birdie	小鳥	
doggie	小狗	-ie 表示小稱及愛稱
girlie	少女	

piggie 小豬	lassie 小姑娘
Annie 安娜的愛稱	laddie 小伙子
Johnnie 約翰的俗稱	oldie 老人
dearie 寶貝兒，親愛的	auntie 對 aunt 的愛稱
cookie 小甜餅	sweetie 情人；糖果

cashier	出納員	
hotelier	旅館老闆	-ier 表示人
financier	財政家	

grenadier 擲手榴彈者	brazier 銅匠
bombardier 炮手,投彈手	glazier 安裝玻璃通人
brigadier 准將	premier 總理,首相
clothier 織布工人,布商	cavalier 騎兵,騎士
courtier 廷臣,朝臣,待臣	collier 煤礦礦工

feeling	感覺	
sleeping	睡眠	-ing 表示行為、狀態及其他
walking	步行	

dying 死亡	counting 計算
schooling 教育	shipping 裝運
teaching 教導	boxing 拳擊,拳術
farming 農業,耕作	broadcasting 廣播
shopping 買東西	banking 銀行業,銀行學

（-ing 還有其他意義，見附錄）

action	活動	
rebellion	反叛	-ion 表示行為、行為的結果
completion	完成	

election 選舉	correction 改正
operation 操作,動手術	adoption 採用,採納
prevention 防止,預防	selection 選舉
suppression 鎮壓	possession 佔有,擁有
education 教育	translation 翻譯

childish	如小孩的
girlish	如少女的
coldish	略寒的
warmish	稍暖的

-ish 如⋯的、略⋯的

boyish 男孩似的，孩子氣的

womanish 女子氣的

wolfish 狼似的

devilish 魔鬼似的

slavish 奴隸(般)的

piggish 豬一般的

bookish 書卷氣的

monkish 僧侶似的

shortish 略短的

longish 稍長的

tallish 略高的

oldish 略老的

sweetish 略甜的

yellowish 微黃的

whitish 稍白的，有些蒼白的

greenish 略帶綠色的

（-ish 還有其他意義，見附錄）

Marxism	馬克思主義
Islamism	伊斯蘭教
criticism	批評

-ism 主義、宗教、行為

communism 共產主義

socialism 社會主義

materialism 唯物主義

imperialism 帝國主義

capitalism 資本主義

Judaism 猶太教

Catholicism 天主教

Taoism 道教

Mohammedanism 回教

Buddhism 佛教

escapism 逃避現實

baptism 洗禮

simplism 片面看問題

me-tooism 人云亦云，附和

heroism 英雄行為

ageism 對老年人的歧視

（-ism 還有其他意義，見附錄）

communist	共產主義者	
progress**ist**	進步分子	**-ist** 表示人
novel**ist**	小說家	

artist 藝術家	**nationalist** 民族主義者
violinist 小提琴手	**naturalist** 自然主義者
extremist 極端主義者	**dramatist** 劇作家
tobacconist 煙草商人	**copyist** 抄寫員
druggist 藥師,藥商	**revolutionist** 革命者

humani**stic**	人道主義的	
ari**stic**	藝術的	**-istic** …的
clolri**stic**	色彩的	

modernistic 現代主義的	**socialistic** 社會主義的
realistic 現實主義的	**deterministic** 宿命論的
simplistic 過分簡單化的	**humoristic** 幽默的
atomistic 原子論的	**futuristic** 未來(主義)的
journalistic 新聞業的	**formalistic** 形式主義的

real**ity**	現實,真實	
equal**ity**	平等,同等	**-ity** 表示性質、狀態
continu**ity**	連續(性)	

speciality 特性,特長	**futurity** 將來,未來
legality 合法性	**extremity** 極端
security 安全	**falsity** 虛假,欺詐
ideality 理想化,理想	**minority** 少數
complexity 複雜(性)	**purity** 純淨,潔淨
generality 一般(性),普遍(性)	**majority** 大多數

progressive	進步的
selective	選擇的
creative	創造性的

} -ive …的

expensive 花錢多的，昂貴的	impressive 給人深刻印象的
purposive 有目的的	educative 有教育作用的
active 有活動力的，主動的	amusive 娛樂的
resistive 有抵抗力的	productive 生產(性)的
attractive 有吸引力的	protective 保護的，防護的
constructive 建設(性)的	preventive 預防的，防止的

（-ive 還有其他意義，見附錄）

modernization	現代化
industrialization	工業化
realization	實現

} -ization …化、行為的過程或結果（與-ize相對應）

revolutionization 革命化	equalization 相等，均等
nationalization 國有化	civilization 文明
normalization 正常化	econmization 節約，節省
commercialization 商業化	centralization 集中
Americanization 美國化	motorization 機動化
mechanization 機械化	organization 組織，團體
popularization 普及，大眾化	crystallization 結晶化

modernize	現代化
industrialize	工業化
realize	實現

} -ize …化、使成為…（與-ization相對應）

revolutionize (使)革命化	commercialize 使商業化
nationalize (使)國有化	Americanize (使)美國化
normalize 使正常化	mechanize (使)機械化

motorize 使機動化   **centralize** 使集中

equalize 使相等，使平等   **popularize** 使普及，推廣

civilize 使文明，教化   **organize** 組織，編組

economize 節約，節省   **crystallize**（使）結晶

waterless	無水的	
useless	無用的	**-less** 無…的、不…的
sleepless	不眠的	

homeless 無家可歸的   **tireless** 不倦的

colorless 無色的   **ceaseless** 不停的

rootless 無根的   **countless** 數不清的

hopeless 無希望的   **fruitless** 不結果實的

shameless 無恥的   **regardless** 不注意的

fatherless 沒有父親的   **careless** 不小心的，粗心的

childless 無子女的   **jobless** 無職業的，失業的

fearless 無畏的   **worthless** 無價值的

booklet	小冊子	
houselet	小房子	**-let** 表示小
townlet	小鎮	

starlet 小星，小女明星   **statelet** 小國家

lakelet 小湖   **bomblet** 小型炸彈

filmlet 短（電影）片   **rootlet** 小根，細根

playlet 小型劇，短劇   **kinglet** 小國王，小王

piglet 小豬   **cloudlet** 小朵雲，微雲

dovelet 幼鴿   **springlet** 小泉

streamlet 小溪   **leaflet** 小葉

droplet 小滴，飛沫   **toothlet** 小齒

ringlet 小環   **chainlet** 小鏈子

dreamlike	如夢的	
fatherlike	父親般的	-like 如…的
motherlike	母親般的	

manlike 男子似的   starlike 像星星一樣的
womanlike 如女人的   steellike 鋼鐵般的
childlike 孩子般天真的   princelike 王子般的
homelike 像家一樣的   warlike 好戰的，軍事的
godlike 如神的，上帝般的   wormlike 像蟲一樣的

starveling	飢餓的人	
weakling	體弱的人	-ling 表示人或動物
yearling	一歲的動物	

worldling 世俗的人，凡人   suckling 乳兒，乳獸
underling 部下，下屬，下手   fatling 養肥待宰的幼畜
youngling 年輕人；有小動物   cageling 籠中鳥
witling 假作聰明的人   earthling 住在地球上的人，凡人
changeling   nurseling 乳嬰，嬰兒
被暗中偷換後留下的嬰兒   fondling 被寵愛的人（或動物）

(-ling 還有其他意義，見附錄)

really	真正地	
greatly	大大地	-ly 表示狀態、程度、性質、方式、…地
newly	新近，最近	

quickly 迅速地   clearly 清楚地
badly 惡劣地   lately 最近
fearfully 可怕地   recently 最近
truly 確實地   practically 實際上
largely 大量地   uaually 通常

specially 尤其,特別　　　　　　**totally** 統統,完全

(**-ly** 還有其他意義,見附錄)

---

move<u>ment</u>	運動	
establish<u>ment</u>	建立	**-ment** 表示行為、行為的過程或結果
achieve<u>ment</u>	成就	

arrangement 安排　　　　　　**shipment** 裝船,裝運
improvement 改善　　　　　　**management** 管理,安排
development 發達,發展　　　　**treatment** 待遇
amusement 娛樂,消遣　　　　**measurement** 測量
judgment 判斷,判決　　　　　**agreement** 協定,同意
argument 爭論　　　　　　　　**contentment** 滿意,滿足

(**-ment** 還有其他意義,見附錄)

---

great<u>ness</u>	偉大	
cold<u>ness</u>	寒冷	**-ness** 構成抽象名詞
kind<u>ness</u>	仁慈	

friendliness 友好,友善　　　　**badness** 惡劣,壞
darkness 黑暗　　　　　　　　**emptiness** 空虛
clearness 清楚　　　　　　　　**likeness** 類似,相似
sharpness 銳利　　　　　　　　**tiredness** 疲倦,疲勞
goodness 善行,仁慈,優良　　　**willingness** 心甘情願
slowness 緩慢　　　　　　　　**coolness** 涼爽,涼快

peacenik	反戰分子	
protestnik	抗議者	**-nik** …的人、…迷
filmnik	電影迷	

cinynik 城市人，迷戀城市者 folknik 民歌愛好者
no-goodnik 不懷好意者 jazznik 爵士樂迷
boatnik 水上人家，船戶 neatnik 超愛整潔的人
earthnik 住在地球上的人 nudnik 討厭的人
computernik 電腦迷，電腦人員 cinenik 電影迷

actor	男演員	
translator	翻譯者	**-or** …的人
elector	選舉者	

educator 教育者 oppressor 壓迫者
protector 保護者 sailor 水手，海員
constructor 建造者 assistor 幫助者
corrector 矯正者，改正者 bettor 打賭者
inventor 發明者 possessor 佔有人，持有人
supervisor 監督人，管理人 dictator 口授者，獨裁者
exhibitor 展出者 distributor 分配者

(**-or** 還有其他意義，見附錄)

contradictory	矛盾的	
exhibitory	顯示的	**-ory** …的
advisory	忠告的	

appreciatory 有欣賞力的 sensory 感覺的
denunciatory 譴責的 dictatory 獨裁的，專政的
revisory 修訂的，修正的 possessory 佔有的
separatory 分離用的 promissory 約定的，允諾的
rotatory 旋轉的，循環的 compulsory 強迫的，強制的

60

danger<u>ous</u>	危險的	
glor<u>ious</u>	光榮的	**-ous** …的
courage<u>ous</u>	勇敢的	

continuous 繼續不斷的	**prosperous** 繁榮的
victorious 勝利的	**famous** 著名的，出名的
advantageous 有利的	**poisonous** 有毒的
mountainous 多山的，如山的	**mischievous** 調皮的，為害的
vigorous 精力充沛的	**zealous** 熱心的，熱情的
riotous 暴亂的，騷動的	**porcelainous** 瓷(器)的

water<u>proof</u>	防水的	
rain<u>proof</u>	防雨的	**-proof** 防…的、不透…的
fire<u>proof</u>	防火的	

dustproof 防塵的	**lightproof** 不透光的
bombproof 防炸彈的	**soundproof** 隔音的
coldproof 抗寒的，耐寒的	**bulletproof** 防子彈的
heatproof 抗熱的	**shellproof** 防導彈的
dampproof 防濕的	**airproof** 不透氣的
gasproof 防毒氣的	**radiationproof** 防輻射的
smokeproof 防煙的，不透煙的	

land<u>scape</u>	風景，景色	
night<u>scape</u>	夜景	**-scape** 景色、圖像
street<u>scape</u>	街景	

cityscape 城市景象(畫)	**moonscape** 月球表面景色
seascape 海景	**cloudscape** 雲景，雲的圖畫
skyscape 天空景色畫	**dreamscape**
icescape 冰景	夢境般的圖畫或景色
airscape 空中鳥瞰圖	

friendship	友誼
sonship	兒子身分
leadership	領導

-ship 表示身分、資格、職位、狀態

citizenship 公民身分	relationship 親屬關係
membership 成員資格	comradeship 同伴關係
ladyship 貴婦人身分	fellowship 伙伴關係，交情
lordship 貴族身分	dictatorship 專政
apprenticeship 學徒身分	kingship 王位，王權
professorship 教授職位	hardship 苦難，困苦
interpretership 譯員職務	studentship （大）學生身分
doctorship 博士學位	airmanship 飛行技術
rulership 統治權	horsemanship 馬術
managership 經理職位	huntsmanship 獵術

troublesome	令人煩惱的
laborsome	費力的
playsome	愛玩耍的

-some …的

fearsome 可怕的	toothsome 可口的，美味的
tiresome 令人厭倦的	darksome 陰暗的
gladsome 令人高興的	lonesome 孤獨的，寂寞的
burdensome 重負的，繁重的	gamesome 愛玩耍的，快樂的
quarrelsome 好爭吵的	awesome 可畏的，很棒的

songster	歌唱家	
youngster	年輕人	-ster …人、…徒
oldster	老人	

tonguester 健談的人   gamester 賭徒，賭棍

spinster 紡織女   gangster 匪徒，歹徒

speedster 違法超速駕駛者   mobster 暴徒，匪徒

teenster 十幾歲的少年   trickster 騙子

penster 作者   rhymester 作打油詩的人

growth	成長	
warmth	溫暖	-th 表示行為、性質、狀態
coolth	涼爽	

stealth 秘密行動   truth 真理

tilth 耕作(til ← till)   strength 力量

breadth 廣度(bread ← broad)   (streng ← strong)

width 寬度(wid ← wide)   length 長度(leng ← long)

depth 深度(dep ← deep)

production	生產	
intervention	干涉	-tion 表示行為、行為的過程或結果
convention	會議	

introduction 介紹，引進   reduction 減少，減小

description 描寫，描述   contention 競爭，爭論

attention 注意   intention 意圖，意向

absorption 吸收   assumption 假定，設想

safety	安全	
certainty	確實，肯定	-ty 表示性質、狀態
entirety	整體，全部	

specialty 特性，專長	**novelty** 新奇（的事物）
loyalty 忠誠，忠心	**surety** 確實
cruelty 殘忍，殘酷	**frailty** 脆弱，虛弱
royalty 王權，王位	**penalty** 刑罰，處罰

cloudy	多雲的	
windy	有風的	-y 多…的、有…的、如…的
sleepy	想睡的	

rainy 下雨的，多雨的	**homey** 家庭似的，溫暖的
hilly 多小山的	**earthy** 泥土似的
stony 多石的，堅如石的	**sunny** 陽光充足的
smoky 冒煙的，多煙的	**hairy** 多毛的
bloody 有血的，血紅的	**silvery** 似銀的
wordy 多言的，嘮叨的	**noisy** 吵鬧的
watery 如水的，多水的	**greeny** 略呈綠色的
woody 樹木茂密的	**silky** 絲的，絲一樣的
stormy 暴風雨的，多風暴的	**rosy** 玫瑰色的
wintery 冬天(似)的，寒冷的	**icy** 似冰的，多冰的，冰冷的

（**-y** 還有其他意義，見附錄）

第 2 部分

由熟字記單字

001　act [行動，做，演]

acting	〔**act** 演，**-ing** 名詞字尾，表示行為〕表演；〔**act** 做→執行→代理，**-ing** 形容詞字尾，…的〕代理的
action	〔**act** 行動，**-ion** 名詞字尾〕行為，行動，活動，作用
activate	〔**act** 行動，活動，**-ate** 動詞字尾〕使…活潑，使…活動
activation	活性化
activator	催化劑，活化劑
active	〔**act** 行動，活動，**-ive** 形容詞字尾，…的〕有活動能力的，靈敏的，積極的，主動的
activist	行動主義者
activity	〔**act** 活動，**-ivity** 名詞字尾〕活動性，能動性；〔複數〕活動，所做的事情
actor	〔**act** 演，**-or** 名詞字尾，表示人〕男演員，行動者
actress	〔**act** 演，**-ress** 名詞字尾，表示人〕女演員
actual	〔**act** 行動，**-ual** 名詞字尾〕實際的，事實上的
actuality	現實性，現狀，實情
actualization	實現
actuate	開動（機器等）；激勵
coaction	〔**co-** 共同，**action** 行動〕共同行動

A

counteract	〔counter- 相反，act 行動，作用〕抵抗，阻礙
counteraction	〔見上，-ion 名詞字尾〕抵抗作用，反作用
counteractive	〔見上，-ive …的〕抵抗的，阻礙的
inaction	〔in- 無，不，act 行動，活動，-ion 名詞字尾〕不行動，不活動
inactive	〔見上，-ive …的〕不活動的，不活躍的
interact	〔inter- 互相，act 行動，作用〕相互作用
interaction	〔見上，-ion 名詞字尾〕相互作用
interactive	〔見上，-ive …的〕相互作用的
non-actor	〔non- 非，不，actor 演員〕非演員
overact	〔over- 過分，act 做，演〕做的過分，表演的過分
react	〔re- 相反，act 行動，作用〕作出反應，反抗
reaction	〔re- 相反，action 行動〕反應，反動
reactionary	〔見上，-ary 形容詞兼名詞字尾〕反動的；反動分子
retroact	〔retro- 向後，回，反，act 行動〕倒行，回動，反作用
retroaction	〔見上，-ion 名詞字尾〕倒行，回動，反作用
self-acting	〔self- 自己，act 行動，動作，-ing …的〕自動的
ultra-reactionary	〔ultra- 極端，reactionary 反動的〕極端反動的
unactable	〔un- 不，act 演，-able 能…的〕不能上演的
unacted	〔un- 未，不，act 演，-ed …的〕未演出的，未實行的

🔊 002 add ［加］

adder	〔add 加，**-er** 名詞字尾，表示物〕加法器
addition	〔add 加，**-ition** 名詞字尾〕附加，增加物，加法
additional	〔見上，**-al** 形容詞字尾，…的〕附加的，追加的，另外的
additionally	〔見上，**-ly** 副詞字尾，…的〕附加的，另外的
additive	〔add 加，**-itve** 形容詞字尾，…的〕附加的
superadd	〔**super-** 上，add 加〕加上，附上，外加
superaddition	〔見上，**-ition** 名詞字尾〕加上，添加；添加物

🔊 003 advise ［勸告］

advice	〔音變：**s-c**，advise→advice，以 **ce** 為名詞結尾〕勸告，忠告
advisement	〔advise 勸告，**-ment** 名詞字尾〕勸告，意見，提供勸告（或意見）
advisor	〔advis(e) 勸告，**-or** 名詞字尾，表示人〕勸告者，顧問
advisory	〔advis(e) 勸告，**-ory** 形容詞字尾，…的〕勸告的，忠告的，顧問的，諮詢的
ill-advised	〔**ill** 不好的，advise 勸告〕欠考慮的，愚蠢的

misadvise	〔mis- 誤，advise 勸告〕給…錯誤的勸告
unadvisable	〔un- 不，advise 勸告，-able …的〕不接受勸告的
unadvised	〔un- 不，advise 勸告，-ed …的〕未曾受到勸告的
well-advised	〔well 良好，充分，advise 勸告〕深思熟慮的，審慎的

🔊 004 after 〔在…以後，後〕

afterbirth	〔after 後，birth 生〕胎盤
aftercare	〔after 後，care 照顧〕病後的調養，畢業後或服滿刑期後等的輔導或安置
aftercrop	〔after 後，後來→第二次，crop 收割〕第二次收割
aftereffect	〔after 後，effect 效果〕事後影響，後遺症
afterglow	〔after 後，glow 光輝〕餘輝，餘韻
aftergrass	〔after 後，後來→再，grass 草〕再生草
afterimage	〔after 後，image 印象〕心理殘像，遺留感覺
afterlife	〔after 後，life 生命〕來世；晚年
afterlight	〔after 後，light 光，照〕夕照，餘暉
aftermath	〔after 後，math 數學〕餘波，事件結束後的一段時期
aftermost	〔after 後，-most 最…的〕最後面的
afternoon	〔after 後，noon 中午〕下午
afterpains	〔after 後，pains 痛〕產後痛
aftershock	〔after 後，shock 震〕（地震的）餘震

aftertaste	〔**after** 後，**taste** 滋味〕回味，餘味
afterthought	〔**after** 後，**thought** 思考〕事後的思考（或想法）
afterward(s)	〔**after** 後，**ward(s)** 向〕後來，以後
afterword	〔**after** 後，**word** 言詞，話〕編後記，跋
hereafter	〔**here** 這裡，**after** 以後〕自此以後，今後
thereafter	〔**there** 那裡，**after** 以後〕自那以後

⊖●
005 **age** [年齡]

aged	〔**age** 年齡，**-ed** …的〕…歲的；
	〔**age** 年歲→上了歲數，**-ed** …的〕年老的；陳舊的
agedness	〔見上，**-ness** 表示抽象名詞〕年老；陳舊
age group	〔**age** 年齡，**group** 一群〕年齡層
ageing	〔**age** 年歲→年老，**-ing** 名詞字尾，表示行為、情況、狀態〕老化，衰老；變陳舊，成熟
ageism	〔年歲→年老，**-ism** 表示行為〕對老年人的歧視
ageless	〔**age** 年歲→年老，**-less** 不〕不會老的，永恆的
agelong	長久的，永遠的
agency	仲介，經紀業（務）；代理行為；代理店；政府機關
agent	代理人，經紀人，委託人，政府機關的官員
age-old	古老的，久遠的

educational age	〔educational 教育的〕教育年齡
full age	〔full 最大的〕成年
golden age	〔golden 金的〕黃金時代
middle-aged	〔middle 中等，age 年齡，-ed …的〕中年的
nonage	〔non- 非，age 年齡→成年〕未成年，青年時代
overage	〔over- 超過，age 年齡〕過老的，超齡的；太舊的
school-age	〔school 學校，age 年齡〕學齡
storage	〔store 店；儲存；倉庫；age 年歲〕貯藏；電算儲存器（裝置）
teen-aged	〔見上，-ed …的〕青少年的，十幾歲少年的
teenager	〔teen 表示 thirteen-nineteen，age 年齡，-er 表示人〕（13歲至19歲的）青少年，十幾歲的少年
underage	〔under- 不足，age 年齡〕未成年的，未達法定年齡的
voting age	〔voting 選舉〕投票年齡

🔵 006 agree ［同意］

agreeable	〔agree 同意，-able …的〕同意的，一致的，令人愉快的
agreeably	〔agree 同意，-ably …地〕同意地，一致地，令人愉快地
agreement	〔agree 同意，-ment 名詞字尾〕同意，一致；協議，協定

collective agreement	〔collective 集體的〕集體協議
disagree	〔dis- 不，agree 同意〕不同意，爭執，意見不一致
disagreeable	〔見上，-able …的〕不合意的，難相處的
disagreement	〔見上，-ment 名詞字尾〕不同意，爭執
national agreement	〔national 國民〕全國性的協議
plant agreement	〔plant 工廠〕工廠合約
pre-agreement	〔pre- 前〕事前同意
prenuptial agreement	〔pre- 前，在前，nuptial 婚禮〕婚前協定
trade agreement	〔trade 貿易〕貿易協定

007 aid ［幫助，救助］

band-aid	補綴的
first-aid	急救；急救護理
hearing aid	〔hearing 聽力，aid 有助作用的事物〕助聽器
legal aid	〔legal 法律上的〕法律援助
mutual aid	〔mutual 互相的〕互相幫助
visual aid	〔visual 視覺化〕視覺教具

008 air ［空氣，空中］

airbed	〔air 空氣，bed 床〕空氣床墊
airbus	〔air 空中，bus 公共汽車〕大型客機
aircraft	〔air 空中，craft 航行物〕飛機，飛艇
airdrop	〔air 空中，drop 投下〕空投
air-dry	〔air 空氣，dry 乾的〕晾乾（的）
airfield	〔air 空中→航空→飛機，field 場地〕機場
airless	〔air 空氣，-less 無〕缺少（新鮮）空氣的，不通風的
airline	〔air 空中，line 線，航線〕航空公司，航空系統
airliner	〔見上，-er 表示物〕客機，班機
airmail	〔air 空中→航空，mail 郵件〕航空郵件（的）
airman	〔air 空中→航空，man 人〕航空兵
airport	〔air 空中→航空，port 港；「航空港」→〕機場，航空站
airproof	〔air 空氣，-proof 防…的，不透…的〕不漏氣的，密封的
airship	〔air 空中，ship 船〕飛艇
airsick	〔air 空中→飛機，sick 病〕暈（飛）機的
airsickness	〔見上，ness 名詞字尾〕暈（飛）機
airspace	〔air 空中，space 空間〕空域，領空
airstream	〔air 空氣，stream 流〕氣流
airtight	〔air 空氣，tight 緊的，不漏的〕密不透氣的，密封的
air-to-air	空對空的

air-to-ground	空對地的
airy	〔**air** 空氣，空中，**-y** …的〕空氣的，空中的，通風的，輕盈的
antiaircraft	〔**anti-** 反，防，**aircraft** 飛機〕防空襲的
ground-to-air	〔**ground** 地面〕地對空的
land-air	〔**land** 陸地〕地對空的，陸空聯合的
open-air	〔**open** 敞開的，**air** 空中，天空〕露天的，戶外的
sea-air	〔**sea** 海〕海空的

☉ 009 all [全，一切，十分]

all-day	全天的
all-important	〔**all** 十分，**important** 重要的〕十分重要的
all-in	〔**all** 一切，**in** 在內〕包括一切的
all-night	通宵的
all-out	全力的，無保留的
all-powerful	〔**all** 十分，**powerful** 強大的〕最強大的，無所不能的
all-purpose	〔**all** 一切，各種，**purpose** 目的〕通用的
all-round	〔**round** 圓，一周，各方面〕全方面的，多方面的，綜合性的
all-sided	〔**side** 方面〕全面的
all-wave	〔**all** 全，**wave** 波段〕（收音機）全波段的

all-weather	〔**weather** 氣候〕適應各種氣候的
be-all	全部
catchall	〔**catch** 抓住，拿，接，**all** 一切（東西）〕裝雜物的容器
coverall	〔**cover** 蓋，**all** 全〕（衣褲相連的）工作服
do-all	〔**do** 做，**all** 一切〕經營各種事物的人，雜役
end-all	〔**end** 結束，**all** 全〕結尾，終結
hold-all	〔**hold** 拿，持，裝，**all** 一切（東西）〕（旅行用的）手提包，手提箱
know-all	〔**know** 知道，**all** 全〕自稱無所不知的人
overall	全部的，全面的，總的
save-all	〔**save** 節約，**all** 一切〕節約裝置，兒童儲蓄罐
you-all	你們大家

allow [允許]

allowable	〔**allow** 允許，**-able** 可…的〕可允許的
allowably	〔**allow** 允許，**-ably** 可…的〕可允許地
allowance	〔**allow** 允許，**-ance** 名詞字尾〕允許；被允許的東西；津貼
disallow	〔**dis-** 不，**allow** 允許〕不允許，拒絕
disallowance	〔見上，**-ance** 名詞字尾〕不允許，拒絕承認
unallowable	〔**un-** 不，**allow** 允許，**-able** 能…的〕不能允許的

analysis [分析，分解，解析]
011

analyses	分解，分析（複數）
analyst	解析者
analytic	解析的；分析型的
analyze	分析；對…進行分析
analyzer	分析者，分析器
autoanalysis	〔auto 自動的，自己的〕自我心理分析
job analysis	職務分析
market analysis	市場分析
psychoanalysis	精神分析
qualitative analysis	定性分析
quantitative analysis	定量分析
trend analysis	傾向分析

appear [出現]
012

apparent	〔appar＝appear 出現，顯露，-ent 形容詞字尾，…的〕明顯的，顯而易見的
apparently	〔見上，-ly 副詞字尾〕明顯地，顯而易見地
apparition	〔見上，-ition 名詞字尾〕出現，出現的事物，鬼怪

appearance	〔appear 出現，-ance 名詞字尾〕出現，顯露，露面；外貌
disappear	〔dis- 不，appear 出現〕不見，消失，失蹤
disappearance	〔見上，-ance 名詞字尾〕不見，消失，失蹤

🔘 013 appoint 〔認命〕

appointee	〔appoint 任命，指定，-ee 被…的人〕被指定人，被任命的人
appointive	〔appoint 委任，-ive …的〕委任的（非選舉的）
appointment	〔appoint 任命，-ment 名詞字尾〕任命，選派，指定
appointor	〔appoint 任命，指定，-or 表示人〕指定人
disappoint	〔dis- 不，appoint 任命；「不任命」，「不委任」→使無官職→〕使失望，使（希望）落空
disappointedly	〔見上，-ed …的，-ly …地〕失望地
disappointing	〔見上，-ing …的〕使人失望的，令人掃興的
disappointment	〔見上，-ment 名詞字尾〕失望，沮喪，掃興
self-appointed	〔self- 自己，appoint 任命，-ed …的〕自己任命的，自封的

🔘 014 appreciate 〔欣賞〕

appreciable	〔-able 能，可〕可評價的；可看見的；可察覺到的

appreciably	可察覺地；相當
appreciation	〔appreciat(e) 欣賞，-ion 抽象名詞字尾〕欣賞，鑑賞，賞識
appreciative	〔appreciat(e) 欣賞，-ive …的〕有欣賞力的，有眼力的，欣賞的
appreciator	〔appreciat(e) 欣賞，-or 表示人〕欣賞者，鑑賞者
appreciatory	有鑑賞力的；感謝的
inappreciation	〔in- 不〕不欣賞，不正確評價
inappreciative	〔見上，-ive …的〕不欣賞的，不正確評價的
self-appreciation	〔self- 自己，〕自我欣賞
unappreciated	〔un- 未，appreciate 欣賞，-ed …的〕未得到欣賞的，未受賞識的，不被領情的

🔊 015 area ［地區，區域，領域］

area code	區域號碼
areaway	兩建築物之間的通道
arena	鬥技場，舞台，圈
disaster area	〔disaster 災害，災難，不幸〕災害地區
restricted area	〔restricted 受限制的，被限定的〕禁止進入的地區

🔊 016 argue ［爭論］

arguable	〔argu(e) 爭論，-able 可…的〕可爭論的
arguably	〔argu(e) 爭論，-ably 可…的〕可爭論地
arguer	〔argue 爭論，-er 表示人〕爭論者，辯論者
argument	〔argu(e) 爭論，-ment 名詞字尾〕爭論，辯論
argumentation	〔見上，-ation 名詞字尾〕爭論，辯論；辯論文
argumentative	〔見上，-ative …的〕爭論的，辯論的，好爭論的
unarguable	〔un- 不，無〕無可爭辯的

🔊 017 arm ［武裝］

armament	〔arm 武裝，-a- 連接字母，-ment 名詞字尾〕武裝力量，武裝，軍隊
armed	〔arm 武裝，-ed …的〕武裝的
army	〔arm 武裝，-y 名詞字尾〕軍隊，陸軍
disarm	〔dis- 取消，arm 武裝〕解除武裝，裁軍
disarmament	〔見上，-ment 名詞字尾〕裁軍，解除武裝
firearm	〔fire 火，arm 武裝〕火器的（尤指）輕武器的短槍
heavy-armed	〔heavy 重〕帶有重武器的
nuclear-armed	〔nuclear 核武器〕用核武器裝備的
rearm	〔re- 再，重新，arm 武裝〕重新武裝
rearmament	〔見上，-ment 名詞字尾〕重新武裝
unarm	〔un- 除去，arm 武裝〕繳械，解除武裝；放下武器
unarmed	〔un- 非，arm 武裝，-ed …的〕非武裝的

80

⊕ arrange [安排]
018

arrange	
arrangement	〔arrange 安排，-ment 名詞字尾〕安排，整理，佈置
disarrange	〔dis- 否定，取消〕使混亂，擾亂
disarrangement	〔見上，-ment 名詞字尾〕混亂，紊亂
prearrange	〔pre- 先，預先，arrange 安排〕預先安排
prearrangement	〔見上，-ment 名詞字尾〕預先安排
rearrange	〔re- 再，重新，arrange 安排〕重新安排（或整理）
rearrangement	〔見上，-ment 名詞字尾〕重新安排

⊕ art [藝術，人工]
019

art	
artificial	〔art 人工，-i- 連接字母，複合字尾-fic＋-ial…的〕人工的，人造的
artificiality	〔見上，-ity 表示狀態〕人為狀態，不自然
artificialize	〔見上，-ize 動詞字尾，使…〕使人工化，使不自然
artist	〔art 藝術，-ist 表示人〕藝術家，美術家
artistic	〔art 藝術，-isticial 形容詞字尾，…的〕藝術的，美術的
artistry	〔見上，-ry 抽象名詞字尾〕藝術性，藝術才能
artless	〔art 人工，-less 無，不〕非人工的，自然的，樸實的

black art	〔**black** 黑，**art** 藝術〕魔術，妖術
cyber art	〔**cyber** 有關電腦，網際用的字首，**art** 藝術〕電腦藝術
fine art	〔**fine** 細微的，**art** 藝術〕美術品；繪畫，雕刻，工藝
inartificial	〔**in-** 不，非〕非人造的，天然的
inartistic	〔**in-** 非，不，**art** 藝術，**-istic** …的〕非藝術的，缺乏藝術性的
unartificial	〔**un-** 非〕非人工的，自然的
unartistic	〔**un-** 非〕非藝術的，與藝術無關

assist ［幫助］

020

assistance	〔**assist** 幫助，**-ance** 名詞字尾〕幫助，援助
assistant	〔**assist** 幫助，**-ant** 形容詞兼名詞字尾〕輔助的；助手，助理
assistant professor	助理教授
assistor	〔**assist** 幫助，**-or** 表示人或物〕幫助者；助推器
motor-assisted	〔**motoe** 馬達，**assist** 幫助，**-ed** …的〕馬達助動的
personal assistant	〔**personal** 個人，**assistant** 助理〕個人秘書
unassisted	〔**un-** 無，**assist** 幫助，**-ed** …的〕無助的

associate ［聯合］

021

associated	〔**associate** 聯合，**-ed** …的〕聯合的
association	〔**associat(e)** 聯合，**-ion** 名詞字尾〕聯盟，協會，社團
associational	〔見上，**-al** 形容詞字尾，…的〕協會的，社團的
associative	〔見上，**-ive** 形容詞字尾，…的〕（傾向於）聯合的，引起聯合的
disassociate	〔**dis-** 取消，不；〕使分離，離群
disassociation	〔見上，**-ion** 名詞字尾〕分離，離群

⊕ 022 atom 〔原子〕

atom-bomb	〔**atom** 原子，**bomb** 炸彈〕用原子彈轟炸
atom-free	〔**atom** 原子→原子武器，**free** 無…的〕無原子武器的
atomic	〔**atom** 原子，**-ic** …的〕原子的，原子能的，原子武器的
atomic age	原子時代
atomic clock	原子鐘
atomics	〔**atom** 原子，**-ics** …學〕原子工藝學，核工藝學
atomism	〔**atom** 原子，**-ism** …論〕原子論，原子學說
atomist	〔**atom** 原子，**-ist** …家〕原子學家；原子學家的
atomistic	〔**atom** 原子，**-istic** …的〕原子論的
atomization	原子化
atomize	使（某物）分裂成原子或微粒；使霧化

atomizer	噴霧器;噴香水器
atom-tipped	〔**atom** 原子→原子彈,**tip** 尖端,頭,**-ed** …的〕裝有原子彈頭的
monoatomic	〔**mono-** 單〕單原子的
polyatomic	〔**poly-** 多〕多原子的
subatomic	〔**sub-** 次,亞〕次原子的,比原子更小的
triatomic	〔**tri-** 三〕三原子的

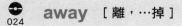

⊙ 023 attract [吸引]

attractable	〔**attract** 吸引,**-able** 可…的〕可被吸引的
attraction	〔見上,**-ion** 名詞字尾〕吸引力,誘惑力
attractive	〔**attract** 吸引,**-ive** …的〕有吸引力的
attractively	〔見上,**-ly** …地〕有吸引力地
attractiveness	〔見上,**-ness** 名詞字尾〕有吸引力的
attractor	〔見上,**-or** 表示人或物〕引人注意的人,有吸引力的人或物
counterattraction	〔**counter-** 相反,對抗〕反引力,對抗引力
unattractive	〔**un-** 無,不〕無吸引力的,不引人注意的

⊙ 024 away [離,…掉]

| breakaway | 〔**break** 破裂〕脫離,擺脫 |

castaway	〔**cast** 拋，投〕被拋棄的（人），乘船遭難的（人）
cutaway	〔**cut** 切〕部分被切（割）掉的，剖面的
die-away	〔**die** 消失，熄滅〕消沉的，頹喪的；（聲音等）漸消逝
fade away	〔**fade** 凋謝，消失〕逐漸消失
faraway	〔**far** 遠〕（時間，距離等）遙遠的
foldaway	〔**fold** 折〕可折疊疊起的
hideaway	〔**hide** 隱藏〕隱藏處，偏僻的小餐館
runaway	〔**run** 跑〕逃跑（者），逃亡（者），逃跑的
straightaway	〔**straight** 直〕直線跑道；直線進行的

back 〔背，回，後〕
025

backbite	〔**back** 背後，**bite** 咬〕背後說人壞話
backbiter	〔見上，**-er** 表示人〕背後說人壞話的人
backbone	〔**back** 背，脊背，**bone** 骨〕脊樑骨；支柱
backcountry	〔**back** 背後→偏僻，**country** 地區〕偏僻的農村地區
backdate	〔**back** 回，向後，**date** 日期〕回溯
backdoor	〔**back** 後，**door** 門，通道〕通過秘密或非法途徑的
backer	〔**back** 背後，在背後支持，**-er** 表示人〕支持者
background	〔**back** 背後，**ground** 場地、根據〕背景；幕後

backrest	〔back 背，rest 休息〕靠背
backside	〔back 後，side 邊，面〕後部，屁股
backup	〔back 後，up 往上，增加〕支持，後援，後備者
backward	〔back 後，ward 向〕落後的，向後的
backyard	〔back 後，yard 庭院〕後院
bow-backed	〔bow 弓型，back 背，-ed …的〕駝背的
comeback	〔「回來」→回復→〕復原，復辟
fallback	〔fall 落，back 後〕撤退，退卻
greenback	〔green 綠，back 背面〕美鈔（美鈔背面呈綠色）
hunchback	〔hunch 隆起，back 背〕駝背，駝背者
round-backed	〔round 圓，back 背，-ed …的〕駝背的
unbacked	〔un- 無〕無靠背的，無支持（者）的

🔊 026 bag [袋，包]

bagful	〔bag 袋，-ful 名詞字尾，滿…〕滿滿一袋
baggage	〔bag 袋，-age 名詞字尾〕行李
baggageman	〔見上〕行李員
handbag	〔hand 手，bag 包〕（女用）手提包，旅行包
moneybag	〔money 錢，bag 袋〕錢袋
moneybags	〔見上〕富翁，守財奴
schoolbag	〔school 學校，bag 包〕書包
winebag	〔wine 酒，bag 包〕酒鬼

| workbag | 〔**work** 工作，**bag** 袋〕工具袋，針線包 |

● 027 ball ［球］

ball boy	〔**ball** 球，**boy** 男孩〕網球比賽等的球僮，撿球員
ball cock	（馬桶的）浮球活栓
ball game	球類運動，棒球運動
ball park	棒球場
ballpoint	原子筆
ball room	舞廳
balloon	〔**ball** 球，**-oon** 名詞字尾，表大〕氣球
ballot	〔**ball** 球，**-ot** 名詞字尾，表物；以前選舉時是用小球做選票〕無記名投票
ballot box	投票箱
ballot paper	投票用紙
baseball	〔**base** 基地，壘〕棒球，壘球
basketball	〔**basket** 籃〕籃球
eyeball	〔**eye** 眼〕眼球
fireball	〔**fire** 火〕火球，流星，燃燒彈
football	〔**foot** 足〕足球
handball	〔**hand** 手〕手球
snowball	〔**snow** 雪〕雪球
volleyball	〔**volley** 排射，齊射〕排球

battle [戰役，戰鬥]
028

battle array	〔battle 戰鬥，array 排列〕戰鬥序列，陣形
battle cruiser	巡洋戰艦
battle cry	戰時助威的喊殺聲
battleline	戰線
battle-scarred	經戰鬥留下傷痕的；經歷戰爭而瘡痍滿目的
battleworthy	武器、裝備等堪作戰鬥之用的
battle-clad	〔battle 戰鬥，clad 穿…的〕全副武裝的
battlefield	〔battle 戰鬥，field 場地〕戰場
battlefront	〔battle 戰鬥，front 前面，正面〕前線
battleground	〔battle 戰鬥，ground 場地〕戰場；鬥爭的舞台
battle-ready	〔battle 戰鬥，ready 準備好的〕做好戰鬥準備的
battleship	〔battle 戰鬥，ship 船，艦〕戰艦
embattle	〔em- 使…〕使準備戰鬥，使嚴陣以待
pitched-battle	〔pitch 程度，強度，-ed …的，battle 戰爭〕激戰；激論
pre-battle	〔pre- 前〕戰鬥前的，交戰前的

be [是，成為，存在]
029

be-all	全部
being	存在，生存，存在物，生物，生命

has-been	過時的人物，不再流行的東西
ill-being	〔**ill** 不好的，壞的〕惡劣的環境，不幸，貧困
inbeing	內在的事物，本質，本性
no-being	不存在
used-to-be	過時的人，從前出過風頭的人
well-being	〔**well** 好〕健康，幸福，福利
would-be	將要成為的，想要成為的

B

🔊 030 beast [獸]

beast of burden	〔**beast** 獸，**burden** 負擔〕用以搬運貨物的動物
beast of draft	〔**beast** 獸，**draft** 牽引〕用以牽引的動物
beast of prey	〔**beast** 獸，**prey** 捕食〕猛獸
beastliness	〔**-ness** 抽象名詞字尾〕獸性，殘暴
beastly	〔**beast** 獸，野獸，**-ly** 形容詞字尾，如…的〕野獸（般）的，殘忍的
bestial	〔**best**＝**beast** 獸，**-ial** …的〕獸性的，野獸（般）的，殘忍的
bestiality	〔見上，**-ity** 抽象名詞字尾〕獸性，獸慾，獸行
bestialize	〔見上，**-ize** 使…〕使變成野獸
bestially	〔見上，**-ly** 副詞字尾，…地〕野獸（般）地，殘忍地

beat [打，跳動]

beater	〔beat 打，-er 表示人或物〕打擊者；拍打器
beating	〔beat 打，跳動，-ing 名詞字尾〕打，敲，（心臟）跳動
browbeat	〔brow 眉毛，beat 跳動〕嚇唬，欺侮，恫嚇，威逼
drumbeater	〔drum 鼓，beat 打，-er 者〕鼓吹者
drumbeating	〔見上，-ing 名詞字尾〕鼓吹
eggbeater	〔egg 蛋，beat 打，-er 表示物〕打蛋器
heartbeat	〔heart 心，beat 跳動，搏動〕心搏
storm-beaten	〔storm 風暴，beaten 被打擊的〕受風暴損壞的，風吹雨打的，飽經風霜的
unbeatable	〔un- 不，beat 打，-able 可…的〕打不垮的
weather-beaten	〔weather 氣候，天氣，beaten 被打擊的〕飽經風霜的，受風雨侵蝕的
world-beater	〔world 世界〕舉世無雙的人（或物）

beauty [美麗]

beauteous	〔-eous 形容詞字尾，…的〕美的
beautician	〔-ician 表示人〕美容師
beautification	〔-fication 名詞字尾〕美化，裝飾
beautifier	〔-er 表示人〕美化者，裝飾者

beautiful	〔**beaut(y→i)** 美麗，**-ful** …的〕美麗的，美好的
beautifully	〔見上，**-ly** …地〕美麗地
beautify	〔見上，**-fy** 動詞字尾，使…〕使美麗，美化，裝飾
beauty parlor	〔**beauty** 美麗，**parlor** 店〕美容院
beauty sleep	午夜前的睡眠，美容覺

🎧 bed ［床］
033

abed	〔**a-** 在，**bed** 床〕在床上
air-bed	〔**air** 空氣〕空氣床墊
bedclothes	〔**clothes** 衣服，被褥〕寢具
bedding	〔**bed** 床，**-ing** 名詞字尾，表示物〕寢具
bedfast	〔**fast** 緊，牢；「牢牢地拴在床上」〕（年老病弱）臥床不起的
bedgown	〔**gown** 衣服〕（婦女的）睡衣
bedroom	臥室
bedsitter	〔**bed** 床→臥，**sit** 坐，**-er** 表示物〕臥室兼起居室
bedtime	〔**bed** 床，上床就寢，**time** 時間〕就寢時間
bed-wetting	〔**wet** 濕〕尿床
chairbed	〔**chair** 椅子；「能當床用的椅子」〕坐臥兩用的椅子，躺椅
coalbed	〔**coal** 煤〕煤層
hotbed	〔**hot** 熱，溫〕溫床

lie-abed	〔lie 躺，abed 在床上〕睡懶覺的人
riverbed	〔river 河〕河床
roadbed	〔road 路，bed 床→底，基〕路基
rosebed	〔rose玫瑰花，bed 床→壇〕玫瑰花壇
seabed	〔sea 海，bed 床→底〕海底，海床
seedbed	〔seed 種子〕苗床，苗圃，策源地

🔊 034 believe [相信]

belief	〔音變：v→f〕相信，信心，信念，信仰
believable	〔believ(e) 相信，-able 可…的〕可相信的，可信任的
believer	〔believe 相信，-er 者〕信仰者，信徒
disbelieve	〔dis- 不〕不相信
misbelief	〔mis- 錯誤，belief 信仰，信念〕錯誤的信仰
unbelief	〔un- 不〕不信，無信仰
unbelievable	〔見上，-able …的〕難以相信的
unbeliever	〔見上，-er 表示人〕不相信的人，懷疑者
unbelieving	〔見上，-ing …的〕不相信的，懷疑的

🔊 035 belt [帶，地帶]

| belted | 〔belt 腰帶，-ed …的〕束了腰帶的 |
| belting | 〔belt 帶，-ing 表示材料或總稱〕帶料，帶類 |

belt highway	〔belt 地帶，highway 公路〕環城高速公路
belt-tighten	〔belt 帶，褲帶，tighten 勒緊〕勒緊褲帶
beltway	〔belt 地帶，way 道路〕環城快道
crossbelt	〔cross 交叉→斜，belt 帶〕斜掛在肩上的子彈帶
greenbelt	〔green 綠，belt 地帶〕綠化地帶
lifebelt	〔life 生命，belt 帶〕安全帶，救生帶
shelterbelt	〔shelter 掩蔽，防護，belt 地帶〕防風林帶
stormbelt	〔storm 風暴，belt 地帶〕風暴地帶
swimming-belt	〔swimming 游泳，belt 帶〕學游泳者所用救生圈
unbelt	〔un- 取消，除去，belt 腰帶〕解開腰帶（或皮帶等）

036 bind [捆，裝訂]

binder	〔bind 捆，裝，紮，-er 表示人或物〕包紮者，裝訂工，包紮機，割捆機，裝訂機
bindery	〔bind 裝訂，-ery 名詞字尾，表示場所、地點〕裝訂所
binding	〔bind 捆綁，-ing 形容詞兼名詞字尾〕綑綁的，有約束力的；捆綁
bookbinder	〔book 書，bind 裝訂，-er 表示人〕裝訂工人
bookbindery	〔見上，-ery 表示場所、地點〕裝訂廠
bookbinding	〔見上，-ing 名詞字尾〕裝訂

cloth-binding	〔cloth 布，binding 裝訂〕（書的）布面裝訂，布封面
hardbound	〔hard 硬，bound 裝訂的〕硬書皮裝訂的
rebind	〔re- 再，重新〕重新裝訂，重捆，重新包紮
self-binder	〔self- 自己〕自動裝訂機，自動割捆機
unbind	〔un- 不，blind 捆〕解開，鬆開，釋放

🔴 biology ［生物學］
037

aerobiology	〔aero- 空氣，大氣〕大氣生物學
biological clock	〔biology 生物學，-cal 形容詞字尾，clock 時鐘〕生理時鐘
biological control	〔見上，control 控制〕生物控制，利用其天敵進行控制
biological warfare	〔見上，warfare 戰鬥（狀態）〕細菌戰，生物戰
biologist	〔-ist 表示人〕生物學者，生物學家
cryobiology	〔cryo 冷→低溫〕低溫生物學
electrobiology	〔electro- 電〕生物電學
exobiology	〔exo- 外〕外太空生物學
microbiology	〔micro- 微〕微生物學
psychobiology	〔psycho 精神〕心理生物學
radiobiology	〔radio 放射〕放射生物學
sociobiology	〔social 社會的〕社會生物學

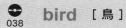

038 bird ［鳥］

birdbrain	〔**brain** 頭腦，「如鳥的頭腦」→〕輕浮沒有頭腦的人
birdcall	〔**bird** 鳥，**call** 叫〕鳥語；模仿鳥叫的聲音
birdie	〔**bird** 鳥，**-ie** 名詞字尾，表示小〕小鳥
birdman	鳥類學家；飛行員；飛機乘客
bird's-eye	〔**eye** 眼→看〕俯視的，鳥瞰的
blackbird	〔**black** 黑〕被挾持到販奴船上去的黑人
catbird	〔**cat** 貓〕（北美的）一種鳴禽（聲如貓叫）
cowbird	〔**cow** 牛〕（北美的）一種黑色小鳥（常接近牛身邊）
game bird	〔**game** 狩獵，**bird** 鳥〕獵鳥；獵禽
home-bird	〔**home** 家〕喜歡待在家裡不愛外出的人
hummingbird	〔**hum→humming** 發嗡嗡聲〕蜂鳥
jailbird	〔**jail** 監獄〕囚犯
lovebird	〔**love** 愛情〕情鳥（指小鸚鵡類鳥），熱戀中的情侶
ricebird	〔**rice** 米〕（美國南部的）食米鳥；爪哇麻雀

seabird	〔**sea** 海〕海鳥
snowbird	〔**snow** 雪〕雪鳥
songbird	〔**song** 歌〕鳴禽，鳴鳥

B

stormbird	〔**storm** 風暴〕（預兆風暴）海燕
sunbird	〔**sun** 太陽〕太陽鳥
warbird	〔**war** 戰爭，作戰〕戰機

● 039 birth 〔出生〕

afterbirth	〔**after** 在…之後；「小孩出生後被排出母體的物質」〕胎盤，胞衣，胎膜
birth control	〔**control** 控制〕節育
birthday	〔**birth** 出生，**day** 日〕生日
birthmark	〔**mark** 記號〕胎記，胎痣
birthplace	〔**birth** 出生，**place** 地方〕出生地；發源地
birthrate	〔**rate** 比率〕出生率
birthright	〔**birth** 出生，**right** 權利〕與生俱來的權利，繼承權
childbirth	〔**child** 小孩〕生小孩，分娩
misbirth	〔**mis-** 誤，不正常〕墮胎，流產
rebirth	〔**re-** 再〕再生，新生，復興
stillbirth	〔**still** 靜止的，寂靜的，不動的→死的〕死胎，死產

● 040 bite 〔咬〕

| backbite | 〔**back** 背後；「背後咬人」→〕背後說人壞話 |

backbiter	〔見上，-er 表示人〕背後說人壞話的人
biter	〔bite 咬，-er 表示人或物〕咬人的動物；騙子
biting	〔bit(e) 咬，-ing …的〕尖利刺人的，刺痛的
frostbite	〔frost 霜，「霜咬」→〕霜害，凍傷，凍傷
frostbitten	〔見上；「被霜咬的」→〕受霜害的，凍傷的

⊕ 041 black 〔黑〕

black box	〔black 黑，box 盒子〕裝在飛機上的飛行紀錄器
black gold	〔black 黑，gold 金〕煤，石油
black hole	〔black 黑，hole 洞〕黑洞
blackboard	〔black 黑，board 板〕黑板
black-browed	〔black 黑，-ed …的；「黑眉毛的」→「皺著眉頭的」〕愁眉苦臉的，繃著臉的
blackcap	〔cap 帽，頂；「頭頂黑色的鳥」→〕黑頭鶯類
blacken	〔black 黑，-en 動詞字尾，使…〕使變黑，變黑
blackhearted	〔heart 心〕黑心的
blacking	〔black 黑，-ing 名詞字尾，表示材料〕黑皮鞋油
blacklist	〔list 名單〕黑名單
blackmail	〔black 黑，mail 郵件〕敲詐，勒索
black-market	〔market 市場，交易〕做黑市交易
black-marketer	〔見上，-er 表示人〕黑市商人
blackness	〔black 黑，-ness 名詞字尾〕黑色，黑

blackout	〔**black** 黑，**out** 熄滅〕停電；熄燈；突然發昏
blacksmith	〔**black** 黑色→鐵，**smith** 工匠〕鐵匠
bootblack	〔**boot** 靴〕以擦皮鞋為業的人
coal-black	〔**coal** 煤〕漆黑的，墨黑的
lampblack	〔**lamp** 燈〕燈黑（用作顏料）
non-black	〔**non-** 非〕非黑人（學生）
shoeblack	〔**shoe** 鞋，「把鞋弄黑亮的人」→〕擦皮鞋的人

🔊 blind ［盲］
042

blind alley	〔**blind** 盲，**alley** 胡同〕死胡同；困境
blind date	〔**blind** 盲，**date** 約會〕相親
blind side	〔**blind** 盲，**side** 面〕沒有防範的一面，弱點
blindage	〔**blind**，**-age** 表示物〕（軍事）盲障，掩體
blinder	〔**blind** 盲，**-er** 表示物〕障眼物；（馬的）眼罩
blindfold	〔**blind** 盲，**fold** 包，矇罩〕矇住眼睛
blinding	〔**blind** 盲，**-ing** …的〕炫目的，使眼花撩亂的
blindman	〔**blind** 盲，**man** 人〕盲人，瞎子
blindness	〔**blind** 盲，**-ness** 名詞字尾〕盲，瞎，看不見
color-blind	〔**color** 色〕色盲的
green-blind	〔**green** 綠〕綠色盲
red-blind	〔**red** 紅〕紅色盲
self-blinded	〔**self-** 自己，**blind** 瞎，矇蔽〕自我矇蔽的，自欺的

98

self-blindness	〔見上，-ness 名詞字尾〕自我矇蔽，自欺
snow-blind	〔sun 太陽，blind 遮光物〕（窗外的）遮簾，遮蓬
wordblind	〔word 字〕無識字能力的，患失讀症的

⊙ 043 blood [血]

bloodbath	〔blood 血，bath 浴，洗〕血洗，大屠殺
bloodcurdling	〔blood 血，curdle 凝結〕令人毛骨悚然的；令人心驚膽戰的
bloodiness	〔見上，-ness 名詞字尾〕血染，殘忍，野蠻
bloodless	〔blood 血，-less 無〕無血的，不流血的；貧血的；冷酷的
bloodletting	〔blood 血，let 放出〕放血，流血
bloodline	〔blood 血，line 線〕血統，世系
bloodshed	〔blood 血，shed 流出〕流血事件；殺害
bloodshot	〔blood 血，shot 織成雜色的〕充血的，有血絲的
bloodstain	〔blood 血，stain 汙點〕血跡
bloodsucker	〔blood 血，sucker 吮吸者〕吸血動物，吸血鬼
bloodthirsty	〔blood 血，thirsty 渴，想喝〕弒血的，殘忍好殺的
bloody	〔blood 血，-y …的〕有血的，出血的，血淋淋的，殘忍的
bloody-minded	〔見上，mind 心〕殘忍的，狠心的
cold-blooded	〔cold 冷〕冷血的，無情的，殘酷的

flesh-and-blood	〔flesh 肉〕血肉般的
full-blooded	〔full 充滿的〕血氣旺盛的，精力充沛的
hot-blooded	〔hot 熱〕熱切的，易激動的
red-blooded	〔red 紅〕充滿活力的，健壯的
warm-blooded	〔warm 熱〕熱情的，（動物）熱血的

blow 〔吹〕

air-blower	〔air 空氣，blow 吹〕鼓風機
blow off	〔blow 吹，噴，off 離〕噴出
blow-dry	〔blow 吹，dry 乾〕用吹風機吹乾頭髮
blower	〔blow 吹；「吹風之物」〕風箱，鼓風機
blowgun	〔blow 吹，gun 槍；砲〕吹箭筒
blowhole	〔hole 孔〕（鯨魚等的）鼻孔；（坑道中的）氣孔
blowlamp	〔blow 吹，噴，lamp 燈〕噴燈
blowy	〔blow 吹，刮，-y…的〕刮風的，風吹過的
glassblower	〔glass 玻璃，blow 吹〕吹玻璃工人
overblow	〔over- 過，blow 吹〕吹過，吹散，吹落
overblown	〔見上〕被吹散（或吹落）的

board 〔板〕

| aboveboard | 〔above 在…上，board 板子〕公開（地），光明正大（地） |

backboard	〔back 後面〕（籃球架上的）籃板
billboard	〔bill 招貼，廣告〕廣告牌
blackboard	〔black 黑〕黑板
call-board	〔call 叫，呼〕（車站等處的）公告牌
checkerboard	〔checker 棋子，board 板→盤〕棋盤
dashboard	〔dash 濺潑〕擋泥板
fiberboard	〔fiber 纖維〕纖維板
footboard	〔foot 腳〕（馬車，汽車等的）踏腳板
guideboard	〔guide 引導，指導〕路牌
keyboard	〔key 鍵〕操作（電腦等）的鍵盤
nameboard	〔name 名〕招牌：站名牌
score-board	〔score 得分〕（比賽中的）記分牌
skate board	〔skate 滑冰〕滑板
ski board	〔ski 滑雪〕滑雪板
soundboard	〔sound 聲音〕共鳴板，共振板
splashboard	〔splash 濺〕擋濺板，擋泥板
springboard	〔spring 跳〕跳板，出發點
tailboard	〔tail 尾〕（手推車後部的）尾板，後擋板
teaboard	〔tea 茶〕茶盤
washboard	〔wash 洗〕洗衣板；（船的）防波板

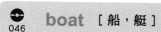

boat [船，艇]

boatable	〔**boat** 船，**-ale** 可…的〕可通行小船的
boatage	〔**boat** 船，**-age** 名詞字尾，表示費用〕小船運輸費
boater	〔**boat** 船，**-er** 表示人〕船工
boating	〔**boat** 划船，**-ing** 名詞字尾〕划船（遊玩）
boatload	〔**boat** 船，**load** 裝載〕
boatman	船工，出租（或出售）小艇的人
boatpeople	〔**boat** 船，**people** 人民〕海上難民
boatyard	〔**boat** 船，**yard** 工場〕製作或修理小船的工廠
ferryboat	〔**ferry** 擺渡〕渡船
fireboat	〔**fire** 火→救火〕消防艇
flatboat	〔**flat** 平〕（淺水的）平底船
flyingboat	〔**flying** 飛〕水上飛機，飛船
gunboat	〔**gun** 砲〕砲船，砲艇
houseboat	〔**house** 房子；「像房子的船」〕水上人家，可供住家的船，寬敞的遊艇
iceboat	〔**ice** 冰〕在冰上滑行的船
lifeboat	〔**life** 生命〕救生艇
motorboat	〔**motor** 發動機；「裝有發動機的船」〕汽船
pleasureboat	〔**pleasure** 娛樂〕遊艇
powerboat	〔**power** 動力〕動力艇，汽艇
showboat	〔**show** 表演〕有戲劇表演的輪船，水上舞台
speedboat	〔**speed** 快速〕快速汽艇
steamboat	〔**steam** 蒸氣〕汽船，輪船

102

| whaleboat | 〔whale 鯨〕捕鯨船 |

🔊 047 body [體，軀體，人]

able-bodied	〔able 能幹的〕體格健全的，強壯的
afterbody	〔after 後，body 體〕船體後半部
antibody	〔anti- 抗，body 體〕（生物）抗體
anybody	〔any 任何，body 人〕任何人，無論什麼人
bodied	〔body 軀體，-ed …的〕有軀體的，有形體的
bodiless	〔body 形體，-less 無〕無形體的
bodily	〔body 身體，-ly …的〕身體的，肉體的，親自
body odor	〔body 體，odor 氣味〕人體的氣味，體臭
bodyguard	〔body 身體，guard 衛兵〕警衛，保鏢
body-language	〔body 體，language 語言〕肢體語言
busybody	〔busy 忙，愛管閒事的，body 人〕愛管閒事的人
embodiment	〔見下，-ment 名詞字尾〕體現，具體化
embody	〔em-，body 體→具體，體現〕體現，使具體化
everybody	〔every 每，body 人〕每個人，人人
forebody	〔fore 前，body 體〕船體前半部
full-bodied	〔full 豐滿的，body 身體，-ed …的〕肥胖的，體積大的
homebody	〔home 家，body 人〕以家庭為生活中心的人
loose-bodied	〔loose 鬆〕（衣服）寬鬆的
nobody	〔no 無，body 人〕無人，沒有人，誰也不

somebody	〔**some** 某，**body** 人〕某人，有人
strong-bodied	〔**strong** 強〕體力強壯的
underbody	〔**under-** 下，**body** 體〕動物下體；船體水下部份

boil ［煮沸］
048

boiled	〔**boil** 煮沸，**-ed** …的〕（被）煮沸的，（被）燒滾的
boiler	〔**boil** 煮，**-er** 表示物〕煮器（鍋、壺等）；鍋爐
boilermaker	〔**boiler** 鍋爐，**maker** 製造者〕鍋爐室製造工（或裝配工、修理工）
boiling	〔**boil** 煮沸，**-ing** …的〕沸騰的，激昂的
hardboiled	〔**hard** 硬，**boil** 煮，**-ed** …的〕（雞蛋）煮得老的；無情的，強硬的
softboiled	〔**soft** 軟，**boil** 煮，**-ed** …的〕（雞蛋）煮得軟的，煮得糖心的；多愁善感的

bomb ［炸彈，轟炸］
049

A-bomb	〔＝**atom bomb**〕原子彈
atom-bomb	〔**atom** 原子，**bomb** 炸彈〕
atom-bomber	〔**atom** 原子，**bomber** 轟炸機〕原子轟炸機
bomb shelter	〔**bomb** 轟炸，**shelter** 隱蔽處〕防空洞
bombard	砲擊（城市）；連珠炮似地提出（質問等）

bomb-dropping	〔bomb 炸彈，drop 投下，-ing 表行為〕投彈
bomber	〔bomb 轟炸，-er 表示物〕轟炸機
bombing	〔bomb 轟炸，-ing 名詞字尾，表行為〕轟炸，投彈
bombproof	〔bomb 炸彈，-proof 防…的〕防彈的，防炸的
bombsight	〔bomb 轟炸，sight 看，瞄準〕轟炸瞄準器
candle bomb	〔candle 蠟燭→照明〕照明彈
depth-bomb	〔depth 深→深水，bomb 炸彈〕用深水炸彈炸毀
dive-bomb	〔dive 俯衝，bomb 轟炸〕俯衝轟炸
fighter-bomber	〔fighter 戰鬥機，bomber 轟炸機〕戰鬥轟炸機
fire bomb	〔fire 火，燃燒〕燃燒彈
gas bomb	〔gas 毒氣〕毒氣彈
glide-bomb	〔glide 滑，bomb 轟炸〕下滑轟炸
H-bomb	〔＝hydrogen bomb〕氫彈
superbomber	〔super- 超，超級，bomber 轟炸機〕超級轟炸機
time bomb	〔time 時間→定時〕定時炸彈
tear bomb	〔tear 淚〕催淚彈

🌑 050 bone 〔骨〕

backbone	〔back 背，脊梁，bone 骨〕脊椎；支柱
bone-deep	〔bone 骨，deep 深〕刻骨的
bone-idle	〔bone 骨，idle 懶的〕懶極的

boneless	〔bone 骨，-less 無〕無骨的
bonesetter	〔bone 骨，set 安放→擺正，-er 者〕接骨師
bonesetting	〔見上，-ing 名詞字尾〕接骨（術）
boneshaker	〔bone 骨→骨架，shake 搖，-er 表示物〕
boneyard	〔bone 骨→屍骨，yard 場地〕墓地
breastbone	〔breast 胸〕胸骨
cheekbone	〔cheek 面頰〕頰骨
dry-boned	〔dry 乾的，bone 骨頭，-ed …的〕骨瘦如柴的
lazybones	〔lazy 懶〕懶骨頭，懶漢

🔴 051 book 〔書〕

bankbook	〔bank 銀行〕銀行存摺
bookbinder	〔bind 裝訂〕裝訂工人
bookhunter	〔hunter 獵取者〕珍本書收購者（或搜集者）
bookish	〔book 書本，-ish …的〕書卷氣的，只有書本知識的
booklet	〔-let 表示小〕小冊子
bookman	〔「鑽研書的人」〕文人，學者； 〔「賣書的人」〕書商
bookmark	〔mark 標誌，標記〕書籤
bookseller	〔sell 賣〕書商
bookstand	〔stand 亭，攤〕書亭，書攤

bookstore	〔store 店〕書店
bookworm	〔worm 蟲〕書呆子，蛀書蟲
cashbook	〔cash 現金，book 書本，帳本〕現金帳
checkbook	〔check 支票〕支票簿
cookbook	〔cook 烹調〕烹飪書，食譜
copybook	〔copy 抄寫〕習字帖
daybook	〔day 日，每日〕日記帳，日記簿
guidebook	〔guide 指導，指南〕旅行指南，參考手冊
handbook	〔hand 手〕手冊
open-book	〔open 敞開的〕開卷的
playbook	〔play 戲劇〕劇本
pocketbook	〔pocket 口袋〕袖珍本
roadbook	〔road 路→行路〕旅行指南
schoolbook	〔school 學校〕教科書
sketchbook	〔sketch 隨筆，特寫〕寫生本，素描簿，短文集
songbook	〔song 歌〕歌曲集，歌本
stylebook	〔style 式樣〕樣式書，樣本
textbook	〔text 課文〕教科書，課本
wordbook	〔word 單字〕字典
yearbook	〔year 年〕年鑑，年刊

052

born […出生的，…出身的]

country-born	〔**country** 鄉村〕生在鄉村的，鄉村中長大的
earthborn	〔**earth** 地〕從地中出生的，塵世的，人類的
firstborn	〔**first** 第一〕最長的；長子（女）
foreign-born	〔**foreign** 外國的〕出生在外國
high-born	〔**high** 高→高貴〕出身高貴的
homeborn	〔**home** 家，家鄉〕土生土長的
lowborn	〔**low** 低→微賤〕出身微賤的
natural-born	〔**natural** 自然的〕與生俱來的
newborn	〔**new** 新〕新生的
reborn	〔**re-** 再〕再生的，新生的，更新的
seaborn	〔**sea** 海〕生於海中的
slave-born	〔**slave** 奴隸〕出身於奴隸家庭的
stillborn	〔**still** 安靜的，不動的→死的〕死產的，流產的
unborn	〔**un-** 未〕未誕生的，未出現的，未來的
well-born	〔**well** 好〕出身高貴的，出身名門的

053 bow 〔弓〕

bow-backed	〔**bow** 弓→彎，**back** 背，**-ed** …的〕駝背的，彎腰曲背的
bowed	〔**bow** 弓，**-ed** …的〕弓型的，彎曲的
bowel	腸，內臟；憐憫心
bower	樹蔭

bowleg	〔bow 弓，leg 腿〕O 型腿
bowyer	〔bow 弓，-yer 名詞字尾，表示人〕製造（或販賣）弓的人
elbow	〔el＝ell 舊時長度名稱，約等於前臂長度，bow 彎曲〕肘
embow	〔em- 使成…〕使成弓形
fogbow	〔fog 霧〕霧虹
rainbow	〔rain 雨，bow 弓；「下雨後天空出現的彩色弓型」→〕虹，彩虹
sunbow	〔sun 太陽〕（詩）虹
unbowed	〔un- 不，bow 弓，彎，-ed …的〕不屈服的

🔊 box ［盒，箱］
054

boxful	〔box 箱，盒，-ful 名詞字尾，表示裝滿時的量〕滿滿一箱，滿滿一盒
boxkeeper	〔box 包廂，keeper 侍者〕（戲院的）包廂侍者
boxy	〔box 盒，-y 似…的〕似盒子的，盒狀的
icebox	〔ice 冰〕冰箱
knowledge-box	〔knowledge 知識，智慧〕（口語）腦袋
mailbox	〔mail 郵件，box 箱〕信箱，郵筒
matchbox	〔match 火柴〕火柴盒
playbox	〔play 玩〕玩具箱
postbox	〔post 郵政，box 箱〕信箱，郵筒

strongbox	〔**strong** 強→堅固〕保險箱
toolbox	〔**tool** 工具；**box** 箱〕道具（工具）箱
workbox	〔**work** 工作〕工具箱，針線盒

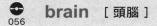 boy [男孩，人]

055

bellboy	〔**bell** 鈴；「供呼喚者」→〕旅館男服務生
boyfriend	男朋友
boyhood	〔**boy** 男孩，**-hood** 表示時期〕年少時期
boyish	〔**boy** 男孩，**ish** …的〕男孩子似的，孩子氣的
callboy	〔**call** 叫，呼喚；「供呼喚者」→〕旅館男服務生
fly-boy	〔**fly** 飛；「天上飛的人」→〕（俚語）空軍，飛機駕駛員
liftboy	〔**lift** 電梯〕開電梯工人
messboy	〔**mess** 食堂〕（船上的）食堂服務員
newsboy	〔**news** 新聞→報〕報童
playboy	〔**play** 玩，遊戲〕花花公子，追求享樂者
schoolboy	〔**school** 學校〕（中小學）男生
shopboy	〔**shop** 商店〕青年男店員

brain [頭腦]

056

| birdbrain | 〔**bird** 鳥〕笨蛋，輕浮而沒有頭腦的人 |

braincase	〔brain 腦，case 盒，殼，容器〕腦殼，頭顱
brainchild	〔brain 腦，child 小孩〕腦力勞動的產物（如計畫，作品等）
brainless	〔brain 腦，-less 無〕沒有頭腦的，愚蠢的
brainman	〔brain 頭腦→智慧，「有智慧的人」〕謀士，參謀
brainpower	〔brain 頭腦→智慧，power 能力〕智能，智囊
brainsick	〔brain 腦，sick 有病的〕瘋狂的
brainwash	〔wash 洗〕對（人）進行洗腦，把某種思想強加於人
brainwork	〔brain 腦，work 勞動〕腦力勞動
brainy	〔brain 頭腦→智力，-y 多…的〕多智的，聰明的
crack-brained	〔crack 破裂，爆裂〕發瘋的，古怪的
featherbrain	〔feather 羽毛→輕〕輕浮的人
harebrained	〔hare 兔〕輕率的，浮躁的
mad-brained	〔mad 瘋狂的〕狂熱的，魯莽的

🔘 break〔破〕
057

backbreaking	〔back 背，脊背，break 破壞→勞損，勞累；「勞累得背痛」→〕使人勞累至極的
breakable	〔-able 易…的〕易破碎的
breakage	〔-age 名詞字尾〕破損，毀壞，破損處
breakdown	〔down 下〕倒塌，垮，損壞

breaker	〔**-er** 表示人或物〕打破者，破壞者；破碎機
break-in	〔**in** 入〕闖入，突破
breakout	〔**out** 出〕爆發
breakthrough	〔**through** 透，通過〕突破
breakwater	〔**water** 水→波浪；「破壞波浪之物」→制服波浪之物→〕防波堤
breakwind	〔**wind** 風；「破壞風力之物」→削弱風勢之物→〕防風籬，擋風牆，防風林
daybreak	〔**day** 白天〕破曉，黎明
groundbreaking	〔**ground** 場地，土地，**break** 破，**-ing** 名詞字尾〕破土，動土
heartbreak	〔**heart** 心，**break** 破，碎〕令人心碎的事，極度傷心
heartbreaking	〔見上，**-ing** …的〕令人心碎的
heartbroken	〔「心碎了的」→〕極度傷心的
housebreaker	〔**house** 房屋，住宅〕（為搶劫等而）侵入他人住宅者
housebreaking	〔見上，**-ing** 名詞字尾〕（為搶劫等而）侵入他人住宅
icebreaker	〔**ice** 冰，**break** 破，**-er** 表示物〕破冰船
inbreak	〔**in-** 入；「破入」→〕入侵
jailbreak	〔**jail** 監獄；「破獄而出」→〕越獄
law-breaker	〔**law** 法律，**break** 破壞，**-er** 表示人〕犯法的人
outbreak	〔**out-** 出〕（戰爭、叛亂、憤怒等的）爆發

pathbreaker	〔**path** 路，**break** 破→開，**-er** 人〕開路人，開拓者
peacebreaker	〔**peace** 和平，**breaker** 破壞者〕破壞和平的人，擾亂治安者
record-breaking	〔**record** 紀錄〕打破紀錄的
stone-breaker	〔**stone** 石〕碎石工，碎石機
strikebreaker	〔**strike** 罷工〕破壞罷工者
unbreakable	〔**un-** 不〕不易破碎的，牢不可破的
windbreak	〔**wind** 風；「破壞風力之物」→〕防風林，防風籬
windbreaker	〔**-er** 表示物〕防風外衣

breath [氣息]
058
breathe [呼吸]

breathable	〔**breath(e)** 呼吸，**-able** 可…的〕可以吸入的，適於吸入的
breather	〔**breath(e)** 呼吸，**-er** 者〕呼吸者
breathing	〔**breath(e)** 呼吸，**-ing** 形容詞兼名詞字尾〕呼吸的，活的；呼吸，呼吸作用
breathless	〔**breath** 氣息，**-less** 無〕屏息的，不出聲的
breathlessly	〔見上，**-ly** …地〕屏息地，不出聲地
breathtaking	〔**breath** 氣息，**take** 拿，奪走；「奪走氣息」→暫停呼吸；人當受驚時有暫時張口的屏息現象→〕驚人的，激動人心的；使人透不過氣來的

113

breathy	〔**breath** 氣息，**-y** …的〕發出（或伴有）呼吸聲的
inbreathe	〔**in-** 入，**breathe** 呼吸〕吸入

● 059

breed ［生產，生養，教養］
bred ［…教養的，…生養的］

---

breeder	〔**breed** 生養，飼養，**-er** 表示人〕飼養員，養育員
breeding	〔**breed** 生養，繁殖，**-ing** 名詞字尾〕（動物的）生育，繁殖，飼養
city-bred	〔**city** 城市，**bred** …生養的〕在城市裡長大的
college-bred	〔**college** 大學〕受過大學教育的
crossbred	〔**cross** 交叉的，雜的，**bred** …生養的〕雜交的，雜種的
crossbreed	〔**cross** 交叉的，雜的，**bred** 生養〕雜交，雜種
half-bred	〔**half** 半〕混血的
highbred	〔**high** 高，**bred** …教養的〕有教養的，出生高貴的
ill-bred	〔**ill** 不好的〕教養不好的，粗魯的
lowbred	〔**low** 低〕出身低微的
pure-bred	〔**pure** 純淨，**bred** …生養的〕純種的
unbred	〔**un-** 無〕無教養的，未經教導的
underbred	〔**under-** 不足，不全〕教養不良的
well-bred	〔**well** 好〕教養好的

bridge ［橋］

airbridge	〔air 空中，空運〕空橋
bridgebuilder	〔builder 建造者；「從中搭橋者」→〕盡力調解各方分歧的人，斡旋者
bridgehead	〔head 頭〕橋頭堡
bridgework	〔bridge 橋，work 工事〕橋樑工事
bridging	〔bridg(e) 架橋，-ing 名詞字尾〕架橋，造橋
drawbridge	〔draw 拉→拉力〕吊橋
float bridge	〔float 漂浮〕浮橋
footbridge	〔foot 腳→行走〕（只供行人通過的）小橋
overbridge	〔over- 越過〕跨線僑，天橋
unbridgeable	〔un- 不〕不能架橋的，不可逾越的

brother ［兄弟］

blood-brother	〔blood 血→血肉，骨肉〕骨肉兄弟，親兄弟
brotherhood	〔-hood 表示性質、狀態〕兄弟（般）關係，兄弟情誼
brother-in-law	〔in-law 表示姻親〕姐夫，妹夫，內兄，內弟
brotherless	〔-less 無〕無兄弟的
brotherliness	〔見下，-ness 名詞字尾〕兄弟的情誼，友愛
brotherly	〔-ly 形容詞字尾，如…的〕兄弟（般）的

| half-brother | 〔**half** 半；「一半是兄弟」→〕異父（或異母）兄弟 |
| stepbrother | 〔**step-** 繼：繼父或繼母所生之子〕異父（或異母）兄弟 |

build [建造]

bridgebuilder	〔**builder** 建造者；「從中搭橋者」→〕盡力調解各方分歧的人，斡旋者
builder	〔**build** 建築，**-er** 者〕建築工人，建設者
building	〔**build** 建築，**-ing** 名詞字尾〕建築物，房屋；建築術
new-built	〔**new** 新，重新〕重建的，新建的
outbuilding	〔**out** 外，**building** 房屋〕外屋（指車庫、穀倉等）
overbuild	〔**over-** 過度，太甚〕建造過多
prebuilt	〔**pre-** 預先〕預建的，預製的
rebuild	〔**re-** 重，再〕重建
shipbuilder	〔見下，**-er** 表示人〕造船技師，造船工人
shipbuilding	〔**ship** 船〕造船（業），造船學，造船（用）的
unbuild	〔**un-** 表示相反動作；「與建築相反」→〕拆毀，毀壞
unbuilt	〔**un-** 未，無〕未興建的，無建築物的
upbuild	〔**up-** 向上，…起來〕建立

| upbuilder | 〔見上，**-er** 者〕建立者 |
| word-building | 〔**word** 字，「造字法」→〕構字法 |

🔊 063 burn 〔燃燒〕

burner	〔**burn** 燃燒，**-er** 表示人或物〕燃燒器，爐子，燈頭；以燒製某物為業的人
burning	〔**burn** 燃燒，**-ing** …的〕燃燒的，高熱的
burnout	〔**burn** 燃燒，**out** 完，盡〕燒盡，燒壞
burnt	燒成的，燒傷的，燒焦的
heartburning	〔**heart** 心，**burn** 燃燒，激怒〕忌妒，不滿
sunburn	〔**sun** 太陽〕日曬，日炙，曬斑，曬黑
sunburned	〔見上，**-ed** …的〕曬黑的，有曬斑的
weather-burned	〔**weather** 天氣〕飽經風吹雨打的，被太陽曬焦
wind burn	〔**wind** 風〕風傷

🔊 064 bus 〔公車〕

airbus	〔**air** 空中，「空中巴士」〕大型客機
bus(s)ing	用公車接送（學生）
busman	公車司機（或車掌）
debus	〔**de-** 離開，下〕下汽車，把…卸下汽車

117

embus	〔em- 置於…之內，裝入〕上車，把…裝入車內
microbus	〔micro- 微〕小型公車
minibus	〔mini- 小〕小型公車
omnibus	〔omni- 共〕公車

call [叫，呼]
065

birdcall	鳥語；模仿鳥叫的聲音
callboy	〔call 呼喚；「供呼喚者」→〕旅館男服務生
caller	〔call 呼喚，-er 者〕呼喚者，召集者，打電話者，訪問者
call-over	點名
call-up	（服兵役的）征召令，征集令
catcall	〔cat 貓；「貓叫聲」〕（會議或劇場中）表示不贊同的噓聲（其聲似貓叫）
house call	〔house 房子〕家庭訪問
miscall	〔mis- 誤，call 叫〕叫錯…的名字，誤稱
name-calling	罵人
recall	〔re- 回〕召回，回想，回憶
so-called	所謂的，號稱的
uncalled	〔un- 未，call 叫，-ed …的〕未叫到的

camp [營，野營]
066

camper	〔camp 野營，-er 者〕露營者，露營車
campfire	〔camp 營，fire 火〕營火
camping	〔camp 露營，-ing 名詞字尾〕露營
campsite	〔camp 營，site 場地〕營地
decamp	〔de- 取消，除去〕撤營
encamp	〔en- 做〕紮營，安營，野營
encampment	〔見上，-ment 名詞字尾〕設營，野營，營地

cap [帽]
067

blackcap	〔black 黑，cap 帽→頂；「頭頂黑色的鳥」→〕黑頭鶯類
capful	〔cap 帽，-ful 名詞字尾，表示裝滿的量〕少許，少量（一帽所容的量）
cloud-capped	〔cloud 雲，cap 帽，蓋，-ed …的；「被雲蓋住的」→〕（山峰等）高聳入雲的，白雲籠罩的
earcap	〔ear 耳；「耳帽」〕（禦寒用的）耳套
kneecap	〔knee 膝，cap 帽，蓋〕護膝，膝蓋骨
nightcap	〔night 夜，夜間用的〕睡帽
snowcapped	〔snow 雪，cap 帽，蓋，-ed …的〕頂部被雪蓋住的
uncap	〔un- 取消，除去 cap 帽〕脫帽，移去…的覆蓋物，揭曉

● capital [資本]
068

anti-capitalist	〔anti- 反對〕反資本主義的
capitalism	〔capital 資本，-ism 主義〕資本主義
capitalist	〔capital 資本，-ist 表示人〕資本家
capitalistic	〔capital 資本，-istic …的〕有資本主義特徵的
capitalize	〔capital 資本，-ize動詞字尾〕投資於，提供資本給…，使變為資本
overcapitalize	〔over-過多，capitalize投資〕對…投資過多
recapitalization	〔見下，-ation名詞字尾〕（企業的）調整資本
recapitalize	〔re-重新〕調整（企業的）資本
undercapitalize	〔under-不足〕投資不足

● car [車]
069

career	〔car 車→車輛所走過的道路→（比喻）人生的歷程〕生涯，經歷，歷程，職業
carfare	〔fare 費〕電車（或火車）費
carless	〔-less 無〕沒有汽車的
carload	〔load 裝載〕車輛荷載；滿載一節貨車的貨物
carriage	〔見上，carry 運載，-age 表示物〕馬車，（火車）車廂
carrier	〔見上，-er 表示人或物〕運載者，運載工具，載體；航空母艦

carry	〔**car** 車→用車運→〕運載，運送；傳送，攜帶
carsick	〔**sick** 病的〕暈車的
carwash	〔**wash** 洗〕洗車房，汽車擦洗處
chariot	〔音變：**ch-c**，char＝car 車，**-i-** 連接字母，**-ot** 名詞字尾，表物〕戰車；輕便四輪馬車
flatcar	〔**flat** 平〕（鐵路）無頂平板貨車
motorcar	〔**motor** 機動〕汽車
patrol car	〔**patrol** 巡邏，偵察〕（警察）巡邏車
streetcar	〔**street** 街〕市內有軌電車
supercar	〔**super-** 超，**car** 汽車〕超級汽車

● care [小心，關懷，憂慮]
070

aftercare	〔**after** 後，**care** 關懷〕（病後或產後的）調養；（罪犯釋放後的）安置
carefree	〔**care** 憂慮，**free** 無，不〕無憂無慮的
careful	〔**care** 小心，**-ful** …的〕小心的，仔細的
carefully	〔見上，**-ly** …地〕小心地，仔細地
careless	〔見上，**-less** 無，不〕粗心的
carelessly	〔見上，**-ly** …地〕粗心地
caretaker	〔＝a person who takes care of…〕（空屋等的）看管人；暫時行使職權者
careworn	〔**care** 憂慮，**worn** 磨損的〕受憂慮折磨的

day-care	〔**day** 白天，日間，**care** 關懷，照顧〕日間托嬰的
overcareful	〔**over** 過分，**careful** 小心〕過分小心的
self-care	〔**self-** 自己，**care** 關懷，照顧〕自顧，利己
uncared-for	〔**un-** 無，**care** 關懷，照顧〕無人照顧的，沒人注意的

case ［箱，盒，套］
071

bookcase	〔**book** 書，**case** 箱〕書箱，書櫥
braincase	〔**brain** 腦，**case** 盒→殼〕腦殼，頭顱
briefcase	〔**brief** 概要，**case** 箱〕公事包
encase	〔**en-** 置於…之中，**case** 箱〕把…裝箱
encasement	〔見上，**-ment** 名詞字尾〕裝箱，包裝；包裝物
jewel case	〔**jewel** 寶石；**case** 盒〕珠寶盒
pillowcase	〔**pillow** 枕頭，**case** 套〕枕頭套
uncase	〔**un-** 由…中取出〕從箱中（或盒中）取出；使露出
watchcase	〔**watch** 手錶，**case** 盒，殼〕錶盒，錶殼

cash ［現金］
072

| cashbook | 〔**cash** 現金，**book** 帳本〕現金帳 |
| cashboy | 〔**cash** 現金，**boy** 服務員〕（往來於貨櫃和出納櫃之間的）送款員 |

cashier	〔**cash** 現金，**-ier** 名詞字尾，表示人；「管理現金的人」→〕出納員，收款員
encash	〔**en-** 使成…〕把…兌成現金
encashment	〔見上，**-ment** 名詞字尾〕兌現
hardcash	〔**hard** 硬，**cash** 錢幣〕硬幣

⏺ 073 cast [投，擲，播]

broadcast	〔**broad** 廣闊，**cast** 播〕廣播，散播；播（種）
broadcaster	〔見上，**-er** 表示人或物〕廣播員，廣播電台；播種機
broadcasting	〔見上，**-ing** 名詞字尾〕廣播，播音
castaway	〔**cast** 投，拋棄，**away** 離，掉〕被拋棄的（人或物）；乘船遇難的（人）
caster	〔**cast** 投，**-er** 者〕投擲的人
casting	〔**cast** 投，**-ing** 名詞字尾〕投，擲，扔
castoff	〔見上〕被拋棄的
forecast	〔**fore** 在前面〕預測；預知
newscast	〔**news** 新聞〕新聞廣播
newscaster	〔見上，**-er** 表示人〕新聞廣播員
offcast	〔**off** 離，**cast** 投→拋棄〕被拋棄的（人或物）
outcast	〔**out-** 外，出，**cast** 投→拋棄〕被遺忘的（者）
radiocast	〔**radio** 無線電〕用無線電廣播

rebroadcast	〔**re-** 再，重〕重播，轉播
sportscast	〔**sports** 體育〕電台（或電視台）的體育節目
sportscaster	〔見上，**-er** 表示人〕體育節目廣播員
upcast	〔**up-** 向上，**cast** 投〕向上的，朝上的
videocast	〔**video** 電視〕電視廣播
weathercast	〔**weather** 天氣；**cast** 播〕氣象報導

🔊 cat〔貓〕
074

alley cat	〔**alley** 小巷〕野貓
cat burglar	〔**burglar** 破門盜竊者〕小偷，飛賊
catcall	〔**call** 叫；「貓叫聲」〕（會議或劇場中）表示不贊成的聲音（其聲似貓叫）
cat-eyed	黑暗中能看見東西的
cat-sleep	瞌睡
cattily	〔**-ly** …地〕惡毒地
cattiness	〔**-ness** 名詞字尾〕惡毒
cattish	〔**cat** 貓，**-ish** 如…的〕貓一般的，敏捷的，狡猾的，毒惡的
catty	〔**cat** 貓，**-y** 如…的 =cattish〕
catwalk	〔**walk** 步道〕狹窄的人行道；伸展台
scratchcat	〔**scratch** 抓；「像貓一樣抓人的人」→〕凶狠的女人（或小孩）
wildcat	〔**wild** 野〕野貓

124

075 catch [捉，吸引]

catchall	〔**catch** 抓住，拿，接，**-all** 一切（東西）〕裝雜物的容器
catchcry	〔**catch** 吸引，**cry** 叫喊，話〕吸引人們注意的話（或口號）
catcher	〔**catch** 捉，**-er** 表示人或物〕捕捉者，捕捉器
catching	〔見上，**-ing** …的〕吸引人的，有感染力的
catchphrase	〔**catch** 吸引，**phrase** 語句〕吸引人們注意的話（或字句）
catchy	〔**catch** 吸引，**-y** …的〕吸引人的
dog catcher	〔**dog** 狗；**catch** 捉，**-er** 表示人〕捕狗人
eye-catcher	〔**eye** 目，**catch** 吸引，**-er** 表示物〕引人注目的事物
eye-cathing	〔見上，**-ing** …的〕引人注目的
flycatcher	〔**fly** 蠅，飛蟲，**catch** 捉，捕，**-er** 表示物〕捕蠅草，食蟲鳥

076 cause [原因]

because	〔**be→by**，原義為 **by the cause that**…，「由於…原因」→〕因為
causable	〔**caus(e)** 引起，**-able** 可…的〕可以被引起的
causal	〔**caus(e)** 原因，**-al** …的〕構成原因的，由某種原因引起的

causality	〔見上，**-ity** 名詞字尾〕因果關係，誘發性
causation	〔**caus(e)** 原因，**-ation** 名詞字尾〕（某種結果的）起因，導致；因果關係
causationism	〔見上，**-ism** …論〕因果論
causative	〔**caus(e)** 原因，**-active** …的〕成為原因的，引起…的
causeless	〔**cause** 原因，**-less** 無〕無原因的，無正當理由的

🎧 077 cave ［洞，穴］

cave-house	〔**cave** 洞，**house** 屋〕窰洞
caveman	〔**cave** 洞穴，〕（石器時代的）穴居人
cavern	〔**cav(e)** 洞，**-ern** 表場所〕大山洞，大洞穴
caverned	〔見上，**-ed** …的〕洞穴狀的，有洞穴的
cavernous	〔見上，**-ous** …的〕多洞穴的，洞穴狀的
cavitation	〔**-ation** 名詞字尾〕成穴，空化，空穴作用
cavity	〔**cav(e)** 洞，**-ity** 名詞字尾〕洞，中空，腔
excavate	〔**ex-** 由…中弄出來，**cave** 洞穴，**-ate** 動詞字尾，「由洞穴中挖出來」→〕挖出，發掘；挖掘
excavation	〔見上，**-ation** 名詞字尾〕挖掘，發掘；發掘物，出土文物
excavator	〔見上，**-ator** 表示人或物〕挖掘者，挖掘器

126

🔊 078 　cease　〔停，息〕

cease-fire	〔**fire** 火〕停火，停火命令
ceaseless	〔**cease** 停，**-less** 不〕不停的，不絕的
ceaselessly	〔見上，**-ly** …的〕不停地，不絕地
ceaselessness	〔見上，**-ness** 名詞字尾〕不停，不絕
ceasing	〔**ceas(e)** 停，**-ing** 名詞字尾〕停止，間斷
unceasing	〔**un-** 不〕不停的，不斷的

🔊 079 　center (centre)　〔中心，中央〕

central	〔**centr(e)** 中心，中央，**-al** …的〕中心的，中央的
centralism	〔見上，**-ism** 表示制度〕集中制，中央集權制
centralization	〔見上，**-ation** 名詞字尾〕集中，中央集權
centralize	〔見上，**-ize** 動詞字尾〕集中，把…集中起來，形成中心
centerless	〔**center** 中心，**-less** 無〕無中心的
centermost	〔見上，**-most** 最〕在最中心的
centric	〔**-ic** …的〕中心的，在中心的，中央的
centrist	〔**centr(e)** 中央→中間，**-ist** 表示人〕中間派議員，中間派成員；溫和主義者
concentrate	〔**con-** 加強意味，**centr(e)** 中心，**-ate** 動詞字尾〕集中

127

concentration	〔見上，**-ation** 名詞字尾〕集中
concentrative	〔見上，**-ative** …的〕集中（性）的
concentric	〔**con-** 共同〕同一中心的
decentralize	〔**de-** 相反，不；「不集中」→〕分散（行政權等）
decenter	〔**de-** 離開〕使離開中心
eccentric	〔**ec-** 外，離開〕偏離中心的
multicentric	〔**multi-** 多〕多中心的
multicentricity	〔見上，**-ity** 名詞字尾〕多中心性
polycentric	〔**poly-** 多〕多中心的
polycentricism	〔見上，**-ism** 主義〕多中心主義
self-centered	〔**self** 自己〕自我中心的，自私自利的

🔊 080 certify ［證明］

certifiable	〔**-able** 可…的〕可證明的
certificate	〔**ate** 名詞兼動詞字尾〕證（明）書，執照；發證書給…
certificated	〔**-ed** …的〕有證書的
certification	〔**-ation** 名詞字尾〕證明，證明書
certified	〔**certify** 證明，**-ed** …的〕被證明了的，持有證明書的
certifier	〔**certify** 證明，**-er** 表示人〕證明者

| decertification | 〔見上，-ation 名詞字尾〕証件（或執照）被取消 |
| decertify | 〔de- 取消〕收回（或取消）…的證件 |

chain [鏈]
081

chainless	〔chain 鏈，-less 無〕無鏈的，無束縛的
chainlet	〔chain 鏈，-let 表示小〕小鏈子
chain-react	〔chain 鏈→連鎖，react 反應〕發生連鎖反應
chain-smoke	〔chain 鏈→一個接一個，smoke 抽菸〕一支接一支地抽菸
enchain	〔en- 用…來做…，chain 鏈〕用鏈鎖住，束縛
enchainment	〔見上，-ment 名詞字尾〕（用鏈）囚禁，束縛
unchain	〔un- 取消，除去，chain 鏈〕釋放，給…解開鎖鏈

chair [椅子]
082

armchair	〔arm 手臂〕扶手椅
chairbed	〔bed 床；「能當床用的椅子」〕坐臥兩用的椅子，躺椅
chairman	〔原義為 the occupant of a chair of office or authority〕主席，議長，會長
chairmanship	〔見上，-ship 表職位或身分〕主席（或議長）的職位與身分
chairperson	主席（不分男女的稱呼）

chairwoman	〔見上，**woman** 女人〕女主席，女議長
chairwarmer	〔**warm** 暖；「坐暖椅子的人→不做事的人」〕→懶漢
headchair	〔**head** 頭〕（理髮店等）有頭靠的椅子
wheelchair	〔**wheel** 輪〕（病人等用的）輪椅

🔵 083 change 〔改變，交換〕

changeability	〔見下，**-ability** 可…性〕可變性
changeable	〔**change** 變化，**-able** 可…的〕可變的，易變的
changeful	〔**-ful** 多…的〕多變的，易變的
changefully	〔見上，**-ly** …地〕多變地，易變地
changefulness	〔見上，**-ness** 名詞字尾〕多變性，多變
changeless	〔**change** 變化，**-less** 不〕不變的，無變化的
changelessly	〔見上，**-ly** …地〕不變地，無變化地
changeling	〔**change** 換，**-ling** 名詞字尾，表示人〕被暗中偷換後留下來的嬰兒
changeover	〔**change** 變，**over** 翻過來〕轉變，改變，轉換，變更
changing-room	〔**changing** 更換，**room** 室〕更衣室
exchange	〔**ex-** 出，**change** 換，「換出」〕兌換，交換，調換
exchangeable	〔見上〕可交換的
exchanger	〔見上，**-er** 表示物〕交換器

interchange	〔inter 互相，change 交換〕互換，交換
interchangeable	〔見上，-able 可…的〕可互換的
re-exchange	〔re- 再，重新〕再交換，重新交易
shortchange	〔short 短缺，少，change 找錢〕少找零錢
unchangeable	〔un- 不，changeable〕不能改變的
unchanged	〔un- 未，change 改變，-ed …的〕未改變的
unchanging	〔見上，-ing …的〕不變的

cheer [高興，歡呼]

084

cheerful	〔cheer 高興，-ful …的〕高興的，愉快的
cheerfully	〔見上，-ly …地〕高興地，愉快地
cheerfulness	〔見上，-ness 名詞字尾〕高興，愉快
cheerily	〔見上，-ly …地〕高興地，活潑地
cheeriness	〔見上，-ness 名詞字尾〕高興，活潑
cheering	〔cheer 歡呼，-ing 名詞兼形容詞字尾〕歡呼，喝采；令人高興的
cheerleader	〔cheer 歡呼，leader 隊長〕啦啦隊隊長
cheerless	〔cheer 高興，-less 不，無〕缺乏歡樂的
cheery	〔cheer 高興，-y …的〕興高采烈的，喜氣洋洋的

child [小孩]

085

brainchild	〔**brain** 腦，**child** 小孩〕腦力勞動的產物（如計畫、作品等）
childbirth	〔**birth** 生〕生小孩，分娩
childhood	〔**child** 小孩，**-hood** 表示時代〕幼年時代，童年
childish	〔**child** 小孩，**-ish** …的〕孩子氣的，幼稚的
childishly	〔見上，**-ly** …地〕孩子氣地，幼稚地
childless	〔**child** 小孩，**-less** 無〕無子女的
childlike	〔**child** 小孩，**-like** 如…的〕孩子般天真的
grandchild	〔**grand** 表示在親屬輩分上更大（或更小）一輩〕孫子，孫女，外孫，外孫女
love child	〔**love** 愛情〕私生子
stepchild	〔**step-** 表示前夫或前妻的〕前夫或前妻的孩子
wonder child	〔**wonder** 奇才〕神童

🔊 086 city ［城市］

citied	〔**cit(y→i)** 城市，**-ed** …的〕有城市的，似城市的
citified	〔見下，**-ed** …的〕有城市風光的，城市化了的
citify	〔**cit(y→i)** 城市，**-fy** 使…化〕使城市化
city-bred	〔**bred** 生長的〕在城市長大的
cityscape	〔**-scape** 景色〕城市景色（畫）
city-state	〔**state** 國，邦〕（古代希臘的）城邦
consumer-city	〔**consumer** 消費者〕消費城市

garden city	〔garden 花園〕花園城市
in-city	〔in- 內〕市內的
intercity	〔inter- 在…之間，city 城市〕城市之間的，市際的
intracity	〔intra- 在…內〕市內的
out-city	〔out- 外〕市外的，鄉村的
producer-city	〔producer 生產者〕生產城市

C

087 civilize [使文明，開化]

civilizable	〔civiliz(e) 開化，-able 可…的〕可教化的，可開化的
civilization	〔-ation 名詞字尾〕文明，文化，開化，教化
decivilize	〔de- 取消，除去，毀〕使喪失文明
recivilize	〔re- 再；「再文明→」〕使恢復文明
semicivilized	〔semi- 半〕半文明的，半開化的
uncivilized	〔un- 未，無〕未開化的，無文化的，野蠻的

088 class [班級，等級，種類]

| classic | 〔class 種類，等級，-ic …的；西方文藝以「古羅馬或希臘一類的文藝」為權威的和典範的，「古羅馬、希臘一類的」→〕古典的，古典派的，傳統的，經典的 |
| classical | 〔見上，-al …的〕古典派的，古典的，第一流的 |

133

classicism	〔見上，**-ism** 主義、風格〕古典主義，古典風格
classicist	〔見上，**-ist** 者〕古典主義者，古典學者
classics	〔見上，**-ics** 名詞字尾〕古典著作，經典著作
classifiable	〔見上，**-able** 可…的〕可分類的，可分等級的
classification	〔見上，**-ation** 名詞字尾〕分類，分等級，類別
classified	〔見上，**-ed** …的〕分成類的
classifier	〔見上，**-er** 者〕分類者
classify	〔**class** 種類，分類，**-i-** 連接字母，**-fy** 動詞字尾〕把…分類，把…分等級
classmate	〔**class** 班級，**mate** 夥伴〕同班同學
classroom	〔**class** 班級〕教室
declass	〔**de-** 向下，降低，**class** 等級，地位〕降低社會地位
first-class	〔**first** 第一，**class** 等級〕頭等的，第一流的
high-class	〔**high** 高，**class** 等級〕高級的，上等的
interclass	〔**inter-** 在…之間〕年級之間的
outclass	〔**out-** 勝過，**class** 等級〕比…高一等
pseudoclassic	〔**pseudo-** 假，偽〕偽古典的，似古典的
pseudoclassicism	〔見上，**-ism** 主義〕偽古典主義，似古典主義
second-class	〔**second** 第二，**class** 等級〕二等的，第二流的
unclassed	〔**un-** 未，**class** 分類，歸類，**-ed** …的〕未分類的
unclassified	〔**un-** 不〕不分類別的
underclass	〔**under** 下，低，**class** 班級，年級〕大學（或中學）低年級的

upperclass	〔upper 上，高，class 班級，年級〕大學（或中學）高年級的
world-class	〔world 世界，class 等級〕世界第一流水平的

🔊 089 clean ［清潔，弄乾淨］

cleanable	〔clean 清潔，-able 可…的〕可弄乾淨的
cleaner	〔clean 清掃，-er 者〕清潔工人，做清潔工作的人
cleanhanded	〔「手腳乾淨的」→〕沒有做過壞事的，清白的
cleaning	〔clean 掃除，-ing 名詞字尾〕掃除
clean-living	〔living 生活〕生活嚴謹的
cleanout	〔out 出，掉〕清除，除掉
cleanse	使清潔，清洗
dry-clean	〔dry 乾，clean 清洗〕乾洗
houseclean	〔house 屋子，clean 清掃〕打掃，清洗
unclean	〔un- 不，clean 清潔〕不清潔的

🔊 090 clear ［清楚，清除］

clarification	〔clar＝clear 清楚，-fication 名詞字尾〕闡明，澄清
clarify	〔見上，-i- 連接字母，-fy 動詞字尾，使…〕講清楚，闡明，澄清

clarity	〔clar＝clear 清楚，-ity 名詞字尾〕清澈，透明
clearage	〔clear 清除，-age 名詞字尾〕清除，清理，出清
clearance	〔clear 清除，-ance 名詞字尾〕清除，清理，出空
clear-eyed	〔clear 清除，eye 眼睛，-ed …的〕目光銳利的
clear-headed	〔head 頭→頭腦〕頭腦清楚的
clear-sighted	〔sight 視力，眼光〕目光銳利的
clearway	〔clear 清潔→無障礙，way 路〕超速道路
declaration	〔-ation 名詞字尾〕聲明，宣言，宣告
declarative	〔-ative …的〕說明的，宣言的，宣告的
declare	〔de- 加強意義，clar＝clear 清楚，「講清楚」→〕聲明，表明，宣告
declarer	〔-er 者〕聲明者，宣告者
unclear	〔un- 不，clear 清楚〕不清楚的

🔊 091 climate 〔氣候〕

acclimate	〔ac- 加強意義〕使適應氣候，使服水土
acclimation	〔見上，-ion 名詞字尾〕適應氣候，服水土
bioclimatology	〔bio- 生物〕生物氣候學
climatic	〔climat(e) 氣候，-ic …的〕氣候的
climatological	〔見上，-logical …學的〕氣候學的
climatology	〔climat(e) 氣候，-o- 連接字母，-logy …學〕氣候學

| macroclimate | 〔macro- 大〕大氣候 |
| microclimate | 〔micro- 微小〕小氣候 |

clock ［時鐘］
092

alarm clock	〔alarm 警報〕鬧鐘
anticlockwise	〔anti- 反,見上〕逆時針方向(地)
around-the-clock	〔around 環繞,「環繞鐘面轉」〕連續二十四小時的,連續不停的
clocker	〔clock 時鐘→記時,-er 表示人〕(比賽的)計時員
clockface	鐘面
clockmaker	製造(或修理)時鐘的人
clock watcher	〔watcher 觀看者〕老是看著鐘等下班的人
clockwise	〔clock 時鐘,-wise 表示方向〕順時針方向的
counterclockwise	〔counter- 反,見上〕逆時針方向的(地)

close ［關閉］
093

closed	〔close 關閉,-ed …的〕關閉的,封閉(性)的
closer	〔-er 表示人或物〕關閉者,關閉器
closet	〔clos(e) 關閉,-et 表示小;「關閉的小室」→〕小房間;衣櫥

closing	〔-ing …的〕結束的，末了的，閉會的
closure	〔clos(e) 關閉，-ure 名詞字尾〕關閉，結束
disclose	〔dis- 不，相反，close 關閉；「不關閉」→揭開 →〕揭發，洩露
disclosure	〔見上，-ure 名詞字尾〕揭發，洩露，被揭發出來 的事物
enclose	〔en- 使，作成，close 關閉〕關閉住，圍住
enclosure	〔見上，-ure 名詞字尾〕圍繞，封入，圈地
unclose	〔un- 不，close 關閉〕打開
unclosed	〔un- 不，close 關閉，-ed …的〕未關的，未結 束的
undisclosed	〔un- 未，disclose 洩露〕未洩露的
unenclosed	〔un- 未，enclose 圍住，-ed …的〕沒用牆圍起的

clothes ［衣服］

094

clothe ［給…穿衣服］

cloth ［布］

clad ［穿衣的，被覆蓋的］

battleclad	〔battle 戰鬥，clad 穿…的；「穿著戰鬥服裝 的」〕全副武裝的
bedclothes	〔bed 床〕床上用品
clotheshorse	〔clothes 衣服，horse 馬→形似馬的架子〕曬衣架

clothesline	〔clothes 衣服，line 繩〕曬衣繩
clothier	〔cloth 布，-ier 表示人〕布商，織布工人
clothing	〔cloth 布，-ing 名詞字尾，「布做的東西」〕〔總稱〕衣服，被褥
enclothe	〔en- 使，clothe 穿衣服〕給…穿衣服，覆蓋
horsecloth	〔horse 馬，cloth 布〕（蓋在馬身上的布）馬衣，馬被
ironclad	〔iron 鋼鐵，clad 穿…的；「穿著鋼鐵的」→〕裝甲的，打不破的
nightclothes	〔night 夜，clothes 衣服〕睡衣
overclothes	〔over- 外，clothes 衣服〕外衣，罩衣
reclothe	〔re- 再，clothe 穿衣服〕使再穿衣服；使換衣服
sackcloth	〔sack 麻袋，cloth 布〕粗麻布
saddlecloth	〔saddle 馬鞍，cloth 布〕布鞍墊
shortclothes	〔short 短小，clothes 衣服〕嬰兒所穿的童裝
sky-clad	〔sky 天空，clad 被覆蓋的；「以藍天當衣服」→〕裸體的
smallclothes	〔small 小，clothes 衣服〕小件衣服（尤指內衣）
thinclad	〔thin 薄，clad 穿衣的〕穿得單薄的
unclad	〔un- 未，clad 穿衣的〕未穿衣的，赤裸裸的
unclothe	〔un- 不，相反動作，clothe 穿衣；「與穿衣服相反動作」→〕脫去…的衣服，剝去…的衣服
underclothed	〔under- 不足，clothe 穿衣服，-ed …的〕穿的單薄的

| underclothes | 〔under- 內，clothes 衣服〕內衣褲，襯衣褲 |
| winterclad | 〔winter 冬天，clad 穿衣的〕穿冬服的，穿的可以禦冬的 |

🌐 095 cloud 〔雲〕

cloud-built	〔cloud 雲→空中，built 建築；「建築在空中的」，「空中樓閣」→〕空想的，虛無飄渺的
cloud-capped	〔cap 帽，蓋，-ed …的；「被雲蓋住的」→〕（山峰等）高聳入雲的，白雲籠罩的
clouded	〔cloud 雲，-ed …的〕佈滿著雲的
cloudily	〔見上，-ly …地〕烏雲密布地
cloudiness	〔見上，-ness 名詞字尾〕多雲狀態
cloud-kissing	〔kiss 接吻→接觸，-ing …的；「與雲相接觸的」→〕（建築物）高聳入雲的，摩天的
cloudland	〔同上〕仙境，幻境；雲區
cloudless	〔cloud 雲，-less 無〕無雲的，晴朗的
cloudlet	〔cloud 雲，-let 表示小〕小朵雲，微雲
cloudscape	〔-scape 景色〕雲景
cloudworld	〔cloud 雲→天上，world 世界→境界〕仙境，幻境
cloudy	〔cloud 雲，-y 多…的〕多雲的，陰天的
encloud	〔en- 用…做…，cloud 雲〕陰雲遮蔽
intracloud	〔intra- 在…內，cloud 雲〕雲間的，雲內層的
overcloud	〔over- 在上，cloud 雲〕使佈滿烏雲，使陰暗

140

| sub-cloud | 〔sub- 下，cloud 雲〕雲下的 |
| uncloud | 〔un- 無，cloud 雲，-ed …的〕沒有陰雲的，晴朗的 |

coal ［煤］

coal-bed	〔bed 床→層〕煤層
coalblack	〔black〕漆黑的
coal-cutter	〔cut 切→挖掘，-er 表示物〕掘煤機，採煤機
coaler	〔coal 煤，-er 表示人或物〕煤商，運煤的船（或車輛）
coalfield	〔coal 煤，field 田〕煤田，產煤區
coalification	〔coal 煤，-i- 連接字母，-fication …化〕〔地質〕煤化（作用）
coalpit	〔pit 坑〕煤坑，豎井
coaly	〔coal 煤，-y 多…的，如…的〕多煤的，含煤的，似煤的
recoal	〔re- 再，重新，coal 裝煤，上煤〕（給…）重新裝煤

coat ［上衣，外套］

| bluecoat | 〔blue 藍色〕穿藍色制服的人；警察 |
| coatee | 〔coat 上衣，-ee 名詞字尾，表示物〕緊身短上衣 |

coating	〔-ing 名詞字尾，表示材料〕上衣材料
coattail	〔tail 尾→尾擺〕男上衣後擺；衣尾效應
greatcoat	〔great 大→厚大〕厚大衣
graycoat	〔gray 灰色〕穿灰色衣服的人
housecoat	〔house 家→在家穿的〕婦女在家穿的寬大服裝
minicoat	〔mini- 小〕超短外套
overcoat	〔over- 上，外〕大衣
petticoat	〔pett(y→i) 微小的〕襯裙
raincoat	〔rain 雨〕雨衣
sugarcoat	〔sugar 糖，coat 衣→包上〕包上糖衣，使有吸引力
surcoat	〔sur- 外，上〕（中世紀的）女式上衣，外衣
tailcoat	〔tail 尾〕燕尾服
topcoat	〔top 頂，上〕輕便大衣
undercoat	〔under- 內〕大衣內的上衣

cock ［公雞］

098

cockcrowing	〔crow 鳴叫，-ing 名詞字尾；「雞鳴時分」→〕黎明
cocker	〔-er 表示人〕鬥雞者
cockeyed	〔eye 眼；雞眼是斜的〕斜眼的
cockfighting	〔fighting 鬥〕鬥雞

cockhorse	〔horse 馬;「形似公雞的馬」〕（小孩騎著玩的）木馬
cockily	〔-ly …地〕趾高氣揚地，驕傲自大地
cockiness	〔-ness 名詞字尾〕趾高氣揚，驕傲自大
cockpit	〔pit 坑，場地〕鬥雞場
cockscomb	〔comb 肉冠〕雞冠
cocktail	〔tail 尾〕雞尾酒
cocky	〔cock 公雞，-y 像…的；公雞昂頭翹尾，形似驕傲→〕趾高氣揚的，驕傲自大的
gamecock	〔game 比賽→鬥，cock 公雞〕鬥雞，好鬥的人
weathercock	〔weather 氣候，風向，cock 公雞〕風向儀（最初的風向儀長得像公雞）；易變的人，隨風倒的人

C

cold [冷]
099

cold call	〔call 打電話〕推銷員為了推銷產品打給不認識的人
cold cream	〔cream 面霜〕冷霜
cold feet	發慌，害怕，膽小
cold fusion	〔fusion 融合〕低溫原子核融合
cold pack	冰袋
cold war	冷戰
cold-blooded	〔blood 血〕冷血的，無情的，殘酷的
cold-bloodedly	〔見上，-ly …地〕無情地，殘酷地
coldhearted	〔heart 心〕冷心腸的，冷淡的

coldheartedly	〔見上，-ly …地〕冷淡地，無情地
cold-livered	〔liver 肝〕不動肝火的，冷靜的
coldly	〔cold 冷，-ly …地〕冷淡地
coldness	〔cold 冷，-ness 名詞字尾〕寒冷
coldproof	〔-proof 防，抗〕抗寒的，耐寒的
cold-water	〔「冷水的」→〕沒有熱水設備的
ice-cold	〔ice 冰，cold 冷〕冰冷的，極冷的

 collect [收集，聚集]
100

collectable	〔collect 收集，-able 可…的〕可收集的，可徵收的
collection	〔collect 收集，-ion 名詞字尾〕收集，採集；收集物
collective	〔collect 聚集，集合，-ive …的〕集合的，集體的
collectivism	〔見上，-ism 主義〕集體主義（制度）
collectivist	〔見上，-ist 者〕集體主義者，集體主義的
collectivity	〔見上，-ity 名詞字尾〕集體性，集體
collectivization	〔見上，-ization …化〕集體化
collectivize	〔見上，-ize …化〕使集體化
collector	〔collect 收集，-or 表示人〕收集人，收藏家，採集者
recollect	〔re- 回，collect 收集，召集〕回憶，追憶，想起
re-collect	〔re- 再，collect 聚集〕重新集合，恢復，振作

| recollection | 〔見上，**-ion** 名詞字尾〕回憶，追憶，記憶力 |
| stamp-collector | 〔**stamp** 郵票〕集郵者 |

🔊 101 college [學院，大學]

college-bred	〔**college** 大學，**bred** …教養的〕受過大學教育的
collegian	〔**colleg(e)** 大學，**ian** 表示人〕高等學校學生
collegiate	〔**colleg(e)** 大學，**-ate** 形容詞字尾，…的〕學院的，大學的，大學生的
noncollegiate	〔**non-** 非，不〕不屬於學院的（學生）；未受大學教育的人
out-college	〔**out-** 外〕不在學校寄宿的
subcollege	〔**sub-** 次，下，不足〕準大學程度的

🔊 102 colony [殖民地]

anti-colonial	〔**anti-** 反〕反殖民主義的
anti-colonialism	〔見上〕反殖民主義
colonial	〔**colon(y→i)** 殖民地，**-al** …的〕殖民地的
colonialism	〔見上，**-ism** 主義〕殖民主義
colonialist	〔見上，**-ist** 者〕殖民主義者（的）
colonist	〔見上〕殖民地開拓者；殖民地居民
colonize	〔見上，**-ize** 動詞字尾〕開拓殖民地於（某地區）

colonizer	〔見上，**-er** 者〕殖民地開拓者，殖民者
decolonize	〔**de-** 取消，非〕使非殖民地
neo-colony	〔**neo-** 新〕新殖民地
neocolonialism	〔見上〕新殖民主義
neocolonialist	〔見上〕新殖民主義（的）
recolonize	〔**re-** 再〕再開拓殖民地於（某地）
semi-colonial	〔見上〕半殖民地的
semi-colony	〔**semi-** 半〕半殖民地

🔊 103 color 〔顏色〕

colorable	〔**color** 色→著色，**-able** 可…的〕可著色的
colorant	〔**-ant** 名詞字尾，表示物〕顏料，染料
coloration	〔**-ation** 名詞字尾〕著色（法），色彩，特色
color-blind	〔**blind** 盲〕色盲的；沒有種族歧視的
colored	〔**color** 顏色，**-ed** …的〕有色的
colorfast	〔**fast** 緊的，牢固的〕不退色的
colorful	〔**-ful** 多…的〕多色的，色彩豐富的，豔麗的
colorist	〔**-ist** 人〕著色師，配色師
colorless	〔**-less** 無〕無色的，無血色的，蒼白的
colorman	〔**color** 色，染色，顏料〕染色師，顏料商
colory	〔**-y** 形容詞字尾，多…的〕色彩豐富的
cream-colored	〔**cream** 奶油〕奶油色的

decolorant	〔**de-** 除去，**-ant** 形容詞兼名詞字尾〕脫色的，漂白的；脫色劑，漂白劑
decolorization	〔**-ation** 名詞字尾〕脫色，漂白
decolorize	〔**-ize** 動詞字尾〕使脫色，將漂白
decolorizer	〔**-er** 表示物〕脫色劑，漂白劑
discolor	〔**dis-** 除去，**color** 色〕（使）退色，（使）變色
discoloration	〔見上，**- ation** 名詞字尾〕退色，變色
flesh-colored	〔**flesh** 肉〕肉色的
multicolored	〔**mult-** 多，**color** 色，**-ed** …的〕多種色彩的
orange-colored	〔**orange** 橙〕橘色的，橙色的
recolor	〔**re-** 再，重新〕給…重新著色
self-colored	〔**self-** 自己〕原色的，本色的
tricolor	〔**tri-** 三，**color** 色〕（有）三色的，三色旗的
uncolored	〔**un-** 未〕未染色的，未著色的
varicolored	〔**vari-** 不同的〕染色的，五顏六色的
watercolor	〔**water** 水，**color** 色彩，顏料〕水彩畫，水彩顏料

104 combine [聯合，結合]

combinable	〔**combin(e)** 結合，**-able** 能 …的〕能結合的
combination	〔**combin(e)** 聯合，**-ation** 名詞字尾〕聯合，結合；聯合體
combinative	〔見上，**-ative** …的〕結合（性）的，結合而成的

combining	〔見上，**-ing** …的〕結合性的
recombine	〔**re-** 再，重新〕重新結合，重新聯合
uncombined	〔**un-** 未〕未結合的，未聯合的

● come ［來］
105

come-and-go	來往；伸縮；易變的，不定的
comeback	恢復；復辟
comedown	衰落，落魄
comer	來者，前來的人
coming	即將來到的，即將出現的
forthcoming	即將來到的，即將出現的
home-coming	〔**home** 家〕回到家（鄉），回到本國；返校日
income	〔**the which comes in**〕收入，進款，所得
incomer	〔**in** 進，入，**comer**來者〕進來者，闖入者
newcome	〔**new** 新〕新來的
newcomer	〔**new** 新，**comer** 來者〕新來的人，移民，新手
oncoming	〔**coming on**〕迎面而來的，即將來到的
outcome	〔**out** 出，「產生出來的」，「得出來的」〕成果，後果，結果
outcomer	〔**out** 外，「由外面來者」〕外來者，外國人；陌生人
shortcoming	〔＝**coming short**〕短處，缺點

| upcoming | 〔coming up〕即將來臨的 |

106 comfort [舒適，安慰]

comfortable	〔comfortable 舒適，安慰，-able …的〕舒適的，安慰的
comfortably	〔見上，-ably …地〕舒適地，安慰地
comforter	〔-er 者〕安慰者
comforting	〔comfort 安慰，-ing …的〕安慰的，令人鼓舞的
comfortless	〔-less 無，不〕不舒服的
discomfort	〔dis- 不，comfort 舒服〕不舒服
uncomfortable	〔un- 不〕不舒服的，不自在的

107 commerce [商業]

commercial	〔commerc(e) 商業，-ial 形容詞字尾，…的〕商業的，商業上的
commercialism	〔見上，-ism 表示主義，精神、語言等〕
commercialist	〔見上，-ist 表示人〕商業家，商業主義者
commercialization	〔見上，-ization 名詞字尾，…化〕商業化，商品化
commercialize	〔見上，- ize 使…化〕使商業化，使商品化
semicommercial	〔semi- 半〕半商業性的
uncommercial	〔un- 非〕非商業（性）的，非營利的

149

common [普通的，公共的]

108

commonage	〔-age 名詞字尾〕（牧場或公地的）共用權，（土地的）共有；公地
commonality	〔-ality 名詞字尾，表情況、性質〕公共；普通
commoner	〔common 普通的，-er 表示人〕平民
commonly	〔common 普通的，-ly …地〕普遍地，通常地
commonsense	〔common 普通的，通常的，平常的，sense 見識，知識〕有常識的；明明白白的
discommon	〔dis- 取消，common 公共的→公共的土地〕把（公用土地）圈為私有
uncommon	〔un- 不，common 普通的〕不普通的，不平常的

compare [比較]

109

comparable	〔compar(e) 比較，-able 可…的〕可比較的
comparably	〔compar(e) 比較，-ably …地〕可比較地
comparative	〔compar(e) 比較，-ative …的〕比較的，比擬物
comparatively	〔見上，-ly …地〕比較地
comparator	〔compar(e) 比較，-ator 表示物〕比較儀，比較器
comparison	〔compar(e) 比較，-ison 名詞字尾〕比較，對照
incomparable	〔in- 不，無〕不能比較的；無比的，無雙的
incomparably	〔見上〕不能比較地；無比地，無雙地

110 compose ［組成，創作，排（版）］

composer	〔**compose** 創作，**-er** 者〕作曲者，創作者
composing	〔**compos(e)** 排版，排字，**-ing** 名詞字尾〕排字
composition	〔**compos(e)** 創作，組成，**-tion** 名詞字尾；「創作成的東西」→〕作文，樂曲；組成
compositive	〔**compos(e)** 組成，**-itive** …的〕合成的，綜合的
compositor	〔見上，**-itor** 表示人〕排字工人
decomposability	〔**-ability** 可…性〕可分解性
decomposable	〔**de-** 非，相反，**-able** 可…的〕可分解的
decompose	〔**compose** 組成；「與組成相反」〕分解
decomposition	〔**-ition** 名詞字尾〕分解（作用）
indecomposable	〔**in-** 不，**decomposable** 可分解的〕不可分解的
photocompose	〔**photo** 照相，**compose** 排版〕照相排版
precompose	〔**pre-** 先，預先〕預作（詩歌等）
recompose	〔**re-** 再，重新〕再組成，重新組合，改組

111 compute ［計算］

computable	〔**comput(e)** 計算，**-able** 可…的〕可計算出來的
computation	〔**comput(e)** 計算，**-ation** 名詞字尾〕計算（法），電子計算機的操作
computational	〔見上，**-al** …的〕計算（上）的

151

computer	〔**compute** 計算，**-er** 表示物〕計算機，電子計算機，電腦；計算者
computerese	〔見上，**-ese** 表示語言〕計算機語言
computerite	〔見上，**-ite** 表示人〕計算機工作人員，電腦人員，電腦迷
computerizable	〔見上，**-able** 可…的〕可電腦化的
computerization	〔見上，**-ization** …化〕電子計算機化，電腦化
computerize	〔見上，**-ize** 使…化〕使電腦化，用電腦計算
computerlike	〔見上，**-like** 像…的〕電腦般的，像電子計算機的
computerman	電腦專家
computernik	〔見上，**-nik** 表示人〕計算機工作人員，計算機迷，電腦迷
incomputable	〔**in-** 不，見上〕不能計算的，大量的
microcomputer	〔**micro-** 微〕微型電子計算機，微電腦

 concern [關心，有關]
112

concerned	〔**concern** 關心，有關，**-ed** …的〕關心的；有關的
concernment	〔**concern** 關心，**-ment** 名詞字尾〕掛念，所關心的事物
self-concern	〔**self-** 自己；「只關心自己」〕只顧自己，自私自利
self-concerned	〔見上，**-ed** …的〕只顧自己，自私自利的

unconcern	〔un-不，concern 關心〕漠不關心
unconcerned	〔見上，-ed …的〕漠不關心的，不相關的，無關的

C

condemn〔譴責，定罪〕

condemnable	〔condemn 譴責，定罪，-able …的〕應受譴責的，應定罪的
condemnation	〔見上，-ation 名詞字尾〕譴責，定罪，宣告有罪
condemnatory	〔見上，-atory 形容詞字尾，…的〕（表示）譴責的，定罪的
condemned	〔見上，-ed 已…的〕已被定罪的
condemner	〔見上，-er 者〕譴責者，定罪者，宣判者
precondemn	〔pre- 預先〕（不經審問）預先定…有罪
self-condemnation	〔見上，-ation 名詞字尾〕自我譴責
self-condemned	〔self- 自己〕自我譴責的

condition〔條件，狀況〕

conditional	〔condition 條件，-al …的〕附有條件的
conditionality	〔見上，-ality 名詞字尾，表示性質〕條件性，條件限制
conditionally	〔見上，-ly …地〕附有條件地
conditioned	〔見上，-ed …的〕在某種條件下的，有條件的

ill-conditioned	〔ill 不好的，壞的，condition 情況，-ed …的〕情況糟的
precondition	〔pre- 預先〕先決條件，前提
recondition	〔re- 回，回復，再，「回復原來狀況」〕修理，修復，修整，改善
unconditional	〔un- 無〕無條件的，無保留的
unconditionally	〔見上，-ly …地〕無條件地
unconditioned	〔見上〕無條件的，絕對的

 conduct ［指導，傳導，行為］
₁₁₅

conductibility	〔見上，-ibility …性〕傳導性，被傳導性
conductible	〔conduct 傳導，-ible 能…的〕能傳導的，能被傳導的
conductive	〔見上，-ive …的〕傳導性的，傳導上的
conductivity	〔見上，-ivity …性〕傳導性，傳導率
conductor	〔conduct 指導，傳導，-or 者〕指導者，管理人；（電車等的）售票員，（樂隊等的）指揮；〔電〕導體
conductress	〔見上，-ress 表示女性〕女指導者，（電車等的）女售票員，（樂隊等的）女指揮
misconduct	〔mis- 誤，錯，conduct 處理〕處理不當
nonconducting	〔non- 非，-ing …的〕不傳導的，絕緣的
nonconductor	〔見上，conductor 導體〕非導體，絕緣體

semiconductor	〔semi- 半，conductor 導體〕半導體
superconductor	〔見上，conduct 導體〕超導體
well-conducted	〔well 好，conduct 行為，-ed …的〕品行端正的

 C

 confide [信任]
116

confidant	〔confid(e) 信任，-ant 表示人，「信任的人」〕密友，知己
confidence	〔confid(e) 信任，-ence 名詞字尾〕信任，信心，自信
confident	〔見上，-ent 形容詞字尾，…的〕有信心的，自信的
confidential	〔見上，-ial …的〕極受信任的，心腹的
confidently	〔見上，-ly …地〕有信心地，自信地，確信地
confiding	〔confid(e) 信任，-ing …的〕信任別人
nonconfidence	〔non- 不〕不信任
overconfidence	〔over- 過分〕過分自信，過於自信
overconfident	〔見上〕過分自信的，過於自信的
self-confidence	〔self- 自己〕自信
self-confident	〔見上〕自信的

 connect [連接，連結]
117

connected	〔connect 連接，-ed …的〕連接的，連結的，關聯的，連貫的
connecter	〔見上，-ed 表示人或物〕連接者，聯繫者；連接物
connection	〔見上，-ion 名詞字尾〕連接者，聯繫者；連接物
connective	〔見上，-ive …的〕連接的，連結的
disconnect	〔dis- 不；「不連結」→〕拆開，分開，分離
disconnected	〔見上，-ed… 的〕分開的，分離的，不連接的
disconnection	〔見上，-ion 名詞字尾〕分開，分離，斷開
interconnect	〔inter- 互相〕使互相聯繫，使互相結合
unconnected	〔un- 不〕不連接的，不連貫的

conquer [征服]

118

all-conquering	〔all 全，一切，conquer 征服，-ing …的；「征服一切的」〕所向無敵的
conquerable	〔conquer 征服，-able 可…的〕可征服的
conqueror	〔conquer 征服，-or 者〕征服者，勝利者
conquest	繳獲品，佔領地
reconquer	〔re- 再，conquer 征服〕再征服，奪回
unconquerable	〔un- 不〕不可征服的，不可戰勝的

conscious [有意識的]

119

coconscious	〔co- 共同〕並存意識的，意識到同樣事物的
consciously	〔coconscious 有意識的，-ly …地〕有意識地，自覺地
consciousness	〔coconscious 有意識的，-ness 名詞字尾〕意識，知覺
self-conscious	〔self- 自己，coconscious 有意識的〕自覺的，自我意識的
subconscious	〔sub- 下〕下意識的，淺意識的
subconsciousness	〔見上，-ness 名詞字尾〕下意識，淺意識
superconscious	〔super- 超〕超意識的
unconscious	〔un 不，無〕無意識的，不知不覺的

conserve [保存，保守]

conservancy	〔見上，-ancy 名詞字尾〕（自然資源的）保護，管理
conservation	〔conserv(e) 保存，-ation 名詞字尾〕保存，（自然資源的）保護
conservational	〔見上，-al …的〕保存的，保護的
conservationist	〔見上，-ist 者〕自然資源保護論者
conservative	〔conserv(e) 保存，保守，-ative …的〕保存的，保守的，守舊的；保守主義者
conservatively	〔見上，-ly …地〕保守地，守舊地

conservator	〔conserv(e) 保存，保護，-ator 表示人〕保護者，管理人
conservatory	〔見上，-atory 表示場所、地點：「保護植物的地方」〕（培養植物的）暖房，溫室
ultraconservatism	〔ultra- 極端，-ism 主義〕極端保守主義
ultraconservative	〔見上，conservative 保守的〕極端保守（主義）的

consider [考慮]
121

considerable	〔consider 考慮，-able 可…的〕重要的；可觀的
considerate	〔consider 考慮，-ate 形容詞字尾，…的〕考慮周到的，體貼的
considerately	〔見上，-ly …地〕考慮周到地，體貼地
consideration	〔consider 考慮，-ation 名詞字尾〕考慮，思考，體諒
considered	〔consider 考慮，-ed 已…的〕經過深思熟慮的
inconsiderate	〔in- 不，considerate 考慮周到的〕考慮不周的，不替別人著想的
inconsideration	〔見上〕考慮不周；不替別人著想
inconsiderable	〔in- 不，considerable 重要的〕不重要的
reconsider	〔re- 再，重新〕重新考慮
reconsideration	〔見上，-ation 名詞字尾〕重新考慮
unconsidered	〔un- 未〕未經思考的，隨口（說出）的

construct [建造，建設]

construction	〔construct 建造，-ion 名詞字尾〕建設，建築
constructive	〔construct 建造，-ive …的〕建設的，建設性的
constructively	〔見上，-ly …地〕建設性的
constructor	〔construct 建造，-or 者〕建造者
reconstruct	〔re- 再，重〕重建，再建
reconstruction	〔見上，-ion 名詞字尾〕重建，再建

content [滿意]

contented	〔content 滿意，-ed …的〕滿意的，滿足的
contentedly	〔見上，-ly …地〕滿意地，滿足地
contentment	〔見上，-ment 名詞字尾〕滿意，滿足
discontent	〔dis- 不〕不滿意的；不滿
discontented	〔見上，-ed …的〕不滿的
discontentment	〔見上，-ment 名詞字尾〕不滿
malcontent	〔mal- 不〕不滿的，對政治現狀不滿的；不滿者
self-content	〔self- 自己〕自滿
self-contented	〔見上，-ed …的〕自滿的
self-contentment	〔見上，-ment 名詞字尾〕自滿
well-contented	〔well 充分，很〕十分滿意的

continent [大陸，洲]

continental	〔**continental** 大陸，**-al** …的〕大陸的，大陸性的
continental shelf	〔**shelf** 架〕大陸棚
intercontinental	〔**inter-** 在…之間，…際，**continent** 洲，**-al** …的〕洲際的
protocontinent	〔**proto-** 原始〕原始大陸
subcontinent	〔**sub-** 次，**continent** 大陸〕次大陸
subcontinental	〔見上，**-al** …的〕次大陸的
supercontinent	〔**super-** 超〕超級大陸
transcontinental	〔**trans-** 越過，橫過，**continental** 大陸，**-al** …的〕橫貫大陸的

continue [繼續]

continual	〔**continu(e)** 繼續，**-al** …的〕連續的，不斷的
continually	〔見上，**-ly** …地〕連續地，不斷地
continuance	〔**continu(e)** 繼續，**-ance** 名詞字尾〕繼續，連續，持續
continuation	〔**continu(e)** 繼續，**-ation** 名詞字尾〕繼續，連續
continuative	〔**continu(e)** 繼續，**-ative** …的〕繼續的，連續的
continuator	〔**continu(e)** 繼續，**-ator** 者〕繼續者，繼承者

continued	〔-ed …的〕繼續的，連續的，不斷的
continuing	〔-ing …的〕繼續的，連續的，持續的
continuity	〔continu(e) 繼續，-ity 名詞字尾〕繼續（性），連續（性）
continuous	〔continu(e) 繼續，-ous …的〕繼續的，連續的
continuously	〔見上，-ly …地〕繼續地，連續地
continuousness	〔見上，-ness 名詞字尾〕繼續，連續
discontinuance	〔dis- 不〕不連續，停止，中斷，中止
discontinuation	〔dis- 不〕不繼續，停止，中斷，中止
discontinue	〔dis- 不，continue繼續〕不繼續，中斷
discontinuity	〔dis- 不〕不連續（性），間斷
discontinuous	〔dis- 不〕不連續的，間斷的
noncontinuous	〔non- 不〕不連續的，間斷的

contradict 〔和…相矛盾〕

contradictable	〔contradict 反駁，-able 可…的〕可反駁的
contradiction	〔contradiction 同…相矛盾，-ion 名詞字尾〕矛盾，抵觸，反駁
contradictious	〔contradict 相矛盾，-ious 形容詞字尾，…的〕相矛盾（或抵觸）的
contradictiously	〔見上，-ly …地〕相矛盾的，相抵觸的
contradictor	〔-or 表示人〕相矛盾的人，反駁者

161

contradictory	〔**contradict** 相矛盾，**-ory** 形容詞字尾，…的〕相矛盾的
self-contradiction	〔**self-** 自己〕自相矛盾
self-contradictory	〔**self-** 自己〕自相矛盾的

🔊 control [控制，管制]
127

controllable	〔**control** 控制，**l** 重複字母，**-able** 可…的〕可控制的
controller	〔**control** 控制，**-er** 表示人或物〕控制器；管理員
controls	控制器，操縱器
decontrol	〔**de-** 取消，**control** 管制〕取消管制，解除管制
incontrollable	〔**in-** 不，見上〕不能控制的
self-control	〔**self-** 自己〕自我克制，自制
telecontrol	〔**tele-** 遠，**control** 控制〕遙控，遠距離控制
uncontrollable	〔**un-** 不，見上〕控制不了的
uncontrolled	〔見上，**-ed** …的〕不受控制的，不受管束的
water-control	〔**water** 水，**-control** 控制〕治水

🔊 cook [煮，烹調]
128

| cook | 〔「烹調的人」→〕廚師 |
| cookbook | 烹調書，食譜 |

cooker	〔cook 煮，烹調，-er 表示物〕炊事用具（尤指爐、鍋等）
cookery	〔cook 烹調，-ery …法〕烹調法； 〔-ery 表示地方〕烹調的地方
cookhouse	（野營）廚房，船內廚房
cooking	〔ing …的〕烹調用的
cookout	〔out 外，外邊〕在外面野餐的郊遊
cookshop	〔shop 店〕飯店，菜館
precook	〔pre- 預先，cook 煮〕預煮（食物）
uncooked	〔un- 未，cook 煮，-ed …的〕未烹調的，生的

🔊 129 cool ［涼，變冷］

coolant	〔cool 冷卻，-ant 表示物〕冷卻劑
cooler	〔cool 冷卻，-er 表示物〕冷卻器
cool-headed	〔cool 冷，冷靜，head 頭，頭腦，-ed …的〕頭腦冷靜的
coolness	〔cool 涼，-ness 名詞字尾〕涼爽
coolth	〔cool 涼，-th 名詞字尾〕涼，涼爽
air-cool	〔air 空氣，cool 冷卻〕用空氣冷卻
air-cooler	〔見上，-er 表示物〕空氣冷卻器
precool	〔pre- 預先，cool 冷卻〕（在包裝前）預先冷卻
precooler	〔見上，-er 表示物〕預（先）冷卻器

| supercool | 〔**super-** 超，**cool** 冷〕（使）過冷 |
| water-cool | 〔**water** 水，**cool** 冷卻〕用水冷卻 |

⊕ copy ［抄寫，抄本］
130

copybook	習字帖
copydesk	〔**copy** 抄寫，抄本，稿件，**desk** 辦公桌〕（報館）編輯部
copying	〔**copy** 抄寫〕謄寫（的），複製（的）
copyist	〔**copy** 抄寫，複製，**-ist** 表示人〕抄寫員，複製者
copyreader	〔**copy** 抄本，稿本，**reader** 審閱者〕編輯
copyright	〔**copy** 抄本，稿本→作品，**right** 權〕著作權，版權
copywriter	〔**copy** 抄本，稿本，**writer** 撰寫者〕撰稿人
microcopy	〔**micro-** 微，**copy** 複製本〕（印刷物等的）縮微本
photocopy	〔**photo** 照相，**copy** 複製本〕照相複製本，照相複製

⊕ corret ［改正，正確的］
131

correction	〔**correct** 改正，**-ion** 名詞字尾〕改正，修改，校正，糾正
correctional	〔見上，**-al** …的〕改正的，糾正的
correctitude	〔**correct** 正確的，端正的，**-itude** 表示抽象名詞〕（行為的）端正

164

corrective	〔**correct** 改正，**-ive** …的〕改正的，糾正的
correctively	〔見上，**-ly** …地〕改正地，糾正地
correctly	〔**correct** 正確的，**-ly** …地〕正確地
correctness	〔**correct** 正確的，**-ness** 名詞字尾〕正確
corrector	〔**correct** 改正，**-or** 者〕校對者，矯正者
incorrect	〔**in-** 不，**correct** 正確的〕不正確的，錯誤的
incorrectly	〔見上，**-ly** …地〕不正確地，錯誤地
incorrectness	〔見上，**-ness** 名詞字尾〕不正確，錯誤
uncorrected	〔**un-** 未，**correct** 改正，**-ed** …的〕未改正的

🔵 132 count 〔數，計算〕

account	〔**ac-** 表示加強或引申意義，**count** 計算，計數〕算帳，帳目，帳戶
accountancy	〔見上，**-ancy** 名詞字尾〕會計工作
accountant	〔見上，**-ant** 表示人；「算帳的人」〕會計
accounting	〔見上，**-ing** 表示…學〕會計學
countable	〔**count** 計算，**-abel** 可…的〕可數的
counter	〔**count** 計算，**-er** 表示人或物〕計算者，計算器
counting	〔**count** 計算，**-ing** 表示行為〕計算
countless	〔**count** 數，**-less** 無〕無數的，多得不計其數的
discount	〔**dis-** 除去，**count** 數〕折扣，打折
miscount	〔**mis-** 誤，**count** 計算〕誤算，數錯

recount	〔re- 再，重新，count 數，計算〕再數，重新計算
uncountable	〔un- 不，count 數，-able 可…的〕不可數的，無數的
uncounted	〔un- 未，count 數，-ed …的〕未數過的

⊕ country ［國家，鄉下，地區］
133

backcountry	〔back 背後→偏僻，country 地區〕偏僻的農村地區，遙遠地區
countrified	〔county 鄉村，（-fy 使…化），-fied …化了的〕鄉下派頭的，鄉土氣的
country club	〔county 鄉村，club 俱樂部〕鄉村俱樂部
country folk	〔county 鄉村，folk 人們〕鄉下人
country-born	〔county 農村，born …出生的〕身在農村的，農村中長大的
country-dance	〔country 鄉村，dance 跳舞〕英國鄉村舞蹈
countryman	〔country 國家，「同一國家的人」〕同國人，同胞，同鄉
	〔country 鄉下〕鄉下人
countryside	鄉下，農村
countrywide	〔country 國家，wide 範圍廣闊的〕全國性的
countrywoman	〔見上，woman 女人〕女同胞，鄉下女人
cross-country	〔cross 橫穿，越過〕橫穿全國，越野的
downcountry	〔down 下，country 地區〕在（或往）沿海地區

noncountry	〔non- 不，非〕不存在的國家
sub-country	〔sub→suburbs 郊區，country 農村〕城市化的農村地區
up-country	〔up 上，country 地區〕內地，內地的，在（或往）內地

🔊 134 courage ［勇氣］

courageous	〔courage 勇氣，-ous …的〕勇敢的，有膽量的，無畏的
courageously	〔見上，-ly …地〕勇敢地，有膽量地，無畏地
discourage	〔dis- 取消，除去，courage 勇氣〕使失去勇氣，使洩氣，使沮喪
discouragement	〔見上，-ment 名詞字尾〕氣餒，沮喪，洩氣
discourageing	〔見上，-ing …的〕令人洩氣的，使人沮喪的
encourage	〔en- 使…，courage 勇氣，「使有勇氣」〕鼓勵，贊助
encouragement	〔見上，-ment 名詞字尾〕鼓勵，贊助；鼓勵物
encouraging	〔見上，-ing …的〕鼓勵的，贊助的，鼓舞人心的

🔊 135 cover ［蓋］

coverall	〔cover 蓋，all 全；「全蓋上」〕（衣褲相連的）工作服
covered	〔cover 蓋，-ed …的〕有蓋的，有遮蔽的

covering	〔**cover** 蓋，**-ing** 名詞字尾〕覆蓋（物），掩蔽（物），罩；〔**-ing** …的〕掩護的
discover	〔**dis-** 取消，除去，**cover** 蓋子；「揭去蓋子」→〕發現，看出，曝露
discoverable	〔見上，**-able** 可…的〕能發現的，可看出的
discoverer	〔見上，**-er** 者〕發現者
discovery	〔見上，**-y** 名詞自尾〕發現，被發現的事物
hard-cover	〔**hard** 硬，**cover** 覆蓋物→書皮〕硬皮書裝訂的
re-discover	〔**re-** 再，重新〕再發現，重新發現
snow-covered	〔**snow** 雪，**cover** 覆蓋〕被雪覆蓋的
uncover	〔**un-** 除去，**cover** 蓋子〕掀開…的蓋子，使露出
uncovered	〔**un-** 無，**cover** 覆蓋，**-ed** …的〕無覆蓋物，無遮掩的
undercover	〔**under-** 在…之下，**cover** 掩蓋；「在掩蓋之下」〕暗中進行的，秘密進行的
undiscovered	〔**un-** 未，**discover** 發現，**-ed** …的〕未被發現的

🔊 craft 〔工藝，技巧，航行器〕
136

aircraft	〔**air** 空中，**craft** 航行器〕飛機
aircraftsman	空軍士兵
antiaircraft	〔**anti-** 反，防，**aircraft** 飛機→空襲〕防空襲的；高射武器
craftily	〔**-ly** …地〕詭計多端地

craftiness	〔-ness 名詞字尾〕詭計多端，狡猾
craftsman	手工藝人，工匠，名匠
craftsmanship	〔見上，-ship 名詞字尾〕（工匠的）技術，技藝
crafty	〔craft 技巧→手腕，詭計，-y 多…的〕詭計多端的
handicraft	〔hand 手，-i- 連接字母，craft 工藝〕手藝，手工藝，手工業，手工藝品
handicraftsman	〔見上〕手工藝人，手工業者
kingcraft	〔king 君王，craft 技巧，權術〕君王的統治權術
landing craft	〔landing 登陸，craft 船，艇〕登陸艇
needlecraft	〔needle 針→縫紉，craft 工藝〕縫紉業，刺繡活
pencraft	〔pen 筆→書寫，craft 技巧〕書法；寫作（的技巧）
roadcraft	〔road 道路→在道路上行駛，craft 技巧〕駕駛技術
seacraft	〔sea 海洋，craft 航行器，技巧〕海輪；航海術
spacecraft	〔space 太空，craft 飛行器〕太空船
speechcraft	〔speech 說話，craft 技巧〕口才，辭令
stagecraft	〔stage 舞台，craft 技巧〕演劇、編劇或導演技巧
warcraft	〔war 戰爭，craft 航行器，技巧〕軍用飛機，軍艦；戰略和戰術，兵法
watercraft	〔water 水→水運，駕舟〕水運工具，船舶，駕舟技術
witchcraft	〔witch 巫，craft技巧，術〕巫術，魔法
woodcraft	〔wood 木，craft 工藝〕木工技術；森林知識

create [創造]

creation	〔creat(e) 創造，-ion 名詞字尾〕創造，創作；創造物
creative	〔見上，-ive …的〕有創造力的，創造性的，創作的
creativity	〔見上，-ivity 名詞字尾〕創造力
creator	〔見上，-or 者〕創造者，創作者
creature	〔見上，-ure 名詞字尾〕創造物，生物，動物
miscreated	〔mis 誤〕畸形的，奇形怪狀的
recreate	〔re- 再，create 創造；「再創造精力」→「恢復精力」→〕（使）得到休養，（使）得到消遣、娛樂
re-create	〔re- 再，create 創造〕再創造，重新創造
recreation	〔見上，-ion 名詞字尾〕消遣，娛樂（活動）
re-creation	〔見上，-ion 名詞字尾〕再創造，重新創造
recreational	〔見上，-al …的〕消遣的，娛樂的
recreative	〔見上，-ive …的〕適合休養的，消遣的，娛樂的
uncreated	〔un- 非，未，creat 創造，-ed …的〕非創造的，尚未被創造的

credit [信任，信貸]

accredit	〔ac 表示加強意義，credit 信任〕信任，相信
creditability	〔credit 信任，-ability 可…性〕可信性

creditable	〔見上，**-able** 可…的〕可信的
creditably	〔見上，**-ably** 可…地〕可信地
creditor	〔**credit** 信貸，**-or** 者；「貸款者」〕貸方，債權人
creditworthy	〔**credit** 信貸，**worthy** 值得的〕值得信貸的
discredit	〔**dis** 不〕對…不再信任
discredit	〔**dis-** 除去，失去，**credit** 信任〕喪失信用，名譽
discreditable	〔見上，**-able** …的〕有損信譽的

⬤ 139 critic [批評的，批評家]

autocriticism	〔**auto-** 自己，**critic** 批評的，**-ism** 表示行為〕自我批評
critical	〔**-al** …的〕批評（性）的
criticaster	〔**-aster** 表示卑稱〕低劣的批評家
criticism	〔**-ism** 表示行為〕批評，評論，批判，非難
criticize	〔**-ize** 動詞字尾〕批評，評論，批判，非難
critique	批評，批判，評論；評論文
hypercrtic	〔**hyper-** 過分，**crtic** 批評者〕過分的批評者，吹毛求疵的批評者
hypercritical	〔見上，**-al** …的〕過分批評的，吹毛求疵的
hypercriticalism	〔見上，**-ism** 表示行為〕過分批評，吹毛求疵
overcritical	〔**over-** 過分〕批評過多的，指責過度的
self-critical	〔**self-** 自己，**-al** …的〕自我批評的

| self-criticism | 〔見上〕自我批評 |
| uncritical | 〔un- 不，critical 批評的〕不加批評的 |

● 140 cross ［十字形，交叉，橫穿］

across	〔a- 表示加強意義，cross 橫穿〕橫過，穿過
crosscheck	〔cross 交叉→反覆，check 核對〕反覆核對
cross-country	〔cross 橫穿，country 國家〕橫穿全國的
crosscut	〔cross 橫穿，cut 切〕橫切，橫穿；橫穿的小路
cross-dressing	〔cross 交叉→交換，dress 穿衣〕男穿女衣，女穿男裝
crossed	〔cross 十字形，交叉，-ed …的〕十字形的，交叉的；劃掉的
cross-examination	〔cross 交叉→反覆，-ation 名詞字尾〕盤問
cross-examine	〔見上，examine 檢查，查問〕盤問
crossing	〔cross 橫穿，交叉，-ing 名詞字尾〕橫穿，越過，交叉（點），十字路口
cross-legged	〔cross 交叉，leg 腿，-ed …的〕盤著腿的，翹著二郎腿的
cross-question	〔cross 交叉→反覆，question 問〕盤問
cross-reference	〔cross 交叉→互相，reference 參考〕互相參照
crossroad	〔cross 十字形，交叉，road 路〕交叉路，十字路（口），轉折點
crosswalk	〔cross 橫穿，walk 人行道〕行人穿越道

| intercross | 〔inter 互相，cross 交叉〕（使）交叉 |
| uncross | 〔un- 不，cross 交叉〕使不交叉 |

cultivate [耕作，栽培，教養]

cultivatable	〔cultivat(e) 耕作，栽培，教養，-able 可…的〕可耕作的，可栽培的，可教化的
cultivated	〔見上，-ed …的〕耕過的，耕作的，栽培的，有教養的
cultivation	〔見上，-ion 名詞字尾〕耕作，栽培，教養
cultivator	〔見上，-or 者〕耕種者，栽培者
uncultivated	〔un- 未，無〕未耕作的，未栽培的，沒教養的

culture [文化，教養，栽培]

cultural	〔cultur(e) 文化，-al …的〕文化（上）的，教養的，栽培的
culturalization	〔ization 名詞字尾〕文明發展，進化
cultured	〔cultur(e) 文化，栽培，-ed …的〕有文化的，有教養的，耕種了的；人工養殖的
culturist	〔-ist 表示人〕栽培者，培養者；文化主義者
microculture	〔micro- 小〕小文化區
monoculture	〔mono- 單，culture 栽培〕單種栽培

multicultural	〔multi- 多〕多元文化的
sandculture	〔sand 沙，culture 栽培〕沙基栽培
self-culture	〔self- 自己，culture 教養，培養〕自修，自學
uncultured	〔un- 未，無，culture 教養，教育〕未受教育的，無教養的

curve 〔彎曲，曲線〕

curvaceous	〔curv(e) 彎曲，-aceous 形容詞字尾，…的〕（婦女）有曲線美的
curvature	〔curv(e) 彎曲，-ature 名詞字尾〕彎曲，彎曲部分
curvilineal	〔curv(e) 彎曲，-i- 連接字母，line 線，-al …的〕曲線的
decurved	〔de- 向下，curve 彎曲，-ed …的〕（弧形）向下彎的
incurvate	〔in- 內，-ate 動詞字尾〕（使）彎曲，（使）向內彎曲
incurvation	〔見上，-ation 名詞字尾〕彎曲，向內彎曲
incurve	〔見上，curve 彎曲〕（使）彎曲，（使）向內彎曲
icurved	〔見上，-ed …的〕彎曲的，內彎的
outcurve	〔out 外，curve 彎曲〕外曲，外曲物：（使）外曲

cut [切,割]

clean-cut	〔clean 清楚的,cut 切→刻畫〕輪廓分明的,明晰的
coalcutter	〔coal 煤 cutt 切,開採〕採煤機
cutaway	〔cut 切,away …掉,離開〕部分被切掉的
cutoff	〔cut 切,off 離〕切掉,截斷
cutter	〔cut 切,-er 表示人或物〕用於切割的器械;從事切割工作的人
cutthroat	〔cut 切,throat 咽喉〕殺手,殺人的
cutting	〔cut 切,割,-ing 名詞字尾〕切,割,剪,削
grasscutter	〔grass 草〕割草機
haircut	〔hair 頭髮,cut 切→剃,理〕理髮
opencut	〔open 露天的,cut 切→開採〕露天開採的(礦山)
paper-cut	〔paper 紙,cut 切,剪〕剪紙
price-cutter	〔price 價格,cut 切,削;-er 者〕削價者
sharpcut	〔sharp 尖的,線條分明的,cut切〕分明的,鮮明的
shortcut	〔short 短,cut 切;「把路切短」→〕近路,捷徑
stonecutter	〔stone 石〕石工,切石機
sword-cut	〔sword 劍,cut 割→割傷〕刀劍傷(疤)
uncut	〔un- 未,cut 切,割〕未切的,未割的

undercut	〔**under-** 下〕從下部切開，切去下部
woodcut	〔**wood** 木，**cut** 切，割〕木刻，木版畫
woodcutter	〔**wood** 木，**cutter** 切割者〕木刻家；伐木工人

🔵 145 dance 〔跳舞〕

ballet-dancer	〔**ballet** 芭蕾舞〕芭蕾舞演員
country-dance	〔**country** 鄉村〕英國鄉村舞
danceband	〔**dance** 跳舞，**band** 樂隊〕伴舞樂隊
dancer	〔**dance** 跳舞，**-er** 者〕舞者，舞蹈演員
dancery	〔**dance** 跳舞，**-ery** 表示場所地點〕舞廳
dancing	〔**dance** 跳舞，**-ing** 名詞字尾〕跳舞，舞蹈
ropedancer	〔**rope** 繩，索；「鋼索上跳舞者」→〕（雜技團的）走鋼索演員
ropedancing	〔見上，**-ing** 名詞字尾〕走鋼索
wiredancer	〔**wire** 鋼索〕走鋼索演員

🔵 146 dark 〔黑暗〕

darken	〔**dark** 黑，暗，**-en** 動詞字尾，使變成…〕（使）變黑，（使）變暗
darkish	〔**dark** 黑，暗，**-ish** 略…的，微…的〕微暗的，淺黑的

darkle	〔dark 黑，暗，-le 動詞字尾〕變暗，變陰暗
darkling	〔dark 黑暗，-ling 副詞字尾，表示狀態〕在黑暗中
darkness	〔dark 暗，-ness 名詞字尾〕黑暗
darkroom	〔dark 暗，room 房〕（攝影的）暗房
darksome	〔dark，-some 形容詞字尾，…的〕陰暗的，微暗的

⏺ 147 date 〔日期〕

antedate	〔ante- 前〕使提前發生；早於…
backdate	〔back 回〕回溯（到某時期的）
dated	〔date 註日期，-ed …的〕有日期的；陳舊的
dateless	〔date 日期，-less 無〕無日期的，年代不詳的；歷久不衰的
datemark	〔date 日期，mark 標記〕日戳
long-dated	〔long 長久〕遠期的
misdate	〔mis- 錯，date 日期〕寫錯日期，弄錯日期；寫錯的日期
outdate	使過時
out-of-date	〔out 過時〕過時的
postdate	〔post- 後，date 註日期〕把…日期往後填
predate	〔pre- 前，date 註日期〕把…日期往前填
short-dated	〔short 短〕（票據等）短期的
undated	〔un- 未，無〕未註明日期的，無定期的

| update | 使現代化，更新 |
| up-to-date | 〔**up** 直到…〕最新的，現代的，新式的 |

🔊 148 day ［日，白天］

all-day	〔**all** 全〕全天的
birthday	〔**birth** 誕生，**day** 日〕生日
day boy	〔「白天上學晚上回家的男生」〕男通學生
day girl	〔見上〕女通學生
daybreak	〔**break** 破〕破曉，黎明
day-care	〔**day** 白天，日間，**care** 關懷，照顧→照看〕日間托兒的
daydream	〔**dream** 做夢〕白日夢，幻想，空想
daydreamer	〔見上，**-er** 表示人〕白日夢者，空想家
daylight	〔**light** 光〕日光，日晝
daylong	〔**long** 長〕整天的，（地）
daystar	〔**day** 白天 **star** 星星〕晨星
daytime	〔**time** 時間〕白天，日間
day-to-day	日常的
day-tripper	〔**day** 一日，**tripper** 旅行者〕當天結束旅程的旅客
dog days	大熱天，三伏天
doomsday	〔**doom** 毀滅，死亡，**-s-**，**day** 日〕世界末日，最後審判日

everyday	〔every 每〕每天的，日常的
holiday	〔holi＝holy 神怪的，神的，day 日；「敬神的日子；原為宗教上的一個節日，該日停止工作」→〕節日，假日
intraday	〔intra- 在內〕在一天之內的
latter-day	〔latter 最近的，現今的〕近代的，現代的
midday	〔mid 中，中間〕中午，正午
noonday	〔noon 午，正午〕中午
nowaday	〔now 現在，-a-，day 日〕現今的，當今的
nowadays	〔見上，-s 副詞字尾〕現今，當今
payday	〔pay 工資，薪水〕發薪日
playday	〔play 玩，休息〕假日，休息日
school-day	〔school 學校，上學〕上課的日子
school-days	學生時代
short-days	〔short 短，day 日→日照〕（植物）短日照的
someday	〔some 某；「某一天」〕總有一天，有朝一日
washday	〔wash 洗〕（家庭中固定的）洗衣日
weekday	〔week 週〕（星期六或）星期日以外的日子，平日，工作日
weekdays	〔見上，-s 副詞字尾〕在平時每天，在每個平日

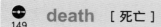

death ［死亡］

death-bed	〔death 死亡，bed 床〕臨死時所臥的床；臨終

deathblow	〔death 死亡，blow 打擊〕致命的一擊
deathful	〔death 死亡，-ful …的〕致命的，死（一樣）的
deathless	〔death 死亡，-less 不…的〕不死的，永恆的
deathlike	〔death 死亡，-like 如…的〕死了似的
deathly	〔death 死亡，-ly 形容詞兼副詞字尾〕致死的，死（一樣）的；死了似地
death roll	〔death 死亡，roll 流逝〕死者名單；死亡人數
death's-head	〔death 死亡，head 頭〕骷髏
deathwatch	〔death 死亡，watch 看守〕死囚的看守人

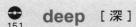 decide [決定]
150

decidable	〔-able 可…的〕可以決定的，決定得了的
decided	〔decide 決定，-ed …的〕決定了的，堅決的
decider	〔-er 者〕決定者，裁決者
decision	〔見上，-ion 名詞字尾〕決定，決心，決議
decisive	〔音變；d-s，-ive …的〕決定性的，果斷的
decisively	〔見上，-ly …地〕決定性地，果斷地
undecided	〔un- 未〕未定的，未決的

deep [深]
151

| bone-deep | 〔bone 骨，deep 深；「深入骨髓的」〕刻骨的 |

breast-deep	〔**breast** 胸〕齊胸深的
depth	〔**dep**→**deep** 深（略去 e），**-th**名詞字尾〕深，深度
deepen	〔**deep** 深，**-en** 動詞字尾，使…〕加深
deep-felt	〔**felt**，感到的〕深深感到的
deep-going	深入的，深刻的
deeply	〔**deep** 深，**-ly** …地〕深深地
deep-read	〔「深讀」〕熟讀的，通曉的
deep-rooted	〔**deep** 深，**root** 根，**-ed** …的〕根深的，根深蒂固的
deep-sea	〔**sea** 海〕深海的，遠洋的
deep-set	〔**set** 安放，安置；「深放的」〕（眼睛）等深陷的
deepwater	〔**water** 水〕深海的，遠洋的（= deep-sea）
depth-bomb	〔**depth** 深，**bomb** 炸彈〕用深水炸彈攻擊（或炸毀）
in-depth	〔**in** 入，**depth** 深〕深入的，徹底的
knee-deep	〔**knee** 膝，**deep** 深〕（積雪等）齊膝深的，（水等）沒膝的；深陷在……中的
lip-deep	〔**lip** 嘴唇，嘴皮，**deep** 深〕表面的，無誠意的
skin-deep	〔**skin** 皮膚，**deep** 深〕膚淺的，表面的

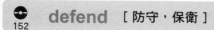

152 defend〔防守，保衛〕

defense	防禦，保護，防護

defenseless	〔-less 無〕無防禦的，無防備的，沒有保護的
defenselessly	〔見上，-ly …地〕無防禦地，無防備地，沒有保護地
defender	〔defend 防守，-er〕防禦者，保護人
defensible	〔音變：d-s，defense 防禦，-ible 能…的〕能防禦的
defensive	〔-ive …的〕防禦的，防守的，守勢的；守勢
indefensible	〔in- 無，不〕無法防禦的，無法防守的
self-defense	〔self- 自己〕自衛
self-defensive	〔見上，-ive …的〕自衛的
undefended	〔un- 無〕沒有防備的，無保護的

 democracy 〔民主〕

democrat	民主主義者，民主人士
democratic	〔-ic …的〕民主的，民主主義的
democratism	〔-ism 主義〕民主主義
democratization	〔-ization 名詞字尾，…化〕民主化
democratize	〔-ize …化〕（使）民主化
pseudo-democratic	〔pseudo- 假〕假民主的
ultra-democracy	〔ultra- 極端，democracy 民主〕極端民主化
undemocratic	〔un- 非，不〕非民主的，不民主的

🔵 154 dense〔稠密，濃縮〕

densely	〔**dense** 密集，稠密，**-ly** …地〕密集地，稠密地
densify	〔**dense** 稠密，**-fy** 動詞字尾，使…〕使增加密度
density	〔**dense** 稠密，**-ty** 名詞字尾〕密集（度），稠密（度）
condensable	〔**-able** 可…的〕可凝結的，可壓縮的
condensation	〔**-ation** 名詞字尾〕凝聚（作用），縮合（作用）；文章的壓縮；經節縮的作品
condensator	〔**-ator** 表示物〕凝結器
condense	〔**con-** 加強意義，**dense** 濃縮〕凝結，濃縮，縮短
condenser	〔**-er** 表示物〕冷凝器，凝結器，聚光器
incondensable	〔**in-** 不〕不能縮減的，不能濃縮的
noncondensing	〔**non-** 不，**condense** 濃縮，**-ing** …的〕不能冷凝的

🔵 155 depend〔依靠〕

dependability	〔見上，**-ability** 名詞字尾，可…性〕依靠性
dependable	〔**depend** 依靠，**-able** 可…的〕可靠的
dependably	〔見上，**-ably** 副詞字尾〕可靠地
dependence	〔見上，**-ence** 名詞字尾〕依靠，依賴，從屬
dependency	〔見上，**-ency** 名詞字尾〕依賴，從屬，屬地，從屬國

dependent	〔depend 依靠，-ent …的〕依靠的，從屬的
independence	〔in- 不，depend 依靠，依賴，-ence 名詞字尾〕獨立，自主
independency	〔見上，-ency 名詞字尾〕獨立，自主；獨立國
independent	〔見上，-ent 形容詞字尾，…的；「不依賴的」→〕獨立的，自主的
interdepend	〔inter- 互相，見上〕互相依賴，互相依存
interdependence	〔見上，-ence 名詞字尾〕互相依賴，互相依存
interdependent	〔見上，-ent …的〕互相依賴的，互相依存的
self-dependence	〔self- 自己，depend 依靠，-ence 名詞字尾〕依靠自己，自立更生
self-dependent	〔見上，-ent …的〕依靠自己的，自立更生的

🔘 describe [描寫]
156

describable	〔見上，-able 可…的〕可描述的，可描繪的
describer	〔describe 描寫，敘述，-er 者〕描寫者，敘述者
description	〔音變 b-p，-tion 名詞字尾〕描寫，敘述
descriptive	〔見上，-ive 形容詞字尾〕描寫的，敘述的
indescribable	〔in- 不，describ(e) 描寫，-able 可…的〕描寫不出的，難以描寫的，難以形容的
misdescribe	〔mis- 誤，describe 描寫〕誤寫，誤述

desire [願望，希望]

desirable	〔**desir(e)** 願望，想望，**-able** …的〕值得擁有的
desirably	〔見上，**-ably** …地〕值得擁有的
desirous	〔**desir(e)** 想望，**-ous** …的〕擁有的，渴望的
desirously	〔見上，**-ly** …地〕渴望地
undesirable	〔**un-** 不，**desir(e)** 希望→歡迎，**-able** …的〕不受歡迎的，不合需要的
undesired	〔**un-** 不，非，**desire** 希望，**-ed** …的〕不希望得到的，非所要求的

detect [偵察，發覺]

detectable	〔**detect** 發覺，**-able** 可…的〕可察覺的，可發現的
detectaphone	〔**detect** 偵察，**-a-** 連接字母，**phone** 電話機〕偵聽電話機，偵聽器，竊聽器，竊聽電話機
detection	〔見上，**-ion** 名詞字尾〕偵察，探測，察覺
detective	〔**detect** 偵察，偵探，**-ive** 形容詞兼名詞字尾〕偵探的，探測的；偵探，密探
detector	〔見上，**-or** 表示人或物〕察覺物，發覺者，探測器
radiodetector	〔**radio** 無線電，**detect** 偵察，探測，**-or** 表示物〕無線電探測器，雷達
undetected	〔**un-** 未，**detect** 發覺，**-ed** …的〕未被發覺的，未被察覺的

determine [決定]

determinable	〔**determin(e)** 決定，**-able** 可…的〕可決定的，可確定的
determinacy	〔見上，**-acy** 名詞字尾〕確定性，確切性
determinant	〔見上，**- ant** 形容詞字尾〕決定性的，限定性的
determinate	〔見上，**-ate** 形容詞字尾〕確定的，明確的
determination	〔見上，**-ation** 名詞字尾〕決定，確定，決心
determinative	〔見上，**-ative** 形容詞字尾〕有決定作用的
determined	〔**determin(e)** 決定，**-ed** 已…的〕已決定了的
determinism	〔見上，**-ism** …論〕決定論，定數論，宿命論
determinist	〔見上，**-ist** 者〕宿命論者，決定論者
indeterminable	〔**in-** 無，不，**determin(e)** 決定，**-able** …的〕無法決定的
indeterminate	〔見上，**-ate** 形容詞字尾，…的〕不確定的，未決定的
indetermination	〔見上，**-ation** 名詞字尾〕不確定，猶豫不決
predeterminate	〔**pre-** 先，預先，**determine** 決定，**-ate** 形容詞字尾，…的〕預定的，先定的
predetermination	〔**pre-** 先，預先，**determine** 決定，**-ation** 名詞字尾〕預定，先定
predetermine	〔**pre-** 先，預先，**determine** 決定〕預定，先定
self-determination	〔**self-** 自我，**determin(e)** 決定，**-ation** 名詞字尾〕自決，自主，民族自決

| self-determining | 〔**self-** 自我，**determin(e)** 決定，**-ing** …的〕自決的，自我決定的 |
| undetermined | 〔**un-** 未，**determine** 決定，**-ed** …的〕未經決定的，未確定的 |

D

⊕ develop [發展，開發]
160

developable	〔**develop** 發展，**-able** 可…的〕可發展的，可開發的
developer	〔見上，**-er** 者〕開發者
developing	〔見上，**-ing** …的〕發展中的，開發中的
development	〔見上，**-ment** 名詞字尾〕發展，開發
developmental	〔見上，**-al** 形容詞字尾，…的〕發展的，開發的
overdevelop	〔**over-** 過度，**develop** 發展〕過度發展
overdevelopment	〔見上，**-ment** 名詞字尾〕過度發展
underdeveloped	〔**under-** 不足，不全，**develop** 發達，**-ed** …的〕經濟不發達的；發育不全的
underdevelopment	〔見上，**-ment** 名詞字尾〕不發達，發展不充份
undeveloped	〔**un-** 未，不，**develop** 開發，**-ed** …的〕未開發的，不發達的

⊕ devil [魔鬼]
161

| bedevil | 〔**be-** 使…，使成為…，**devil** 魔鬼〕使著魔 |

bedevilment	〔見上，**-ment** 名詞字尾〕著魔
daredevil	〔**dare** 敢，大膽，**devil** 魔鬼〕膽大妄為的（人），蠻幹的（人）
daredevilry	〔見上，**-ry** 名詞字尾〕膽大妄為，蠻幹
devilish	〔**devil** 魔鬼，**-ish** 似…的〕魔鬼似的
devilism	〔**devil** 魔鬼，**-ism** 表示行為〕魔鬼似的行為（或品行）
devil-may-care	不顧一切的，不在乎的
devilment	〔**devil** 魔鬼，**-ment** 名詞字尾〕魔鬼的行徑，惡作劇
devilry	〔**devil** 魔鬼，**-ry** 名詞字尾〕魔法，邪惡

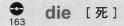

dictate ［口授，命令］
162

dictation	〔**dictat(e)** 口授，**-ion** 名詞字尾〕口述，聽寫，命令
dictator	〔**dictat(e)** 口授，命令，**-or** 者〕口授者，獨裁者，專政者
dictatorial	〔見上，**-ial** 形容詞字尾〕獨裁者，專政者
dictatorship	〔見上，**-ship** 表抽象名詞〕專政
dictatory	〔見上，**-ory** 形容詞字尾〕獨裁的，專政的

die ［死］
163

die-away	〔**die-** 死→枯萎，凋謝，消逝，**away** …掉〕消沈的，頹喪的；（聲音等的）逐漸消逝
diehard	〔**die** 死，**hard** 硬〕死硬分子，頑固分子
die-hard	頑固的，死硬的
die-in	〔**die** 死亡，**in** 表示集會、示威等意義〕死亡抗議
do or die	拼死一搏，孤注一擲
dying	垂死的，快要死的
undying	〔**un-** 不，**die**＋**ing** 變成 **dying**，死的〕不死的，不朽的，永恆的

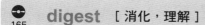 differ 〔不同，相異〕
164

difference	〔**differ** 不同，**-ence** 名詞字尾〕不同，差異，差別
different	〔**differ** 不同，**-ent** 形容詞字尾〕不同的，差異的
differentia	〔見上，**-ia** 表抽象名詞〕差異，特異
differential	〔見上，**-ial** 形容詞字尾〕差別的，區別的
differentiate	〔見上，**-ate** 動詞字尾，使…〕區分，區別，使分化
differentiation	〔見上，**-ation** 名詞字尾〕區別，分化，變異
differently	〔見上，**-ly** …地〕不同地，差別地
undifferentiated	〔**un-** 無〕無差別的，一致的

digest 〔消化，理解〕
165

digester	〔見上，-er 表示物〕蒸煮器
digestible	〔digest 消化，-ible 可…的〕可消化的
digestion	〔見上，-ion 名詞字尾〕消化（作用），消化力
digestive	〔見上，-ive 有…作用的〕消化的，助消化的；助消化藥
indigested	〔in- 未，不，digest 消化，-ed …的〕未消化的，考慮不充分的
indigestible	〔見上，-ible 可…的〕難消化的，無法消化的；難理解的
indigestion	〔見上，-ion 名詞字尾〕消化不良，難理解
indigestive	〔見上，-ive …的〕消化不良的，難理解的
predigest	〔pre- 先，預先，digest 消化〕預先消化
undigested	〔un- 未，digest 消化，-ed …的〕未消化的，未充分理解的

● direct [指導，指引方向]
166

direction	〔direct 指引方向，-ion 名詞字尾〕指導，管理，方向，方位
directional	〔見上，-al …的〕方向的，指向的，定向的
directive	〔見上，-ive 形容詞兼名詞字尾〕指示的
director	〔見上，-or 者〕指導者，處長，局長，主任，導演
directorial	〔見上，-ial …的〕指導者的，指導的
directory	〔-ory 表示物；「指導之物」〕姓名地址簿

directress	〔**direct** 指導，**-ress** 表示女性〔女指導者，女指揮，女導演
misdirect	〔**mis-** 錯誤，**direct**指導〕對…作錯誤指導，指錯方向
misdirection	〔見上，**-ion** 名詞字尾〕錯誤指導，指錯方向
multidirectional	〔**multi-** 多，**direction**方向，**-al** …的〕多方向的
redirect	〔**re-** 再，重新，**direct**指引方向；「重新指引方向」→〕使改方向
redirection	〔見上，**-ion** 名詞字尾〕改方向

⊕ 167 dispute ［爭論］

disputable	〔**disput(e)** 爭論，**-able** 可…的〕可爭論的
disputant	〔見上，**-ant** 名詞兼形容詞字尾〕爭論者，爭論的
disputation	〔見上，**-ation** 名詞字尾〕爭論，辯論
disputatious	〔見上，**-ious** 形容詞字尾〕愛爭論者
disputative	〔見上，**-ative** 形容詞字尾〕愛爭論的，有關爭論的
disputer	〔**disput** 爭論，**-er** 者〕爭論者
indisputable	〔**in-** 無，**-able** 可…的〕無可爭論的，無可置疑的
undisputed	〔**un-** 無，見上〕無可爭辯的，毫無疑問的

⊕ 168 distribute ［分配］

distributable	〔**distribut(e)** 分配，**-able** 可…的〕可分配的
distributary	〔見上，**-ary** 名詞字尾〕（江河的）分流，支流
distribution	〔見上，**-ion** 名詞字尾〕分配，分發，分佈，分配物
distributional	〔見上，**-al** …的〕分配的，分發的
distributism	〔見上，**-ism** 主義〕分配主義
distributive	〔見上，**-ive** …的〕分配的，分發的，分佈的
distributor	〔見上，**-or** 者〕分配者，分發者，散佈者
redistribute	〔**re-** 再，重新，**distribute** 分配〕再分配，重新分配
redistribution	〔見上，**-ion** 名詞字尾〕再分配，重新分配

🔵 169 divide [分開]

divided	〔**divide** 分開，**-ed** …的〕分開的，分離的
dividend	〔**divid(e)** 分開→除開，**-end** 名詞字尾〕被除數
divider	〔見上，**-er** 者〕劃分者，分割者，分割器
divisible	〔見上，音變：**d-s**，**-ible** 可…的〕可分開的，可除盡的
division	〔見上，**-ion** 名詞字尾〕分開，分裂，部分，部門；除法
divisive	〔見上，**-ive** …有作用的〕製造分裂的
divisor	〔見上，**-or** 名詞字尾〕除數

individual	〔in- 不，divid(e) 分開，-ual 形容詞字尾，…的「不可分開的」→單體，個體，單個，一個〕個人的，個體的；個人，個體
individualism	〔見上，-ism 主義〕個人主義
individuality	〔見上，-ity 名詞字尾，表性質〕個性，個人的特徵
individualize	〔見上，-ize 使…〕使個體化，使具有個性
indivisible	〔見上，音變：d-s，-ible 可…的〕不可分的
redivide	〔re- 再，重新〕再劃分，重新劃分，再分配
subdivide	〔sub- 再〕再分，重分，細分
subdivision	〔見上，-ion 名詞字尾〕再分；由再分分成的部分
undivided	〔un- 未，divide 分開，-ed …的〕沒分開的，未分割的

170 do ［做］

do-all	〔do 做，all 全部（做事）〕經營各種事務的人，雜役
doer	〔do 做，-er 者〕做某事的人
doing	〔do 做，-ing 名詞字尾〕做，幹，活動，所作所為
do-it-yourselfer	自己動手者
dolittle	〔do 做，little 不，毫不〕游手好閒者，閒散的人，懶人
do-nothing	〔「不做事的」〕游手好閒的（人），無所作為的（人）

better-to-do	較為富裕的
evildoer	〔evil 罪惡，doer 做…的人〕作惡的人，壞人
evildoing	〔evil 罪惡，邪惡，doing 做，行為〕惡劣行為，壞事
hairdo	〔hair 頭髮，do 做〕（女子）髮型；髮型設計
make-do	權宜之計，權宜的
misdoing	〔mis- 惡，壞，do 做，-ing 名詞字尾〕壞事，惡行，罪行
overdo	〔over- 過分，do 做〕做得過頭
underdo	〔under- 不足，do 做〕不盡全力去做
underdone	〔under- 不足，done 煮熟的〕沒熟的，半生不熟的
undone	〔un- 未，done 做的〕未完成的
well-doer	〔well 好，doer 做…的人〕做好事的人，善人
well-done	做得好的，煮透的
well-to-do	富有的
wrongdoer	〔wrong 錯誤，壞事，doer 做…的人〕做壞事的人
wrongdoing	〔wrong 錯誤，壞事，doing 做〕不道德的行為，壞事

🔊 171 dog [狗]

dogcart	〔dog 狗，cart 車〕狗拖車
dog-ear	〔dog 狗，ear 耳〕（書頁的）折角（其形似狗耳）

dogfight	〔dog 狗，fight 打，戰鬥〕狗打架；（飛機等）混戰
doggie	〔dog 狗，-ie 表示小〕小狗
doggish	〔dog 狗，-ish 似…的〕像狗一樣的，狗的
doggy	〔dog 狗，-y …的〕狗的，像狗一樣的
doglike	〔dog 狗，-like 像…的〕狗一樣的，忠於主人的
dogsleep	〔dog 狗，sleep 睡眠；「狗睡時易醒」→〕不時驚醒的睡眠
dog tag	〔dog 狗，tag 牌子〕狗的識別牌
dogtrot	〔dog 狗，trot 小跑〕小跑步
watchdog	〔watch 看守，dog 狗〕看門狗；監察人；為…看門

🔊 172 door ［門］

doorkeeper	〔door 門，keeper 看守人〕看門人
door knob	〔door 門，knob 圓形或球形把手〕門把
doorman	〔door 門，man 人〕門口侍者
door mat	〔door 門，mat 墊子〕門口的腳踏墊
doorplate	〔door 門，plate 牌子〕門牌
door prize	〔door 門，prize 獎品〕門票對號獎
doorstep	〔door 門，step 台階〕門前的石階
doorstop	〔door 門，stop 制止〕制門器
doorway	〔door 門，way 路〕門口，（比喻）入門

dooryard	〔**door** 門，**yard** 院子〕門前庭院
backdoor	〔**back** 後，**door** 門〕透過秘密（或非法）途徑的
indoor	〔**in** 內，**door** 門〕戶內的，（在）室內的
indoors	〔見上，**-s** 副詞字尾〕在屋內，進入室內
open-door	〔**open** 敞開的，**door** 門〕公開的，門戶開放的
outdoor	〔**out** 外，**door** 門〕戶外的，室外的，露天的
outdoors	〔見上，**-s** 副詞字尾〕在戶外，在野外

double ［雙］

173

double cross	〔**double** 雙，**cross** 交叉的〕出賣，欺騙
double-date	〔**double** 雙，**date** 約會〕雙約會
double-dealer	〔**double** 雙，兩面，**deal** 對待，**-er** 者〕兩面派人物
double-deaing	〔見上，**-ing** 名詞兼形容詞字尾〕搞兩面派的（的）
double-decker	雙層公車
double-edged	〔**double** 雙，**edge** 刀刃〕雙刃的，雙重目的的
double-ender	〔**double** 雙，**end** 末端，頭，**-er** 表示物〕兩頭可開的電車；頭尾相似的船
double-faced	〔**double** 雙，**face** 面，**-ed** …的〕兩面可用的；口是心非的
doubleheader	〔**double** 雙，**head** 頭，**-er** 表示物〕雙頭式列車
double-lock	〔**double** 雙，**lock** 鎖〕給…上雙鎖

double-mined	〔double 雙，mine 思想，-ed …的〕思想上動搖的，口是心非的
double-quick	〔「雙倍的快」〕很快的；跑步
doublespeak	〔double 雙，兩可，speak 說話〕模稜兩可的用詞
double-talk	〔double 雙，兩可，talk 話〕不知所云的話，模稜兩可的欺人之談
double-think	〔double 雙，兩種，think 想法〕矛盾想法
double-track	〔track 軌道〕把（鐵路）鋪成雙軌
doubling	〔doubl(e) 雙，-ing 名詞字尾〕加倍，雙重

doubt [懷疑]
174

doubtable	〔doubt 懷疑，-able 可…的〕可疑的
doubter	〔doubt 懷疑，-er 者〕抱懷疑態度的人
doubtful	〔doubt 懷疑，-ful …的〕懷疑的，疑惑的
doubtfully	〔見上，-ly …地〕懷疑地，疑惑地
doubting	〔doubt 懷疑，-ing …的〕抱懷疑態度的
undoubted	〔un- 無，不，doubt 懷疑，-ed …的〕不懷疑的，無疑的
undoubtedly	〔見上，-ly …地〕無疑地，肯定地
undoubting	〔見上，-ing …的〕不懷疑的，信任的

down [下]
175

downcast	〔**down** 下，**cast** 投，扔〕垂頭喪氣的，萎靡不振的
downfall	〔**fall** 降，落〕（雨雪等大量的）下降；（城市的）陷落；垮台
downfallen	〔見上〕垮了台的
downhearted	〔**heart** 精神，勇氣〕消沈的，沮喪的
downhill	〔**down** 下，**hill** 山〕下坡的，衰退
downpour	〔**down** 下，**pour** 傾瀉〕傾盆大雨
downprice	〔**down** 下，降，**price** 價〕減低…的價錢
downscale	〔**down** 下，降，**scale** 規模〕縮減…的規模
downstairs	〔**stair** 樓梯〕樓下的，在樓下，往樓下
down-to-earth	〔**earth** 地；「落地的」，非憑空的→〕切實的，實事求是的
downtown	〔**town** 城市商業區〕在（或往）城市的商業區
downturn	〔**turn** 轉〕向下
downward(s)	〔**down** 下，**ward(s)** 向〕向下
downwash	〔**down** 下，**wash** 沖洗〕（從山上等）沖刷下來的物質
breakdown	〔**break** 破〕損壞，垮，破裂，失敗，崩潰
comedown	〔「落下來」〕敗落；倒楣
facedown	〔**face** 面，**down** 下〕面朝下地
hands-down	〔**hands** 手，**down** 下〕垂手可得的，輕而易舉的
lie-down	〔**lie** 躺，**down** 下〕小睡，小憩
moondown	〔**moon** 月，**down** 下〕月落

put-down	平定，貶低；（飛機的）降落
rubdown	〔rub 摩擦〕擦拭，擦乾
run-down	〔run 跑，down 下〕因動力耗盡而停止
showdown	〔show 擺出〕攤牌，最後的一決雌雄
shutdown	〔shut 關〕停工，關閉
slowdown	〔slow 慢，down 下〕減速，減退
splash-down	〔splash 濺，down 下，落〕（宇宙飛船在海洋中的）濺落
stand-down	〔stand 立，停止，down 下〕停止（活動），暫停，停工
sundown	〔sun 日，down 下〕日落
turndown	〔turn 轉動，轉向，down 下〕拒絕
watered-down	〔watered 摻了水的〕（液體等）沖淡了的

● 176 drama ［戲劇］

dramatic	〔drama 戲劇，-tic 形容詞字尾〕戲劇的，演劇的
dramatically	〔見上，-ally 副詞字尾〕戲劇性地
dramatics	〔見上，-ics 名詞字尾〕演劇活動，演劇技術
dramatist	〔見上，-ist 人〕劇作家，劇本作者
dramatization	〔見上，-ation 名詞字尾〕（小說、故事等的）改編為劇本，戲劇化
dramatize	〔見上，-ize 動詞字尾，使…化〕把（小說、故事等）改編為劇本，戲劇化

dedramatize	〔de- 非，相反，見上〕使非戲劇化
monodrama	〔mono- 單一，drama 戲劇〕單人劇，獨腳戲
self-dramatization	〔self- 自我，-ation 名詞字尾〕裝腔作勢
self-dramatizing	〔self- 自我，dramatizing 戲劇化〕（像演員般）裝腔作勢的
undramatic	〔un- 無，非，drama 戲劇，-tic 形容詞字尾，…的〕缺乏戲劇性的

● dream ［夢］
177

dreamer	〔dream 夢，夢想，-er 者〕做夢的人；空想家
dreamful	〔dream 夢，-ful 多…的〕多夢的，常做夢的
dreamland	〔dream 夢，land 境界〕夢境，夢鄉，幻想世界
dreamless	〔dream 夢，-less 無〕無夢的，不做夢的
dreamlike	〔dream 夢，-like 如…的〕夢一般的，夢幻的
dreamscape	〔dream 夢，-scape 圖景〕夢境般的圖畫（或景色）
dreamworld	=dreamland
dreamy	〔dream 夢，-y 如…的〕（景色等）夢一般的，朦朧的
daydream	〔day 白天，dream 做夢〕白日做夢，幻想，空想
daydreamer	〔見上，-er 者〕白日做夢者，空想者
outdream	〔out- 過度，太甚，dream 做夢〕做夢太多

undreamed	〔**un-** 未，不，**dream** 夢，夢想，**-ed** …的〕夢想不到的，意外的

🔴 178 dress [衣服，穿衣]

dresser	〔**dress** 穿，修飾，**-er** 表示人或物〕梳妝台；服裝講究的人，（劇團的）服裝員；整形器
dressing	〔**dress** 穿衣，**-ing** 表行為〕穿衣，化妝，修飾
dressy	〔**dress** 衣服，穿衣，**-y** …的〕講究穿著的，（服裝）時髦的
cross-dress	〔**cross** 交叉→交換，**dress** 穿衣〕男穿女裝，女穿男裝
full-dress	〔**full** 齊全的，**dress** 衣服〕禮服的，（正式宴會等）需穿禮服的，正式的
hairdresser	〔**hair** 頭髮，**dress** 修整，整理，**-er** 者〕理髮師
hairdressing	〔見上，**-ing** 名詞字尾，表行為，行業〕理髮業；（女子）理髮
headdress	〔**head** 頭，**dress** 服飾〕頭飾，頭巾
minidress	〔**mini-** 小，短小，**dress** 衣服〕超短衫裙
nightdress	〔**night** 夜，**dress** 衣服〕婦女（或孩子）穿的睡衣
overdress	〔**over-** 過分〕穿得太講究； 〔**over-** 外〕外衣
redress	〔**re-** 再，重新，**dress** 穿衣〕重新給…穿衣，重新修整

shirtdress	〔**shirt** 衫，**dress** 衣服〕衫裙
underdress	〔**under-** 不足〕穿得太少;
	〔**under-** 內〕內衣，襯裙
undress	〔**un-** 除去，去掉，**dress** 衣服〕（使）脫衣服，裸體
undressed	〔見上，**-ed** …的〕不穿衣服的，裸體的
well-dressed	〔**wel** 好，**dress** 穿衣，**-ed** …的〕穿得很體面的

179 drink [飲，飲酒]

drinkable	〔**drink** 喝，**-able** 可…的〕可以喝的
drinker	〔**drink** 飲酒，**-er** 者〕酒徒
drinking	〔**drink** 飲，**-ing** 表行為〕喝，飲，喝酒
drinking fountain	〔**fountain** 泉水〕自動飲水機
drunkard	〔**drunk** 喝醉的，**-ard** 表示人〕醉漢，酒鬼
drunken	醉的，喝醉酒似的
drunkometer	〔**drunk** 醉的，**-o-** 連接字母，**meter** 測量器〕測醉器
nondrinker	〔**non-** 非，不，**drink** 飲酒，**-er** 者〕不喝酒的人
nondrinking	〔見上，**-ing** …的〕不喝酒的
overdrink	〔**over-** 過甚，**drink** 飲酒〕飲酒過甚
water-drinker	〔**water** 水; 「喝水的人」〕不喝酒的人，喜歡喝水的人

drop [滴，落，投下]

droplet	〔**drop** 滴，**-let** 名詞字尾，表示小〕微滴，小滴
droplight	〔**drop** 落下→上下起落，**light** 燈〕（上下滑動的）吊燈
dropout	〔**drop** 落，**out** 出；「落出」→〕中途退出，退學
dropping	〔**drop** 滴，落，投，**p** 重複字母，**-ing** 名詞字尾〕滴下，落下，空投
air-drop	〔**air** 空中，**drop** 投下〕空投
bomb-dropping	〔**bomb** 炸彈，**drop** 投下，**p** 重複字母，**-ing** 名詞字尾，表示行為〕投彈
coal-drop	〔**coal** 煤，**drop** 投下→卸下〕卸煤機
dewdrop	〔**dew** 露水，**drop** 滴〕露珠
drip-drop	〔**drip** 滴下，**drop** 滴〕不斷的滴水
eardrop	〔**ear** 耳，**drop** 落→垂〕耳墜，耳飾
eardrops	〔**ear** 耳，**drops** 滴→滴劑〕耳藥水
free-drop	〔**free** 自由，**drop** 投下〕（不用降落傘的）空投（物）
letter-drop	〔**letter** 信，**drop** 投→投入口〕郵局（或信箱）的投信口
paradrop	〔**para**→**parachute** 降落傘，**drop** 投下〕空投
raindrop	〔**rain** 雨，**drop** 滴〕雨滴
teardrop	〔**tear** 淚，**drop** 滴〕淚珠

D

dry [乾燥，乾]

dried	〔**dr(y→i)** 乾，**-ed** …的〕弄乾了的
dried-up	乾縮了的
drier	〔**dr(y→i)** 乾，**-er** 表示人或物〕乾燥工；乾燥器，乾燥劑
drily	〔**dr(y→i)** 乾，**-ly** …地〕乾燥地，枯燥地
dry-boned	〔**dry** 乾，**bone** 骨，**-ed** …的〕骨瘦如柴的
dry-clean	〔**dry** 乾，**clean** 弄乾淨〕乾洗
dryish	〔**dry** 乾，**-ish** 形容詞字尾，略…的〕有點乾的，略乾的
dryness	〔**dry** 乾，**-ness** 名詞字尾〕乾燥，乾枯
dry-salt	〔**dry** 乾，**salt** 鹽，醃〕乾醃
sun-dried	〔**sun** 太陽→曬，**dr(y→i)** 乾，**-ed** …的〕（水果等）曬乾的

dust [塵土，掃除塵土]

dustbin	〔**dust** 塵土→垃圾，**bin** 箱子〕垃圾箱
dust-color	〔**dust** 灰塵，**color** 色〕灰褐色
duster	〔**dust** 掃除塵土，**-er** 表示人或物〕清潔工，除塵器，揩布，掃帚
dustheap	〔**dust** 塵土→垃圾，**heap** 堆〕垃圾堆

dusting	〔**dust** 掃除塵土，**-ing** 表示行為〕撢灰
dustless	〔**dust** 灰塵，**-less** 無⋯的〕沒有灰塵的
dustman	〔**dust** 掃除塵土，**man** 人〕清除垃圾的人
dustpan	〔**dust** 塵土，**pan** 盤〕畚箕
dustproof	〔**dust** 灰塵，**-proof** 防⋯的〕防塵的
dusty	〔**dust** 灰塵，**-y** 多⋯的〕滿是灰塵的
stardust	〔**star** 星，**dust** 塵〕（大群小星的）星團，宇宙塵

● ear ［耳］
183

earache	〔**ear** 耳，**ache** 痛〕耳痛
earcap	〔**ear** 耳，**cap** 帽〕（禦寒用的）耳套
eardrop	〔**ear** 耳，**drop** 落→垂〕耳墜，耳飾
eardrops	〔**ear** 耳，**drops** 滴劑〕耳藥水
earful	〔**ear** 耳，**-ful** 名詞字尾，滿〕滿耳朵（聽夠了的話）
earless	〔**ear** 耳，**-less** 無〕無耳的；聽覺不靈的
earphone	〔**ear** 耳，**phone** 聲音〕耳機
earpick	〔**ear** 耳，**pick** 挖，挖器〕挖耳勺
earring	〔**ear** 耳，**ring** 環〕耳環，耳飾
earsplitting	〔**ear** 耳，**split** 劈，裂，**-ing** ⋯的〕震耳欲聾的
dog-ear	〔**dog** 狗，**ear** 耳〕（書頁的）折角（其形似狗耳）

dog-eared	〔見上，**-ed** …的〕（書頁）折角的，（書）翻舊了的
open-eared	〔**open** 敞開的，**ear** 耳，**-ed** …的〕傾耳靜聽的
quick-eared	〔**quick** 快，**ear** 耳，**-ed** …的〕聽覺靈敏的
sharp-eared	〔**sharp** 尖，**ear** 耳，**-ed** …的〕耳朵尖的，聽覺敏銳的

⊙ 184 earth 〔土，地，地球〕

earthen	〔**earthen** 泥土，地，**-en** 形容詞字尾〕泥土製的；大地的，現世的
earthenware	〔**earthen** 泥土製的，**ware** 器皿〕陶器
earthling	〔**earth** 地球，**ling** 表示人〕住在地球上的人；凡人
earthly	〔**earth** 地球，**-ly** 形容詞字尾，…的〕地球的，塵世的，現世的
earthman	〔**earth** 地球，**man** 人〕地球人
earthmover	〔**earth** 土，**mover** 移動者〕大型推（或挖）土機
earthnut	〔**earth** 土，**nut** 堅果；「土中果」〕落花生，花生
earthquake	〔**earth** 地，**quake** 震動〕地震
earthshaking	〔**earth** 地球，世界，**shak** 震動，搖動，**-ing** …的〕震撼世界的，極其重大的
earthwork	〔**earth** 泥土，**work** 工程〕土木工事，土木工程
earthy	〔**earth** 泥土，**-y** 形容詞字尾，…的〕泥土似的
down-to-earth	〔**down** 下，**earth** 地；「落地的」，落實的，非懸空的〕切實的，實事求是的

206

microearthquake	〔micro- 微，見上〕微地震
unearth	〔un- 從⋯中弄出，earth 地〕（從地下）掘出，發掘
unearthly	〔un- 不，非，見上〕非塵世的，不屬於現世的，超自然的

🔊 185 ease ［舒適，安逸］

easeful	〔ease 舒適，-ful ⋯的〕舒適的，安逸的
easily	〔見上，-ly ⋯地〕舒適地，安樂地；容易地
easy	〔eas(e) 安逸，-y ⋯的〕安逸的，安樂的；容易的
easygoing	〔easy 安逸的，going 行走〕（馬）行走時平穩自在的；（人）懶散的，悠閒的，輕鬆的，舒適的
disease	〔dis- 不，ease 舒適；「不舒服」→〕病，疾病
diseased	〔見上，-ed ⋯的〕有病的
unease	〔un- 不，ease 舒服〕不舒服，不安逸
uneasy	〔un- 不，ease 安逸，-y ⋯的〕心神不安的

🔊 186 east ［東］

| eastern | 〔east 東，-ern 形容詞字尾，⋯的〕東方的，東部的 |

easterner	〔**eastern** 東方的，**-er** 表示人〕東方人，住在東方的人
easternmost	〔**eastern** 東方的，**-most** 最〕最東的，極東的
eastward(s)	〔**east** 東，**-ward(s)** 向〕向東
Mid-East	〔**mid** 中部的，**east** 東〕中東的
northeast	〔**north** 北，**east** 東〕東北，朝（或位於）東北的
northeaster	〔**northeast** 東北，**-er** 表示風〕東北風
northeastern	〔見上，**-ern** …的〕東北的
northeasterner	〔見上，**- er** 表示人〕東北人，住在東北部的人
northeastward(s)	〔**northeast** 東北，**-ward(s)** 向〕向東北
southeast	〔**south** 南，**east** 東〕東南，朝（或位於）東南的
southeaster	〔**southeast** 東南，**-er** 表示風〕東南風
southeastern	〔見上，**-ern** …的〕東南的
southeasterner	〔見上，**-er** 表示人〕東南人，住在東南部的人
southeastward(s)	〔**southeast** 東南，**-ward(s)** 向〕向東南

🔴 187 eat ［吃］

eatable	〔**eat** 吃，**-able** 可…的〕可食用的；食物
eater	〔**eat** 吃，**-er** 者〕吃…的人（或動物）
eatery	〔**eat** 吃，**-ery** 表示場所地點〕餐館，食堂
eating	〔**eat** 吃，**-ing** 名詞兼形容詞字尾〕吃；食物；食用的

208

dirt-eating	〔**dirt** 泥土，**eat** 吃，**-ing** 名詞字尾〕食土病
flesh-eating	〔**flesh** 肉，**eat** 吃，**-ing** …的〕食肉的
man-eater	〔**man** 人，**eat** 吃，**-er** 者〕食人者，食人獸
man-eating	〔見上，**-ing** …的〕吃人的
meat-eating	〔**meat** 肉，見上〕食肉的
outeat	〔**out-** 超過，**eat** 吃〕吃得比…多
overeat	〔**over-** 太甚，**eat** 吃〕吃得過多
snake-eater	〔**snake** 蛇；「吃蛇鳥」〕鷺鷹
worm-eaten	〔**worm** 蟲，**eaten** 被吃的〕被蟲蛀的，多蛀孔的

E

● 188 economy [經濟，節約]

economic	〔**econom(y)** 經濟，**-ic** 的〕經濟（上）的，經濟學的
economical	〔**econom(y)** 節約，**-ical** …的〕節約的；經濟上的
economically	〔見上，**-ly** 副詞字尾〕節約地；在經濟上
economics	〔見上，**-ics** 學〕經濟學，經濟
economism	〔見上，**-ism** 主義〕經濟主義
economist	〔見上，**-ist** 人〕經濟學家；節儉的人
economistic	〔見上，**-istic** …的〕經濟主義的
economization	〔見上，**-ation** 名詞字尾〕節約，節省
economize	〔見上，**-ize** 動詞字尾〕節約，節省

diseconomy	〔dis- 不〕不經濟，成本（或費用）的增加
macroeconomics	〔macro- 大〕大經濟學
microeconomics	〔micro- 小〕小經濟學
politico-economical	〔politico 政治〕政治經濟
uneconomical	〔un- 不〕不經濟的，浪費的
uneconomically	〔見上，-ly …地〕不經濟地，浪費地

edge [刀刃，邊緣]
189

edgeless	〔edge 刀刃，-less 無〕沒有刀刃的，鈍的
edgestone	〔edge 邊緣，stone 石〕（道路的）邊緣石
edging	〔edg(e) 邊緣，-ing 名詞字尾〕邊緣，緣飾
edge-wise	〔edge 邊緣，wise方向〕刀刃朝外
edgy	〔edg(e) 刀刃，-y 如…的〕鋒利的：（繪畫等）輪廓十分明顯的
double-edged	〔double 雙，edge 刀刃，-ed …的〕雙刃的，雙重目的，意義雙關的，兩可的
sharp-edged	〔sharp 鋒利的〕刀刃鋒利的，銳利的
straightedge	〔straight 筆直的，edge 且緣〕畫直線用尺

edit [編輯]
190

| edition | 〔edit 編，-ion 名詞字尾〕版，版本，版次 |

editor	〔edit 編，-or 者〕編者，編輯
editorial	〔見上，-ial …的〕編者的； 〔轉作名詞，編者寫的文章→〕社論
editorialist	〔editorial 社論，-ist 人〕社論撰寫人
editorialize	〔editorial 社論，-ize 動詞字尾〕發表社論
editorship	〔見上，-ship 表示職位等〕編輯的職位；編輯工作
editress	〔edit 編，-ress 表女性〕女編輯
inedited	〔in- 未，edit 編，-ed …的〕未編輯的，未出版的
subedit	〔sub- 副，edit 編〕任…的副編輯
subeditor	〔sub- 副，editor 編者〕副編輯
unedited	〔un- 未，edit 編，-ed …的〕未編輯的，未刊行的

🔊 191 educate ［教育］

educated	〔educate 教育，-ed …的〕受過教育的
education	〔見上，-ion 名詞字尾〕教育
educational	〔見上，-al …的〕教育的，有教育意義的
educationese	〔見上，-ese 表示語言〕教育界術語
educationist	〔見上，-ist 人〕教育者，教育學家
educative	〔見上，-ive 有…作用的〕起教育作用的
educator	〔見上，-or 者〕教育（工作）者
coeducate	〔co- 共同，educate 教育〕對…實行男女同校教育
coeducation	〔見上，-ion 名詞字尾〕男女同校（教育）

coeducational	〔見上，-al …的〕男女同校（教育）的
miseducation	〔mis- 錯誤，education 教育〕錯誤教育
overeducate	〔over- 過多，educate 教育〕給予過多教育
reeducate	〔re- 再，educate 教育〕再教育
reeducation	〔見上〕再教育
self-educated	〔self- 自己，educated 教育的〕自我教育的，自學的
self-education	〔見上，-ion 名詞字尾〕自我教育，自學，自修
undereducated	〔under- 不足，educated 教育的〕未受正常（或足夠）教育的
uneducated	〔un- 未，educate 教育，-ed …的〕沒受教育的

🔊 192 effect ［效果］

effective	〔effect 效果，-ive …的〕有效的，生效的
effectively	〔見上，-ly …地〕有效地，生效地
effectual	〔見上，-ual …的〕奏效的，有效的
effectually	〔見上，-ly …地〕奏效地，生效地
effectuate	〔見上，-ate 動詞字尾〕使奏效，實現，完成
effectuation	〔見上，-ation 名詞字尾〕奏效，實現，完成
aftereffect	〔after 後，effect 效果〕後效，副作用，後來的影響
ill-effect	〔ill 惡，壞的，effect 效果〕惡果

ineffective	〔in- 無，effect 效果，-ive …的〕無效的，不起作用的
ineffectual	〔見上，-ual …的〕無效的，徒勞無益的
noneffective	〔non- 無，effect 效果，-ive …的〕無效力的

E

🔊 193 egg [蛋]

eggbeater	〔egg 蛋，beat 打，-er 表示物〕打蛋器
eggcup	〔egg 蛋，cup 杯〕（吃雞蛋用的）蛋杯
egghead	〔egg 蛋，head 頭〕（俚語）知識分子，有學問的人
eggplant	〔egg 蛋，plant 植物〕茄子
egg-shaped	〔egg 蛋，shaped 形，-ed …的〕蛋形的
eggshell	〔egg 蛋，shell 殼〕蛋殼，蛋殼色；易碎的東西
goose egg	〔goose 鵝〕鵝蛋；零分

🔊 194 elect [選舉]

election	〔elect 選舉，-ion 名詞字尾〕選舉
electioneer	〔見上，-eer 動詞字尾〕拉選票，進行競選活動
electioneerer	〔見上，-er 者〕搞競選活動的人
electioneering	〔見上，-ing 表示行為〕競選活動
elective	〔elect 選舉，-ive …的〕由選舉產生的，有選舉權的

elector	〔**elect** 選舉，**-or** 者〕選舉者，有選舉權者
electoral	〔見上，**-al** …的〕選舉（人）的；由選舉人組成的
electorate	〔見上，**-ate** 表總稱〕全體選民
electress	〔**elect** 選舉，**-ress** 表示女性〕女選舉人
by-election	〔**by-** 非正式，副，**election** 選舉〕補缺選舉
preelection	〔**pre-** 前，**election** 選舉〕選舉前的
reelect	〔**re-** 再，重，**elect** 選舉〕重選，改選
reelection	〔見上，**-ion** 名詞字尾〕重選，改選

195

electric [電的]

electrical	〔**electric** 電的，**-al** …的〕電氣科學的，電的
electrician	〔見上，**-ian** 表示人〕電工，電學家
electricity	〔見上，**-ity** 名詞字尾〕電，電學，電流
electrification	〔見上，**-fication** …化〕電氣化，起電
electrify	〔見上，**-fy** 使…化〕使電氣化，使充電，使起電
electrization	〔見上，**-ization** …化〕電氣化，起電，帶電
electrize	〔見上，**-ize** 使…化〕使電氣化，使起電
electrobiology	〔見上，**-biology** 生物學〕生物電學
electromotor	〔見上，**-motor** 發動機〕電動機
electronics	〔**electron** 電子，**-ics** 學〕電子學
electrophone	〔**electro** 電，**phone** 聲音〕電子樂器
electrotechnics	〔見上，**technics** 技術〕電工技術，電工學

| electrotimer | 〔見上，**timer** 定時器〕定時繼電器 |
| microelectronics | 〔**micro-** 微〕微電子學 |

emotion ［感情］

196

E

emotional	〔**emotione** 感情，**-al** …的〕感情（上）的，情緒（上）的，易動情感的
emotionalism	〔見上，**-ism** 主義〕感情主義，感情表露
emotionalist	〔見上，**-ist** 人〕易動感情的人
emotionality	〔**emotion** 感情，**-ality** 名詞字尾〕富於感情；激動
emotionalize	〔見上，**-ize** 使…〕使帶有感情色彩，使動感情
emotionally	〔見上，**-ly** …地〕易動感情地，激動地
emotionaless	〔**emotion** 感情，**-less**無〕沒有感情的，冷漠的
unemotional	〔**un-** 不，無〕不易動感情的，缺乏感情的

employ ［雇用］

197

employable	〔**employ** 雇用，**-able** 可…的〕可被雇用的，適於雇用的
employee	〔**employ** 雇用，**-ee** 被…者〕被雇者，雇工，雇員
employer	〔**employ** 雇用，**-er** 者〕雇主，雇用者
employment	〔**employ** 雇用，**-ment** 表抽象名詞〕雇用，職業
disemployed	〔**dis-** 不，無，**employ** 雇用，**-ed**…的〕失業的

self-employed	〔**self-** 自己，**employ** 雇用，**-ed** …的〕非為雇主工作的（如個體經營者、店主、散工）
subemployed	〔**sub-** 次，不足，**employ** 雇用→就業，**-ed** …的〕就業不足的
subemployment	〔見上，**-ment** 表抽象名詞〕就業不足
underemployed	〔**under-** 不足，**employ** 雇用→就業，**-ed** …的〕就業不足的
unemployedment	〔見上，**-ment** 表抽象名詞〕就業不足
unemployable	〔**un-** 未，**employ** 雇用，**-able** …的〕不能被雇用的
unemployed	〔見上，**-ed** …的〕失業的
unemployment	〔見上，**-ment** 表抽象名詞〕失業，失業狀態

● end [末端，終止]
198

endless	〔**end** 終止，**-less** 無〕無止境的，沒完的
endlessly	〔見上，**-ly** …地〕無止境地，沒完地
endlessness	〔**endless** 無止境的，**-ness** 名詞字尾〕無止境，無窮
endmost	〔**end** 末端，**-most** 最〕最末端的，最遠的
bookend	書夾，書擋
by-end	〔**by-** 副，非正式的，**end** 末端→最終，目的〕附帶目的
dead-end	〔**dead** 死的，**end** 末端〕（街道等）一頭不通的；沒有出路的

double-ender	〔double 雙，end 末端，頭，-er 表示物〕兩頭可開的電車；頭尾相似的船
far-end	〔far 遠，end 端〕（線路或電路的）遠端
never-ending	〔never 永不，end 終止，完結，-ing …的〕永遠不會完結的
open-ended	〔open 敞開的，end 末端，-ed …的；「末端敞開的」〕無盡頭的，無限制的
unending	〔un- 無，不，end 終止，-ing …的〕無終止的，不盡的
upend	〔up 上，end 末端；「末端向上」〕顛倒，倒立，倒放
weekend	〔week 週，-end 末〕週末，週末假期
weekender	〔weekend 週末，-er 人〕週末旅行者
weekends	〔weekend 週末，-s 副詞字尾〕在每個週末
year-end	〔year 年，end 終〕年終（的）

⏺ 199 engage [約定，定約]

engagement	〔engage 約定，-ment 名詞字尾〕約定，婚約，約束
disengage	〔dis- 取消，解除，engage 定約〕解約，解開，解除
disengaged	〔見上，-ed …的〕解約的，空著的，脫離了的
disengagement	〔見上，-ment 名詞字尾〕解約，解除婚約
preengage	〔pre- 先，預先，engage 定約〕預約

| preengagement | 〔見上，-ment 名詞字尾〕預約 |
| unengaged | 〔un- 未，engage 定約，-ed …的〕未定約的，未訂婚的 |

🔊 enter [進入]
200

enterable	〔enter 進入，-able 可…的〕可進入的，可參加的
entrance	〔entr(e) 進入，-ance 名詞字尾→〕進入
entrant	〔見上，-ant 表示人〕進入者，新參加者，新會員
entry	〔見上，-y 名詞字尾〕進入，入場，入口
reenter	〔re- 再，enter 進入〕再進入，重新參加
reentrant	〔re- 再，entry 進入，-ant 形容詞字尾，…的〕再進入的，重新進入的
reentry	〔re- 再，entry 進入〕再進入，重新入場，重返大氣層

🔊 envy [妒忌，羨慕]
201

enviable	〔env(y→i) 羨慕，妒忌，-able 可…的〕值得羨慕的，引起妒忌的
enviably	〔見上，-ably 可…地〕值得羨慕地，引起妒忌地
envied	〔見上，-ed …的〕被羨慕的，被妒忌的
envious	〔見上，-ous …的〕妒忌的，羨慕的
enviously	〔見上，-ly …地〕妒忌地，羨慕地
unenvious	〔un- 不，見上〕不妒忌的，不猜忌的

equal 〔相等的,平等的〕
202

equalitarian	〔**equal** 相等的,**-arian** 形容詞兼名詞字尾〕平均主義的,平等主義的;平均主義者,平等主義者
equalitarianism	〔見上,**-ism** 主義〕平均主義,平等主義
equality	〔見上,**-ity** 名詞字尾〕相等,平等,均等
equalization	〔見上,**-ation** 名詞字尾〕相等,均等
equalize	〔**equal** 相等,**-ize** 使…〕使相等,使平等
equalizer	〔見上,**-er** 表示人或物〕使相等者;平衡器
equally	〔見上,**-ly** …地〕相等地,平等地
coequal	〔**co-** 共同,相互,**equal** 平等的〕相互平等的
coequality	〔見上,**-ity** 名詞字尾〕相互平等
inequality	〔**in-** 不,**equal** 平等的,**-ity** 名詞字尾〕不平等,不平均
subequal	〔**sub-** 接近,幾乎,**equal** 相等的〕幾乎相等的
unequal	〔**un-** 不,**equal** 相等的〕不相等的,不平等的

escape 〔逃避〕
203

escapade	〔**-ade** 名詞字尾〕逃避,越軌行動
escapaee	〔**escapae** 逃避,**-ee** 者〕逃亡者,逃脫者,逃犯
escapae-proof	〔**escapae** 逃避,**-proof** 防〕防逃脫的

escapism	〔escapa(e) 逃避，-ism 表行為〕逃避現實，空想
escapist	〔escapa(e) 逃避，-ist 者〕逃避現實的人
escapology	〔-logy 名詞字尾〕脫逃法，脫逃術
inescapable	〔in- 不，escapa(e) 逃避，-able …的〕逃避不了的

● establish ﹝建立﹞
204

established	〔establish 建立，-ed 被…的〕（被）建立的，（被）設立的，確立的
establishment	〔establish 建立，-ment 名詞字尾〕建立，設立；建立的機構，行政機關
establishmentarian	〔establishment 行政機關，政府，-arian …的，…人〕擁護既成機構的（人），擁護政府的（人）
disestablish	〔dis- 取消，establish 建立〕廢除…的既成現狀
preestablish	〔pre- 先，預先，establish 建立〕預先設立，預先制定
reestablish	〔re- 再，重新，establish 建立〕重建，重新設立
reestablishment	〔見上，-ment 名詞字尾〕重建，重新設立

● estimate ﹝估計，估價﹞
205

estimable	〔estimate 估計，估價，-able 可…的〕可估計的

estimation	〔見上，**-ion** 名詞字尾〕估計，估價，評價
estimative	〔見上，**-ive** …的〕有估價能力的，被估計的
estimator	〔見上，**-or** 者〕估計者
disestimation	〔**dis-** 不，否定，**estimation** 評價，尊重〕輕視，厭惡
inestimable	〔**in-** 不，見上〕無法估計的，無價的
overestimate	〔**over-** 過分，過度，**estimate** 估計，估價〕過高估計，過高評價
overestimation	〔見上，**-ion** 名詞字尾〕過高估計，過高評價
underestimate	〔**under-** 不足，**estimate** 估計，估價〕對…估計不足，低估
underestimation	〔見上，**-ion** 名詞字尾〕估計不足，低估

🔊 206 event [事件，大事]

eventful	〔**event** 事件，**-ful** 多…的〕多事的，多變故的
evenfully	〔見上，**-ly** …地〕多事地，多變故地
eventless	〔**event** 大事，**-less** 無〕無大事的，平靜無事的
eventual	〔**event** 事件，偶發事件，**-ual** …的〕可能發生的，萬一的；最終的
eventuality	〔見上，**-ity** 名詞字尾〕可能發生的事，不測事件
nonevent	〔**non-** 非，**event** 大事〕（乏味的）小事
pseudo-event	〔**pseudo-** 假，**event** 事件→新聞〕假新聞
uneventful	〔**un-** 無，見上〕無重大事件的，平靜的

207 examine [檢查，考]

exam	〔=examination〕檢查，考試
examinable	〔examin(e) 檢查，考查，-able 可…的〕可檢查的
examinant	〔見上，-ant 人〕檢查人，主考人
examination	〔見上，-ation 名詞字尾〕檢查，查問，考試
examinational	〔見上，-al …的〕檢查的，考試的
examinee	〔見上，-ee 被…者〕被審查者，接受考試者
examiner	〔見上，-er 人〕檢查人，主考人
cross-examination	〔cross 交叉→反覆，examine 檢查，-ation 名詞字尾〕盤問
cross-examine	〔cross 交叉→反覆，examine 檢查，查問〕盤問
preexamination	〔pre- 預先，examination 考試〕預試，預考
reexamination	〔re- 再，examine 考，-ation 名詞字尾〕再考，複試；再審查
reexamine	〔re- 再，examine〕再考，複試；再審查
self-examination	〔self- 自己，examination 檢查〕自我檢查，反省

208 except [把…除外]

excepting	除…之外
exception	〔except 除外，-ion 名詞字尾〕例外，除外
exceptional	〔見上，-al …的〕例外的，特殊的

exceptionalism	〔見上，**-ism** 論〕例外論
exceptionality	〔見上，**-ity** 名詞字尾〕例外，特殊性
exceptionally	〔見上，**-ly** …地〕例外地，特殊地
exceptive	〔**-ive** …的〕例外的，特殊的
unexceptional	〔**un-** 非，見上〕非例外的，平常的

E

209 excite [激動，使興奮]

excitable	〔**excite** 激動，興奮，**-able** 能…的〕能被激動的，易興奮的
excitant	〔見上，**-ant** 形容詞兼名詞字尾〕刺激（性）的；興奮劑
excitation	〔見上，**-ation** 名詞字尾〕興奮，激動，鼓舞
excitative	〔見上，**-ative** …的〕激發的，有刺激作用的
excited	〔見上，**-ed** …的〕興奮的，激動的
excitement	〔見上，**-ment** 名詞字尾〕興奮，激動
exciter	〔見上，**-er** 表示人或物〕刺激者，刺激物，興奮劑
exciting	〔見上，**-ing** 使…的〕令人興奮的，使人激動的
inexcitable	〔**in-** 不，**excitable** 能被激動的〕難以激動的
overexcite	〔**over** 過度〕使過度興奮或激動

210 exhibit [展出，顯示]

exhibition	〔exhibit 展出，-ion 名詞字尾〕展覽；展覽會；展覽品
exhibitioner	〔見上，-er 者〕展出者
exhibitionism	〔exhibition 顯示，展示，顯露，-ism 表特性，行為〕表現癖，裸露癖，裸露的表現
exhibitionist	〔見上，-ist 人〕好出風頭者，有裸露癖者
exhibitive	〔exhibit 顯示，-ive 有…作用的〕起顯示作用的
exhibitor	〔exhibit 展出，-or 者〕展出者，（展覽會的）參加者
exhibitory	〔exhibit 顯示，-ory …的〕顯示的，表示的

211 exist ［存在］

existence	〔exist 存在，-ence 名詞字尾〕存在，生存；存在物
existent	〔exist 存在，-ent …的〕存在的，實在的
existential	〔見上，-ial 形容詞字尾〕關於存在的
existentialism	〔見上，-ism 主義〕存在主義
existing	〔exist 存在，-ing …的〕存在的，現存的
coexist	〔co- 共同，exist 存在〕共存，共處
coexistence	〔見上，-ence 名詞字尾〕共存，共處
coexistent	〔見上，-ent 形容詞字尾，…的〕共存的，共處的
inexistence	〔in- 不，exist 存在，-ence 名詞字尾〕不存在（的東西）

inexistent	〔見上，-ent 形容詞字尾，…的〕不存在的
nonexistence	〔non- 不，exist 存在，-ence 名詞字尾〕不存在（的東西）
nonexistent	〔見上，-ent …的〕不存在的
preexist	〔pre- 先，exist 存在〕先（存）在，先於…而存在
self-existent	〔self- 自己，exist 存在，-ent …的〕獨自存在的

🔊 212 expend ［消費，花費］

expendable	〔expend 消費，-able 可…的〕可消費的
expenditure	〔expend 消費，-ture 名詞字尾〕（時間、金錢等的）支出，消費，花費，費用，支出額
expense	〔音變 d-s，expend-expense〕消費，花費
expensive	〔見上，-ive …的〕花費多的，花錢多的，昂貴的
expensively	〔見上，-ly …地〕花費地，昂貴地
inexpensive	〔in- 不，見上〕花費不多的，廉價的

🔊 213 experience ［經驗］

experienced	〔experience 經驗，-ed …的〕有經驗的
experiential	〔experien(ce→t) 經驗，-ial …的〕憑經驗的，從經驗出發的
experientialism	〔見上，-ism 主義〕經驗主義
experientialist	〔見上，-ist 者〕經驗主義者

225

experientially	〔見上，-ly …地〕憑經驗的
inexperience	〔in- 無，experience 經驗〕缺乏經驗，不熟練
inexperienced	〔見上，-ed …的〕無經驗的，不熟練的

expose [暴露，曝光]
214

exposed	〔expose 暴露，-ed …的〕暴露的，無掩蔽的
exposedness	〔見上，-ness 名詞字尾〕暴露，無掩蔽
exposition	〔expos(e) 暴露，-ition 名詞字尾〕暴露，顯露，曝光
exposure	〔exposur(e) 暴露，-ure 名詞字尾〕暴露，揭露，曝光
overexpose	〔over- 過度，expose 曝光〕使過度曝光
underexpose	〔under- 不足，expose 曝光〕使曝光不足
underexposure	〔見上，-ure 名詞字尾〕曝光不足
unexposed	〔un- 未〕未揭露的，未公開的，未曝光的

express [表達，表示]
215

| expressible | 〔express 表達，-ible 可…的〕可表達的，可表示的 |
| expression | 〔express 表達，-ion 名詞字尾〕表達，表示，表情，表達方式，詞句 |

expressional	〔見上，-al …的〕表情的，表現的
expressionism	〔見上，-ism 主義〕表現主義（一種藝術流派）
expressionist	〔見上，-ist 人〕表現主義作家（或藝術家）；表現主義的
expressive	〔express 表達，表示，-ive …的〕表達…的，表現的，富於表情的
expressively	〔見上，-ly …地〕善於表達地，富於表情地
expressivity	〔見上，-ivity 名詞字尾〕善於表達，表達性
inexpressible	〔in- 不，見上〕表達不出的，說不出的
inexpressive	〔in- 不，見上〕不表現的，無表情的
unexpressed	〔un- 不，未，express 表達，說明，-ed …的〕未表達的，不說明的
unexpressive	〔un- 無，未，見上〕缺乏表情的，未能表達原意的

🔴 eye [眼睛]
216

eye-catcher	〔eye 眼，catch 吸引，-er 表示物〕引人注目的事物
eye-catching	〔見上，-ing →的〕引人注目的
eyed	〔eye 眼，-ed …的〕有眼的，有…眼光的
eyeful	〔eye 眼，-ful 名詞結尾，滿〕滿眼
eyeless	〔eye 眼，less 無〕無眼的，瞎的
eyelet	〔eye 眼，let 表示小〕小孔，針眼

eye-opener	〔eye 眼，open 張開，睜開，打開，-er 表示物〕使人驚奇（或恍然大悟）的事物（尤指新聞、新發現等），很有啟發性的事物。
eye-opening	〔見上，-in …的〕令人十分驚奇的，很有啟發性的
eye-reach	〔eye 眼，視力，reach 達到的範圍〕視野，視界
eyeshade	〔eye 眼，shade 遮罩〕眼罩
eyesight	〔eye 眼，sight 見，視域〕視力，目力
eyewash	〔eye 眼，wash 洗〕洗眼劑，眼藥水
bird's-eye	〔bird 鳥〕鳥瞰的，俯視的
bloody-eyed	〔bloody 血的；「血眼的」〕目露殺氣的，凶眼的
bright-eyed	〔bright 明亮的〕眼睛晶瑩的
cat-eyed	〔cat 貓，eye 眼，-ed …的〕黑暗中能看見東西的
clear-eyed	〔clear 清晰的〕目光銳利的，能明辨是非的
cockeyed	〔cock 公雞，eye 眼，-ed …的〕斜眼的
cross-eye	〔cross 交叉；雙目向內交叉〕內斜視鬥雞眼
dove-eyed	〔dove 鴿→溫柔的動物〕雙眼溫柔無邪的
eagle-eyed	〔eagle 鷹；鷹眼敏銳的→眼力敏銳的、目光炯炯的〕
green-eyed	〔green，eye 眼，-ed …的〕綠眼的，妒忌的
hollow-eyed	〔hollow 凹陷的〕眼睛凹陷的
moon-eyed	〔moon 月亮〕患月光盲的；（因驚奇等）圓睜著雙眼的
open-eyed	〔open 張開的，睜開的〕睜著眼睛的，留神的，驚訝的

quick-eyed	〔**quick** 快〕眼快的，眼睛尖的
round-eyed	〔**round** 圓〕圓睜著眼的
sharp-eyed	〔**sharp** 尖〕眼尖的，目光敏銳的
shut-eye	〔**shut** 閉，「閉眼」〕睡眠，昏厥
weak-eyed	〔**weak** 弱〕視力差的
wild-eyed	〔**wild** 野的→野蠻的；目光凶野的〕狂暴的，暴怒的

E
F

🔲 face [臉，面]
217

facedown	〔**face** 面，**down** 下〕面朝下地
faceless	〔**face** 面，**-less** 無，不〕不露面的，姓名不詳的
facesaving	〔**face** 面，**saving** 挽救、保全，**-ing** …的〕保全面子的
face-to-face	面對面（地）
faceup	〔**face** 面，**up** 上〕面朝上地
facial	〔**fac(e)** 面，**-ial** 形容詞結尾，的〕面部的
about-face	〔**about** 轉到相反方向〕向後轉
barefaced	〔**bare** 赤裸的〕露骨的，無恥的；不戴面具的
barefacedly	〔見上，**-ly** …地〕露骨地，無恥地，不戴面具的
clockface	〔**clock** 鐘〕鐘面
coalface	〔**coal** 煤〕採煤工作面
deface	〔**de-** 取消，毀〕損壞…的外觀；使失面子

229

defacement	〔見上，**-ment** 名詞字尾〕毀損
dollface	〔**doll** 玩具娃娃〕長著一張娃娃臉的人
doublefaced	〔**double** 雙，兩；「兩面的」〕口是心非的，偽善的；兩面可用的
hard-surface	〔**hard** 硬，**surface** 表面→路面〕給…鋪硬質路面
horsefaced	〔**horse** 馬，**face** 臉，**-ed** …的〕馬臉的，臉長而難看的
moonfaced	〔**moon** 月亮，**face** 臉，**-ed** …的〕圓臉的
open-faced	〔**open** 敞開的，**face** 臉，**-ed** …的〕露面的，坦率的
poker-faced	〔**poker** 撲克牌〕無表情的；不露真情的
rat-face	〔**rat** 老鼠，**face** 臉〕陰險卑鄙的人
reface	〔**re-** 再，重，**face** 外表〕重修（房屋）的外表（或門面）
resurface	〔**re-** 再，重，**resurface** 表面〕給…換裝新面，重鋪路面
straight-faced	〔**straight** 直→繃直，繃緊，**face** 面孔〕板著面孔的，不露笑容的
subsurface	〔**sub-** 下〕表面下的
surface	〔**sur-** 上，外，**face** 面〕表面，外表
surface-to-air	〔**surface** 表面→地面，**air** 空中〕（導彈）地（面）對空的
surface-to-surface	〔**surface** 表面→地面〕（導彈）地（面）對地（面）的
two-faced	兩面的，兩面派的，偽君子

fail [失敗，衰退]

failed	〔fail 失敗，-ed 已…的〕已失敗的
failing	〔fail 失敗，ing …的〕失敗的，衰退（或減弱）中的；〔-ing 名詞字尾〕失敗
failure	〔fail 失敗，-ure 名詞字尾〕失敗，失靈，衰退
heart failure	〔heart 心臟，failure 衰退〕心臟衰竭；心臟停止跳動
never-failing	〔never 永不〕（友誼等）永遠不變的
unfailing	〔un- 不，fail 衰退，-ing …的〕經久不衰的

fall [落，降]

fall apart	〔fall 落，apart 分開的〕關係結束；變成碎片
fallen	落下的，伐倒的，倒坍的，陷落的
falling	〔fall 降，落，-ing 形容詞兼名詞字尾〕下降的，落下的，下降，落下，落下物
falling star	〔falling 落下的，star 星〕流星
fall-out	〔fall 落，out 完〕爭吵，吵架
befall	降臨，發生
crestfallen	〔crest 頂→頭，fallen 落下的，垂下的〕垂頭喪氣的
dewfall	〔dew 露水，fall 降〕結露，（黃昏）起露的時候

231

downfall	〔down 下，fall 降，落〕（風雪等突然成大量的）下降；（城市的）陷落；垮台
footfall	〔foot 腳，腳步，fall 落，落地聲〕腳步，腳步聲
ice-fall	〔ice 冰，fall 落〕冰崩，冰布（指冰川的陡峭部分）
landfall	〔land 陸地，fall 降落〕著陸
moonfall	〔moon 月球，fall 降落〕月面降落，月面著陸
nightfall	〔night 夜，fall 降，降臨〕黃昏
outfall	〔out- 出，fall 降下→流下〕河口；（溝渠等的）出口
pitfall	〔pit 坑，fall 落〕陷阱，圈套
rainfall	〔rain 雨，fall 降〕下雨，（降）雨量
snowfall	〔snow 雪，fall 降〕下雪，（降）雪量
waterfall	〔water 水，fall 落〕瀑布
windfall	〔wind 風，fall 落〕被風吹落的果實；（比喻）意外的收穫，橫財

🔊 false 〔假的〕
220

false-hearted	〔false 假的，heart 心，-ed …的〕不充實的，欺詐的
falsehood	〔false 假的，-hood 表抽象名詞〕不真實，謬誤，謊言，欺騙
falsely	〔false 假的，-ly …地〕不真實地

falseness	〔**false** 假的，**-ness** 表抽象名詞〕虛假，謬誤
falsification	〔見上，**-fication** 名詞字尾〕偽造，弄虛作假；證明為假
falsifier	〔見上，**-fier** 做…的人〕偽造者，弄虛作假者，說謊者
falsify	〔見上，**-fy** 動詞字尾，使成為…〕偽造；搞錯；說謊；證明…是假的
falsity	〔見上，**-ity** 表抽象名詞〕虛假，欺詐，謊言

🔵 fame [名聲]
221

famed	〔**fame** 名聲，**-ed** 有…的〕有名的，著名的
famous	〔**fam(e)** 名聲，**-ous** 形容詞字尾，…的〕著名的，出名的
defamation	〔**de-** 除去，毀壞，**fame** 名聲，**-ation** 名詞字尾〕誹謗，破壞名譽
defamatory	〔見上，**atory** …的〕誹謗的
defame	〔**de-** 除去，毀壞，**fame** 名聲〕破壞…的名譽，誹謗
far-famed	〔**far** 遠，**famed** 有名的〕名聲遠揚的
infamize	〔**in-** 不，**fam(e)** 名聲，**-ize** 動詞字尾，使…〕使聲名狼藉
infamous	〔**in-**不，**-ous** 形容詞字尾，…的〕不名譽的，臭名昭著的

| infamy | 〔in- 不，fam(e) 名聲，名譽，-y 名詞字尾〕臭名，聲名狼藉 |
| world-famous | 〔world 世界，famous 聞名的〕世界聞名的 |

🔊 222 far ［遠］

faraway	〔far 遠，away 離開〕遙遠的，遠遠的
far-end	〔far 遠，end 末端〕（線路或電路的）遠端
far-famed	〔far 遠，famed 有名的〕聲名遠揚的
farmost	〔far 遠，-most 最〕最遠的
far-off	〔far 遠，off 離〕遙遠的
far-reaching	〔far 遠，reach 到達，及，-ing …的〕深遠的，廣泛的
far-red	〔far 遠，red 紅〕遠紅外的
farseeing	〔far 遠，see 看，-ing …的〕看得遠的，目光遠的，深謀遠慮的
farsighted	〔far 遠，sight 見，看，-ed …的〕遠視的，有遠見的
farsightedness	〔見上，-ness 名詞字尾〕遠視，遠見
afar	〔a- 構成副詞〕遙遠地
insofar	到這個程度（或範圍）

🔊 223 farm ［農場，耕種］

farmer	〔**farm** 農場,耕種,**-er** 者〕農民,農夫
farmhand	〔**farm** 農場,**hand** 人〕農業工人,農場工人
farmhouse	〔**farm** 農場,**house** 房屋〕農場裡的住房
farming	〔**farm** 耕種,**-ing** 名詞字尾〕農業,農事,耕作
farmland	〔**farm** 農場,**land** 田地〕農田
farmyard	〔**farm** 農場,**yard** 院子〕農場建築物周圍的空地
fish-farming	〔**fish** 魚,**farm** 耕種→培養,養殖〕養魚
home-farm	〔**home** 家,**farm** 農場〕自用的農場
nonfarm	〔**non-** 非〕非農業(產品)的
semifarming	〔**semi-** 半〕半農業
sheep-farming	〔**sheep** 羊〕牧羊業
tree farm	〔**tree** 樹林〕林場

F

🔊 224 fashion 〔 樣子,流行式樣 〕

fashionable	〔**fashion** 流行式樣,**-able** …的〕流行的,時髦的
fashionably	〔見上,**-ably** …地〕流行地,時髦地
fashionmonger	〔**fashion** 流行,時髦,**monger** 專做…的人〕講究時髦的人,趕時髦的人
newfashioned	〔**new** 新,**fashion** 式樣,**-ed** …的〕新流行的,新式的,入時的
oldfashioned	〔**old** 老,見上〕老式的,過時的,守舊的
refashion	〔**re-** 再〕再作,給…以新型式

235

refashionment	〔見上，**-ment** 名詞字尾〕再作，改變形式
ultrafashionable	〔**ultra-** 極端，見上〕極其流行的，極其時髦的
unfashionable	〔**un-** 不，見上〕不時髦的，過時的

🔊 225 father [父親]

fatherhood	〔**father** 父，**-hood** 表示身分，地位等〕父親的身分，父性，父權
father-in-law	〔**in-law** 表示姻親〕岳父，公公
fatherland	〔**father** 父→祖先，**land** 國土，國家〕祖國
fatherless	〔**father** 父，**-less** 無〕沒有父親的，生父不明的
fatherlike	〔**father** 父，**-like** 如…的〕父親般的
forefather	〔**fore-** 先，前，**father** 父〕祖先，前人，祖宗
godfather	〔**god** 神，**father** 父〕教父
grandfather	〔**grand** 表示在親屬輩分上更大（或更小） 一輩，**father** 父〕祖父，外祖父；祖先
unfathered	〔**un-** 無，**father** 父，**-ed** …的〕無婦的，私生的

🔊 226 favor [喜愛，贊成]

favorable	〔**favor** 喜歡，贊成，**-able** …的〕贊成的，稱讚的，討人喜歡的，有利的
favored	〔**favor** 喜愛，**-ed** …的〕受到優待的
favorer	〔**favor** 喜愛，贊成，**-er** 者〕寵愛者，贊成者

favorite	〔**favor** 喜愛，**-ite** 表示人〕喜愛的人或物
favoritism	〔見上，**-ism** 表示行為〕偏愛，偏袒，得寵
disfavor	〔**dis-** 不，**favor** 喜愛，贊成〕不贊成，不喜歡
unfavorable	〔**un-** 不，**favor** 喜歡，**-able** …的〕令人不快的，不同意的，不適宜的

🔊 227 fear [怕]

fearful	〔**fear** 怕，**-ful** …的〕可怕的；害怕的，膽怯的
fearfully	〔見上，**-ly** …地〕可怕地
fearless	〔**fear** 怕，**less** 不〕不怕的，大膽的，無畏的
fearlessly	〔見上，**-ly** …地〕無畏地，大膽地
fearlessness	〔見上，**-ness** 名詞字尾〕無畏，大膽
fearsome	〔**fear** 怕，**-some** 形容詞字尾，…的〕可怕的，膽小的
fearsomely	〔見上，**-ly** …地〕可怕地，膽小地
god-fearing	〔**god** 神，**fear** 怕→敬畏，**-ing** …的〕敬神的

🔊 228 feed [餵，飼養]

| feeder | 〔**feed** 飼養，餵，**-er** 人或物〕飼養員，餵食的人，奶瓶 |
| feeding | 〔**feed** 餵，**-ing** 表示行為〕餵，給食 |

feeding-bottle	〔**feeding** 餵，**bottle** 瓶〕奶瓶
breast-feed	〔**breast** 乳房→母奶，**feed** 餵〕用母奶餵養
breast-feeding	〔見上，**-ing** 名詞字尾〕（用）母奶餵養
force-feed	〔**force** 強迫，**feed** 餵〕給…強行餵食，強使…接受
overfeed	〔**over-** 過多〕給…糧食過多；吃得太多
self-feeder	〔**self-** 自己→自動，**feed** 餵，給料，**-er** 表示物〕自動給料機，自動餵飼槽
self-feeding	〔見上，**-ing** …的〕自動給料的，自動餵飼的
spoon-feed	〔**spoon** 湯匙，**feed** 餵〕用匙餵；填鴨式灌輸（知識等）
underfeed	〔**under-** 不足，**feed** 餵〕未餵飽，餵得太少
well-fed	〔**well** 好〕吃得很好的，營養充足的

🔊 229 feel ［感覺，觸］

feeler	〔**feel** 觸，**-er** 表示物〕觸角，觸鬚，試探器
feeling	〔**feel** 感覺，**-ing** 名詞字尾〕感覺，知覺，感情；〔**-ing** …的〕富於感情的
feelingly	〔**feeling** 富於感情的，**-ly** …地〕富於感情地
deep-felt	〔**deep** 深〕深深感到的
heartfelt	〔**heart** 心〕衷心的
ill-feeling	〔**ill** 惡，**feeling** 感情〕敵意，仇視

| unfeeling | 〔**un-** 無〕無感覺的，無情的 |
| unfelt | 〔**un-** 未〕未被感覺到的 |

feudal [封建的]
230

F

feudalism	〔**feudal** 封建的，**-ism** 主義〕封建主義
feudalist	〔見上，**-ist** 者〕封建主義者
feudalistic	〔見上，**-istic** …的〕封建主義（者）的
feudality	〔見上，**-ity** 表抽象名詞〕封建性，封建制
feudalize	〔見上，**-ize** 動詞字尾，使…〕使實行封建制度
feudally	〔見上，**-ly** 副詞字尾〕封建方式地
anti-feudal	〔**anti-** 反，**feudal** 封建的〕反封建的
military-feudal	〔**military** 軍事的，**feudal** 封建的〕軍事封建的
semi-feudal	〔**semi-** 半，**feudal** 封建的〕半封建的

field [田地，原野，場地]
231

afield	〔**a-** 在，**field** 田地〕在田裏
airfield	〔**air** 空中→飛機，**field** 場地〕飛機場
battlefield	〔**battle** 戰鬥，**field** 場地〕戰場
brickfield	〔**brick** 磚，**field** 場地〕製磚廠
coalfield	〔**coal** 煤，**field** 田〕煤田，產煤區
goldfield	〔**gold** 金，**field** 場地〕採金地

grainfield	〔grain 穀物，field 田〕種糧食的田
minefield	〔mine 地雷，魚雷，field 場地〕佈雷區，佈雷場
snowfield	〔snow 雪，field 原野〕雪原，原野
track-and-field	〔track 徑，跑道，field 田〕田徑運動的

fight 〔戰鬥〕

fightback	〔fight 戰鬥，back 回〕回擊，反擊
fighter	〔fight 戰鬥，-er 表示人或物〕戰士；戰鬥機
fighter-bomber	〔fighter 戰鬥機，bomber 轟炸機〕戰鬥轟炸機
fighter-interceptor	〔fighter 戰鬥機，interceptor 截擊機〕戰鬥截擊機
fighting	〔fight 戰鬥，-ing …的〕戰鬥的，鬥爭的
bullfight	〔bull 牛，fight 戰鬥，鬥〕鬥牛（戲）
bullfighter	〔見上，-er 人〕鬥牛士
bushfighter	〔bush 叢林，fighter 戰士〕叢林游擊隊員，叢林戰士
bushfighting	〔見上，-ing 名詞字尾〕叢林游擊戰
cockfighting	〔cock 公雞，fighting 鬥〕鬥雞
dogfight	〔dog 狗，fight 鬥〕狗打架，狗咬狗；（飛機等）混戰
fire-fighter	〔fire 火，fighter 戰士〕消防人員
freedom-fighter	〔freedom 自由，fighter 戰士〕爭取自由的戰士
gunfight	〔gun 槍，fight 格鬥〕（兩人之間的）用槍格鬥

| outfight | 〔out- 勝過，fight 戰鬥〕戰勝，擊敗 |
| outfighting | 〔out- 外→遠，fighting 作戰〕遠距離作戰 |

 fill [填充，裝滿]
233

filler	〔fill 裝，填，-er 者〕裝填者，裝填物
fill-in	〔「填補進來」〕臨時填補空缺的人，替工
filling	〔fill 裝，填，-ing 名詞字尾〕填充，裝填，填充物
backfill	〔back 回，fill 填〕把（挖出的洞穴等）重新填上
mouth-filling	〔「滿口的」→〕（句子等）很長的
overfill	〔over- 太，過分，fill 裝滿〕把…袋得太滿
refill	〔re- 再，fill 裝〕再裝滿
unfilled	〔un- 未，fill 填充，-ed …的〕未填充的，空的

 film [電影，影片]
234

filmdom	〔film 電影，-dom 界〕電影界
film-fan	〔film 電影，fan 狂熱愛好者〕電影迷
film festival	電影節
filmgoer	〔film 電影，go 去，往，-er 人〕去電影院的人，愛看電影的人
filmize	〔film 電影，-ize 使成為…〕把…攝成電影，（為拍電影而）改編

241

filmmaker	〔film 影片，maker 製作人〕影片製作人及導演等
filmstrip	〔film 影片，strip 帶〕幻燈影片；幻燈捲片
microfilm	〔micro- 微，film 片子，膠卷〕縮微膠卷，縮微片
microfilmer	〔micro- 微，film 影片，-er 表示物〕縮微電影攝影機
superfilm	〔super- 超，超級，film 影片〕特製影片
telefilm	〔tele television 電視，film 影片〕電視影片
unfilmed	〔un- 未，film 拍成電影，-ed …的〕（小說等）尚未拍成電影的

🔊 235 find ［發現，找出］

finder	〔find 發現，-er 表示人或物〕發現者；探測器
finding	〔find 發現，-ing 名詞字尾〕發現；發現物
fact-finding	〔fact 實情，find 尋找→調查，-ing 的〕進行實地調查的
newfound	〔new 新，found 被發現的（find 的過去分詞）〕新發現的
path-finder	〔path 路，find 尋找，-er 者〕探路者，領航人員，導航飛機
pathfinding	〔見上，-ing 名詞字尾〕領航，導航

🔊 236 finger ［手指］

242

fingered	〔**finger** 手指，**-ed** 有…的〕有指的，指狀的
fingering	〔**finger** 用指彈，**-ing** 名詞字尾〕用指撥弄，用指彈奏；（音樂）指法
fingerless	〔**finger** 手指，**-less** 無〕無指的，失去手指的
finger mark	〔**finger** 手指，**mark** 痕跡，污點〕指痕
fingerpost	〔**finger** 手指→指向，**post** 柱〕指向柱，指路牌，指南
fingerprint	〔**finger** 手指，**print** 印〕指紋印，手印
fingertip	〔**finger** 手指，**tip** 尖〕指尖
clean-fingered	〔**clean** 乾淨，**finger** 手指，**-ed** …的；「手腳乾淨的」〕未受賄的
forefinger	〔**fore-** 前，**finger** 指〕食指
green-fingers	〔**green** 綠→綠化，樹木，園藝，**fingers** 手指→手藝，技能〕園藝技能
light-fingered	〔**light** 輕，**finger** 手指，**-ed** …的〕手指靈巧的；善於摸竊的

F

⊙ fire [火，射擊]
237

fireboat	〔**fire** 火→救火、**boat** 艇〕消防艇
firebrick	〔**fire** 火，**brick** 磚〕耐火磚
fire-eater	〔**fire** 火，**eater** 吞吃者〕吞火魔術師
fireguard	〔**fire** 火，**guard** 防衛的人（或物）〕火爐欄；（森林）防火員

fireman	司爐工，燒火工人，消防人員
fireplace	壁爐
fireproof	〔-proof 防〕防火的，耐火的
fireproofing	〔見上，-ing 名詞字尾〕防火，耐火，耐火裝置（材料）
firer	〔fire 點火，射擊，-er 者〕點火者，縱火者，射手，火器
fire-raising	〔fire 火，rais(e) 升起，-ing 名詞字尾〕縱火罪
fireroom	鍋爐間
fireside	〔fire 火，火爐，side 邊〕爐邊，爐邊的
firewood	〔fire 火，wood 木〕木柴，柴火
firing	〔-ing 名詞字尾〕生火，點火，射擊
afire	〔a- 表示 on，fire 火〕燃燒著
campfire	〔camp 野營，fire 火〕營火
cease-fire	〔cease 停止，fire 火〕停火，停火命令
gunfire	〔gun 炮，fire 火〕炮火
misfire	〔mis- 不，fire 發射〕（槍等）不發火，射不出；射不中要害
quick-fire	〔quick 快，fire 射〕急射的，速射的
quick-firer	〔見上，-er 表示物〕速射槍（或炮）
shellfire	〔shell 砲彈，fire 火〕炮轟，炮火
subfired	〔sub=submarine 潛艇，fire 發射〕由潛艇發射的

| test-fire | 〔**test** 試驗，**fire** 射擊〕試射 |
| wildfire | 〔**wild** 野，**fire** 火〕大火災；鬼火 |

238 fish [魚，捕魚]

fish ball	〔**fish** 魚，**ball** 球〕魚丸
fisher	〔**fish** 捕魚，**-er** 表示人或物〕捕魚人，捕漁船
fishery	〔**fish** 捕魚，**-ery** 表示行業、場所等〕漁業，水產業、捕魚術，養魚術，魚場
fishing	〔**fish** 捕魚，**-ing** 名詞字尾〕捕魚，釣魚
fishmonger	〔**fish** 魚，**moger** 販子〕魚販子
fishnet	〔**fish** 魚，**net** 網〕漁網
fish-pond	〔**fish** 魚，**pond** 池塘〕養魚塘
fish story	〔**fish** 魚，**story** 故事〕大話，吹牛
fishwife	〔**fish** 魚，**wife** 婦女〕賣魚婦
fishwoman	〔**fish** 魚，**woman** 婦女〕賣魚婦
fishworks	〔**fish** 魚，**works** 工廠〕魚類製品廠
fishy	〔**fish** 魚，**-y** 形容詞結尾，…的〕魚的，多魚的，像魚的
blackfish	〔**black** 黑，**fish** 魚〕小黑鯨
cowfish	〔**cow** 牛，**fish** 魚〕海牛，角魚，海豚
flatfish	〔**flat** 平，**fish** 魚〕比目魚
goldfish	〔**gold** 金，**fish** 魚〕金魚

inkfish	〔ink 墨水，fish 魚〕墨魚，烏賊
overfish	〔over- 過度，fish 捕魚〕對（魚類）進行過度捕撈
redfish	〔red 紅，fish 魚〕鮭魚，帶紅色的魚
rockfish	〔rock 岩石，fish 魚〕生活在海底岩石間的魚
sawfish	〔saw 鋸，fish 魚〕鋸鰩
shellfish	〔shell 貝殼，fish 魚〕水生貝殼類動物
silverfish	〔silver 銀，白色，fish 魚〕蠹魚
still-fish	〔still 靜止，停止，fish 捕魚〕拋錨停船捕魚
swordfish	〔sword 劍，fish 魚〕狼魚（一種兇猛的食肉魚）

⊙ fist [拳頭]
239

fisted	〔fist 拳頭，-ed …的〕有拳頭的，握成拳頭的
fistic	〔fist 拳，-ic …的〕拳擊的，拳術的
fisty	〔fist 拳，-y …的〕拳擊的，拳術的
closefisted	〔close 緊的，fist 拳頭，-ed …的，見上〕吝嗇的，小氣的
hardfisted	〔hard 硬，fist 拳頭，-ed …的〕強硬的；吝嗇的
ironfisted	〔iron 鐵，fist 拳頭，-ed …的〕殘忍的
tightfisted	〔tight 緊的，fist 拳頭，-ed …的；「拳頭握得緊緊的」〕吝嗇的，小氣的
twofisted	〔two 雙，fist 拳頭，-ed …的；「緊握雙拳的」〕強有力的，雄起起的

🔵 240 fit [適合，安裝]

fitness	〔**fit** 適合，**-ness** 名詞字尾〕適合，恰當
fitter	〔**fit** 裝配，**-er** 人〕裝配工
fitting	適合的，恰當的；試穿、試衣（看看是否合身）
fittingly	〔見上，**-ly** …地〕適合地，相稱地
close-fitting	〔**close** 緊的，**fit** 適合，**-ing** …的〕緊身的，貼切的
misfit	〔**mis-** 不，**fit** 適合〕不合身的衣著，不合適
shipfitter	〔**ship** 船，**fitter** 裝配工〕造船裝配工
unfit	〔**un-** 不，**fit** 適合〕不合適的，不相宜的
unfitting	不合適的，不相宜的

🔵 241 fix [固定，綴上]

fixable	〔**fix** 固定，**-able** 可…的〕可固定的
fixation	〔**fix** 固定，**-ation** 名詞字尾〕固定
fixative	〔**fix** 固定，**-ative** …的〕固定的，固著的
fixed	〔**fix** 固定，**-ed** …的〕固定的
fixer	〔**fix** 固定，**-er** 表示物〕固定器；（攝影）定影劑
fixing	〔**fix** 固定，**-ing** 名詞字尾〕固定，安裝；定影
fixity	〔**fix** 固定，**-ity** 名詞字尾〕固定性，穩定性
fixture	〔**fix** 固定，**-ture** 名詞字尾〕固定（狀態），固定物
affix	〔**af-** 表示 to，**fix** 綴上〕加上，添上，綴上，字綴

affixation	〔見上，**-ation** 表抽象名詞〕字綴法，綴合法
infix	〔**in-** 內，入，**fix** 綴〕插入，中綴，中加成分
prefix	〔**pre-** 前，**fix** 綴上〕字首，字頭；加字首
suffix	〔**suf-** 後，**fix** 綴上〕字尾；加字尾
suffixation	〔見上，**-ation** 表示行為〕加後綴，加字尾
unfix	〔**un-** 不，**fix** 固定，安裝上〕解下，解開，卸下

🔊 242 flame [火焰，燃燒]

flamethrower	〔**flame** 火焰，**throw** 扔出，拋，**-er** 表示物〕噴火器
flaming	〔**flam(e)** 火焰，**-ing** …的〕燃燒的，火焰般的
flamingo	〔**flaming** 火紅的，**-o** 名詞字尾，表示物〕火烈鳥，紅鶴
flamy	〔**flam(e)** 火焰，**-y** …的〕火焰（般）的，熊熊的
nonflammable	〔**non-** 不，**flam(e)** 燃燒，**-able** 易…的〕不易燃的
inflame	〔**in-** 使…，**flame** 火焰〕使燃燒，使激怒
inflammable	〔見上，**-able** 易…的〕易燃的，易怒的
inflammation	〔見上，**-ation** 名詞字尾〕點火，燃燒，激動

🔊 243 flesh [肉]

| flesh-and-blood | 〔**flesh** 肉，**blood** 血〕血肉般的 |

flesh-colored	〔flesh 肉，color 色，-ed …的〕肉色的
flesh-eating	〔flesh 肉，eat 吃，-ing …的〕食肉的
fleshiness	〔見上，-ness 名詞字尾〕多肉，肥胖
fleshings	〔flesh 肉，-ing 表示物〕肉色緊身衣
fleshless	〔flesh 肉，-less 無〕瘦弱的；無肉體的
fleshly	〔flesh 肉，肉體，-ly …的〕肉體的，肉感的
fleshy	〔flesh 肉，-y 多…的〕多肉的，肥胖的；似肉的
gooseflesh	〔goose 鵝，flesh 肉〕雞皮疙瘩
horseflesh	〔horse 馬，flesh 肉〕馬肉

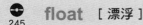

flight [飛行]

244

flight-test	〔test 試驗〕試飛（飛機）
flightworthy	〔worthy 宜於，適於，值得〕可以安全飛行的
in-flight	飛行中的
moonflight	〔moon 月，flight 飛行〕向月飛行
overflight	〔over- 越過，flight 飛行〕（飛機的）飛越上空
preflight	〔pre- 前，flight 飛行〕（飛機）起飛前的，為（飛機）起飛作準備的
spaceflight	〔space 空間，flight 飛行〕太空飛行

float [漂浮]

245

floatable	〔**float** 漂浮，**-able** 可…的〕可漂浮的
floatage	〔**float** 漂浮，**-age** 名詞字尾〕漂浮，浮力；漂浮物
floatation	〔**float** 漂浮，**-ation** 名詞字尾〕漂浮
floater	〔**float** 漂浮，**-er** 表示人或物〕漂浮者，漂浮物；沒有固定工作的人
floating	〔**float** 漂浮，**-ing** …的〕漂浮的，浮力的
floatplane	〔**float** 漂浮，**plane** 飛機〕水上飛機
afloat	〔**a-** 構成副詞，**float** 漂浮〕浮著，在水上
refloat	〔**re-** 再，**float** 浮起〕（使）再浮起
refloatation	〔見上，**-ation** 名詞字尾〕再浮起

● flow [流動]
246

flowage	〔**flow** 流，**-age** 名詞字尾〕流動；泛濫；泛濫的河水
flowchart	〔**flow** 流，**chart** 圖表〕流程圖，作業圖
flowing	〔**flow** 流動，**-ing** …的〕流動的；（文章等）流暢的，通順的
flowingly	〔見上，**-ly** …地〕流動地，流暢地
flowmeter	〔**flow** 流，**meter** 測量器，錶〕流量錶，流速計
airflow	〔**air** 空氣，**flow** 流〕氣流
earthflow	〔**earth** 泥，**flow** 流〕氣流
inflow	〔**in-** 入，**flow** 流〕流入
interflow	〔**inter-** 互相，**flow** 流〕交流，互通

250

onflow	〔**on** 向前，**flow** 流〕滾滾向前
outflow	〔**out-** 外，出，**flow** 流〕流出，外流；流出物
overflow	〔**over-** 過甚，過多，**flow** 流〕泛濫，充溢，漲滿
overflowing	〔見上，**-ing** …的〕溢出的，充沛的

⊖ flower [花]
247

flowered	〔**flower** 花，**-ed** …的〕開花的，有花的
floweret	〔**flower** 花，**-et** 表示小〕小花
flowerless	〔**flower** 花，**-less** 無〕無花的
flowerlike	〔**flower** 花，**-like** 像…一樣的〕像花一樣的
flowerpot	〔**flower** 花，**pot** 盆〕花盆
flowery	〔**flower** 花，**-y** 多…的，似…的〕花的，多花的，似花的
beflower	〔**be-** 用…，飾以…，**flower** 花〕用花覆蓋
bellflower	〔**bell** 鈴〕風鈴草屬植物
deflower	〔**de-** 除去，**flower** 花〕摘花
Mayflower	〔**May** 五月〕五月花
moonflower	〔**moon** 月，**flower** 花〕月光花
night-flower	〔**night** 夜〕夜裡開的花
starflower	非洲七瓣蓮
sunflower	〔**sun** 太陽，**flower** 花〕向日葵，向陽花
windflower	〔**wind** 風；「風飄花」〕銀蓮花屬植物

fly [飛，飛行]

flyable	〔fly 飛行，-able，可…的〕（天氣等）適合飛行的，適航的；（飛機等）可以在空中飛行的
fly-boy	〔fly 飛行，boy 人〕空軍人員，飛機駕駛員
flyer	〔fly 飛行，-er 表示人或物〕飛行員；飛行物（鳥、昆蟲）；（廣告）傳單
flying	〔fly 飛行，-ing …的〕飛的，飛行員的
flyway	〔fly 飛行，way 路線〕候鳥飛行的固定路線
co-flyer	〔co- 副，flyer 飛行員〕副飛行員
highflyer	〔high 高〕高飛的人或物；有很大野心的人，好高騖遠者
highflying	〔見上，-ing …的〕高飛的；野心勃勃
overfly	〔over- 越過，fly 飛〕飛越，在…上空飛行
sailfly	〔sail 飄，浮游，翱翔，fly 飛行〕翱翔飛行

fly [蠅，飛蟲]

flycatcher	〔fly 蠅，catcher 捕捉者〕捕蠅草
flyflap	〔fly 蠅，flap 拍打〕蠅拍
flypaper	〔fly 蠅，paper 紙〕粘蠅紙，毒蠅紙
butterfly	〔butter 黃油→黃色，fly 飛蟲〕蝴蝶（蝴蝶一般是黃色）

catchfly	〔**catch** 捕捉，**fly** 飛蟲〕捕蟲草，捕蠅草
dayfly	蜉蝣
dragonfly	蜻蜓
firefly	〔**fire** 火，**fly** 飛蟲〕螢火蟲
greenfly	〔**green** 綠色，**fly** 飛蟲〕綠蚜蟲
horsefly	〔**horse** 馬，**fly** 蠅；「吸馬等動物血的蠅」〕馬蠅
housefly	〔**house** 家，**fly** 蠅〕家蠅

⚓ foot [腳，步]
250

footefootball	〔**foot** 足，**ball** 球〕足球
footballer	〔見上，**-er** 人〕足球員
footbath	〔**foot** 腳，**bath** 洗，浴〕洗腳，腳盆
footbridge	〔**foot** 腳，步行，**bridge** 橋〕（只供行人步行通過的）小橋
footfall	〔**foot** 腳，**fall** 落〕腳步，腳步聲
foothold	〔**foot** 足，**hold** 抓住，佔據〕立足點
footing	〔**foot** 足→立足點，**-ing** 名詞字尾〕立足處，立足點
footless	〔**foot** 腳，**-less** 無〕無腳的，無基礎的
footloose	〔**foot** 腳，**loose** 鬆散的，散漫的〕到處走動的，自由自在的
footpath	〔**foot** 腳，步行，**path** 路〕小路，人行道
footprint	〔**foot** 腳，**print** 印〕腳印，足跡

F

footrace	〔**foot** 腳，走，**race** 競賽〕競走
footstep	〔**foot** 腳，**step** 步〕腳步，腳步聲，足跡
footsure	〔**foot** 腳步，**sure** 穩當的〕腳步穩的
footway	〔**foot** 腳，步行，**way** 路〕小路，人行道
footwork	〔**foot** 腳，跑腿，**work** 工作〕需要跑腿的工作；(體育) 步法
afoot	〔**a- = by**〕徒步
barefooted	〔**bare** 赤裸的〕赤腳的
feather-footed	〔**feather** 羽毛→輕〕腳步很輕的
flatfoot	〔**flat** 平〕扁平足；有扁平足的人
heavy-footed	〔**heavy** 重，**foot** 腳步，**-ed** …的〕動作遲緩的
light-footed	〔**light** 輕，**foot** 腳步，**-ed** …的〕腳步輕快的
slow-footed	〔**slow** 慢，**foot** 腳步，**-ed** …的〕速度慢的
soft-footed	〔**soft** 軟，柔軟〕腳步輕盈的
surefooted	〔**sure** 穩當的，安全的〕腳步穩的，穩當的
swift-footed	〔**swift** 快，**foot** 腳步，**-ed** …的〕跑得快的
underfoot	〔**under-** 在下，**foot** 腳〕在腳下；礙事，擋路
wingfooted	〔**wing** 翅→飛快〕健步如飛的，步履輕捷的

---

251 **force** ［力量，強迫］

| forced | 〔**force** 強迫，**-ed** …的〕強迫的，被迫的 |

forcedly	〔見上，-ly …地〕強迫地，被迫地
forced-feed	〔force 強迫，feed 餵食〕強行餵食
forceful	〔force 力量，-ful 有…的〕強而有力的，堅強的
forcefully	〔見上，-ly …地〕強而有力地，堅強地
force-land	〔force 強迫，land 著陸，登陸〕強迫降落，強迫登陸
forceless	〔forceless 力量，-less 無〕無力的，軟弱的
unforced	〔un- 非，forced 強迫的〕非強迫的，不勉強的

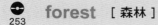 foreign ［外國的］

252

foreign affairs	〔foreign 外國，affairs 事務〕外交事務
foreign-born	〔foreign 外國，born …出生的〕在外國的出生
foreigner	〔foreign 外國，-er 人〕外國人
foreign exchange	〔foreign 外國，exchange 交換〕國際匯兌；外國匯票
foreignism	〔foreign 外國，-ism 表示特性〕外國風俗習慣；外語中的語言現象
antiforeign	〔anti- 反對，fireign 外國的〕排外的

forest ［森林］

253

| forestation | 〔forest 森林，造林，-ation 名詞字尾〕造林 |

forester	〔**forest** 森林，**-er** 表示人或物〕護林員，森林居民；森林動物
forestry	〔**forest** 森林，**-ry** 名詞字尾〕林學，林業，林地
afforest	〔**af-** 加強意義，**forest** 造林〕造林於…
afforestation	〔見上，**-ation** 名詞字尾〕造林
deforest	〔**de-** 除去，毀，**forest** 森林〕砍伐樹林
disafforest	〔**dis-** 取消，毀，**afforest** 造林〕把樹林砍掉
disafforestation	〔見上，**-ation** 名詞字尾〕砍伐樹林
disforest	〔**=disafforest**〕把樹林砍伐掉
reafforest	〔**re-** 重新，**afforest** 植林〕重新植林
reafforestation	〔見上，**-ation** 名詞字尾〕重新植林
reforest	〔**re-** 再，重新，**forest** 造林〕重新造林
reforestation	〔見上，**-ation** 名詞字尾〕重新造林

● forget [忘記]
254

forgetful	〔**forget** 忘記，**-ful** …的〕健忘的
forgetfully	〔見上，**-ly** …地〕健忘地
forgetfulness	〔見上，**-ness** 名詞字尾〕健忘
forget-me-not	〔植物〕勿忘我（草）
forgettable	〔**forget** 忘記，**-able** 可…的〕易被忘記的，可以忘記的
forgetter	〔**forget** 忘記，**-er** 者〕健忘者

| self-forgetful | 〔self- 自己，forgetful 忘記的〕忘我的，無私的 |
| unforgettable | 〔un- 不，見上〕不會被忘記的，難忘的 |

255 form 〔形式，形成〕

formal	〔form 形式，-al …的〕外形的，形式（上）的，正式的
formalism	〔見上，-ism 主義〕形式主義
formalist	〔見上，-ist 者〕形式主義者（的）
formality	〔見上，-ity 名詞字尾〕拘泥形式，拘謹
formalize	〔見上，-ize 使…〕使具有形式，使成正式
formation	〔form 形成，-ation 名詞字尾〕形成，構成
formative	〔form 形成，-ative …的〕形成的，構成的
former	〔form 形成，-er 者〕形成者，構成者
formless	〔form 形狀，-less 無〕無形狀的，無定形的
conform	〔con- 共同，form 形式〕（使）一致，符合
conformity	〔見上，ity 名詞字尾〕一致，適合，依照
deform	〔de- 除去，毀，form 形狀〕變形
deformation	〔見上，-ation 名詞字尾〕變形
deformity	〔見上，-ity 名詞字尾〕畸形
malformation	〔mal- 不良，form 形狀，-ation 名詞字尾〕畸形
malformed	〔mal- 不良，form 形狀，-ed …的〕畸形的
multiform	〔multi- 多，form 形式〕多種形式的，多種多樣的

257

multiformity	〔見上，-ity 名詞字尾〕多種形式，多種多樣
nonconformity	〔non- 不，見上〕不一致，不符合
nonuniform	〔non- 非，不，uniform 一致〕不一致的，不統一的
preform	〔pre- 預先，form 形成〕預先形成
preformation	〔見上，-ation 名詞字尾〕預先形成
reform	〔re- 再，重新，form 形成；「再形成」〕改革，革新，改造，改良
reformable	〔見上，-able 可…的〕可改革的，可改良的
reformation	〔見上，-ation 名詞字尾〕改革，改良，改造
reformer	〔見上，-er 者〕改革者，革新者
reformism	〔見上，-ism 主義〕改良主義
reformist	〔見上，-ist 者〕改良主義者
transform	〔trans- 轉，變，form 形式，形成〕改變，改革，轉變
transformable	〔見上，-able 可…的〕可改革的，能改變的
transformation	〔見上，-ation 名詞字尾〕變化，轉變，改革
unformed	〔un- 未，form 形成，-ed …的〕未形成的
uniform	〔uni 單一，form 形式〕一致的；制服
uniformity	〔見上，-ity 名詞字尾〕一致（性），一式，一樣
word formation	〔word 單字，formation 形成，構成〕造詞法

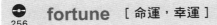

fortune 〔命運，幸運〕

256

258

fortunate	〔fortun(e) 幸運，-ate 形容詞字尾〕幸運的，僥倖的
fortunately	〔見上，-ly …地〕幸運地，僥倖地
fortune-hunting	〔fortune 命運，hunting 追獵，追求〕為了財產而追求有錢人
fortuneless	〔fortune 幸運，-less 不〕不幸的
fortune-teller	〔fortune 命運，tell 講，-er 人〕替人算命的人
fortune-telling	〔fortune 命運，telling 講，說〕算命
ill-fortune	〔ill 惡，壞，fortune 命運〕惡運
misfortune	〔mis- 不，fortune 幸運〕不幸，惡運，災禍
unfortunate	〔un- 不，fortune 幸運的〕不幸的，倒霉的
unfortunately	〔見上，-ly …地〕不幸地，倒霉地

257 found [建立，打基礎]

foundation	〔found 建立，打基礎，-ation 名詞字尾〕建立，創辦；基礎，地基
foundational	〔見上，-al …的〕基礎的
founder	〔found 建立，-er 者〕創立者，締造者，奠基者
co-founder	〔co- 共同，founder 創立者〕共同創立者
ill-founded	〔ill- 不好，見上〕站不住腳的，沒有根據的
unfounded	〔un- 未，見上〕未建立的；沒有事實根據的
well-founded	〔well- 好，見上〕基礎牢固的；有充分根據的

free [不，無，自由]

258

freedom	〔free 自由，-dom 名詞字尾〕自由
free-drop	〔free 自由，drop 投下〕（不用降落傘的）自由空投
freehanded	〔free 自由，hand 手→用手花錢，-ed …的〕（用錢）大方的
freehearted	〔free 自由，heart 心，-ed …的〕坦白的，慷慨的
free-living	〔free 自由，living 生活〕沉溺於吃喝玩樂
freely	〔free 自由，-ly …地〕自由地，無拘束地
freeminded	〔free 自由，mind 頭腦，精神，-ed …的〕無精神負擔的
free-spoken	〔free 自由，spoken 說〕直言的，講話坦率的
freewill	〔free 自由，will 意志〕自願的，非強迫的
atom-free	〔atom 原子，free 無〕無原子武器的
carefree	〔care 憂慮，free 無〕無憂無慮的
hands-free	〔hands 手，free 不〕不需使用手的
ice-free	〔ice 冰，凍，free 不〕不凍的
interest-free	〔interest 利息，free 無〕無利息的
nonfree	〔non- 非，free 自由〕非自由的
nuclear-free	〔nuclear 核，free 無〕無核的
post-free	〔post 郵政〕免付郵資的
rent-free	〔rent 租金，free 不〕不收租金的

rust-free	〔rust 鏽，free 不〕無鏽的，不鏽的
tax-free	〔tax 稅〕免稅的
trouble-free	〔trouble 麻煩，free 無〕沒有麻煩的，沒有故障的

🔵 259 fresh ［新，新鮮］

freshen	〔fresh 新鮮，-en 動詞字尾，使…〕使顯得新鮮，使精神飽滿
freshener	〔見上，-er 表示物；「使清新之物」〕恢復精神的東西（如飲料等）
freshly	〔fresh 清新，精神飽滿，-ly …地〕精神飽滿地；氣味清新地
freshman	〔fresh 新，man 人〕新手，大學一年級學生
freshness	〔fresh 新鮮，-ness 名詞字尾〕新鮮，清新
afresh	〔a- 構成副詞，fresh 新〕重新
refresh	〔re- 再，重新，fresh 新鮮〕使精力恢復，使更新，重新振作，使清新
refresher	〔見上，-er 表示物〕使清新（或恢復精力）的事物
refreshing	〔見上，-ing …的〕使精力恢復的，使精神振作的
refreshment	〔見上，-ment 名詞字尾〕（精力）恢復

🔵 260 friend ［朋友］

| friendless | 〔friend 朋友，-less 無〕沒有朋友的 |

261

friendliness	〔見下，**-ness** 表抽象名詞〕友好，友誼
friendly	〔**friend** 朋友，**-ly** …的〕友善的，友誼的
friendship	〔**friend** 朋友，**-ship** 表抽象名詞〕友誼，友好
befriend	〔**be-** 是成為，**friend** 朋友〕以朋友態度對待，親近
boyfriend	男朋友
girlfriend	女朋友
unfriended	〔**un-** 不，無，**friend** 朋友，**-ed** …的〕沒有朋友的；不被當作朋友對待的
unfriendly	〔**un-** 不，**friendly** 友善的〕不友善的

🔊 front ［前線，前面］
261

frontage	〔**front** 前面，**-age** 名詞字尾〕（建築物等的）正面，前方
frontal	〔**front** 前面，**-al** …的〕前面的，正面的
frontier	〔**front** 前線，前邊→邊境，**-ier** 名詞字尾〕邊境，國境，邊疆
front-line	前線的，第一線的
front-page	〔**front** 前面，**page** 頁，版面〕頭版的，重要的，轟動的
front-runner	〔**front** 前面，**runner** 跑的人〕賽跑中跑在前頭的人，競賽中的領先者
frontward(s)	〔**front** 前面，**-ward(s)** 向〕向前地
battlefront	〔**battle** 作戰，**front** 正面〕戰場前線

forefront	〔fore- 前，front 前線〕最前線，最前方
seafront	〔sea 海，front 前面〕濱海區
waterfront	〔water 水，front 前面，前邊〕水邊，灘，（城市的）濱水區

262 fruit [果實，水果]

fruitage	〔fruit 果實，-age 名詞字尾〕結果實；果實（總稱）；結果，成果
fruitarian	〔fruit 水果，-arian 表示人〕果實主義者
fruited	〔fruit 果實，水果，-ed …的〕結有果實的；加水果（調味）的
fruiter	〔fruit 水果，-er 表示人或物〕果農；果樹，運水果的船
fruiterer	水果商
fruitful	〔fruit 果實，-ful 多…的〕果實結得多的，多產的，成效多的
fruitless	〔fruit 果實，-less 無〕不結實的；無效的
fruitlessly	〔見上，-ly …的〕不結果實地；無效地
fruity	〔fruit 水果，-y …的〕果味的
firstfruit	〔first 首次，最初，fruit 果實，收穫〕（作物）第一次收成；（工作）最初的成果
unfruitful	〔un- 不，無，見上〕不結果實的；沒有結果的，無效的

full [滿, 全]
263

full-blooded	〔full 滿, blood 血, 血氣, -ed …的〕血氣旺盛的
full-dress	〔full 全, 整齊, dress 衣服〕禮服的, 正式的
fullhearted	〔full 滿, heart 心, -ed …的〕滿腔熱情的, 充滿信心的
full-length	〔full 全, length 長度〕全長的, 全身的
fullness	〔full 滿, 全, -ness 名詞字尾〕充分, 完全
full-page	〔full 全, page 頁, 版〕全頁的, 整版的
full-time	〔full 全部, time 時間〕全職的
fully	〔full 全, -ly … (略去一個l)〕完全地, 充分地, 徹底地
overfull	〔over- 過甚, full 滿〕太滿的, 過多的

future [未來, 前途]
264

futureless	〔future 前途, -less 無〕無前途的, 無希望的
futurism	〔futur(e) 未來, -ism 主義〕(文藝流派) 未來主義
futurist	〔futur(e) 未來, -ist …者, …家〕未來學家, 未來主義者, 未來派藝術家
futuristic	〔futur(e) 未來, -istic …的〕未來的, 未來主義的

futurity	〔**futur(e)** 將來，未來，**-ity** 名詞字尾〕將來，未來；未來的事，遠景
futurological	〔**futur(e)** 未來，**-o-** 連結字母，**-logical** …學的〕未來學的
futurologist	〔**futur(e)** 未來，**-o-** 連結字母，**-logist** …學家〕未來學家
futurology	〔**futur(e)** 未來，**-o-** 連結字母，**-logy** …學〕未來學

⚫ gas 〔氣體，煤氣，毒氣〕
265

gaseous	〔**gas** 氣體，**-eous** …的〕氣體的，氣態的，空虛的
gasholder	〔**gas** 煤氣，**holder** 保存者〕煤氣鼓
gashouse	〔**gas** 煤氣，**house** 房，廠房，機構〕煤氣廠
gasifiable	〔**gas** 氣體，**-able** 可…的〕可氣化的
gasification	〔見上，**-i-**，**-fication** …化〕氣化（作用）
gasify	〔見上，**-i-**，**-fy** 使成為，…化〕（使）成為氣體，（使）氣化
gasless	〔見上，**-less** 無〕無氣體的
gaslight	〔**gas** 煤氣，**light** 燈〕煤氣燈
gasman	〔**gas** 煤氣，**man** 人〕煤氣廠工人，煤氣收費員
gas-oven	〔**gas** 煤氣，**oven** 灶〕煤氣灶
gaspipe	〔**gas** 煤氣，**pipe** 管〕煤氣管

gasproof	〔gas 毒氣，氣體，-proof 防〕防毒氣的；不透氣的
gasworks	〔gas 煤氣，works 工廠〕煤氣廠
antigas	〔anti- 反，防，gas 毒氣〕防毒氣的
degas	〔de- 除去，gas 毒氣，氣體〕排除…裡的氣體，消除…的毒氣
degassing	〔見上，-ing 名詞字尾〕排氣，放氣，消除毒氣
outgas	〔out- 除去，gas 氣體〕除去…的氣體
tear gas	〔tear 淚，gas 毒氣〕催淚性毒氣

🔊 266 general [一般的，全面的]

generalist	〔general 全面的，-ist 人〕有很多方面才能的人，多面手
generality	〔general 一般，-ity 表抽象名詞〕一般（性），一般原則，普遍（性）
generalization	〔見上，-ization 名詞字尾，…化〕一般化，普遍化
generalize	〔見上，-ize …化〕使一般化，推廣
generally	〔general 一般的，-ly …地〕一般地，通常地，普遍地
general-purpose	〔general 全面的，多面的，purpose 目的→用途〕多種用途的
secretary-general	〔secretary 書記，秘書，general 全面的，總的，（用於職位）總…，…長〕總書記；秘書長

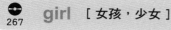
⚙ girl [女孩，少女]
267

girlhood	〔**girl** 少女，**-hood** 表時期〕少女時期
girlie	〔**girl** 女孩，**-ie** 表愛稱〕姑娘（愛稱）
girlish	〔**girl** 少女，**-ish** 似…的，…的〕少女的，少女似的，少女時期的
girlishly	〔見上，**-ly** …地〕少女似地
cover girl	〔**cover** 刊物封面，**girl** 少女〕封面女郎（指其照片被用作雜誌封面的女子）
salesgirl	〔**sale** 售貨，賣，**-s-**，**girl** 女工作人員〕女售貨員
schoolgirl	〔**school** 學校，**girl** 女孩〕（中、小學）女生
shopgirl	〔**shop** 商店，**girl** 女工作人員〕女店員
show girl	〔**show** 表演，**girl** 女子〕（夜總會等處的）歌女，歌舞女伶，展場宣傳模特兒

右側邊標：*G*

⚙ give [給]
268

give-and-take	〔**give** 給，**take** 取〕平等交換（的），互讓（的）
giveaway	無意中洩漏（或暴露）
given	〔**give** 的過去分詞〕給予的，贈送的；特定的
giver	〔**give** 給，**-er** 者〕給予者
giving	〔**giv(e)** 給，**-ing** 表示物〕給予物，禮物
almsgiver	〔**alms** 捐獻，施捨，**give** 給〕施捨者

health-giving	〔**health** 健康，**giving** 給，供給→有助於〕有益於健康的
lawgiver	〔**law** 法律，**give** 給，給出→產生，制定〕制定法典的人
life-giving	〔**life** 生命，**giving** 給〕提神的，給予生命的
self-given	〔**self-** 自己，**given** 給予的；「自己給的」〕自封的
self-giving	〔**self-** 自己，**giv(e)** 給，捨棄，**-ing** …的；「捨棄自己的」〕捨己為人的，無私的
thanksgiving	〔**thanks** 感謝，**giving** 給〕感恩，感謝；感恩節

🔊 269 glass [玻璃，鏡子]

glasses	〔**glass** 鏡子；複數表示雙鏡片〕眼鏡
glasshouse	〔**glass** 玻璃，**house** 房子〕玻璃房子，暖房
glassless	〔**glass** 玻璃，**-less** 無〕沒有玻璃的，未裝上玻璃的
glassmaking	〔**glass** 玻璃，**making** 製造〕玻璃製造工藝（或工業）
glassman	〔**glass** 玻璃，**man** 人〕賣玻璃製品的人，玻璃製造者，安裝玻璃的人
glassware	〔**glass** 玻璃，**ware** 商品，器皿〕玻璃製品
glassy	〔**glass** 玻璃，**-y** 如…的〕像玻璃的，明淨的
glassy-eyed	〔**glass** 玻璃，**eye** 眼睛，**-ed** …的〕眼睛無神的，目光呆滯的

spyglass	〔spy 偵察→窺望，glass 鏡子〕小望遠鏡
sunglasses	〔sun 太陽，glasses 眼鏡〕太陽眼鏡
weatherglass	〔weather 天氣，glass 玻璃製的儀器〕晴雨計
wineglass	〔wine 酒，glass 玻璃杯〕酒杯

🔊 270 glory ［光榮］

G

glorification	〔glor(y→i) 光榮，榮譽，-fication 名詞字尾〕頌揚，讚美，美化
glorify	〔見上，-fy 使…〕給…以榮譽，頌揚，誇讚，美化
glorious	〔見上，-ous …的〕光榮的
gloriously	〔見上，-ly …的〕光榮的
inglorious	〔in- 不，glorious 光榮的〕不光榮的，不名譽的，可恥的
ingloriously	〔見上，-ly …的〕不光榮地，不名譽地，可恥地
self-glorification	〔self- 自己，-fication 名詞字尾〕自我吹噓
self-glorifying	〔見上，glorify 頌揚，-ing …的〕自我吹噓的

🔊 271 go ［去］

go-between	〔go 去，between 在兩者之中〕中間人，掮客
going	去，離去，進行中的，現行的
go-slow	〔go 去，slow 慢〕怠工（的）

269

ago	〔**a-** 構成副詞，**go** 去，過去〕過去，以前
churchgoer	〔**church** 教堂，**goer** 去的人〕常去做禮拜的教徒
come and go	來往；易變的，不定的
deepgoing	〔**deep** 深〕深入的
easygoing	〔**easy** 安逸的〕悠閒的，輕鬆的，懶散的
filmgoer	〔**film** 電影，**goer** 去的人〕上電影院的人，愛看電影的人
forego	〔**fore-** 前，**go** 去，走〕走在…之前
foregoer	〔**fore-** 前，**go** 走，**-er** 者〕先驅者，祖先
goer	〔**go** 去，**-er** 者〕往…去的人
ingoing	〔**in-** 入，**go** 去，行，**-ing** 的〕進入的，進來的
moviegoer	〔**movie** 電影，**goer** 去的人〕看電影者
oceangoing	〔**ocean** 海洋，大海，**go** 去，**-ing** …的〕遠洋航行的
ongoing	〔**on** 向前，**go** 去，行，**-ing** …的〕不斷前進中的；前進
outgoing	〔**out-** 出，**go** 去，行，**-ing** …的〕出發的；外向的
playgoer	〔**play** 戲，**goer** 去的人〕常看戲的人，戲迷
seagoing	〔**sea** 海洋，**go** 去，**-ing** …的〕適於遠洋航行的
slowgoing	〔**slow** 慢〕悠閒步行的，沒有衝勁的
thoroughgoing	〔**thorough** 徹底〕徹底的，十足的
touch-and-go	(形勢) 不定的
waygoing	〔**way** 道路，路程〕出發，動身

god [神，上帝]

goddess	〔god 神，-ess 表示女神〕女神，美人
god-fearing	〔god 神，fear 怕→敬畏，-ing …的〕敬神的
godhood	〔god 神，-hood 表抽象名詞〕神性
godless	〔god 神，-less 無〕沒有神的，不信神的
godlike	〔god 神，-like 如…的〕如神的，上帝般的，神怪的
godly	〔god 神，-ly …的〕神的，神怪的，虔誠的
godsend	〔god 神，send 送〕天賜，意外地來得正好的事物
godship	〔god 神，-ship 表抽象名詞〕神性
demigod	〔demi- 半，god 神〕半神半人
honest-to-God	〔honest 誠實的〕真正的，道地的
sun-god	〔sun 太陽〕太陽神
ungodly	〔un- 不，god 神，-ly …的〕不敬神的

good [好]

good-for-nothing	沒有用途的，無價值的；無用的人
good-hearted	〔good 好，heart 心，-ed …的〕好心腸的
goodish	〔good 好，-ish …的〕還好的，相當好的
good-looking	好看的（指外貌）

goodly	〔good 好，-ly …的〕漂亮的，討人喜歡的
good-natured	〔good 好，nature 本性，性格，-ed …的〕脾氣好的
goodness	〔good 好，-ness 名詞字尾〕優良，善行，仁慈
good-will	〔good 好，will 意願〕好意，親善，友好
no-good	無價值的，無用的

274 govern [統治，管理]

governable	〔govern 統治，-able 可…的〕可統治的
governess	〔govern 統治，-ess 表示女性〕女統治者，總督夫人
government	〔govern 統治，管理，-ment 表示機構〕政府
governmental	〔見上，-al …的〕政府的
governor	〔govern 統治，-or 者〕統治者，總督，地方長官
intragovernmental	〔intra- 在內，見上〕政府內部的
misgovern	〔mis- 誤，失，govern 管理〕對（國家）管理不當
self-governing	〔self- 自己，govern 統治，管理，-ing …的〕自治的
self-government	〔見上，ment 名詞字尾〕自治
semigovernmental	〔semi- 半，見上〕半政府性質的
ungovernable	〔un- 不→不能，見上〕難統治的
vice-governor	〔vice- 副，見上〕副總督

gradation	〔**grad(e)** 等級，**-ation** 名詞字尾〕分等，分級，等級，階段
gradual	〔**grad(e)** 等級，階段，**-ual** …的；「逐級的」〕逐步的，漸進的
gradually	〔**gradual** 逐步的，**ly** …地〕逐步地，逐漸地
graduate	〔**grad(e)** 等級，階段，**-u**，**-ate** 動詞字尾；「到達某一級」，「走完某一階段」〕畢業；畢業生
graduated	〔見上，**-ed** …的〕畢業了的
graduation	〔見上，**-ation** 名詞字尾〕畢業
age-grade	〔**age** 年齡，**grade** 等級；「同等年齡」〕同年齡的人，年齡相仿的人
degradation	〔**de-** 向下，下降，**grade** 等級，**-ation** 名詞字尾〕降級，墮落，使退化
degrade	〔**de-** 向下，下降，**grade** 等級〕使降級，使墮落，使退化
degrading	〔見上，**-ing**… 的〕退化的，卑劣的
downgrade	〔**down** 下，**grade** 等級〕（道路等的）下坡
highgrade	〔**high** 高，**grade** 等級〕品質優良的
lowgrade	〔**low** 低，**grade** 等級〕低質量的，低級的
postgraduate	〔**post-** 在…之後，**graduate** 畢業〕大學畢業以後的，大學研究院的，研究生
subgrade	〔**sub-** 下，**grade** 等級→層〕路基，地基

G

273

| undergraduate | 〔under- 低，不足，不夠，graduate 畢業〕尚未畢業者，大學肄業生 |
| upgrade | 〔up 上，grade 等級〕升級，上升，上坡 |

🔊 276 green ［綠］

greenback	〔green 綠，back 背面〕美鈔（美鈔背面呈綠色）
greenbelt	〔green 綠，belt 帶，地帶〕綠化地帶
green-blind	〔green 綠，blind 盲〕綠色盲
greenery	〔green 綠，-ery 表示場所〕暖房，溫室；〔-ery 表示抽象名詞〕青枝綠葉，蔥翠
green-eyed	〔「綠眼的」→〕妒忌的
greenfly	〔green 綠，fly 飛蟲〕綠蚜蟲
greengrocery	〔green 綠色→蔬果類，grocery 雜貨店〕蔬果店
greenhouse	〔green 綠，綠色植物，house 房〕玻璃暖房，溫室
greenish	〔green 綠，-ish 略，微〕略呈綠色的
greenwood	〔green 綠，wood 樹林〕綠林
greeny	〔green 綠，-y …的〕略帶綠色的
evergreen	〔ever 永遠，green 綠色〕常綠的；常綠樹，冬青，常綠植物
nongreen	〔non- 非〕非綠色的，不含葉綠素的
sea-green	〔sea 海〕海綠色的

groundbreaking	〔ground 地，土地，break 破，-ing 名詞字尾〕破土，動工
grounding	〔ground 打基礎，-ing 名詞字尾〕基礎訓練
groundless	〔ground 基礎，→根據，-less 無〕無根據的
groundsman	〔ground 場地，球場，man 人員〕球場管理員
ground-to-air	〔ground 地面，air 空中〕（導彈）地對空的
air-to-ground	〔air 空中，ground 地面〕（導彈）空對地的
ground-to-ground	〔ground 地面〕（導彈）地對地的
groundwater	地下水
aboveground	〔above 在上面，ground 地〕在地上，還活在世上，還活著
background	〔back 背後，ground 場地，場景〕背景，後景
battleground	〔battle 戰鬥，ground 場地〕戰場；鬥爭的舞台
foreground	〔fore- 前，ground 場地，場景〕（圖畫等的）前景
overground	〔over- 上面，ground 地〕在地面上的
playground	〔play 玩，ground 場地〕操場，（兒童）遊樂場
underground	〔under- 下，ground 地〕地下的，秘密的
undergrounder	〔見上，-er 人〕在地面下工作的人；秘密組織成員，地下工作者
ungrounded	〔un- 無，ground 基礎，-ed …的〕無基礎的，無根據的

G

275

| well-grounded | 〔well 好，ground 基礎，-ed …的〕基礎牢固的，有充分根據的 |

group　[組，團，聚集]

grouping	〔group 聚集，-ing 名詞字尾〕集團派別；編組
grouplet	〔group 組，群，-let 表示小〕小群
groupthink	〔group 集團，think 思想〕團體迷思
age group	〔age 年齡，group 組，一組〕年齡層
ingroup	〔in- 內，group 集團〕內團體，小圈子（自己人）
intergroup	〔inter-在…之間，group 團體〕團體之間的
outgroup	〔out- 外，group 集團〕外團體
regroup	〔re- 再，重新，group 組，聚集〕重新組合，重新聚集

grow　[生長，種植]

growable	〔grow 種植，-able 可…的〕可種植的
grower	〔grow 種植，培養，-er 者〕種植者，栽培者，飼養者
growing	〔grow 生長，成長，-ing …的〕生長的，成長中的，增長的

grown	〔**grow** 的過去分詞，用作形容詞〕長成了的，成熟的
grown-up	〔「成長起來的」〕成年人；成人的
growth	〔**grow** 生長，成長，**-th** 名詞字尾〕生長，成長，發育；種植
full-grown	〔**full** 滿，全，足，**grown** 成長的〕成熟的，成長足的
outgrow	〔**out-** 勝過，超過，**grow** 長〕長得太快太大
overgrow	〔**over-** 太，過，**grow** 生長〕長得過大
undergrown	〔**under-** 不足，**grown** 生長的〕發育不全的，未長足的
undergrowth	〔**under-** 不足，**growth** 生長，發育〕發育不全
upgrowth	〔**up-** 上，起來，**growth** 生長〕成長，發育，發展，成長物
winegrower	〔**wine** 酒〕種葡萄釀酒的人
woolgrower	〔**wool** 羊毛〕（為剪取羊毛而畜養羊的）牧羊人

280 guard〔守衛〕

guarded	〔**guard** 保衛，看守，**-ed** 被…的〕被保護著的，被看守著的
guardhouse	〔**guard** 守衛，**house** 房，室〕警衛室，衛兵室
guardian	〔**guard** 守衛，**-ian** 表示人〕守衛者，保護人

guardianship	〔見上，-ship 名詞字尾〕守衛，保護，守衛人的職責
guardless	〔guard 守衛，保護，-less 無〕無保護的，無警衛的
guardrail	〔guard 保護，rail 欄杆〕欄杆，護欄
guardroom	〔guard 守衛，room 室〕衛兵室，警衛室
guardsman	〔guard 守衛，man 人員〕衛兵，國民警衛隊員
bodyguard	〔body 身體，guard 守衛，警衛〕警衛，保鏢
fireguard	〔fire 火，guard 守護，防護〕火爐欄，火爐擋；（森林）防火員
mudguard	〔mud 泥漿，guard 防護〕（車子的）擋泥板
safeguard	〔safe 安全，guard 守衛〕保護，捍衛
unguard	〔un- 無，guard 守衛，防備〕使無防備
unguarded	〔un- 無，guard 守衛，防備，-ed …的〕無防備的

🔊 281 guide [指導，嚮導]

guidable	〔guid(e) 引導，-able 可…的〕可引導的
guidance	〔guid(e) 指導，-ance 名詞字尾〕指導，引導，領導
guideboard	〔guide 指導，board 板，牌〕（指）路牌
guidebook	〔guide 指導，book 書〕旅行指南
guideless	〔guide 指導，嚮導，-less 無〕無指導的，無嚮導的

guidepost	〔guide 指導，post 柱，標杆〕(指) 路標
misguidance	〔見上，-ance 名詞字尾〕誤導
misguide	〔mis- 錯誤，guide 引導〕誤導，使誤入歧途
misguided	〔見上，-ed 被…的〕被誤導的
misguider	〔見上，-er 者〕錯誤引導者，使誤入歧途者
self-guided	〔self- 自己，guide 嚮導，導向〕自導的

G

⊙ 282 gun [槍，炮]

gunboat	〔gun 炮，boat 船，艦，艇〕炮艦，炮艇
gunfight	〔gun 槍，fight 戰鬥〕(兩人之間的) 槍戰
gunfire	〔gun 炮，fire 火〕炮火
gunman	帶槍的歹徒；槍炮工人
gunned	〔gun 槍，n 重複字母，-ed …的〕帶槍的
gunner	〔gun 槍，炮，-er 人〕炮手，槍手
gunning	〔gun 槍，用槍射擊，-ing 名詞字尾〕射擊，用槍打獵
gunpoint	〔gun 槍，point 尖端〕槍口
gunrunner	〔見上，-er 人〕軍火走私販
gunrunning	〔gun 槍，炮→軍火，run 跑，走→偷運，n 重複字母，-ing 名詞字尾〕軍火走私
gunshot	〔gun 槍，shot 射擊〕槍彈；射擊，射程

279

gunshy	〔**gun** 槍，炮，**shy** 怕…的，膽怯的〕怕槍炮聲的，風聲鶴唳的
gunsight	〔**gun** 槍，**sight** 看，瞄準〕(槍的) 瞄準器
gunsmith	〔**gun** 槍，炮→軍械，**smith** 工匠〕軍械工人
handgun	手槍
machine gun	機關槍
six-gun	六響槍

🔊 283 hair〔頭髮，毛〕

haircut	〔**hair** 頭髮，**cut** 割→刮，剃〕理髮
hairdresser	〔見上，**-er** 人〕(尤指為女性服務的) 理髮師
hairdressing	〔**hair** 頭髮，**dress** 修整，修理，**-ing** 名詞字尾〕(女性) 理髮；理髮業
hairdye	〔**hair** 頭髮，**dye** 染，染料〕染髮藥水
haired	〔**hair** 毛髮，**-ed** 有…的〕有毛髮的
hairless	〔**hair** 毛髮，**-less** 無→〕無毛髮的
hairlike	〔**hair** 毛髮，**-like** 似…的〕毛髮似的
hair-raiser	〔**hair** 頭髮，毛髮，**rais(e)** 豎起，**-er** 表示物〕使人毛髮豎起的東西 (或事物)
hair-raising	〔見上，**-ing** …的〕使人毛髮豎起的，恐怖的
hairspring	〔**hair** 毛髮→細，**spring** 彈簧〕細彈簧，游絲
hair-thin	〔**hair** 毛髮，**thin** 細的〕細如毛髮的

hairy	〔hair 毛，-y 多…的〕毛的，多毛的，毛狀的
fair-haired	〔fair 美麗的，金色的，hair 頭髮，-ed …的〕金髮的
horsehair	〔horse 馬，hair 毛〕馬鬃
longhair	〔long 長，hair 頭髮〕留長髮者，嬉皮士
silver-haired	〔silver 銀，白色，hair 頭髮，-ed …的〕銀白色頭髮的
unhair	〔un- 除去，去掉，hair 毛髮〕去掉…的毛（或頭髮）

G
H

🔴 284 hand ［手，人手］

handbag	〔hand 手，bag 袋〕（女用）手提包，旅行袋
handball	〔ball 球〕手球，手球遊戲
handbook	手冊
handful	〔hand 手，握，把，-ful 名詞字尾，表示充滿時的量〕一把
handgun	手槍
handhold	〔hand 手，hold 握〕緊握
hand-in-hand	手拉手的，親密的，並進的
handiwork	手工，手工製品
handle	〔hand 手，le 名詞兼動詞字尾〕把手，柄；拿，操縱
handless	〔hand 手，-less 無〕無手的

handmade	〔**hand** 手，**made** 製的〕手工製的
handout	〔**hand** 以手給，**out** 出〕課堂講義；救濟品
hand-over	〔**hand** 以手交出，給，**over** 越過〕移交的
handrail	〔**hand** 手，**rail** 橫杆〕扶手，欄杆
hands-down	〔**hands** 手，**down** 下〕垂手可得的
handshake	〔**hand** 手，**shake** 搖，抖動〕握手
hands-off	〔**hands** 手，**off** 離開〕不干涉的，不插手的
handstand	〔「以手當腳而立」→〕倒立
hand-to-hand	逼近的，白刃戰，肉搏；一個一個傳過去的
hand-to-mouth	〔「由手到嘴」→〕勉強糊口的
handwriting	〔**hand** 手，**writing** 書寫〕手跡，筆跡，手寫稿
handy	〔**hand**，**-y** …的〕手邊的，方便的
beforehand	預先，事先，提前
cleanhanded	〔**clean** 乾淨，「手腳乾淨的」〕清白的，沒做過壞事的
dockhand	〔**dock** 碼頭，**hand** 人〕碼頭工人
empty-handed	〔**empty** 空的〕空手的，一無所獲的
even-handed	〔**even** 平，平衡，公平〕不偏不倚的，公正的
farmhand	〔**farm** 農場，**hand** 人〕農業工人，農場工人，雇農
firsthand	〔**first** 第一，**hand** 手〕（資料等）第一手的，原始的，直接的
freehanded	〔**free** 自由，**hand** 手→用手花錢，**-ed** …的〕（用錢）大方的

282

high-handed	〔**high** 高〕高壓（手段）的，專橫的
ironhanded	〔**iron** 鐵，**hand** 手，**-ed** …的〕鐵腕的，高壓手段的
large-handed	〔**large** 大；「大手的」〕大方的，慷慨的
left-hander	〔**left** 左，「用左手者」〕左撇子
openhanded	〔**open** 敞開的〕慷慨的
red-handed	〔**red** 紅→血紅的〕滿手血污的，正在犯罪的，現行犯的
secondhand	〔**second** 第二，**hand** 手〕第二手的，間接的；舊的
shakehands	〔**shake** 搖，抖動，**hand** 手〕握手
shorthand	〔**short** 短，**hand** 手跡，字跡；「縮短的字形」〕速記
shorthanded	〔**short** 短缺，**hand** 人，**-ed** …的〕缺乏人手的
stagehand	〔**stage** 舞台，**hand** 人〕管理舞台布景的人
underhand	〔**under-** 在下面〕秘密的（地），欺詐的（地）
underhanded	〔**under-** 不足，**hand** 人，**-ed** …的〕人手不足的
unhand	〔**un-** 除去，離開，**hand** 手〕把手從…移開，放掉
workhand	〔**work** 工作，**hand** 人〕（受雇用的）人手

🔊 285 hang〔懸掛，吊〕

hanger	〔**hang** 掛，**-er** 表示人或物〕掛東西的人；掛鉤
hangman	〔**hang** 吊，吊死→絞刑〕執行絞刑者，劊子手

cliff-hanger	〔**cliff** 懸崖峭壁→驚險之處，**hang** 懸掛，掛起來→停止，**-er** 表示物；（故事等）於驚險之處停止下來，以待後續〕（分期連載的）驚險故事，（有續集的）驚險電影
fence-hanger	〔**fence** 圍牆，**hang** 掛，**er** 者〕未打定主意的人，猶豫不決者
overhang	〔**over-** 上，**hang** 懸掛〕懸於…之上，懸垂；（危險等）逼近
paperhanger	〔**paper** 紙，**hang** 掛，吊，**-er** 者〕裱糊工人
paperhanging	〔見上，**-ing** 名詞字尾；「把紙吊上」→把紙糊上〕裱糊
straphanger	〔**strap** 帶，皮帶，吊帶，**hang** 懸掛，**-er** 者「掛在吊帶上的人」〕（公共汽車、電車上）拉著吊環站立的乘客
unhang	〔**un-** 否定，取消，相反動作，**hang** 懸掛；「與懸掛相反的動作」→〕取下（懸掛物等）

🔊 286 hard 〔努力，艱難，硬〕

hardboiled	〔**hard** 硬，**boil** 煮，**-ed** …的〕（雞蛋）煮得老的
hard-cover	〔**hard** 硬，**cover** 封面，書皮〕硬書皮裝訂的
hard-earned	〔**hard** 硬，**earn** 掙得，**-ed** …的〕辛苦掙得的
harden	〔**hard** 硬，**-en** 動詞字尾，使…的〕（使）變硬
hardener	〔見上，**-er** 表示物〕硬化劑
hardfisted	〔**hard** 硬，**fist** 拳頭，**-ed** …的〕吝嗇的；強硬的

284

hardhatted	〔hard 硬，hat 帽，-ed …的〕戴安全帽的
hard-hearted	〔hard 硬，heart 心，-ed …的〕硬心腸的
hard-land	〔hard 硬，land 著陸〕（使）硬著陸
hard-of-hearing	〔hard 艱難，困難，hearing 聽〕有點兒聾的
hard-sell	〔hard 硬，sell 賣〕硬行推銷的
hardship	〔hard 艱難，-ship 表抽象名詞〕苦難，困苦
hardware	〔hard 硬，ware 器皿〕金屬器皿（或器具）
hard-won	〔hard 努力，won（win 的過去分詞）獲得的〕辛苦得來的，來之不易的
hardworking	〔hard 努力，work 工作，-ing …的〕努力工作的，勤勉的
diehard	〔die 死，hard 硬〕死硬派，頑固分子

H

harm ［傷害］
287

harmful	〔harm 傷害，-ful …的〕有害的
harmfully	〔見上，-ly …地〕有害地
harmless	〔harm 傷害，-less 無〕無害的，無惡意的
harmlessly	〔見上，-ly …地〕無害地，無惡意地
harmlessness	〔見上，-ness 名詞字尾〕無害，無惡意
unharmed	〔un- 未，無，harm 傷害，-ed …的〕未受傷害的，無恙的
unharmful	〔un- 無，harm 傷害，-ful …的〕無害的

unharming 〔un- 不，harm 傷害，-ing …的〕不傷害人的

---

288 hat [帽]

---

hatful 〔hat 帽子，-ful 表示容量〕一帽子的容量

hatless 〔hat 帽子，-less 無〕不戴帽子的

hatstand 〔hat 帽子，stand 架子〕（可移動的）帽架

hatter 〔hat 帽子，t 重複字母，-er 人〕製帽人，帽商

hatting 〔hat 帽子，t 重複字母，-ing 名詞字尾〕製帽；
製帽材料

hardhatted 〔hard 硬，hat 帽子，-ed …的〕戴安全帽的

high-hat 〔high 高，hat 帽〕自以為了不起的人，傲慢的

---

289 hate [憎恨]

---

hateable 〔hate 恨，-able 可…的〕該受怨恨的

hateful 〔hate 恨，ful …的〕可恨的，可惡的

hatefully 〔見上，-ly …地〕可恨地，可惡地

hateless 〔hate 憎恨，-less 不〕不憎恨的

hatemonger 〔hate 仇恨，monger 專做…的人〕煽動仇恨者

hater 〔hate 恨，-er 者〕懷恨者

hatred 憎恨，故意，仇恨

| man-hater | 〔man 人，人類，hater 仇恨者〕厭惡人類者，厭世者 |

---

head [頭，人]
290

headache	〔head 頭，ache 痛〕頭痛，頭痛的事
headchair	〔head 頭，chair 椅子〕（理髮店等的）有頭靠的椅子
headdress	〔head 頭，dress 服飾〕頭飾，頭巾
headed	〔head 頭，標題，-ed …的〕有頭的；列有標題的
headless	〔head 頭，-less 無〕無頭的；沒人領導的；沒頭腦的
headline	〔head 頭，line 行，文字的一行〕頭條新聞，大字標題
headmaster	〔head 頭，首腦，master 教師〕校長
headmost	〔head 頭，前頭，-most 最〕最前面的，領頭的
head-page	〔head 頭，page 頁〕（書的）扉頁
headquarters	〔head 頭，首腦，首長，quarters 住處，營房〕司令部
headrest	〔head 頭，rest 休息〕（牙醫診所、理髮店坐椅的）頭靠
headstrong	〔head 頭，strong 強，強硬〕任性的，不受管束的
headteacher	中小學的校長
head-to-head	正面交鋒

H

headwater	〔**head** 頭，**water** 水；「水的頭」〕河源
headword	〔**head** 頭，前頭，**word** 字〕（書的章節前的）標題
headwork	〔**head** 頭→腦力，**work** 勞動〕腦力勞動
ahead	〔**a-** 在，**head** 頭，前面〕在前頭，向前，提前
behead	〔**be-** 去掉，**head** 頭〕砍頭，斬首
bighead	〔**big** 大，**head** 頭〕自高自大；自高自大的人
bigheaded	〔見上，**-ed** …的〕自高自大的，自負的
bridgehead	〔**bridge** 橋，**head** 頭〕橋頭堡（陣地）
clear-headed	〔**clear** 清楚的，**head** 頭腦〕頭腦清楚的
cool-headed	〔**cool** 冷靜的〕頭腦冷靜的
doubleheader	〔**double** 雙，**head** 頭，**-er** 表示物〕雙頭式列車
empty-headed	〔**empty** 空的，**head** 腦袋〕傻而無知的
featherhead	〔**feather** 羽毛→輕的，**head** 頭〕輕浮的人
forehead	〔**fore-** 前，**head** 頭；「頭的前部」〕額頭
hothead	〔**hot** 熱，**head** 腦袋〕急性子的人，魯莽的人
hotheaded	〔見上，**-ed** …的〕急性子的，魯莽的
light-headed	〔**light** 輕→輕飄的，**head** 頭，**-ed** …的〕頭暈目眩的；輕浮的，輕率的
multiheaded	〔**multi-** 多，**head** 頭，**-ed** …的〕多頭的
overhead	〔**over-** 在上，**head** 頭〕在頭頂上的，在上頭的，架空的
pigheaded	〔**pig** 豬；「豬腦袋的」〕頑固的，愚蠢的
riverhead	〔**river** 河，**head** 頭、源頭〕河源

skinhead	〔skin 皮膚，head 頭〕剃光頭的人，禿頭
sleepyhead	〔sleepy 想睡的，瞌睡的〕貪睡者，昏昏欲睡者
softhead	〔soft 軟，「軟腦袋」〕無主見的人
softheaded	〔見上，-ed …的〕無主見的
springhead	〔spring 泉水，head 頭〕水源，源頭
subhead	〔sub- 副，head 頭，標題〕副標題，小標題
thickhead	〔thick 厚的，粗的→愚鈍的，head 頭〕傻瓜
warhead	〔war 戰爭→作戰用的，屬於武器的，head 頭〕彈頭
woodenhead	〔wooden 木頭的，head 腦袋〕愚笨的人
woodenheaded	〔見上，-ed …的〕愚笨的
wrongheaded	〔wrong 錯誤的，head 腦袋〕堅持錯誤的，固執的

H

⊙ 291 hear [聽]

hearable	〔hear 聽，-able 可…的〕聽得見的
hearer	〔hear 聽，-er 者〕聽的人，旁聽者
hearing	〔hear 聽，-ing 名詞字尾〕聽，聽力，傾聽，審訊
hearsay	〔hear 聽，say 說〕聽說，傳聞；道聽塗說的
hard-of-hearing	〔hard 困難，hearing 聽〕有點兒聾的
mishear	〔mis- 錯誤，hear 聽〕聽錯
overhear	〔over- 越過…，hear 聽〕無意中聽到；偷聽
rehear	〔re- 再，hear 聽審，審理〕複審，再審

| unheard | 〔un- 未，hear 聽到的〕沒聽到的 |
| unheard-of | 前所未聞的 |

heart ［心］

heartache	〔ache 痛〕痛心，傷心
heartbeat	〔beat 跳動〕心跳
heartbreaking	〔heart 心，break 破碎，-ing …的〕使人心碎的，令人傷心的
heartbroken	〔heart 心，broken 破碎了的〕極度傷心的
hearten	〔heart 精神，-en 動詞字尾，使…的〕振作（精神），鼓勵
heartless	〔heart 心，感情，-less 無〕無情的，殘忍的
heart-stirring	〔heart 心，stir 激動，-ing …的〕振奮人心的
heart-stricken	〔heart 心，stricken 被擊傷的〕傷心的，痛心的
heart-to-heart	心貼心的，坦率的，誠懇的
heartwarming	〔heart 心，warm 溫暖，-ing …的〕暖心的，感人的
hearty	〔heart 心，精神，-y …的〕衷心的，熱忱的，精神飽滿的
bighearted	〔big 大，heart 心，精神〕寬宏大量的
chickenhearted	〔chicken 小雞，heart 心，膽量〕膽怯的，軟弱的
coldhearted	〔cold 冷〕冷淡的

dishearten	〔**dis-** 除去，去掉，**heart** 心，信心，勇氣，**-en** 動詞字尾，使…的〕使失去信心，使失去勇氣
downhearted	〔**down** 下，往下，**heart** 心情〕消沉的，沮喪的
falsehearted	〔**false** 假的〕不忠實的，欺詐的
freehearted	〔**free** 自由的〕坦白的，慷慨的
fullhearted	〔**full** 滿，**heart** 心，**-ed** …的〕充滿信心的，滿腔熱情的
good-hearted	〔**good** 好，**heart** 心，**-ed** …的〕好心腸的
great-hearted	〔**great** 大〕慷慨的，不自私的，勇敢的
half-hearted	〔**half** 半，**heart** 心，**-ed** …的〕半心半意的
hard-hearted	〔**hard** 硬〕無同情心的，冷酷的
harehearted	〔**hare** 兔；「兔膽的」〕膽小的，易受驚的
heavyhearted	〔**heavy** 重，**heart** 心，心情，**-ed** …的〕心情沉重的
ironhearted	〔**iron** 鐵〕鐵石心腸的
largehearted	〔**large** 大〕慷慨的，富同情心的
light-hearted	〔**light** 輕，**heart** 心，心情，**-ed** …的〕輕鬆愉快的
lionheart	〔**lion** 獅子→勇猛的，**heart** 心，膽量〕勇士
lionhearted	〔見上，**-ed** …的〕非常勇敢的
openhearted	〔**open** 敞開的，公開的〕坦率的，和善的
simplehearted	〔**simple** 單純的〕心地純潔的，天真無邪的
soft-hearted	〔**soft** 軟〕軟心腸的，好心腸的
stronghearted	〔**strong** 堅強的，**heart** 心，膽量〕勇敢的

H

sweetheart	〔**sweet** 甜蜜的〕愛人，情人，甜心
warm-hearted	〔**warm** 溫暖〕熱心的、熱情的
wholehearted	〔**whole** 全，**heart** 心，**-ed** …的〕全心全意的

heat ［熱］
293

heated	〔**heat** 熱，**-ed** …的〕加熱的
heater	〔**heat** 熱，**-er** 表示人或物〕加熱器，暖氣機
heating	〔**heat** 熱，**-ing** …的〕加熱的，供暖的；
	〔**-ing** …名詞字尾〕加熱，供暖；（建築物的）暖氣（裝置）
heatproof	〔**heat** 熱，**-proof** 防，抗〕抗熱的
heat-stroke	〔**heat** 熱，**stroke** 打擊〕中暑
heat-treat	〔**heat** 熱，**treat** 處理〕對…進行熱處理
overheat	〔**over-** 過分，**heat** 熱〕使過熱，變得過熱
preheat	〔**pre-** 預先，**heat** 熱〕預熱（爐灶等）
preheater	〔見上，**-er** 表示物〕預熱器
reheat	〔**re-** 再，**heat** 熱〕再熱，對…重新加熱
reheater	〔見上，**-er** 表示物〕再熱器，回熱器

help ［幫助］
294

| helper | 〔**help** 幫助，**-er** 者〕幫手，助手 |

helpful	〔help 幫助，-ful 有…的〕有幫助的，有用的
helping	〔help 幫助，-ing …的〕幫助人的；輔助的
helpless	〔help 幫助，-less 無〕無助的，無依靠的；無效的
helplessly	〔見上，-ly …地〕無助地，無依靠地；無效地
self-help	〔self- 自己，help 幫助〕自助，自立
unhelpful	〔un- 不，無，見上〕不起幫助作用的

295 herd [放牧，牧人]

herder	〔herd 放牧，-er 者〕牧人
herdsman	〔herd 放牧，-s-，man 人〕牧人，牧主
cowherd	〔cow 牛，herd 牧人〕放牛的人
gooseherd	〔goose 鵝，herd 牧人〕牧鵝人
shepherd	〔shep→sheep 羊，herd 牧人〕牧羊人
shepherdess	〔見上，-ess 表示女性〕牧羊女；農村姑娘

296 here [這裡，此]

hereabout	〔about 在…附近〕在這附近
hereafter	〔after 以後〕從此以後，今後
herefrom	〔from 由〕由此
hereinabove	〔above 上面〕在上文
hereinafter	〔after 後面〕在下文

293

hereinbefore	〔**before** 前面〕在上文
hereinbelow	〔**below** 下面〕在下文
hereof	〔**of** 關於〕關於這個
hereto	〔**to** 到,至〕至此,到這裡
hereunder	〔**under** 下面〕(書、文件等中)在下面
hereupon	〔**upon** 關於〕關於這個,於是
herewith	〔**with** 和…一起〕與此一起

⊙ 297 hero [英雄]

heroic	〔**hero** 英雄,**-ic** …的〕英雄的,英勇的
heroically	〔見上,**-ally** 副詞字尾,…地〕英雄般地,英勇地
heroine	〔見上,**-ine** 表示女性〕女英雄
heroism	〔見上,**-ism** 表示主義,行為〕英雄主義,英雄行為
hero-worship	〔**hero** 英雄,**worship** 崇拜〕把…當作英雄崇拜
hero-worshiper	〔見上,**-er** 者〕英雄崇拜者
superhero	〔**super-** 超,**hero** 英雄〕超級英雄

⊙ 298 high [高]

highborn	〔**born** …出身的〕出身高貴的
high-class	〔**class** 等級〕高級的,上等的,第一流的

highflyer	〔**fly** 飛〕高飛的人（或物）；有很大野心的人，好高騖遠者
high-handed	〔**hand** 手〕高壓（手段）的，專橫的
highland	〔**high** 高，**land** 陸地〕高地，高原
highlander	〔見上，**-er** 人〕住在高原的人
high-level	〔**level** 水平，級別〕高級的
highly	〔**high** 高，**-ly** 副詞字尾〕高地，高度地，非常
high-minded	〔**mind** 精神，思想〕品格高尚的
high-priced	〔**price** 價格〕高價的，昂貴的
high-ranking	〔**rank** 等級〕高級的
highrise	〔**high** 高，**rise** 升起〕多層高樓
highroad	公路，大路
high-sounding	〔**high** 高，**sound** 聲音，語調，**-ing** …的〕高調的，誇大的
high-speed	〔**speed** 速度〕高速
high-spirited	〔**spirit** 精神，氣魄，心情，**-ed** …的〕勇敢的，高尚的，興奮的
highway	公路，大路
highwayman	〔**highway** 公路，**man** 人〕攔路強盜
breast-high	〔**breast** 胸，**high** 高〕齊胸高的
knee-high	〔**knee** 膝蓋，**high** 高〕（襪等）高及膝蓋的
mountain-high	〔**mountain** 山，**high** 高〕如山高的
sky-high	〔**sky** 天，天空，**high** 高〕高如天，天一般高的，極高的

H

hill [小山]

hillman	〔hill 山，man 人〕住在山區的人
hillness	〔見上，-ness 表示抽象名詞〕多丘陵，多坡
hillock	〔hill 小山，-ock 表示小〕小丘
hillside	〔hill 山，side 邊〕（小山）山腰，山坡
hilltop	〔hill 山，top 頂〕（小山）山頂
hilly	〔hill 小山，-y 多…的〕多小山的，丘陵的，多坡的
downhill	〔down 下，向下，hill 山〕衰退（階段），下坡的，往山腳
dunghill	〔dung 糞，hill 小山→堆〕糞堆，骯髒的事
foothill	〔foot 腳，hill 山〕山麓小丘，山脈的丘陵地帶
sidehill	〔side 邊，hill 山〕山坡，山邊，山側
uphill	〔up 上，向上，hill 山〕位於高處的，上升的；上升，上坡

history [歷史]

historian	〔-ian 名詞字尾，表示人〕歷史學家，編史者
historic	有歷史意義的，歷史性的
historical	歷史的，歷史上的，有關歷史的
historically	〔-ly 複詞字尾〕在歷史上
historicity	〔-icity 名詞字尾，表示…性〕歷史性，真實性

historied	〔-ed …的〕記載於歷史的，作為歷史記載的
historiographer	〔history 歷史，-o-，-grapher 書寫者〕編史者，史官
historiography	〔見上，-graphy 書寫，編寫〕編史工作
ahistorical	〔a- 無，無關，historical 歷史的〕與歷史無關的；無歷史記載的
prehistoric	〔pre- 前，history 歷史，-ic …的〕史前的
prehistory	〔pre- 前，history 歷史〕史前史，史前學
protohistory	〔proto- 最初，原始，history 歷史〕初期史
unhistorical	〔un- 非，historical 歷史的〕非歷史的，僅屬傳說的

hold [持，佔有，掌握]
301

holdall	〔hold 拿，持，裝，all 一切東西〕（旅行時放衣物雜物的）手提包，手提箱
holder	〔hold 佔有，持有，-er 者〕持有者，佔有者；托（或夾）…的東西
holding	〔hold 佔有，-ing 名詞字尾，表示物〕佔有物，所有物
cupholder	〔cup 杯，holder 佔有者〕獎盃保有者
foothold	〔foot 足，…佔據〕立足點
fundholder	〔fund 公債，holder 持有者〕公債（或證卷）持有人

297

household	〔house 家，hold 掌握，主持，操持〕家庭，一家人，一戶
jobholder	〔job 工作，職業，holder 佔有者〕有職業者，有工作者
landholder	〔land 土地，holder 佔有者〕土地所有者
nonofficeholding	〔non- 不，非，見上〕不任官職的，下台的，在野的
officeholder	〔office 辦公室，官職，公職，holder 佔有者〕官員
pen holder	〔pen 筆；「握筆之物」〕筆架，筆筒
power holder	〔power 權力，hold 佔有者，掌握者〕當權派，實權派
slaveholder	〔slave 奴隸，holder 佔有者〕奴隸主
stronghold	〔strong 堅強，hold 掌握，支撐點〕要塞，據點，堡壘
toehold	〔toe 腳趾，足尖，hold 抓住〕（攀登懸崖時）不穩的小立足點，初步的地位
uphold	〔up 上，hold 舉〕舉起，維持，支持

🔊 302 home 〔家，本國〕

home-bird	〔home 家，bird 鳥〕喜歡待在家裡不愛外出的人
homebody	〔home 家，body 人〕以家為生活中心的人
homebuilding	〔home 家→住宅，building 建設〕住宅建設

homekeeping	〔home 家，keep 看守，-ing …的〕家居不外出的
homeland	祖國
homeless	〔home 家，-less 無〕無家可歸的
homelike	〔home 家，-like 像…的〕像家一樣舒適的
homemade	〔home 家，本國，made 製造的〕自家製的，本國製的
homemaker	持家的婦女，主婦
homesick	〔home 家，sick 病的〕思鄉的，想家的
homesickness	〔見上，-ness 名詞字尾〕思鄉病
hometown	家鄉，故鄉
homey	〔home 家，-y 的〕舒適的
in-home	〔in 內，home 家〕到府（服務）的
take-home	〔take 拿，home 家，回家〕（扣除捐稅以後拿回家的）實得工資

🔊 303 hope ［希望］

hopeful	〔hope 希望，-ful 有…的〕有希望的，懷有希望的
hopefully	〔見上，-ly …地〕有希望地，懷有希望地
hopeless	〔hope 希望，-less 無…的〕沒有希望的，絕望的
hopelessly	〔見上，-ly …地〕絕望地
hopelessness	〔見上，-ness 名詞字尾〕絕望
hoper	〔hope 希望，-er 者〕希望者
unhoped-for	〔un- 未，沒有〕沒有預期到的，出乎意料的

horse ［馬］
304

horsefaced	〔**horse** 馬，**face** 臉，**-ed** …的〕馬臉的，臉長而難看的
horsehair	〔**hair** 毛〕馬毛，馬鬃
horselaugh	〔**horse** 馬，**laugh** 笑〕放聲大笑
horseman	騎兵，騎手，養馬人
horseplay	〔**play** 玩，開玩笑〕胡鬧，粗鄙而喧鬧的遊戲
horsepower	〔**power** 力〕馬力
horseshoe	〔**shoe** 鞋；「馬鞋」→〕馬蹄鐵，馬蹄形的東西
horsewoman	女騎手，女養馬人
clotheshorse	〔**clothes** 衣服，**horse** 像馬一樣的東西，木架〕曬衣架
cockhorse	〔**cock** 公雞，**horse** 馬；「公雞型的馬」〕（小孩騎著玩的）木馬
sawhorse	〔**saw** 鋸，**horse** 像馬的東西，木架〕鋸木架
unhorse	〔**un-** 相反，**horse** 騎馬「與騎馬相反」〕下馬，使（人）自馬上摔下，把…趕下台

house ［家，房屋，機構］
305

houseboat	〔**house** 房子，**boat** 船；「像房子一樣的船」〕可供住家的船，水上住家；寬敞的遊艇
houseboater	〔見上，**-er** 者〕水上人家

housebreaking	〔house 家，break 破，衝破，-ing 名詞字尾〕（為搶劫等而）侵入他人住宅
houseclean	〔house 房子，clean 清掃〕打掃，清洗
housecoat	〔house 家，coat 衣服〕婦女在家穿的寬大服裝
housefly	〔house 家，fly 蠅〕家蠅
houseful	〔house 房屋，-ful 滿〕滿屋子，一屋子
housekeep	〔house 家，keep 看守，料理〕管理家務
housekeeper	〔見上，-er 人〕管理家務的主婦，女管家
houseless	〔house 家，房屋，-less 無〕無家的，無房屋的
houselet	〔house 房子，-let 表示小〕小房子
housemate	〔house 房子，mate 同伴〕住在同一屋子的人
house-to-house	挨家挨戶的
housetop	〔house 房子，top 頂〕屋頂
housewarming	〔house 房子，warm 使溫暖，-ing 名詞字尾；「使新居溫暖」〕慶祝遷居的宴會
housewife	〔house 房子，wife 婦女〕家庭主婦，做家務的婦女
housework	家務勞動
bath house	〔bath 浴，house 房子〕（公共）澡堂；海濱更衣處
firehouse	〔fire 火→救火，house 機構〕消防站
gashouse	〔gas 煤氣，house 機構〕煤氣廠
greenhouse	〔green 綠色→蔬菜，植物，house 房子〕溫室，玻璃暖房

guardhouse	〔guard 守衛，house 房子〕警衛室
guesthouse	〔guest 客人，house 房子，〕賓館，小型家庭旅館
hothouse	〔hot 熱，暖，house 房子〕溫室，暖房
icehouse	〔ice 冰，house 房子〕冰窖，製冰場所
joyhouse	〔joy 歡樂→淫樂，house 房子，機構〕妓院
lighthouse	〔light 燈，信號燈，house 房子〕燈塔
outhouse	〔out 外，house 房子〕外屋，附屬的小屋，（戶外）廁所
poorhouse	〔poor 貧窮，house 機構〕貧民院
roadhouse	〔road 路；「路邊房子」〕（郊外）小旅館，客棧
summerhouse	〔summer 夏天，house 房子→亭子〕涼亭
teahouse	〔tea 茶，house 房子〕茶館，茶室
unhouse	〔un- 由…中出去，house 房屋〕把…趕出屋外
warehouse	〔ware 商品，house 房子〕倉庫

⊕ how 〔怎樣，如何〕
306

however	無論如何，不管怎樣，可是，仍然
how-to	（給予）基本知識的，指引的
anyhow	〔any 任何一個，無論那一種，how 如何，怎樣〕不管怎樣，無論如何
know-how	〔know 知道；「知道怎樣的道理」，「知道如何做」→〕實際知識，技能，訣竅

show-how	〔**show** 演示，**how** 怎樣，如何〕 （技術、工序等的）示範
somehow	〔**some** 某種，**how** 怎樣，怎麼地〕 不知怎麼地；以某種方式

🔊 human ［人的，人類的，人］
307

humanism	〔**human** 人的，人道的，**-ism** 主義〕 人道主義，人文主義
humanist	〔見上，**-ist** 者〕 人道主義者
humanistic	〔見上，**-istic** 形容詞字尾，…的〕 人道主義的
humanitarian	〔見上，**-arian** …者〕 人道主義者，博愛主義者；〔**-arian** …的〕 人道主義的，博愛的，仁慈的
humanitarianism	〔見上，**-ism** 主義〕 博愛主義，人道主義
humanity	〔**human** 人的，人性的，**-ity** 表抽象名詞〕 人性，博愛，仁慈；人類
humanization	〔**human** 人，人性，**iztion** 名詞字尾，…化〕 人性化，博愛化
humanize	〔**human** 人，人性，**-ize** 使…〕 使成為人，賦予…人性，變得仁慈
dehumanize	〔**de-** 除去，取消；「取消人性」〕 使失去人性，使成獸性
inhuman	〔**in-** 無，不，非，**human** 人的，人性的〕 無人性的，不人道的，殘忍的

inhumanity	〔見上，**-ity** 表抽象名詞〕無人性的，殘酷
nonhuman	〔**non-** 非，**human** 人類的〕非人類的，不屬於人類的
prehuman	〔**pre-** 前，**human** 人類的〕人類以前的
subhuman	〔**sub-** 下，低，**human** 人〕低於人類的，非人的
superhuman	〔**super-** 超，**human** 人〕超人的，神的；超過常人的

hunt [追獵]

308

hunter	〔**hunt** 打獵，**-er** 者〕獵人，獵犬，獵馬
hunting	〔**hunt** 打獵，**-ing** 名詞字尾〕打獵，搜尋
huntress	〔**hunt** 打獵，**-ress** 表女性〕女獵人
huntsman	〔**hunt** 打獵，**-s-**，**man** 人〕獵人
huntsmanship	〔**huntsman** 獵人，**-ship** 表示技術〕打獵術
bookhunter	〔**book** 書，**hunter** 搜尋者〕珍本書收購者
fortune-hunting	〔**fortune** 財產，**hunting** 追獵，追求〕為了財產而追求有錢人
foxhunter	〔**fox** 狐，**hunter** 獵取者〕獵狐者
headhunter	〔**head** 頭，人，**hunter** 獵取者〕物色人才者；割取敵人的頭作為戰利品的人
job hunter	〔**job** 工作，**hunter** 追求者〕求職者，找工作的人
lion-hunter	〔**lion** 獅子，名人，社會名流，**hunter** 追獵者〕獵獅者；巴結社會名流的人

| manhunt | 〔**man** 人，**hunt** 追獵，追捕〕對逃亡者的追捕 |

⏺ ice [冰]
309

icebox	〔**ice** 冰，**box** 箱子〕冰桶
icebreaker	〔**ice** 冰，**break** 打破，**-er** 表示物〕破冰船，破冰設備
icebreaking	〔**ice** 冰，**break** 打破，**-ing** …的〕打破堅冰的；開創先例的
ice-cold	〔**cold** 冷〕冰冷的，極冷的
icefall	〔**fall** 落〕冰崩，冰布（指冰川的陡峭部分）
ice-field	〔**field** 原野〕冰原
ice-free	〔**ice** 冰，**free** 不〕不結冰的，不凍的
icehouse	〔**ice** 冰，**house** 房子〕冰窖，製冰場所
Iceland	冰島
iceman	零售冰的人
icescape	〔**-scape** 圖景〕冰景（特指極地風光）
anti-icer	〔**anti-** 防，**ice** 冰，**-er** 表示物〕防冰裝置

H
I

⏺ importance [重要，重大]
310

| important | 重要的，重大的 |
| importantly | 重要地，重大地 |

305

all-important	〔**all** 十分，非常〕十分重要的
self-importance	〔**self-** 自己，**importance** 重要〕自大，自負
self-important	自大，自負
unimportance	〔**un-** 不，**importance** 重要〕不重要
unimportant	〔見上〕不重要的

🔵 in [在⋯裡，內，入]
311

in-between	〔**bwtween** 中間〕中間物（或人）；中間的
incomer	〔**comer** 來者〕進來，新來者，侵入者
in-home	〔**home** 家〕到府（服務）的
inner	〔**farther in**，「更裡面」〕內部的，內部
innermost	〔見上，**-most** 最〕最深處的，內心深處的
in prison	〔**prison** 監獄〕獄中的
in-service	〔**sevice** 服務，職務〕在職的；在職期間進行的
into	到⋯裡面，進入到⋯
all-in	〔**all** 全，**in** 內；「全在裡面」〕包括一切的
die-in	〔**die** 死〕死亡抗議
eat in	〔**eat** 吃→聚餐〕在家吃飯
herein	〔**here** 這裡，此〕此中，於此
lead-in	〔**lead** 引導，**in** 入「引入」〕介紹，開場白
lie-in	〔**lie** 躺，臥〕臥街示威，阻礙交通示威
look-in	〔**look** 看〕（順道）拜訪

love-in	〔love 愛〕分享愛的聚會
move-in	〔move 移動，in 入〕移入
sign in	〔sign 簽名〕簽到，登入
sit in	〔sit 坐〕(室內) 靜坐抗議，靜坐罷工
teach-in	(大學師生批評政府政策的) 宣講會
therein	〔there 那裡〕在那裡

⊕ inform [通知，報告]
312

I

informant	〔inform 報告，-ant 表示人〕消息 (或情報) 提供者，告密者
informatics	〔見上，-ics …學〕信息學，資料學
information	〔inform 通知，報告，-ation 名詞字尾〕通知，消息，情報，資料
informational	〔見上，-al …的〕消息 (或情報) 的，提供消息 (或情報) 的
informationalized	〔見上，-ize …化〕情報化的，信息化的
informative	〔inform 報告，-ative …的〕報告消息的，提供資料的
informed	〔inform 報告，情報，-ed …的〕有情報根據的，見聞廣的
informer	〔inform 通知，-er 者〕通報者，告密者
misinform	〔mis- 錯誤，inform 告訴〕告知錯誤的消息

misinformation	〔見上，**-ation** 名詞字尾〕錯誤的消息，誤傳
noninformation	〔**non-** 非，**information** 消息〕假消息
uninformed	〔**un-** 未，**inform** 告知，**-ed** …的〕未被告知的，沒有得到通知的
well-informed	〔**well** 好，**inform** 告知，報告，**-ed** …的〕消息靈通的，見識廣博的

🔵 **instruct** [教育，指導]
313

instructed	〔**instruct** 教育，指示，**-ed** …的〕受過教育的；得到指示的
instruction	〔**instruct** 教育，指示，**-ion** 名詞字尾〕指導，指示；命令
instructional	〔見上，**-al** …的〕教育的，指導的，指示的
instructive	〔見上，**-ive** …的〕教育的，指導性的，有啟發的
instructor	〔**instruct** 教育，指導，**-or** 者〕指導者，講師
instructress	〔見上，**-ress** 表示女性〕女指導者，女講師

🔵 **insure** [保險]
314

| insurable | 〔**insur(e)** 保險，**-able** 可…的〕可以保險的 |
| insurance | 〔**insur(e)** 保險，**-ance** 名詞字尾〕保險，保險業；保障 |

insurant	〔insur(e) 保險，-ant 表示人〕被保險人
coinsurance	〔co- 共同，insurance 保險〕共同保險，共同擔保
reinsurance	〔re- 再，重新，insure 保險，-ance 名詞字尾〕 重新保險
reinsure	〔re- 再，重新，insure 保險〕重新保險
uninsured	〔un- 未，insure 保險，-ed …的〕未投保的

315 interest ［興趣，感興趣的］

interested	〔interest 感興趣的，-ed …的〕感興趣的，關心的
interestedly	〔見上，-ly …地〕感興趣地，關心地
interesting	〔interest 興趣，-ing 的〕有趣的，引起興趣的
interestingly	〔見上，-ly …地〕有趣地，引起興趣地
disinterest	〔dis- 不，interest 興趣〕不感興趣，使不感興趣
disinterested	〔dis- 不，interested 感興趣的〕不感興趣的
uninterested	〔un- 不，見上〕不關心的，不感興趣的
uninteresting	〔un- 無，見上〕無趣味的，不令人感興趣的

316 interpret ［翻譯，解釋］

interpretable	〔interpret 解釋，-able 可…的〕可以解釋的
interpretation	〔見上，-ation 名詞字尾〕解釋，翻譯
interpretative	〔見上，-ative …的〕解釋的，闡明的

interpreter	〔interpret 翻譯，解釋，-er 者〕譯者；翻譯器
interpretress	〔見上，-ress 表示女性〕女譯者
misinterpret	〔mis- 錯誤，見上〕誤譯
misinterpretation	〔見上，-ation 名詞字尾〕誤譯
reinterpret	〔re- 再，重新，interpret 解釋〕重新註釋
reinterpretation	〔見上，-ation 名詞字尾〕重新註釋

🔊 317 intervene [干涉]

intervener	〔intervene 干涉，-er 者〕干涉者，介入者
intervenient	〔interven(e) 干涉，-i-，-ent 形容詞兼名詞字尾〕干涉的，干預的；干涉者，介入物
intervention	〔interven(e) 干涉，-tion 表抽象名詞〕干涉，干預，介入
interventionist	〔見上，-ist 者，…的〕干涉（主義）者；干涉（主義）的
nonintervention	〔non- 不，intervention 干涉〕不干涉
noninterventionist	〔見上，-ist 者，…的〕不干涉（主義）者；不干涉（主義）的

🔊 318 invite [邀請，吸引]

| invitation | 〔invit(e) 邀請，-ation 名詞字尾〕邀請，請帖 |
| invitational | 〔見上，-al …的〕邀請的 |

invitee	〔invite 邀請，-ee 被…者〕被邀請者
inviter	〔invite 邀請，-er 者〕邀請者
inviting	〔invit(e) 吸引，-ing …的〕吸引人的，誘人的
uninvited	〔un- 未，invite 邀請，-ed …的〕未經邀請的
uninviting	〔un- 無，invit(e) 吸引，-ing …的〕無吸引力的，不逗人興趣的

319 job [工作，職業]

jobholder	〔job 職業，holder 佔有者〕有職業者，公務員
job-hopper	〔見下，-er 者〕經常換工作的人
job-hopping	〔job 職業，工作，hop 跳→變動，-ing 名詞字尾〕換工作，跳槽
job-hunter	〔job 職業，job 尋求者〕求職者
jobless	〔job 職業，-less 無〕無業的，失業的
land-jobber	〔land 地→地產，地皮〕地產投機商
off-the-job	〔off 離開〕非在職的，沒工作的
on-the-job	在職的；工作現場的

320 joy [快樂，高興]

joyful	〔joy 高興，-ful …的〕高興的，快樂的
joyfully	〔見上，-ly …地〕高興地，快樂地

joyhouse	〔joy 快樂→淫樂，house 房屋→場所〕妓院
joyless	〔joy 高興，-less 不〕不高興的，不快樂的
joylessly	〔見上，-ly …地〕不高興地，不快樂地
joylessness	〔見上，-ness 表示抽象名詞〕不高興，不快樂
joyous	〔joy 高興，-ous …的〕高興的，快樂的
joyride	〔joy 快樂，ride 乘車〕乘汽車兜風
joyrider	〔見上，-er 者〕乘汽車兜風的人
enjoy	〔en- 使…，joy 快樂〕享受…的樂趣，享受，欣賞
enjoyable	〔見上，-able …的〕快樂的，愉快地
enjoyment	〔見上，-ment 表示抽象名詞〕享受，樂趣
killjoy	〔kill 扼殺，毀掉，joy 高興〕掃興的人
overjoyed	〔見上，-ed …的〕極度高興的

🔊 321 judge [審判，判斷]

judgment	〔judge 審判，判斷，-ment 名詞字尾〕審判，判決，裁判，判斷
forejudge	〔fore 前，先，judge 判決〕未審問先判決，未了解事實就斷定
ill-judged	〔ill 不好，judg 判斷，-ed …的〕判斷失當的
misjudge	〔mis- 錯誤，judge 判斷〕錯判，錯估
misjudgment	〔見上，-ment 名詞字尾〕判斷錯誤
prejudge	〔pre- 預先，judge 判斷〕預先判斷，過早判斷

| prejudgment | 〔見上，**-ment** 名詞字尾〕預先判斷 |
| **well-judged** | 〔**well** 好，**judge** 判斷，**-ed** …的〕判斷正確的 |

322 just [正義的，正直的]

justice	〔**just** 正義的，**-ice** 名詞字尾〕正義，公正
justifiable	〔**just** 正直的，正當的，**-i-**，**-able** 可…的〕有正當理由的，無可非議的
justification	〔見上，**-fication** 名詞字尾〕正當理由，辯護
justify	〔見上，**-fy** 動詞字尾〕證明是正當的；為…辯護
justness	〔**just** 正義的，**-ness** 名詞字尾〕正義（性），正直（性），正當
adjust	〔**ad-** 加強意義，**just** 正直，合理；「使正」，「使合理」〕調整，校正
adjustable	〔見上，**-able** 可…的〕可調整的，可校正的
injustice	〔**in-** 不，非，見上〕非正義，不公平
maladjusted	〔**mal-** 不好，**adjust** 調整，調節，**-ed** …的〕調節得不好的
self-adjusting	〔**self-** 自己，自動，見上〕自動調節的
unjust	〔**un-** 不，非，**just** 正義的〕非正義的，不公平的
unjustifiable	〔**un-** 不，非，見上〕不合理的，無理的

323 keep [保存，看管]

313

keeper	〔**keep** 看管，**-er** 者〕看守人，保管員
keeping	〔**keep** 看管，**-ing** 名詞字尾〕保管，保存，看守
beekeeper	〔**bee** 蜜蜂，**keeper** 看管人〕養蜂人
bookkeeper	〔**book**帳簿〕記帳員，簿記員
doorkeeper	〔**door** 門，**keeper** 看守人〕看門人
gatekeeper	〔**gate** 門〕看門人
housekeep	〔**house** 家 **keep** 看管，管理〕管理家務的
housekeeper	〔見上，**-er** 者〕管理家務的主婦，女管家
housekeeping	〔見上，**-ing** 名詞字尾〕家務管理，家務
safekeeping	〔**safe** 安全，**keeping** 保管〕妥善保管
shopkeeper	〔**shop** 店，**keeping** 看管，管理，**-er** 者〕店主
shopkeeping	〔**shop** 店，**keeping** 看管，管理〕店務管理
timekeeper	〔**time** 時間，**keeper** 看守者〕計時器，計時員

🔊 324 kill [殺死]

killed	〔**kill** 殺，**-ed** …的〕被殺死的，被屠宰的
killer	殺人犯，兇手；致命之物
killing	〔**kill** 殺，**-ing** 形容詞兼名詞字尾〕致命的；殺害
killjoy	〔**kill** 扼殺，**joy** 高興〕掃興的人
kill time	〔**kill** 殺→消滅→消磨〕用來消磨時間的事情
lady-killer	〔**lady** 女人〕專門勾引女人的人

314

| **man-killer** | 〔**man** 人，**kill** 殺，**-er** 表示人或物〕殺人犯（或物） |
| **painkiller** | 〔**pain** 痛，**kill** 殺→扼殺，扼止，**-er** 表示物〕止痛藥 |

🔆 kind [仁慈的，和善的]
325

kindhearted	〔**kind** 仁慈的，**heart** 心，**-ed** …的〕好心的，仁慈的
kindly	〔**kind** 仁慈的，**-ly** …地〕仁慈地，和藹地
kindness	〔**kind** 仁慈的，**-ness** 名詞字尾〕仁慈，和氣
loving-kindness	〔**loveing** 愛，**kindness** 仁慈〕慈愛
unkind	〔**un-** 不，**kind** 仁慈的，和善的〕不仁慈的，不和善的
unkindly	〔見上，**-ly** …地〕不仁慈地，不和善地
unkindness	〔見上，**-ness** 名詞字尾〕不仁慈，不和善

🔆 know [知道]
326

knowable	〔**know** 知道，**-able** 可…的〕可知的，可認識的
knowability	〔**know** 知道，**-ability** 可…性〕可知性
know-all	自稱無所不知的人
knowing	〔**know** 知道，**-ing** …的〕知道的，有知識的，會意的

315

knowledge	知識，學問，認識
knowledgeable	〔見上，-able …的〕有知識的，有見識的
knowledge-box	〔knowledge 知識，box 盒〕腦袋
known	〔know 的過去分詞，當形容詞用〕知名的
know-nothing	無知的人，未知論者
foreknowledge	〔fore- 預先〕預知，先見
self-knowledge	〔self- 自己，knowledge 認識〕自知，自知之明
unknowable	〔un- 不，見上〕不可知的
unknowing	〔un- 無，不〕無知的，沒察覺的
unknown	〔un- 無，不，見上〕未知的，無名的
well-known	〔well 好，很〕出名的，眾所周知的

🔊 327 labor 〔勞動〕

laboratory	〔labor 勞動，-atory 表示地方場所；「勞動的地方」〕實驗室，研究室，化學廠
laborious	〔labor 勞動，勤勞，-ious …的〕勤勞的，吃力的
laborer	〔labor 勞動，-er 者〕勞動者，工人
laboring	〔labor 勞動，-ing …的〕勞動的
laborsaving	〔saving 節省的〕節省勞力的，減輕勞動的
laborsome	〔labor 勞動→費力，-some 形容詞字尾，…的〕費力的
collaborate	〔col- 共同，labor 做，-ate 動詞字尾〕合作，勾結

316

collaboration	〔見上，-ation 名詞字尾〕合作，勾結
collaborator	〔見上，-ator 者〕合作者，協作者，勾結者
elaborate	〔e- 加強意義，labor 做，製作，-ate 動詞字尾〕努力作成，精心製作
elaborator	〔見上，-ator 者〕精心製作者
overlabor	〔over- 過度，labor 勞動〕使操勞過度
unlabored	〔un- 不，labor 勞動→費力，-ed …的〕不費力的

328 lady [女士，婦女]

ladyhood	〔-hood 表示身分〕貴婦身分
lady-in-waiting	〔lady 婦女，waiting 伺候〕宮女
lady-killer	專門勾引女人的人
ladylike	〔lady 女士，貴婦人，-like 像…的〕淑女的；(男子) 帶女人腔的
ladylove	〔lady 婦女，love 愛〕情婦
ladyship	〔lady 貴婦人，-ship 表示身分〕貴婦身分
landlady	女地主，女房東

L

329 land [陸地，著陸，國家]

| lander | 〔land 登陸，-er 表示物〕登陸車，著陸器 |
| landholder | 〔land 陸地，holder 佔有者〕土地所有者，土地租用人 |

landing	〔land 著陸，登陸，-ing 名詞字尾〕上岸，登陸，著陸，降落
landlady	〔land 地，lady 女主人〕女地主，女房東
landless	〔land 地，-less 無〕沒有土地的
landlocked	〔land 陸地，lock 鎖，封鎖，-ed …的〕被陸地圍住的，內陸的
landlord	〔land 地，lord 貴族，領主〕地主，房東
landmark	〔land 地，mark 標誌〕地標
landowner	〔land 地，owner 所有人〕土地所有者，地主
landscape	〔land 陸地…，-scape 景色〕風景
badland	〔bad 壞；「壞地方」〕荒原，崎嶇地
borderland	〔border 邊界；「邊界的地方」〕邊疆
bottomland	〔bottom 底，最低的〕窪地，河邊低地
cloudland	〔cloud 雲，天上，land 境地〕仙境，幻境；雲區
dreamland	〔dream 夢，land 地方，境地〕夢境，夢鄉，幻想世界
farmland	〔farm 耕種，land 土地〕農田
fatherland	〔father 父親，祖先，land 國家〕祖國
force land	〔force 強迫，land 著陸〕強行降落，強行登陸
grassland	〔grass 草〕草原，草地
heartland	〔heart 心，中心〕中心地帶
highland	〔high 高，land 陸地〕高地，高原
homeland	祖國

inland	〔in- 內，land 地方〕內地的，國內的；內地
inlander	〔見上，-er 表示人〕（生長在）內地的人
mainland	〔main 主要的，land 陸地〕大陸；本土
marshland	〔marsh 沼澤〕沼澤地
midland	〔mid 當中的〕中部地方（的），內地（的）
motherland	〔mother 母親，祖先，land 國家〕祖國
outlander	〔out- 外〕外地人，外國人，外來者
shadowland	〔shadow 影子，虛幻，land 境地〕虛幻境界
soft-land	〔soft 軟，land 著陸〕（使）軟著陸
upland	〔up 上，land 陸地〕高的，高山；高地的
wonderland	〔wonder 奇異，land 境地〕（童話中的）仙境
woodland	〔wood 樹林〕林地

🔊 large ［大］
330

largehearted	〔large 大，heart 心，精神〕慷慨的，有同情心的
largely	〔large 大，-ly …地〕大量地
large-minded	〔large 大，mind 精神，思想〕度量大的
large-scale	〔scale 規模〕大規模的，大型的
largish	〔larg(e) 大，-ish 略…的〕稍大的，略大的
enlarge	〔en- 使成…，large 大〕放大，擴大，擴展
enlargement	〔見上，-ment 名詞字尾〕放大，擴大，擴展

| enlarger | 〔見上，**-er** 表示物〕（攝影）放大機 |

☺ 331 laugh ［笑］

laughable	〔**laugh** 笑，**-able** 可…的〕可笑的，有趣的
laughably	〔**laugh** 笑，**-ably** 可…地〕可笑地，有趣地
laughing	〔見上，**-ing** …的〕笑的，帶著笑的，可笑的
laughingstock	〔**stock** 把柄〕笑柄
laughter	笑聲，笑
horselaugh	〔**horse** 馬，**laugh** 笑〕放聲大笑，哄笑（喻張口如馬而笑）

☺ 332 law ［法律］

law-abiding	〔**law** 法，**abide** 遵守〕守法的
lawbreaker	〔**law** 法，**breaker** 破壞者〕犯法的人
lawful	〔**law** 法，**-ful** …的〕合法的，守法的
lawless	〔**law** 法律，**-less** 無，不〕沒有法律的，不法的，無法無天的
lawmaker	立法者
lawmaking	〔**law** 法，**making** 制定〕立法，立法的
lawyer	〔**law** 法律，**-yer** 表示人〕律師
by-law	〔**by-** 副，非正式〕附法，地方法

common law	〔**common** 普通，一般，**law** 法〕普通法
pre-law	〔**pre-** 預先，**law** 法，法科〕法科預科的
unlawful	〔**un-** 不，非〕不法的，非法的，犯法的

🔵 333 lead ［領導，引導］

leadable	〔**lead** 領導，**-able** 能…的〕能被領導的
leader	〔**lead** 領導，**-er** 者〕領袖，首領，指揮者
leaderless	〔**leader** 領袖，**-less** 無〕無領袖的
leadership	〔見上，**-ship** 表抽象名詞〕領導
lead-in	〔**lead** 引導，**in** 入；「引入」〕介紹，開場白
leading	〔**lead** 領導，**-ing** …的〕領導的，指導的
cheerleader	〔**cheer** 歡呼，**leader** 隊長〕啦啦隊隊長
mislead	〔**mis-** 錯誤，**lead** 引導〕誤導，把…帶錯方向
misleader	〔**mis-** 錯誤，**leader** 引導者〕誤導者
misleading	〔**mis-** 錯誤，**leading** 引導的〕引入歧途的

🔵 334 leg ［腿］

leggings	〔**leg** 腿，**-ing** 表示物〕（帆布或革製的）護腿，（小孩的）護腿套褲；內搭褲
leggy	〔**leg** 腿，**-y** …的〕腿過長的，腿長而美的
leg iron	〔**leg** 腿，**iorn** 鐵→鐵鍊〕腳鍊

legless	〔leg 腿，-less 無〕無腿的
leg rest	〔rest 休息〕（病人等用的）擱腿凳
legwork	〔leg，work 工作〕跑腿活，新聞採訪工作
bowleg	〔bow 弓，leg 腿〕弓形腿
cross-legged	〔cross 交叉，leg 腿，-ed …的〕盤著腿的，蹺著二郎腿的
duck-legged	〔duck 鴨，leg 腿，-ed …的〕短腿的
long-legged	長腿的

🔊 335 legal ［合法的，法律（上）的］

legalese	〔legal 法律上的，-ese 表示語言〕高深莫測的法律用語
legalism	〔legal 法律的，-ism 主義〕條文主義，墨守法規
legalist	〔legal 法律的，-ist 表示人〕法律學家
legality	〔legal 合法的，-ity 名詞字尾〕合法性，法律性
legalization	〔legal 合法的，-ization 名詞字尾〕合法化
legalize	〔legal 合法的，-ize …化〕使合法化
legally	〔legal 合法的，-ly 地〕合法地，正當地
extralegal	〔extra- 外〕法律權利以外的
illegal	〔il- 不，非，legal 合法的〕不合法的，非法的
illegality	〔見上，-ity 名詞字尾〕非法
illegalize	〔見上，-ize 使…〕使非法，宣布…為非法

| illegally | 〔見上，**-ly** …地〕不合法地，非法地 |

336 liberate [釋放]

liberated	〔**liberate** 釋放，**-ed** 被…的〕被釋放了的
liberation	〔**-ion** 名詞字尾〕釋放
liberator	〔**-or** 者〕釋放者
postliberation	〔**post-** 後，**liberation** 釋放〕釋放後的
preliberation	〔**pre-** 前，**liberation** 釋放〕釋放前的

337 lie [躺，放]

lie abed	〔**lie** 躺，**abed** 在床上〕睡懶覺的人
lie down	〔「躺下」→〕小睡，小憩
low-lying	〔**low-** 低，**lying** 躺〕地勢低窪的，低地的
lying-in	〔**lie→ing→lying**〕（婦女）產期
outlier	〔**out-** 外；「躺在外面者」〕露宿者
overlie	〔**over-** 上，**lie** 躺〕躺在…上面，壓在…上面
underlie	〔**under-** 下，**lie** 躺，放〕位於…下面，放在…下面
underlying	〔**underlie** 的現在分詞〕放在下面的，根本的，基礎的

life ［生活，生命，一生］

life-and-death	攸關生死的
lifeboat	〔life 生命，boat 船〕救生艇
life-giving	〔life 生命，giving 給〕提神的，給予生命的
lifeguard	〔life 生命，guard 看守者，護衛者〕救生員
life-kiss	〔life 生命，kiss 吻〕（急救時）口對口人工呼吸
lifeless	〔life 生命，-less 無〕無生命的，死的，無生氣的
lifelike	〔life 生命，→活物，-like 像…的〕逼真的，栩栩如生的
lifelong	〔life 一生，long 長〕畢生的，終身的
lifesaver	〔life 生命，save 救，-er 表示人或物〕救生員，救命物
lifesaving	〔life 生命，saving 救〕救生（法），救生（用）的
lifetime	〔life 一生，time 時間〕一生，終身
lifework	〔life 一生，work 工作，事業〕畢生的事業
afterlife	〔after 以後，life 生命〕來世；後半生
lowlife	〔low 低，下，life 生命→人〕下等社會的人
true-life	〔true 真實的，life 生活〕（作品等）忠實於生活的

light ［光，燈，照亮］

lighten	〔light 照亮，-en 動詞字尾〕照亮，使明亮，發光

lighter	〔light 發光，點火，-er 者〕點火者，打火機
lighthouse	〔light 燈，信號燈，house 房子〕燈塔
lighting	〔light 發光，-ing 名詞字尾〕點火，發光，照明
lightless	〔light 光，-less 無〕無光的，暗的；不發光的
light-out	〔light 燈，out 盡，停息〕熄燈號，規定的熄燈時間
lightproof	〔light 光，-proof 防〕防光的，不透光的
lightsome	〔light 光，-some …的〕發光的，亮的
afterlight	〔after 後，light 光，照〕夕照，餘暉
candlelight	〔candle 蠟燭，light 光〕燭光；上燈時間
daylight	〔day 白天，light 光〕白晝，日光
droplight	〔drop 落，落下，light 燈〕吊燈
enlighten	〔en- 使…，light 照亮→啟發，-en 動詞字尾〕開導，啟發
enlightened	〔見上，-ed 被…的；「被啟發的」，「被教導的」〕開明的，有知識的
enlightening	〔見上，-ing …的〕有啟發作用的，使人領悟的
enlightenment	〔見上，-ment 動詞字尾〕啟發，啟蒙，開導
flashlight	〔flash 閃光，light 燈〕手電筒，閃光信號燈
gaslight	〔gas 煤氣，light 燈〕煤氣燈
headlight	〔head 頭，light 燈〕（礦工頭上的）照明燈，（汽車等的）頭燈
lamplight	〔lamp 燈，light 光〕燈光
moonlight	〔moon 月，light 光〕月光

L

skylight	〔**sky** 天空，**light** 光〕天上的光；（屋頂的）天窗
starlight	〔**star** 星，**light** 光〕星光
stoplight	〔**stop** 停止，**light** 燈〕交通指示燈
sunlight	〔**sun** 日，**light** 光〕日光
taillight	〔**tail** 尾，**light** 燈〕（車輛的）尾燈
unenlightened	〔**un-** 未，不，無，**light** 燈〕未經啟蒙的，不文明的，無知的

🔵 340 light〔輕〕

light-armed	〔**light** 輕，**armed** 武裝的〕輕武裝的
lighten	〔**light** 輕，**-en** 動詞字尾，使…〕減輕，使輕鬆
light-fingered	〔**light** 輕，**finger** 手指，**-ed** …的〕手指靈巧的；善於摸竊的
light-footed	〔**light** 輕，**foot** 腳，**-ed** …的〕腳步輕快的
light-handed	〔**light** 輕，**hand** 手，**-ed** …的〕手巧的，手法高明的
light-headed	〔**light** 輕，**head** 頭〕頭暈目眩的；輕浮的
light-hearted	〔**light** 輕，**heart** 心〕輕鬆愉快的，無憂無慮的
lightish	〔**light** 輕，**-ish** 略…的〕略輕的，較輕的，不太重的
lightly	〔**light** 輕，**-ly** …地〕輕輕地，輕微地，輕率地
light-minded	〔**light** 輕，**mind** 頭腦〕輕率的
lightplane	〔**light** 輕，**plane** 飛機〕輕型飛機

lightsome　　　　　　〔light 輕，-some …的〕輕快的，輕鬆愉快的

🔵 limit [限制，界限，界線]
341

limitable　　　　　　〔limit 限制，-able 可…的〕可限制的

limitation　　　　　　〔limit 限制，-ation 名詞字尾〕限制

limitative　　　　　　〔limit 限制，-ative 形容詞字尾…的〕限制（性）的

limitary　　　　　　　〔limit 限制，-ary 形容詞字尾，…的〕限制的

limited　　　　　　　〔limit 限制，-ed …的〕有限的

limited company　　　〔limited 有限的，company 公司〕股份有限公司

limited edition　　　　〔limit 有限的，edition 版本〕發行額有限的限定
　　　　　　　　　　　　版，限量版

limiter　　　　　　　〔limit 限制，-er 表示物〕限制物，限制器

limitless　　　　　　　〔limit 限制，-less 無〕無限的

delimit　　　　　　　〔de- 加強意義，limit 界線〕畫定…的界線

delimitation　　　　　〔見上，-ation 名詞字尾〕定界，分界；分界的
　　　　　　　　　　　　東西

illimitable　　　　　　〔il- 不，無，見上〕無限的，無邊無際的

unlimited　　　　　　〔un- 無，見上〕無限的，無邊無際的

🔵 line [線，航線]
342

linear　　　　　　　　〔line 線，-ar …的〕線的，直線的

327

lineate	〔**line** 線，**-ate** …的〕有線的，畫線的，標線的
lineation	〔**line** 線，畫線，**-ation** 名詞字尾〕畫線，標線，輪廓
liner	〔**line** 線，航線，**-er** 表示人或物〕畫線的人（或工具）；班機，班船
airliner	〔**air** 空中，航空，**liner** 班機〕客機，班機
clothesline	〔**clothes** 衣服，**line** 線，繩〕曬衣繩
delineate	〔**de-** 使成…，**line** 線，**-ate** 動詞字尾〕用線條畫，描繪，畫出…的外形
delineation	〔見上，**-ation** 名詞字尾〕線條寫生畫，描出外形，描寫
headline	〔**head** 頭，**line** 線，一條線，一行；「一頁或一版上的第一行」〕大字標題，頭條新聞
jetliner	〔**jet** 噴射機，**liner** 班機〕噴射式客機
multilineal	〔**multi-** 多，**line** 線，**-al** …的〕多線的
outline	〔**out-** 外，外圍，**line** 線，畫線，輪廓，大綱，畫輪廓
reline	〔**re-** 再，**line** 線，畫線〕給…重新畫線
streamlined	〔**stream** 流，**line** 線，**-ed** …的〕流線型的，流線的
superliner	〔**super-** 超，**liner** 班船〕超級客輪
underline	〔**under-** 下，**line** 線，畫線〕在…下畫線
waterline	〔**water** 水，**line** 線〕（船的）吃水線

⚙ **lion** ［獅子，名人］
343

328

lioness	〔lion 獅子，-ess 表示雌性〕母獅
lionet	〔lion 獅子，-et 表示小〕小獅，幼獅
lionheart	〔lion 獅子，heart 心，膽量〕勇士
lionhearted	〔見上，-ed …的〕非常勇敢的
lion-hunter	〔lion 獅子，名人，hunter 追獵者，追求者〕獵獅者；巴結名人的人
lionize	〔lion 社會名流，-ize 使成…〕把…捧為社會名流
lionlike	〔lion 獅子，-like 像…的〕像獅子一樣的

🔊 live [生活，居住]
344

L

livable	〔liv(e) 生活，居住，-able 可…的〕（生活）過得去的；（房子，氣候等）適於居住的
livelong	〔live 活著，long 長〕漫長的
lively	〔liv 生活，活潑，-ly …的〕活潑的，活躍的，充滿生氣的
living	〔liv(e) 生活，-ing …的〕活的，生動的，維持生活的； 〔-ing名詞字尾〕生活，生計
alive	活著的，存在的，在世的
clean-living	〔clean 乾淨，living 生活〕生活嚴謹的，不荒淫的
dead-alive	〔dead 死的，alive 活的〕無精打采的
long-lived	〔long 長，lived 生活〕長壽的
outlive	〔out- 超過，live 生活〕比…活得久，比…持久

relive	〔re- 再，liv 活著〕再生，復活，甦醒
short-lived	〔short 短〕短命的
unlivable	〔un- 不，livable 適於居住的〕不宜居住的

⬤ load [裝載]
345

loaded	〔load 裝載，-ed …的〕有負載的，裝著貨的，裝有彈藥的
loader	〔load 裝載，-er 表示人或物〕裝貨工人，裝貨設備
loading	〔load 裝載，-ing 名詞字尾〕裝貨，裝彈，（車船等裝載的）貨
carload	〔car 車輛〕車輛荷載，滿載一節貨車的貨物
overload	〔over- 超過，load 裝載〕使超載，使負擔過重
planeload	〔plane 飛機〕飛機負載量，一飛機的人（或物）
reload	〔re- 再，load 裝載〕再裝，重新裝載
self-loading	〔self- 自己，自動，load 裝載，-ing …的〕自動裝載的
shipload	〔ship 船〕船隻荷載，船貨
trainload	〔train 列車，load 裝載，載重〕列車荷載
truckload	〔truck 貨車，load 裝載，載重〕貨車荷載
underload	〔under- 不足，load 裝載〕裝載不足
unload	〔un- 表示相反動作，load 裝載；「與裝載相反」→〕卸貨，卸下重負

🔊 346 lock [鎖]

lock-in	〔lock 鎖，in 入〕關進
lockless	〔lock 鎖，-less 無〕沒有鎖的
locksmith	〔lock 鎖，smith 工匠〕鎖匠
lockstep	〔lock 鎖→相連，step 腳步〕前後緊接、步法一致的前進，齊步走
deadlock	〔dead 死，lock 鎖；「死鎖」→打不開→〕僵持，僵局
landlocked	〔land 陸地；「被陸路封鎖的」〕被陸地圍住的，內陸的
unlock	〔un- 相反動作，lock 鎖〕開鎖，打開上鎖的…
waterlocked	〔water 水；「被水封鎖的」〕被水環繞的，環水的
waterlocks	〔「水鎖」→〕水閘

🔊 347 logic [邏輯]

logical	〔logic 邏輯，-al …的〕符合邏輯的，邏輯（上）的
logicality	〔logic 邏輯，-ality …性〕邏輯性
logically	〔見上，-ly …地〕符合邏輯地
logician	〔logic 邏輯，-ian 表示人〕邏輯學家
illogic	〔il- 不，logic 邏輯〕不合邏輯，缺乏邏輯

illogical	〔見上，-al …的〕不合邏輯的，缺乏邏輯的
illogicality	〔見上，-ality 名詞字尾，…性〕不合邏輯性，不通
nonlogical	〔non- 不〕不根據邏輯的

🔵 348 long 〔長〕

long-awaited	〔long 長，await 被期待已久的
long-dated	〔long 長，遠，date 日期〕遠期的
long-distance	〔long 長，distance 距離〕長途的
long-hair	〔long，hair 頭髮〕留長髮者，嬉皮士
longish	〔long 長，-ish 略…的〕略長的，稍長的
long-legged	〔long 長，leg〕長腿的
long-lived	〔long 長，live 生活〕長壽的
long-sighted	〔long 長，sight 視，看見〕遠視的；有遠見的
long-standing	〔long 長，stand 存立〕長期存在的，長期間的
long-suffering	〔long 長，suffering 苦難〕長期忍受苦難（的）
long-term	〔long 長，term 期限〕長期的
long-tested	〔long 長，test 考驗〕久經考驗的
longtimer	〔long 長，time 時間，-er 人〕（在某地）住了很久的人，長期從事某項工作的人，長期徒刑犯
long-tongued	〔long 長，tongue 舌〕長舌的，饒舌的，話多的
daylong	〔day 日，天，long 長〕整天的（地）

332

elongate	〔e- 加強意義，long 長，-ate 動詞字尾〕拉長，伸長
elongation	〔見上，-ation 名詞字尾〕伸長，延長
length	〔leng=long（音變：o-e）長，-th 名詞字尾〕長，長度
lengthen	〔見上，-en 動詞字尾，使…〕使延長，延伸
lengthy	〔見上，-y 形容詞字尾，…的〕過長的，漫長的
lifelong	〔life 生命，一生，long 長〕畢生的，終身的
nightlong	〔night 夜，long 長〕整夜的（地）
overlong	〔over- 太，過甚，long 長〕太長
prolong	〔pro- 向前，向前拉，像前延，long 長〕拉長，延長
prolongable	〔見上，-able 可…的〕可拉長的，可延長的
prolongate	〔見上，-ate 動詞字尾〕拉長，延長，拖延
prolongation	〔見上，-ation 名詞字尾〕拉長，延長，延長的部分
yearlong	〔year 年，long 長〕整整一年的，持續一年的

349 look ［看］

looker	〔look 看，-er 表示人〕觀看的人
looker-on	旁觀者
lookout	〔look 看，out 外，往外〕警戒，注意；瞭望台；遠景

look-see	察看，調查，視察旅行
lookup	查找
forward-looking	〔**forward** 向前，**look** 看，**-ing** …的〕向前看的
good-looking	〔**good** 好〕（外貌）好看的
onlooker	旁觀者，袖手旁觀者
outlook	〔**out-** 外，向外，**look** 看〕展望；觀點；景色
overlook	〔**over-** 上，由上往下，**look** 看〕俯瞰，眺望，監督
well-looking	〔**well** 好〕漂亮的

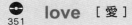

lord [貴族，君主，統治者]
350

lordling	〔**lord** 貴族，**-ling** 表示小〕小貴族，小老爺
lordly	〔**lord** 貴族，**-ly** …的〕貴族的，貴族似的
lordship	〔**lord** 貴族，**-ship** 表示身分等〕貴族的身分（或權力）
landlord	〔**land** 土地，**lord** 統治者→主人〕地主，房東
landlordism	〔見上，**-ism** 表示制度〕地主所有制
overlord	〔**over-** 上，在上面，**lord** 君主，統治者〕封建領主，最高統治者
warlord	〔**war** 戰爭→軍事，**lord** 統治者→主人，老爺〕軍閥
warlordism	〔見上，**-ism** 主義〕軍閥主義，軍閥作風

love [愛]
351

lovable	〔lov(e) 愛，-able 可…的〕可愛的，討人喜歡的
lover	〔love 愛，-er 者〕愛好者；情人
loveless	〔love 愛，愛情，-less 無〕沒有愛情的，得不到愛的
lovely	〔love 愛，-ly …的〕好看的，美好的，可愛的
lovemaking	〔love 愛，愛情，making 做，製造〕調情
love-sick	〔love 愛，愛情，sick 病〕害相思病的
beloved	被熱愛的，為…所愛的
ladylove	〔lady 婦女，love 愛〕情婦
peace-loving	〔peace 和平，lov(e) 愛，-ing …的〕愛好和平的
self-love	〔self- 自己〕自我愛憐，自私
self-loving	〔見上，-ing …的〕自我愛憐的，自私的
unlovely	〔un- 不，lovely 美的，可愛的〕不美的，不可愛的
well-beloved	〔well 非常，很〕深受熱愛的，受愛戴的

L

🔴 352 low [低下]

lower	〔low 低下，-er 比較，更〕較低的，下等的
lowermost	〔見上，-most 最…的〕最低的
low-grade	〔low 低，grade 等級〕低級的，低質量的
lowland	〔low 低，land 地〕低地，低地的
lowlander	〔見上，-er 人〕住在低地的居民

335

low-level	〔**low** 低，**level** 水平〕低水平的，低級別的
low-life	〔**low** 低下，**life** 生命，人〕下等社會的人
low-minded	〔**low** 低下，**mind** 精神，思想，**-ed** …的〕下流的
low-productivity	〔**low** 低下，**productivity** 生產力〕低生產力的
low-rise	〔**low** 低，**rise** 升起〕（建築物）不高的
low-spirited	〔**low** 低下，**spirit** 精神，**-ed** …的〕精神不振的
below	〔**be-** 在，**low** 下〕在…下面，在…以下

loyal [忠心的]

353

loyalism	〔**loyal** 忠心的，**-ism** 表示情況、狀態〕效忠，忠誠
loyalist	〔**loyal** 忠心的，**-ist** 表示人〕忠臣，效忠者
loyally	〔**layal** 忠心的，**-ly** …地〕忠心地，忠誠地
loyalty	〔**loyal** 忠心的，**-ty** 名詞字尾〕忠心，忠誠
disloyal	〔**dis-** 不，**loyal** 忠心的〕不忠心的，不忠誠的
disloyalist	〔**dis-** 不〕不忠心的人
disloyally	〔**dis-** 不〕不忠心地，不忠誠地
disloyalty	〔**dis-** 不〕不忠

maid [少女]

354

| maiden | 〔**maid** 少女，**-en** 表小稱〕少女，未婚女子，處女 |

maidenlike	〔maiden 處女，-like 像…的〕處女般的
maid-in-waiting	〔maid 少女，waiting 等候，伺候〕女王（或王后）的貼身侍女
maidservant	〔maid 少女，servant 僕人〕女僕
barmaid	〔bar 酒吧間，maid 少女〕酒吧間女侍
bridesmaid	〔bride 新婚，-s-，maid 少女〕伴娘
dairymaid	〔dairy 牛奶場，maid 少女〕酪農場女工
housemaid	〔house 家，maid 少女〕女僕
milkmaid	〔milk 牛奶，maid 少女〕擠奶女工
sea-maid	〔sea 海，maid 少女〕海中女神，美人魚

 make [做，製造]
355

maker	〔mak(e) 製造，-er 者〕製造者，製作者，製造商，創造者
making	〔mak(e) 製造，-ing 名詞字尾〕製造，製作，創造
dressmaker	〔dress 服裝〕裁縫師
epoch-making	〔epoch 時代，紀元；「創造新紀元的」〕劃時代的，開新紀元的
homemaker	〔home 家〕持家的婦女，主婦
lawmaker	〔「制作法律者」〕立法者
lawmaking	〔law 法律；「製作法律」〕立法

lovemaking	〔**love** 愛情;「製造愛情」〕調情
man-made	人造的,人工的
money-maker	〔**money** 錢〕會賺錢的人,賺錢的東西
pacemaker	〔**pace** 步,步速〕帶步人;標兵;心律調節器
papermaker	〔**paper** 紙〕造紙工人,造紙者
peacemaker	〔「創造和平者」〕調解人,和事佬
peacemaking	〔**peace** 和平;「創造和平」〕調解(的),調停(的)
rainmaker	〔「造雨者」〕參加人工降雨者;求雨者
rainmaking	〔**rain** 雨;「造」〕人工降雨;求雨
remake	〔**re-** 再,重新〕重製,改造,修改
shoemaker	〔**shoe** 鞋,**maker** 製造者〕製鞋工人,鞋鋪老板
shoemaking	〔**shoe** 鞋,**making** 製造〕製鞋業
speechmaker	〔**speech** 演說,發言〕講演人,發言者
steelmaking	〔**steel** 鋼;「製作鋼」〕煉鋼
troublemaker	〔**trouble** 麻煩;「製造麻煩者」〕鬧事者,惹事生非者,搞亂者
unmake	〔**un-** 相反;「與製造相反」〕毀壞,廢除,使還原
watchmaker	〔**watch** 鐘錶〕製造(或修理)鐘錶的人

 ### 356 man [人,男人]

man-child	〔**man** 男〕男孩

man-eater	〔eater 吃…者〕吃人者，食人獸
man-eating	〔eat 吃〕吃人的，食人的
manhood	〔-hood 表示性質、身份〕成年期，成年；男子氣概
manhunt	〔hunt 追獵，追捕〕對逃亡者的追捕
man-killer	〔kill 殺〕殺人的人（或物）
mankind	人類
manlike	〔man 男人，-like 像…的〕像男人的
manly	〔mam 男人，-ly …的〕男子氣概的
manned	〔man 人，n 重複字母，-ed …的〕（飛機等）有人駕駛的，載人的
manservant	〔man 男，servant 僕人〕男僕
airman	〔air 航空〕空軍士兵
armyman	〔army 軍隊〕軍人
bellman	〔bell 鐘〕敲鐘者
birdman	〔bird 鳥→空中飛者〕飛行員，飛機乘客；鳥類學家
bookman	〔book 書〕文人，學者；書商
brainman	〔brain 頭腦，智慧，智謀〕謀士，參謀
caveman	〔cave 洞，穴〕（石器時代的）穴居人
colorman	〔color 顏色，顏料，染料〕顏料商，染色師
cornerman	〔corner 角，街道拐角〕街頭的遊手好閒者，流氓
countryman	〔country 國家，鄉下〕同胞；鄉下人

M

cowman	〔cow 牛〕放牛的人,牧場主
dayman	〔day 白天〕做日班的人;做散工的人
deskman	〔desk 辦公桌〕辦公室工作人員,報社編輯人員
fireman	〔fire 火〕消防人員,燒火工人,司爐工
freeman	自由民,享有市民特權的人
freshman	〔fresh 新〕新手;大學一年級學生
huntsman	〔hunt 打獵〕獵人
iceman	零售冰的人
marksman	〔mark 靶子;「打靶子的人」〕射手,神槍手
moneyman	〔money 錢,資本〕投資者,金融家
moonman	〔moon 月球〕登月太空人
nightman	〔night 夜間〕掏糞工(一般在夜裏工作)
overman	〔over 上;「由上面監視者」〕監工,工頭,裁判員
policeman	〔police 公安,治安〕警察
radioman	〔radio 無線電〕無線電人員(或技師)
seaman	〔sea 海〕水手,水兵
spokesman	發言人,代言人
spaceman	〔space 空間,太空〕太空人,宇宙飛行員
sportsman	〔sport 運動〕運動員,愛好運動者
swordsman	〔sword 劍〕劍客,劍手
townsman	市民,城裡人

unmanned	〔un- 無，man 人，n 重複字母，-ed …的〕（飛機等）無人的，無人駕駛的
waterman	〔water 水→與水有關的〕船夫，船工，船家
weatherman	〔weather 天氣，氣象〕氣象員，預報天氣者
woodsman	〔wood 樹林〕在森林中居住（或工作）的人，伐木管理人，獵人
yes-man	〔只說 yes 的人〕唯唯諾諾的人

⊙ 357 manage ［管理］

manageable	〔-able 可…的〕易管理的，易操縱的
management	〔manage 管理，-ment 名詞字尾〕管理，經營，安排
manager	〔manage 管理，-er 者〕經理，管理人
managerial	〔manager 經理，-ial …的〕經理的，管理上的
managerialist	〔見上，-ist …家〕管理學家
mismanage	〔mis- 錯誤〕錯誤地管理
mismanagement	〔見上，-ment 名詞字尾〕錯誤管理
unmanageable	〔un- 不，manageable 易管理的〕難管理的
vice-manager	〔vice- 副〕副經理

M

⊙ 358 marine ［海的］

mariner	〔**marine** 海的，海上的，航海的，**-er** 者〕海員，水手
antisubmarine	〔**anti-** 反，防〕反潛艇的，防潛艇的
submarine	〔**sub-** 下；「海下的」〕水下的，海底的；潛水艇
supersubmarine	〔**super-** 超級，見上〕超級潛水艇
transmarine	〔**trans-** 越過〕越海的，海外，從海外來的
ultramarine	〔**ultra-** 外〕在海外的，在海那邊的

⏺ **mark** [標記]
359

marked	〔**mark** 標記，**-ed** 有…的〕有標記的，打上記號的，顯著的
marking	〔**-ing** 名詞字尾〕打記號，作標誌，記分，記號
birthmark	〔**birth** 出生；「出生時就有的標記」〕胎記
bookmark	書籤
datemark	〔**date** 日期〕日戳
footmark	〔「腳的記號」→〕腳印，足跡
landmark	〔「地面上的標記」→〕界標，里程標
postmark	〔**post** 郵政，**mark** 標記〕郵戳，蓋郵戳
seamark	〔**sea** 海〕航海標誌
trademark	〔**trade** 商業〕商標
unmarked	〔**un-** 未〕未做記號的，未被注意到的
watermark	水位標記

well-marked　　　　　明顯的，明確的

🔊 360 market ［市場］

marketable	〔market 市場，-able 可…的〕適合市場銷售的，可銷售的
marketeer	〔-eer 名詞字尾，表示人〕市場商人，市場上的賣主
marketing	〔market 市場→做買賣，-ing 名詞字尾〕在市場上購買（或賣出），銷售（學）
black market	黑市買賣
black-marketeer	〔見上，-eer 表示人〕黑市商人，黑市交易
money-market	〔money 錢〕金融市場
supermarket	〔super- 超級〕超級市場
stockmarket	〔stock 股票，market 市場〕股票市場

M

🔊 361 marry ［結婚］

marriage	〔marr(y→i) 結婚，-age 名詞字尾〕結婚，婚姻
marriageable	〔marriage 結婚，able 能〕適婚的；妙齡的
married	〔marr(y→i) 結婚，-ed 已…的〕已婚的
intermarriage	〔inter- 內，marriage 結婚〕內部通婚，近親通婚
intermarry	〔inter- 內〕內部通婚，近親通婚
mismarriage	〔mis- 錯誤，不好〕不相配的婚姻

remarry	〔re- 再〕 (使) 再婚, 再取, 再嫁
trialmarriage	〔trial 試, marriage 結婚〕 試驗結婚
unmarried	〔un- 未〕 未結婚的, 獨身的

🔊 362 master [主人, 長]

masterless	〔master 主人, -less 無〕 無主人的, 無主的
bandmaster	〔band 樂隊〕 樂隊指揮
drillmaster	〔drill 訓練, 操練〕 (軍事) 教官
housemaster	〔house 房子, master 主人〕 主人
ironmaster	〔iron 鐵〕 鐵器製造商
paymaster	〔pay 薪金, 工資〕 (發薪的) 出納員, 軍需官
postmaster	〔post 郵政〕 郵政局長
question-master	(廣播或電視中) 問答節目的主持人
riding-master	〔riding 騎馬〕 騎術教練
schoolmaster	〔school 學校, master 長〕 (中小學) 校長
sheepmaster	〔sheep 羊〕 牧羊業者
shipmaster	〔ship 船〕 (商船等的) 船長
singing-master	〔singing 唱〕 音樂教師
skymaster	〔sky 天空;「空中主人」→〕 巨型客機
station-master	〔station 車站〕 火車站站長
taskmaster	〔task 工作, master 主人〕 工頭, 嚴厲的主人

mate [夥伴，同事]

classmate	〔class 班〕同班同學
comate	〔co- 共同〕夥伴，同伴
housemate	〔house 屋子〕住在同一屋子裡的人
messmate	〔mess 食堂〕一起吃飯的夥伴
playmate	〔play 遊戲〕遊戲的夥伴
roomate	〔room 室〕室友
seatmate	〔seat 座位〕（火車等處的）同座人
schoolmate	同學
shipmate	〔ship 船〕同船水手
workmate	同事

M

🔵
364

mature [成熟]

maturate	〔matur(e) 成熟，-ate 動詞字尾〕（使）成熟
maturation	〔matur(e) 成熟，-ation 名詞字尾〕成熟
maturative	〔matur(e) 成熟，-ative 形容詞字尾〕有助於成熟的
maturity	〔matur(e) 成熟，-ity 名詞字尾〕成熟
inmature	〔im- 未〕未成熟，發育不全的
immaturity	〔見上〕未成熟，發育不全

| premature | 〔pre- 先，前，早〕早熟的，過早的 |
| prematurity | 〔見上〕早熟，過早 |

⊙ 365 military ［軍事的］

militarism	〔militar(y) 軍事的，-ism 主義〕軍國主義
militarist	〔見上，ist 者〕軍國主義者
militarization	〔militar(y) 軍事的，-ization …化〕軍事化，武裝
militarize	〔militar(y) 軍事的，-ize …化〕使軍事化，武裝
antimilitarism	〔anti- 反對，見上〕反軍國主義
demilitarization	〔de- 取消，非〕非軍事化
demilitarize	〔de- 取消，非，見上〕使非軍事化
remilitarization	〔見下〕重新武裝
remilitarize	〔re- 重新，militarize 武裝〕使重新武裝
unmilitary	〔un- 非，military 軍事的〕非軍事的

⊙ 366 mind ［精神，心，注意］

mindful	〔mind 注意，-ful …的〕注意的，留心的
broad-minded	〔broad 寬〕寬宏大量的
double-minded	〔double 雙，兩個；mind 心，思想〕思想上動搖的，口是心非的

346

freeminded	〔**free** 自由，無…的，**mind** 精神〕無精神負擔的
high-minded	〔**high** 高，**mind** 精神〕品格高尚的
large-minded	〔**large** 大〕度量大的，心胸開闊的
low-minded	〔**low** 低下〕下流的
open-minded	〔**open** 敞開的〕坦率的
remind	〔**re-** 再，**mind** 注意「使再注意」→〕提醒，使想起
reminder	〔見上，**er** 者〕提醒者
simpleminded	〔**simple** 單純的，簡單的〕純樸的，頭腦簡單的
single-minded	〔**single** 單一的〕一心一意的，專心一致的
small-minded	〔**small** 小〕小氣的，眼光狹小的
strong-minded	〔**strong** 堅強的〕意志堅強的，有獨立見解的
unmindful	〔**un-** 不，**mindful** 注意的〕不注意的，不留心的

modern [現代的]

367

modern-day	今日的，目前的
modernism	〔**-ism** 主義〕現代主義，現代派
modernist	〔**-ist** 者〕現代主義者，現代派作家
modernistic	〔**-istic** 形容詞字尾，…的〕現代主義的，現代派的
modernity	〔**-ity** 名詞字尾，表示性質狀態〕現代性，新式
modernization	〔**-ization** 名詞字尾，…化〕現代化

| modernize | 〔**-ize** 動詞字尾，…化〕（使）現代化 |
| ultramodern | 〔**ultra** 極端〕極其現代化的，最新的 |

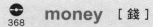

money [錢]
368

moneybag	〔**bag** 袋〕錢袋
moneybags	富翁，守財奴
money-changer	〔**money** 錢，貨幣，**changer** 兌換者〕貨幣兌換商；貨幣兌換器
moneyed	〔**money** 錢，**-ed** 有…的〕有錢的
moneyer	〔**-er** 表示人〕鑄造錢幣者
moneylender	〔**lender** 借出者〕放債的人
moneyless	〔**money** 錢，**-less** 無…的〕沒錢的
money-maker	會賺錢的人；賺錢的東西
moneyman	投資者，金融家
money-monger	〔**monger** 商人，販子〕放債的人
money's worth	〔**worth** 值，價值〕值錢的東西
money-taker	收錢的官員；受賄的人

monger [商人，販子，專做…的人]
369

| balladmonger | 〔**ballad** 民歌，民謠〕民謠歌本零售商 |

fashionmonger	〔**fashion** 時髦，**monger** 專做⋯的人〕講究時髦的人
fishmonger	〔**fish** 魚，**monger** 販子〕魚販
hatemonger	〔**hate** 仇恨，**monger** 專做⋯的人〕煽動仇恨者
ironmonger	〔**iron** 鐵，鐵製品→五金，**monger** 商人〕小五金商
money-monger	〔**money** 錢〕放債的人
newsmonger	〔**news** 新聞〕傳播新聞的人
panicmonger	〔**panic** 恐慌，**monger** 專做⋯的人〕製造恐慌的人
peacemonger	〔**peace** 和平〕一味乞求和平的人
powermonger	〔**power** 權力〕權力鬥爭者，角逐權力者
rumormonger	〔**rumor** 謠言〕造謠者
rumormongering	〔見上，**ing** 名詞字尾，表示行為〕造謠
scandalmonger	〔**scandal** 醜聞，流言蜚語〕傳聞醜聞的人，好散佈流言蜚語的人
warmonger	〔**war** 戰爭，**monger** 販子〕戰爭販子
wondermonger	〔**wonder** 奇事，**monger** 專做⋯的人〕好說奇聞異事的人
wordmonger	〔**word** 字，文字〕賣文為生者；舞文弄墨者

M

370 moon [月亮]

| mooncraft | 〔**craft** 航行器〕月球探測器，月球飛船 |
| moondown | 〔**down** 下〕月落（時） |

moon-eyed	〔**moon** 月亮→圓形〕（因驚奇等）圓睜著雙眼的；患月光盲的
moonfaced	〔**moon** 月亮→圓形，**face** 臉，**ed** …的〕圓臉的
moonfall	〔**fall** 降落〕月面降落，月面著陸
moonflight	〔**flight** 飛行〕向月飛行
moonflower	月光花，法蘭西菊
moonish	〔**-ish** 似…的〕月亮似的；多變化的，反覆無常的
moonless	〔**moon** 月，**less** 無…的〕無月亮的，無月光的
moonlight	〔**moon** 月，**light** 光〕月光，月光下的，月照的
moonlit	〔**lit=lighted**〕月照的，月明的
moonman	登月太空人
moonrise	〔**rise** 升起〕月出（時）
moonscape	〔**-scape** 圖景〕月面景色
moonset	〔**set** 落，沉〕月落（時）
moonshine	〔**shine** 照，光亮〕月光
moonshiny	〔見上，**-y** 形容詞字尾，…的〕月照的，月光似的
moony	〔**-y** …的〕月亮的；月亮似的
honeymoon	〔**honey** 蜜，**moon=month**〕蜜月，度蜜月
honeymooner	〔見上，**-er** 人〕度蜜月的人

371 **moral** ［道德的］

moralist	〔**moral** 道德的，**-ist** 人〕有道德者，道德家

morality	〔moral 道德的，-ity 表抽象名詞〕道德，美德，德行
morally	〔moral 道德的，-ly 副詞字尾〕有道德地
demoralization	〔de- 除去，毀壞，-ation 名詞字尾〕道德敗壞
demoralize	〔de- 除去，毀壞〕使道德敗壞
immoral	〔im- 不〕不道德的，道德敗壞的
immoralist	〔見上，-ist 人〕不道德的人
immorality	〔見上，-ity 表抽象名詞〕不道德，道德敗壞
nonmoral	〔non- 無，不〕與道德無關的
unmoral	〔un- 非〕非道德的，無道德觀念的

372 mother [母親]

motherhood	〔-hood 名詞字尾，表示性質，身分〕母性，母親
mother-in-law	〔in-law 姻親〕岳母；婆婆
motherless	〔mother 母親，-less 無…的〕沒有母親的
motherlike	〔mother 母親，-like 像…的〕母親般的
motherly	〔mother 母親，-ly …的〕母親的，慈母般的
foremother	〔fore- 先，前〕女祖先
grandmother	〔grand 表示在親屬輩分上更大（或更小）一輩〕祖母
housemother	〔house 房子→宿舍〕（青年寄宿舍等的）女管家

motor 〔摩托，馬達，汽車〕

motorable	〔motor 汽車，-able 可…的〕可行駛機車的
motorbike	〔bike 自行車〕機車
motorboat	〔motor 馬達，機動，boat 船〕汽船，汽艇
motorcycle	〔cycle 車〕摩托車
motorcyclist	〔見上，-ist 人〕摩托車騎士
motorist	〔見上，-ist 人〕汽車駕駛人
motorize	〔motor 摩托，ize …化〕（使）機動化
motorized	〔見上，-ed …的〕機動化的
motorless	〔motor 馬達，less 無…的〕無馬達的，無發動機的
motorway	〔motor 汽車，-way 道〕汽車道，快車道

mountain 〔山〕

mountained	〔-ed 有…的〕多山的，重巒疊嶂的
mountaineer	〔-eer 名詞字尾，表示人〕登山運動員
	〔轉為動詞〕登山，爬山
mountaineering	〔見上，ing 名詞字尾〕登山運動
mountain-high	〔high 高〕和山一樣高的
mountainous	〔mountain 山，-ous 形容詞字尾，…的〕多山的，如山的

mountainside	〔side 邊〕山腰
mountaintop	〔top 頂〕山頂
mountainy	〔mountain 山，-y 形容詞字尾，…的〕多山的，山區的

375 mouth ［嘴］

mouther	〔mouth 嘴→說，-er 人〕說大話的人
mouthful	〔mouth 嘴，-ful 名詞字尾，滿〕滿口，一口（的量）
mouthwash	〔wash 洗藥〕漱口水
mouthy	〔mouth 嘴→話，-y 多…的〕話多的，說大話的
closemouthed	〔close 緊〕沉默寡言的
hand-to-mouth	〔「由手到嘴」→〕勉強糊口的
honeymouthed	〔honey 蜜〕甜言蜜語的
openmouthed	〔open 張開，mouth 嘴，-ed …的〕張口的，發呆的，吃驚的
tight-mouthed	〔tight 緊；「嘴緊的」〕守口如瓶的
wide-mouthed	〔wide 寬大〕口張得很大的，（瓶等）口大的
word-of-mouth	〔word 話，言詞〕口頭表達的

M

376 move ［移動，動］

movable	〔mov(e) 移動，able 可…的〕可移動的

353

movement	〔**move** 動,活動,**ment** 名詞字尾〕運動,活動
mover	移動者,搬運工
moving	〔**-ing** …的〕移動的,活動的,動人的
commove	〔**com-** 加強意義,**move** 動〕使動亂,使動搖
countermove	〔**counter-** 相反,**move** 動,運動〕反向運動
earthmover	〔**earth** 土地,**mover** 移動者,搬動者〕大型挖(或推)土機
immovable	〔**im-** 不,見上〕不可移動的,固定的
irremovable	〔**ir-** 不〕不能移動的
removable	〔見上,**-able** 可…的〕可移動的
removal	〔**-al** 名詞字尾〕移動,遷移,調動
remove	移動,遷移,調動,搬家
unmoved	〔**un-** 無,不〕無動於衷的,冷漠的

🔊 377 music ［音樂］

musical	〔**music** 音樂,**-al** 形容詞字尾〕音樂的,悅耳的
musically	〔**musical** 悅耳的,**-ly** …地〕悅耳地,好聽地
musician	〔**music** 音樂,**-ian** 名詞字尾,表示人〕音樂家,樂師
musicianly	〔**musician** 音樂家,**-ly** …的〕音樂家似的
musicologist	〔**music** 音樂,**-o-**,**-logist** …學家,…研究者〕音樂研究家
musicology	〔**music** 音樂,**-o-**,**-logy** …研究〕音樂研究

nonmusician	〔**non-** 非，見上〕非音樂家
unmusical	〔**un-** 不，**music** 音樂，**-al** 形容詞字尾〕不悅耳的，不合調的

name ［姓名］

namable	〔**nam(e)** 名字，**-able** 可…的〕說得出名字的，著名的
name-calling	謾罵，重傷
named	被指名的
nameless	〔**name** 姓名，**-less** 無…的〕沒有名字的，不知其名的
big-name	大名鼎鼎的
byname	〔**by-** 副，非正式〕別名，綽號
christian name	〔**christian** 基督徒，**name** 名字〕受洗禮時所取的教名
given name	〔**given**→**give** 的過去分詞，**name** 名字〕教名；名字（不包括姓）
maiden name	〔**maiden** 未婚的，**name** 姓名〕結婚前的姓
misname	〔**mis-** 錯誤〕叫錯…的名字
nickname	綽號，暱稱
pen name	〔**pen** 筆，**name** 名字〕筆名
rename	〔**re-** 再，重新〕給…重新命名，再命名
surname	〔**sur-** 超級；在上，**name** 姓名〕姓；別名，外號

M
N

| unnamable | 〔un- 不，見上〕說不出名字的 |
| unnamed | 〔un- 未〕未命名的，沒有名字的 |

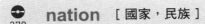 nation ［國家，民族］
379

national	〔nation 國家，民族，-al …的〕國家的，民族的，國民的，全國性的
nationalism	〔見上，-ism 主義〕民族主義，國家主義，民族性
nationalist	〔見上，-ist 者〕民族主義者（的），國家主義者（的）
nationality	〔見上，-ity 名詞字尾〕國籍；民族
nationalize	〔見上，-ize …化〕使國有化，把…收歸國有
nationally	〔見上，-ly 副詞字尾〕全國性地，在全國範圍內
nationwide	〔wide 廣泛的，全部的〕全國性的
denationalize	〔de- 否定，非，見上〕非國有化
international	〔inter- 在…之間，nation 國家，-al …的；「國與國之間的」→〕國際的，世界的
internationalism	〔見上，-ism 主義〕國際主義
internationalist	〔見上，-ist 者〕國際主義者
internationalize	〔見上，-ize …化〕使國際化
multi-national	〔multi- 多〕多民族的，多國家的
supernational	〔super- 超〕控制幾個國家的，由幾個國家組成的
transnational	〔trans- 越過〕超越國家的，跨國的

| ultranationalism | 〔ultra- 極端，nationalism民族主義〕極端民族主義 |
| ultranationalist | 〔見上，-ist 者〕極端民族主義者（的） |

⦿ 380 nature ［自然］

natural	〔natur(e) 自然，-al …的〕自然的，天生的，自然界的
naturalism	〔見上，-ism 主義〕自然主義
naturalist	〔見上，-ist 者〕自然主義者，自然主義作家
naturalistic	〔見上，-istic …的〕自然主義的
naturally	〔見上，-ly …地〕自然地，天生地
disnature	〔dis- 除去，不〕使不自然，使失去自然屬性
nonnatural	〔non- 非，不〕不自然的，非天然的
supernatural	〔super- 超〕超自然的
unnatural	〔un- 不〕不自然的，勉強的

N

⦿ 381 neutral ［中立的］

neutralism	〔-ism 主義〕中立主義，中立
neutralist	〔-ist …者，…的〕中立主義者，中立主義的
neutralistic	〔-istic …的〕中立主義的
neutrality	〔-ity 抽象名詞字尾〕中立，中立地位
neutralization	〔-ization 名詞字尾，…化〕中立化

| neutralize | 〔**ize-** 動詞字尾，…化〕使中立化 |
| neutrally | 〔**-ly** …地〕中立地 |

🔊 382 new ［新］

newborn	〔**born** …出生的〕新生的
newcome	〔**come** 來〕新來的
newcomer	〔見上，**-er** 人〕新來的人，新手，移民
newfashioned	〔**fashion** 式樣〕新式的，新流行的
newfound	〔**found**（**find** 的過去分詞）發現的〕新發現的
newly	〔**-ly** …地〕最近地
newmade	〔**made**（**make** 的過去分詞）製造的〕新做的
new-rich	〔**rich** 富〕新發跡的人；新發跡的，暴發戶的
new-type	〔**type** 類型〕新型的
renew	〔**re-** 再，**new** 新〕使更新，使新生，更新，重新開始
renewable	〔見上，**-able** 可…的〕可更新的，可重新開始的
renewal	〔見上，**-al** 抽象名詞字尾〕更新，復活，重新開始

🔊 383 news ［新聞］

| newsboy | 報童 |
| newscast | 〔**cast** 廣播〕新聞廣播 |

newsless	〔**news** 新聞，**-less** 無…的〕沒有新聞的
newsmaker	新聞人物，值得報導的人物（或事件）
newsmonger	〔**monger** 專做…的人〕傳播新聞的人
newspaper	〔**paper** 紙〕報紙
newspaperman	新聞記者
newsperson	〔**person** 人員〕新聞報告員；新聞編輯
newsroom	新聞編輯室；報刊閱覽室
newsstand	〔**stand** 攤，亭，架〕報攤，報刊櫃
newsweekly	〔**weekly** 週刊〕新聞週刊
newsworthy	〔**worthy** 值得的〕值得報導的，有新聞價值的
newsy	〔**news** 新聞，**-y** 多…的〕新聞多的

384 night [夜]

nightclothes	〔**clothes** 衣服〕睡衣
nightclub	〔**club** 俱樂部〕夜總會
nightdress	〔**dress** 衣服，女服〕婦女（或孩子）穿的睡衣
nightfall	〔**fall** 落，降臨〕黃昏
nights	〔**-s** 副詞字尾，表示每…，在…〕每夜，在夜間
nightscape	〔**-scape** 景色〕夜景
nightshirt	〔**shirt** 衫〕男用長睡衣
nighttime	〔**time** 時間〕夜間
nighttown	〔**town** 城市〕夜市，不夜城

nighty	〔-y 名詞字尾，表示物〕婦女（或孩子）穿的睡衣
all-night	〔all 全，整，night 夜〕整夜的，通宵的
all-nighter	持續整夜的事情
midnight	〔mid 當中的，中間的，night 夜〕半夜，午夜
overnight	〔over 越過，過去〕在前一天晚上；夜間
tonight	今夜，今晚，在今夜，在今晚

● 385 normal 〔正常的〕

normality	〔-ity 名詞字尾，表狀態〕正常狀態
normalization	〔-ization 名詞字尾，…化〕正常化，標準化
normalize	〔-ize 動詞字尾，…化〕使正常化
normally	〔-ly …地〕正常地，正規地
abnormal	〔ab- 不，相反〕不正常的，反常的
abnormalist	〔見上，-ist 人〕不正常的人
abnormality	〔見上，-ity 表狀態〕不正常，反常，變態
abnormally	〔見上，-ly …地〕不正常地，反常地
paranormal	〔para- 超越〕超過正常範圍的
subnormal	〔sub- 下，低〕低於正常的
supernormal	〔super- 超〕超常（態）的，在一般以上的
transnormal	〔trans- 超〕超常規的

northeast	〔**north** 北，**east** 東〕東北
northeaster	〔**northeast** 東北，**-er** 表示風〕東北風
northeastern	〔見上，**-ern** …的〕東北的
northeasterner	〔見上，**-er** 人〕東北人，住在東北部的人
northern	〔**north** 北，**-ern** 形容詞字尾，…的〕北方的，北部的
northerner	〔**northern** 北方的，**-er** 人〕北方人，住在北方的人
northernmost	〔**northern** 北方的，**-most** 最〕最北的，極北的
northing	北向航程，北進，朝北方向
northward(s)	〔**north** 北，**-ward(s)** 向〕向北
northwest	〔**north** 北，**west** 西〕西北
northwester	〔**northwest** 西北，**-er** 表示風〕西北風
northwestern	〔見上，**-ern** …的〕西北的
northwesterner	〔見上，**-er** 表示人〕西北人，住在西北部的人

notable	〔**not(e)** 注意，**-able** 可…的〕值得注意的，顯著的
notebook	〔**note** 筆記，**book** 本〕筆記本
noted	〔**note** 注意，**-ed** …的〕著名的，知名的

noteless	〔note 注意，-less 不〕不被注意的，不著名的
noter	〔note 筆記，-er 者〕作筆記者，摘記者
noteworthy	〔note 注意，worthy 值得的〕值得注意的，顯著的
notice	〔note(e) 注意，知道，-ice 名詞字尾〕注意，通知，佈告，警告
noticeable	〔見上，-able 可…的〕值得注意的，重要的
notification	〔見上，-fication 名詞字尾〕通知，通知書
notify	〔not(e) 注意，-i-，-fy 使；「使注意」〕通知
annotate	〔an- 加強意義，not(e) 注釋，-ate 動詞字尾〕注解，注釋
annotation	〔見上，-ion 名詞字尾〕注解，注釋
annotator	〔見上，-or 人〕注解者，注釋者
footnote	〔foot 腳，note 注釋〕注腳
unnoticed	〔un- 不〕不被注意的

388 **observe** ［觀察，注意，遵守］

observable	〔-able 可…的〕可觀察到的，可遵守的
observance	〔-ance 名詞字尾〕觀察，注意，遵守
observation	〔observ(e) 觀察，-ation 名詞字尾〕觀察，觀測，監視
observatory	〔見上，-atory 表示地方；「觀察天向的地方」〕天文台，氣象台，瞭望台

observer	〔observe 觀察，遵守，-er 者〕觀察者，注視者，遵守者
inobservance	〔in- 不，observ(e) 觀察，注意，遵守，-ance名詞字尾〕不注意，忽視
inobservant	〔in- 不 observant 注意的〕不注意的，忽視的
unobservant	〔un-不，observ(e) 注意，-ant …的〕不注意的
unobserved	〔見上，-ed 被…的〕未被注意的，未被觀察到的

389 occupy [佔領，佔有]

occupancy	〔occup(y) 佔領，-ancy 名詞字尾〕佔有，佔用，居住
occupant	〔見上，-ant 表示人〕佔有人，佔用者，居住者
occupation	〔occup(y) 佔領，-ation 名詞字尾〕佔領，佔據，佔用
occupationist	〔見上，-ist 者〕軍事佔領者
occupier	〔occup(y→i) 佔領，佔有，-er者〕佔用者；佔領者
deoccupy	〔de- 取消，解除〕解除對…的佔領
preoccupation	〔見上，-ation 名詞字尾〕先佔；入神
preoccupied	〔見上，-ed …的〕被先佔的；入神的
preoccupy	〔pre- 先，occupy 佔〕先佔；使入神
reoccupation	〔re- 再，-ation 名詞字尾〕再佔領，收復
reoccupy	〔re- 再〕再佔領，收復

N
O

363

| unoccupied | 〔un- 未，occupy 佔領，佔用，-ed …的〕未被佔領的，（座位等）未佔用的，（房屋）沒人住的 |

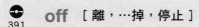

ocean ［海洋］
390

oceanarium	〔ocean 海洋→水族，-arium 表示場所地點〕大型水族館
oceangoing	〔ocean 海洋，go 去，行→航行，-ing …的〕遠洋航行的
Oceania	大洋洲
Oceanian	〔-ian …的，…人〕大洋洲的，大洋洲人
oceanic	〔ocean 海洋，-ic …的〕海洋的，似海洋的
oceanics	〔ocean 海洋，-ics …學〕海洋學，海洋工程學
oceanographer	〔ocean 海洋，-o-，-grapher …學家〕海洋學家
oceanography	〔ocean 海洋，-o-，graphy …學〕海洋學
oceanologist	〔ocean 海洋，-o-，-logist …學家〕海洋學家
interoceanic	〔inter- 在…之間，ocean 海洋，-ic …的〕海洋之間的
transoceanic	〔trans- 越過，ocean 海洋，-ic …的〕橫渡大洋的，在大洋那邊的

off ［離，…掉，停止］
391

| off-again | 〔off 停止，again 再〕時有時無的，斷斷續續的 |

offprint	〔off 離，分開，print 印；「分開印→單獨印」〕 單行本
offshore	〔off 離，shore 岸〕離岸的，近海的，向海的
off-street	〔off 離，street 街〕遠離街道的
off-the-job	〔off 離，job 工作〕非在職的，沒工作的
better-off	〔better 轉好〕境況（尤指經濟境況）較好的
cast off	〔cast 扔，抛〕被抛棄的
cutoff	〔cut 切〕切掉，切斷，中止，近路
far-off	〔far 遠，「遠離」〕遙遠的
get-off	飛機起飛
hands-off	〔「手離開」→〕不插手的，不干涉的
shake-off	〔shake 搖，擺〕擺脫，甩脫
shut-off	〔shut 關閉，off …掉〕停止，中止
takeoff	飛機起飛
well-off	〔well 好〕富裕的，處於有利地位的

O

⊕ office [辦公室，局，官職]
392

officeholder	〔holder 佔有者〕官員
officer	〔office 辦公室，官職，公職，-er 人〕官員，軍官
official	〔ial 形容詞字尾，…的〕公務上的，官員的，官方的，正式的；
	〔轉為名詞〕官員，行政人員

365

officialdom	〔見上，**-dom** 名詞字尾〕官場，官員（總稱）
officialese	〔見上，**-ese** 表示…文體〕（官場特有的）公文體
officialism	〔見上，**ism** 主義〕官僚作風
intraoffice	〔**intra-** 內〕辦公室內的
nonofficeholding	〔**non-** 不，非，**officie** 官職，**hold** 占有〕不任（官）職的，下台的，在野的
semiofficial	〔**semi-** 半，**official** 官方的〕半官方的
suboffice	〔**sub-** 分支，**office** 辦公室，局〕分處，分局
subofficer	〔**sub-** 下，**officer** 官員〕下級官員
unofficial	〔**un-** 非，**official** 官方的〕非官方的，非正式的

🔆 393 oil ［油］

oiled	〔**oil** 油，**-ed** …的〕上了油的，浸透油的
oiler	〔**oil** 油，**er** 表示人或物〕加油工，加油器，油輪
oilily	〔**-ly** …地〕圓滑地，討好人地
oilless	〔**oil** 油，**-less** 無，未〕缺油的，未經油潤的
oil-rich	〔**oil** 油，石油，**rich** 富〕石油藏量豐富的
oily	〔**oil** 油，**-y** …的〕（含）油的，油狀的；（言行等）油滑的，圓滑的

🔆 394 old ［老，舊，久］

old-fashioned	〔old 老，fashion 式樣，-ed …的〕老式的，過時的
oldish	〔old 老，-ish 略…的〕略老的，有點上了年紀的
oldster	〔old 老，-ster 人〕上了年紀的人
old-time	古時的，舊時的
old-timer	〔見上，-er 人〕老前輩，上了年紀的人，守舊者
age-old	〔age 年齡，old 老，久〕古老的，久遠的
centuries-old	〔century 世紀，百年，old 久〕歷史悠久的

● 395 one ［一個，一個人］

one-ideaed	〔idea 想法〕想法單一的
oneself	〔one 一個人，self 自己〕自己，自身，親自
one-sided	〔side 邊，面〕單方面的，片面的
onetime	〔one 某一個，time 時候〕從前（的），一度（的）
one-way	〔「一條路」→〕單行（道）的，單程的；片面的
anyone	〔any 任何，one 一個人〕任何人，無論什麼人
chairone	主席（不分男女的稱呼）
everyone	每一個人，所有人
someone	某一個人

O

● 396 open ［開］

openable	〔open 開，-able 能…的〕能打開的

open-air	〔**open** 敞開的，**air** 空中，天空〕露天的，戶外的
open-book	開卷的
open-cut	〔**open** 敞開的，露天的，**cut** 切→開採〕露天開採（煤礦）的
open-door	〔**door** 門〕公開的；（對外關係）門戶開放的
open-eared	〔**open** 敞開的，**ear** 耳，**-ed** …的〕傾耳靜聽的
open-ended	〔**end** 末端；「末端敞開的」〕無盡頭的，無限制的
opener	〔**open** 開，**-er** 表示人或物〕開…的人，開…的工具
open-eyed	睜著眼睛，驚訝的，留神的
openhanded	〔「敞開手的」→〕慷慨的
openly	〔**open** 開，公開，**-ly** …地〕公開地，坦率地
open-minded	〔**mind** 心〕坦率的
open-mouthed	〔**mouth** 嘴〕張開嘴的，發呆的，吃驚的
eye-opener	〔**eye** 眼，**open** 開，睜開，打開，**-er** 表示物〕使人驚奇（或恍然大悟）的事物（尤指新聞、新發現等），很有啟發性的事物
eye-opening	〔見上，**-ing** …的〕令人十分驚奇的，很有啟發性的
reopen	〔**re-**再，**open** 開〕再開，重新開業
unopened	〔**un-** 未，**open** 開，**-ed** …的〕未被打開的，封著的

●
397 **operate** 〔操作，工作，動手術〕

operating	〔見上，-ing …的〕操作的，工作的，外科手術的
operation	〔見上，-ion 名詞字尾〕操作，工作，外科手術
operative	〔見上，-ive …的〕操作的，工作的，外科手術的
operator	〔operat(e) 操作，動手術，-or 者〕操作人員，外科手術人員
cooperate	〔co- 共同，operate 工作〕合作，協作
cooperation	〔見上，-ion 名詞字尾〕合作，協作
cooperative	〔見上，-ive 形容詞字尾〕合作的，協作的
cooperator	〔見上，-or 者〕合作者
noncooperation	〔non- 不，見上〕不合作（尤指印度甘地的不合作主義）
noncooperationist	〔見上，-ist 者〕不合作主義者
uncooperative	〔un- 不，cooperative 合作的〕不合作的
postoperative	〔post- 以後，operative 手術的〕外科手術以後的
preoperative	〔pre- 以前，operative 手術的〕外科手術以前的

O

🔴 398 oppose ［反對］

opposable	〔oppos(e) 反對，-able 可…的〕可反對的，可對抗的
opposed	〔-ed …的〕反對的，敵對的，對抗的，相對的
opposeless	〔-less 無，不〕無可反駁的，不可抵抗的
opposer	〔oppose 反對，-er 者〕反對者

opposing	〔-ing …的〕對面的，相對的，相反的
opposite	〔-ite 形容詞兼名詞字尾〕對面的，相反的，對立的；對立面，對立物
opposition	〔oppos(e) 反對，-ition 名詞字尾〕相反，對立，反對
oppositional	〔見上，-al …的〕反對的，反抗的
oppositionist	〔見上，-ist 人〕主張反對政策者，反對黨人

🔊 399 organize ［組織］

organizable	〔見上，-able 可…的〕可組織的
organization	〔organize 組織，-ation 名詞字尾〕組織，體制，編制，團體
organizational	〔見上，-al …的〕組織（上）的，編制（中）的
organizer	〔organize 組織，-er 者〕組織者，建立者
disorganization	〔dis- 取消，否定，不，-ation 名詞字尾〕瓦解，解體，打亂
disorganize	〔dis- 取消，否定，不，相反〕瓦解，解散，打亂
inorganization	〔in- 無〕無組織（狀態），缺乏組織
reorganization	〔見下，-ation 名詞字尾〕改組，改編，整頓
reorganize	〔re- 重新〕重新組織，改組，改編，整頓
unorganized	〔un- 未〕未組織起來的，沒有組織的

orient 〔東方，向東，定位〕

oriental	〔**orient** 東方，**-al** …的〕東方的，東方國家的
orientalism	〔見上，**-ism** 風格，…學〕東方風格，東方學，東方文化的研究
orientalist	〔見上，**-ist** 者〕東方學專家，東方文化的研究者
orientalize	〔見上，**-ize** …化〕（使）東方化
orientate	〔**orient** 東方，向東，**-ate** 動詞字尾，使…〕使向東，定方位
orientation	〔見上，**-ion** 名詞字尾〕向東，方向，方針
orientational	〔見上，**-al** …的〕定位的，方針的，方向的
disorient	〔見下〕使迷失方向
disorientate	〔**dis-** 不；「不向東」〕使迷失方向
disorientation	〔**dis-** 不，**-ion** 名詞字尾〕迷失方向
reorientation	〔**re-** 再，重，**orientation** 定方向〕重定方向（或方針）

O

out 〔外，出，徹底，完，停止〕

outbuilding	〔**building** 房屋〕外屋（指車庫、穀倉等）
outcomer	外來者，外國人，陌生人
outcry	〔**cry** 叫〕喊叫，吶喊
outdated	〔**date** 日期〕過時的

outdoor	〔door 戶〕戶外的，野外的，露天的
outdoors	〔見上，-s 副詞字尾〕在戶外，在野外
outhouse	〔house 房屋〕附屬小屋，（戶外）廁所
outlander	〔out 外，land 國家，-er〕外國人，外來者
outlandish	〔見上，-ish …的〕外國氣派的
outline	〔line 線；「在外圍畫線」〕外形，輪廓，大綱
outlook	〔look 看，望〕展望，前景，視野，景色
outmost	〔-most 最〕最外面的
outside	〔side 邊，面〕外面（的），外部（的），外界（的）
outsider	〔見上，-er 人〕外人，局外人，外行，門外漢
outskirts	〔skirts 邊緣，邊界〕外邊，郊區
outstanding	〔stand 站；「站出的」〕傑出的，顯著的
outworker	〔worker 工作者〕外勤工作人員
all-out	〔all 全〕全力的，無保留的
blackout	〔black 黑〕燈火熄滅，燈火管制
bombed-out	〔bomb 轟炸〕空襲時被炸毀的
breakout	〔break 破，爆破〕爆發
carryout	〔carry 拿，帶；「帶出」〕外帶（餐食）
cleanout	〔clean 打掃〕清除
dropout	〔drop 落，掉；「掉出」〕中途退出（的人），退學（學生）
get-out	脫身，逃走

372

handout	〔**hand** 手，給；「給出」〕課堂講義；救濟品
kickout	〔**kick** 踢〕（足球中的）踢球出界；撤職，解雇
lights-out	〔**light** 燈〕熄燈號，規定的熄燈時間
lookout	〔**look** 看〕注意，警戒，瞭望臺，景色
out-and-out	十足的，徹頭徹尾的
payout	〔**pay** 付，支付〕支出，花費
runout	〔**run** 跑〕逃開，避開
sellout	〔**sell** 售〕（商品的）售罄；出售
standout	〔「站出來的」→突出的〕傑出的人（或物）；傑出的
timeout	〔**time** 時間〕（比賽過程中的）暫停
way-out	新潮的；前衛的

🔴 402 pack ［包，捆，包裝］

package	〔**pack** 包，**-age** 名詞字尾〕包裹；一（整）套
packer	〔**pack** 包，**-er** 表示人或物〕包裝工人，打包機
packet	〔**pack** 包，**-et** 表示小〕小包（裹），小捆，封套
packhouse	〔**pack** 包，**house** 房屋〕加工包裝廠，倉庫
packing	〔**pack** 包，**-ing** 名詞字尾〕包裝，打包
prepack	〔**pre-** 預先〕預先包裝（食品等）
prepackage	〔見上〕預先包裝
repackage	〔**re-** 重新〕重新包裝

373

| subpackage | 〔sub- 分〕分裝，分包 |
| unpack | 〔un 取消，相反〕拆（包），打開（包裹等） |

● page 〔頁〕
403

paginal	〔pag(e) 頁，-in，-al …的〕頁的，每頁的
paginate	〔見上，-ate 動詞字尾〕標記頁碼，標記頁數
pagination	〔見上，-ation 名詞字尾〕標記頁數；頁碼，頁數
back-page	〔back 後〕登在報紙最後幾頁的，不太有新聞價值的
front-page	〔front 前；「前頁→第一頁」〕（新聞）頭版的
full-page	〔full 全〕全頁的，整版的
head-page	〔head 頭；「頭頁」〕（書的）扉頁

● pain 〔痛，痛苦〕
404

pained	〔pain 痛苦，-ed …的〕痛苦的
painful	〔pain 痛，-ful …的〕使痛的，使痛苦的
pain-killer	〔pain 痛，kill 殺→扼殺，扼止，-er 表示物〕止痛藥
painless	〔pain 痛，-less 無，不〕無痛（苦）的，不痛的
painstaking	〔=taking pains〕苦幹的，費力的，艱苦的；苦幹
painstakingly	〔見上，-ly …地〕，費力地，艱苦地

| afterpains | 〔after 後，pains 痛〕產後痛 |

● paint [畫，描寫，油漆]
405

paintbrush	〔brush 刷子〕畫筆，漆刷
painted	〔paint 畫，油漆，-ed …的〕著色的，上了漆的
painter	〔paint 畫，油漆，-er 人〕畫家，繪畫者，油漆工
painting	〔paint 畫，油漆，-ing 名詞字尾〕上油漆，著色，繪畫
repaint	〔re- 重新〕重新塗（漆），重畫
word-painter	〔word 文字，painter 描寫者〕能用文字生動描述者

● paper [紙]
406

paper-cut	〔cut 切，剪〕剪紙
paperhanger	〔見上，-er 人〕裱糊工人
paperhanging	〔hang 懸掛，吊；「把紙吊上→把紙糊上」〕裱糊
papermaker	〔paper 紙，maker 製造者〕造紙者，造紙工
papermaking	〔paper 紙，making 製造〕造紙
paper-thin	〔thin 薄〕薄如紙的
papery	〔-y 如…的〕像紙的
endpaper	〔end 端；「書籍兩端的紙頁」〕蝴蝶頁

P

flypaper	〔**fly** 蠅〕黏蠅紙，毒蠅紙
newspaper	〔**news** 新聞〕報紙，報
newspaperman	〔見上，**man** 人〕新聞記者
notepaper	〔**note** 筆記〕便條紙，信紙

⊙ party 〔黨，黨派〕
407

partisan	（盲目）支持的；熱衷的（黨派）支持者
intraparty	〔**intra-** 內，在內〕黨內的
multipartism	〔**multi-** 多，**party** 黨，**-ish** 表示制度〕多黨制
multiparty	〔**multi-** 多，**party** 黨〕多黨的
nonpartisan	〔**non-** 非，見上〕超黨派的，不受黨派控制的
nonparty	〔**non-** 非〕無黨派的，非黨的，黨外的
out-party	〔**out** 外，在野的〕在野黨，非執政黨

⊙ pass 〔經過，通過〕
408

passable	〔**pass** 通過，**-able** 可…的〕可通行的，能通過的
passage	〔**pass** 通過，**-age** 名詞字尾〕通過，經過，通道
passageway	走廊，通道
passer-by	過路人，經過者
passport	〔**pass** 通過，**port** 港口〕護照
password	〔**pass** 通過，**word** 話→暗號〕口令；密碼

bypass	〔**by** 旁;「從旁通過」〕繞過,避開
impassable	〔**im-** 不,見上〕不能通行的
impasse	〔**im-** 不;「不能通過」〕死路,死胡同
overpass	〔**over-** 上面,**pass** 通過〕越過;天橋
repass	〔**re-** 再〕再經過,再通過
surpass	〔**sur-** 上;「從上通過」〕勝過
surpassing	〔見上,**-ing** …的〕卓越的,非凡的
underpass	〔**under-** 下面,**pass** 通過〕地下道,地道
unsurpassed	〔**un-** 未〕未被超越(或勝過)的,無比的

⊙ 409 path 〔路,小道〕

pathbreaker	〔**path** 路,**break** 破→開,**-er** 者〕開路人,開拓者
pathfinder	〔**path** 路,**find** 尋找,**-er** 者〕領航人員,探路者,開拓者
pathfinding	〔見上,**-ing** 名詞字尾〕領航,導航
pathless	〔**path** 路,**less** 無〕無路的,未被踩踏過的
pathway	小路,小徑
footpath	〔**foot** 腳,步行,**path** 路〕人行道,小路

P

⊙ 410 patriot 〔愛國者〕

patrioteer	〔**-eer** 人〕打著愛國主義的幌子而謀私利的人

patriotic	〔**patriot** 愛國者，**-ic** …的〕愛國的
patriotics	〔**ics** 活動〕愛國活動，愛國精神的表現
patriotism	〔**-ism** 主義〕愛國主義，愛國精神，愛國心
compatriot	〔**com-** 同〕同國人，同胞
unpatriotic	〔**un-** 不〕不愛國的，無愛國心的

🔊 411 pay ［支付，付款］

payable	〔**pay** 支付，**-able** 可…的〕可支付的
payday	〔**pay** 薪水〕發薪日
payee	〔**-ee** 被…的人〕收款人
payer	〔**pay** 支付，**-er** 者〕付款人
payment	〔**pay** 支付，**-ment** 名詞字尾〕支付的款項
payout	〔**out** 出〕花費，支出
half-pay	〔**half** 半，**pay** 薪水〕半薪
nonpayment	〔**non-** 不〕不支付，無力支付
overpay	〔**over-** 過多〕多付（錢款），付得過多
prepaid	〔**pre** 預先，**paid**（**pay** 的過去分詞）已付的〕預先支付的
prepay	〔**pre-** 預先，**pay** 付款〕預先支付（郵資等）
prepayable	〔見上，**-able** 可…的〕可預付的
prepayment	〔見上，**-ment** 名詞字尾〕預付
repay	〔**re-** 回，「付回」〕償還，報答

378

repayable	〔見上，**-able** 可…的〕可償還的
repayment	〔見上，**-ment** 名詞字尾〕償還
short-paid	〔**short** 短缺，少〕欠資的
taxpayer	〔**tax** 稅〕納稅人
underpaid	〔見下，**paid** 付資的〕少付工資的
underpay	〔**under-** 少，不足〕少付工資
unpaid	〔**un-** 未〕未付的
well-paid	〔**well** 好，優，**paid** 付工資的〕薪水高的，報酬優渥的

🔊 peace [和平，平靜]
412

peaceable	〔**peace** 和平，**-able** …的〕平和的，平靜的
peacebreaker	〔**breaker** 破壞者〕破壞和平的人，擾亂治安者
peaceful	〔**peace** 和平，**-ful** …的〕和平的，平靜的，太平的
peace-loving	〔**loving** 愛…的〕愛好和平的
peacemaker	〔**peace** 和平，**make** 製造，**-er** 者〕調解人，和事佬
peacemaking	〔**making** 製造，創造；「創造和平」〕調解，調停；調解的
peacemonger	〔**monger** 專做…的人〕一味乞求和平的人
peacenik	〔**-nik** 表示人〕反戰運動分子
peacetime	〔**time** 時期〕和平時期

P

379

appease	〔ap- 加強意義，pease=peace 平靜〕平息，安撫
appeasement	〔見上，-ment 名詞字尾〕平息，安撫
inappeasable	〔in- 不〕難平息的，難勸解的
unappeasable	〔un- 不〕不能平息的，無法平息的

413 people [人民]

people-to-people	人民之間的
dispeople	〔dis- 取消，消除〕消滅（或減少）…的人口
overpeopled	〔over- 過甚，people 人，住人〕人口過密的，居民太多的
repeople	〔re- 再，重新〕使人重新注入
townspeople	〔town 城鎮〕鎮民，市民，城裡生長的人
tradespeople	〔trade 商業〕商人
unpeople	〔un- 無〕使成無人地區；使減少人口
unpeopled	〔un- 無〕無人居住的；人口減少的
workpeople	工人們，勞工們

414 perfect [完全，完美，完善]

perfectible	〔-ible 可…的〕可改善的，可完成的
perfection	〔-ion 名詞字尾〕盡善盡美，完整無缺
perfective	〔-ive …的〕導致完美的，改善的

perfectly	〔**-ly** …地〕完全地，完美地，完善地
imperfect	〔**im-** 不，**perfect** 完美的〕不完美的，不完整的
imperfectible	〔見上，**-ible** 可…的〕不完善的
letter-perfect	〔**letter** 字〕字字正確，完全正確的
word-perfect	〔**word** 字〕一字不錯地熟記的

🔊 415 person 〔人，個人〕

personal	〔**person** 個人，**-al** …的〕個人的，私人的，親自的
personality	〔**-ality** 名詞字尾，表性質〕個性，人格，品格
personalization	〔**-ization** 名詞字尾〕個人化，人格化，擬人化
personalize	〔**-ize** …化〕使個人化，使人格化，使擬人化
personally	〔**person** 個人，**-al** …的，**-ly** …地〕親自地
personate	〔**person** 人，**-ate** 動詞字尾〕扮演（某人），冒充
personification	〔**person** 人，**-i-**，**-fication** 名詞字尾〕擬人，人格化，體現
personify	〔**person** 人，**-i-**，**-fy** 動詞字尾〕擬（某物）為人，賦與…以人性，使人格化
personnel	全體人員
chairperson	主席
depersonalize	〔**de-** 除去，取消〕使失去個性，使與個人無關
impersonal	〔**im-** 非，**person** 個人，**-al** …的〕非個人的
impersonality	〔見上，**-ality** 名詞字尾〕與個人無關

P

interpersonal	〔inter- 在…之間〕人與人之間的
newsperson	〔news 新聞〕新聞報告員，新聞編輯
salesperson	〔sale 售〕售貨員
transpersonal	〔trans- 越過〕超越個人的，非個人的

🔵 416 pity ［憐憫，同情］

pitiable	〔pit(y→i) 憐憫，-able 可…的〕可憐的
pitiful	〔見上，-ful …的〕可憐的
pitiless	〔見上，-less 無…的〕沒有憐憫心的，無情的
pitilessly	〔見上，-ly …地〕沒有憐憫心地，無情地
self-pity	〔self- 自己，pity 憐憫〕自憐
unpitied	〔un- 不，無〕得不到憐憫的，沒人同情的

🔵 417 place ［地方，位置，安放］

placeless	〔less 無…的〕沒有固定位置的
placement	〔place 安放，-ment 名詞字尾〕放置，佈置，安排
anyplace	〔any 任何〕在任何地方，無論何處
birthplace	〔birth 出生〕出生地，故鄉，發源地
displace	〔dis- 不；「使不在原來地方」〕移置，轉移，撤換，取代
displaceable	〔見上，-able 可…的〕可移置的，可取代的

displacement	〔見上，-ment 名詞字尾〕移置，轉移，取代
fireplace	〔fire 火；「生火的地方」〕壁爐
irreplaceable	〔ir- 不〕不能恢復原狀的；不能替代的
misplace	〔mis- 錯誤，place 安放〕錯置
misplacement	〔見上，-ment 名詞字尾〕錯置
replace	〔re- 回，place 安放〕把…放回原處；使恢復（原職）；替換
replaceable	〔見上，-able 可…的〕可放回原處的；可替換的
replacement	〔見上，-ment 名詞字尾〕歸還，復職；替換
resting-place	〔resting 休息〕休息處，墳墓
someplace	〔some 某〕在某處，某地
unplaced	〔un- 未，place 安放，安置，-ed …的〕未受到安置的，沒有固定位置的

🔵 plan [計劃]
418

P

planless	〔plan 計劃，-less 無…的〕無計劃的
planlessly	〔見上，-ly …地〕無計劃地
planned	〔plan 計劃，-ed …的〕（按照）計劃的，（事先）安排的
planner	〔-er 者〕計劃者，設計者
planning	〔-ing 名詞字尾〕計劃的制定，規劃，設計
preplan	〔pre- 預先，plan 計劃〕預先計劃

| unplanned | 〔un- 未，無，planned 計劃的〕無計劃的，未經籌劃的 |

plane [飛機]
419

deplane	〔de- 離開，下〕下飛機，使下飛機
emplane	〔em- 入內〕乘飛機，使乘飛機
floatplane	〔float 漂浮〕水上飛機
lightplane	〔light 輕〕輕型飛機（尤指私人小飛機）
mailplane	〔mail 郵政〕郵政飛機
monoplane	〔mono- 單〕單翼飛機
multiplane	〔multi- 多〕多翼飛機
sailplane	〔sail 翱翔〕翱翔機
seaplane	〔sea 海〕水上飛機
superplane	〔super- 超級〕超級飛機
taxiplane	出租飛機
warplane	〔war 戰爭→軍用〕軍用飛機

plant [植物，種植]
420

plantable	〔plant 種植，-able 可…的〕可種植的，可開墾的
plantation	〔plant 種植，-ation 名詞字尾〕種植；種植園
planter	〔plant 種植，-er 者〕種植者，種植園主；種植器

planting	〔plant 種植，-ing 名詞字尾〕種植，栽植，植樹造林
eggplant	〔egg 蛋，plant 植物〕茄子
replant	〔re- 再，重新〕再植，改種，重新栽培
replantation	〔見上，-ation 名詞字尾〕再植，改種
rush-plant	〔rush 搶先，趕緊，plant 種植〕搶種
transplant	〔trans- 轉移〕移植，移種
transplantation	〔見上，-ation 名詞字尾〕移植，移種
transplanter	〔見上，-er 表示人或物〕移植者，移植機

⚡ play [玩，表演，戲劇]
421

playbook	〔play 戲劇，book 書〕劇本
playboy	〔play 玩，遊戲，boy 少年〕花花公子，追求享樂者
player	〔-er 者〕遊戲（或玩耍）的人，演員；比賽者
playful	〔play 玩，-ful …的〕愛玩耍的，開玩笑的
playgoer	〔play 戲劇，goer 常去…的人〕常去看戲的人，戲迷
playground	〔play 玩，遊戲，ground 場地〕操場，遊戲場
playhouse	〔play 戲劇，house 房屋〕劇場
playlet	〔play 戲劇，-let 表示小〕短劇
playsome	〔-some …的〕愛玩耍的人，頑皮的，嬉笑的

P

385

plaything	玩具，玩物，被玩弄的人
playwriting	〔play 戲劇，writing 寫作〕劇本創作
byplay	〔by- 非正式，play 劇〕（主題以外）穿插的演出
handplay	互毆，扭打
horseplay	〔horse 馬，play 遊戲〕（作）粗鄙而喧鬧的遊戲，胡鬧
misplay	〔mis- 錯誤〕（球類等運動中的）動作錯誤，失誤
nonplay	〔non- 非，play 戲劇〕不像樣的戲劇
screenplay	〔screen 銀幕→電影〕電影劇本
swordplay	〔sword 劍〕舞劍，劍術
teleplay	〔tele 電視，play 戲劇〕電視廣播劇

⊕ please [使高興，使愉快]
422

pleasant	〔pleas(e) 使愉快，-ant …的〕令人愉快的
pleasantry	〔見上，-ry 表示抽象名詞〕開玩笑，幽默
pleasing	〔pleas(e) 使高興，-ing …的〕使人愉快的
pleasurable	〔pleasur(e) 愉快，-able …的〕令人愉快的
pleasure	〔pleas(e) 使愉快，-ure 表示抽象名詞〕愉快，快樂，高興，滿足，樂事
pleasure-boat	〔pleasure 快樂，遊樂，boat 船〕遊船
pleasure-seeker	〔pleasure 愉快，seeker 追求者〕追求享樂的人
pleasure-seeking	〔pleasure 愉快，seeking 追求〕享樂主義

displease	〔dis- 不，please 使高興〕使不高興，使不愉快
displeasing	〔見上，-ing …的〕使人不愉快的
displeasure	〔dis- 不，見上〕不愉快，不高興，不滿
unpleasant	〔un- 不，見上〕使人不愉快的
unpleasantry	〔見上，-ry 表示抽象名詞〕不愉快的事件
unpleasing	〔un- 不，見上〕使人不愉快的，討厭的

🔊 423 point ［尖，點，指］

pointed	〔point 尖，-ed …的〕尖的，尖銳的，尖角的
pointer	〔point 指，-er 表示人或物〕指示者，指示物，指針，教鞭
pointy	〔point 尖，-y …的〕非常尖的
gunpoint	〔gun 槍，point 尖端〕槍口
pinpoint	〔pin 針，point 尖〕針尖，極尖的頂端
standpoint	〔stand 立，point 點〕立場，觀點
strongpoint	〔strong 強，堅固〕防守上的戰術據點
viewpoint	〔view 看，point 點〕觀點，看法，見解

P

🔊 424 political ［政治的］

| politicalize | 〔-ize …化〕使政治化，使具有政治性 |
| politically | 〔political 政治的，-ly …地〕政治上地 |

politician	〔-ian 表示人〕政治家，政客，從政者
politicize	〔-ize 動詞字尾〕搞政治，談論政治
politics	〔-ics …學〕政治學，政治
apolitical	〔a- 不〕不關心政治的
nonpolitical	〔non- 非〕非政治的，無關政治的
nonpolitician	〔non- 非，見上〕非政治家
supra-politics	〔supra- 超〕超政治的
unpolitical	〔un- 非，不〕非政治的，無政治意義的

🔊 popular [通俗的，流行的]
425

popularity	〔popular 通俗的，-ity 名詞字尾〕通俗性，大眾性，普及，流行
popularization	〔popular 通俗的，-ization 名詞字尾〕普及，推廣，通俗化
popularize	〔-ize 使…〕使普及，推廣；普及化，通俗化
popularizer	〔見上，-er 者〕普及者，推廣者
unpopular	〔un- 不〕不流行的，不通俗的，不受歡迎的
unpopularity	〔見上，-ity 名詞字尾〕不流行，不通俗，不受歡迎

🔊 population [人口]
426

| populationist | 〔-ist 者〕主張控制人口增長論者 |

depopulation	〔de- 降低，減少〕人口減少
intrapopulation	〔intra- 內〕人口內部的
overpopulation	〔over- 過，超過，過多〕人口過剩
underpopulated	〔under- 不足，-ed …的〕人口極少的，人口不足的
underpopulation	〔under- 不足〕人口極少，人口不足

⊕ 427 port ［港，機場］

airport	〔air 航空，port 機場〕機場
anteport	〔ante- 前，port 港〕前港，外港
heliport	〔heli (=helicopter) 直升機〕直升機機場
jetport	〔jet 噴射機，port 機場〕噴射機機場
outport	〔out- 外，port 港〕外港，輸出港
passport	〔pass 通過，port 港〕護照
seaport	〔sea 海，port 港〕海港，港市

P

⊕ 428 position ［位置］

positional	〔position 位置，-al …的〕位置的，地位的
contraposition	〔contra- 相對；「擺在相對位置上」→〕對照，針對
interposition	〔inter- 在…之中；「置於其中」→插入其中→〕插入，干涉

389

malposition	〔mal- 錯誤，position 位置〕錯位，胎位不正
postposition	〔post- 後〕置於詞後，後置詞
preposition	〔pre- 前，position 位置，放置〕前置詞，介系詞
prepositional	〔見上，-al …的〕前置詞的，介系詞的
transposition	〔trans- 轉換〕互換位置，調換，對換

 possess [佔有]

possession	〔possess 佔有，-ion 名詞字尾〕佔有，擁有，所有，所有權，佔有物，所有物，財產
possessive	〔possess 佔有，-ive …的〕佔有的，所有的
possessor	〔possess 佔有，-or 者〕佔有者，所有者
possessory	〔possess 佔有，-ory …的〕佔有的，所有（性）的
dispossess	〔dis- 不；「不佔有」〕使不再佔有，剝奪
dispossession	〔見上，-ion 名詞字尾〕奪取，剝奪
self-possessed	〔self- 自己，possess 佔有→控制，-ed …的，「自我控制的」〕有自制力的，沉著的，冷靜的
self-possession	〔見上，-ion 名詞字尾〕自制，沉著，冷靜

 power [力量，強國]

| powerboat | 〔power 動力，boat 船〕動力船，汽艇 |
| powerful | 〔power 力量，-ful 有…的〕強而有力的，強大的 |

power-holder	〔**power** 力量→權力，**holder** 掌握者〕當權派，實權派
powerhouse	〔**power** 力量，動力，**house** 房屋，機構〕發電站
powerless	〔**power** 力量，**-less** 無〕無力量的，軟弱的
powermonger	〔**power** 力量→權力，**monger** 專做…的人〕權力鬥爭者，爭奪權力者
all-powerful	〔**all** 非常，十分〕最強大的，無所不能的
atom-powered	〔**atom** 原子，**power** 動力，**-ed** …的〕原子動力的
brainpower	〔**brain** 頭腦，智慧〕智能，智囊
empower	〔**em-** 使…，**power** 權力〕使有權力，授權
firepower	火力
great-power	〔**great** 大，**power** 強國〕大國的
great-powerism	〔見上，**-ism** 主義〕大國主義
nuclear-powered	〔**nuclear** 核，**power** 力量，動力〕核能的
overpower	〔**over-** 上面，從上面，**power** 力量〕壓制，制服
superpower	〔**super-** 超級，**power** 強國〕超級大國
waterpower	水力，水力發電
willpower	〔**will** 意志〕意志力

431 practice ［實行，實踐］

practicability	〔**practic(e)** 實行，**-ability** 可…性〕可行性
practicable	〔**practic(e)** 實行，**-able** 能…的〕能實行的

P

practical	〔**practic(e)** 實踐，**-al** …的〕實踐的，實際的
practicalism	〔**practical** 實際的，**-ism**主義〕實際主義
practicality	〔見上，**-ality** 表示性質〕實踐性，實際性
practically	〔見上，**-ly** …地〕實際上地，事實上地
practician	〔**practic(e)** 實踐，**-ian** 表示人〕有實踐經驗者
practise	〔音變：**c-s**〕實行，實踐，實習
impracticability	〔**im-** 不，**practic(e)** 實行，**-able** 能…的〕不能實行，行不通
impracticable	〔**im-** 不，見上〕不能實行的
impractical	〔**im-** 不，見上〕不切實際的
impracticality	〔見上〕不切實際
malpractice	〔**mal-** 惡，壞，**practice** 實行→行為〕失職行為
unpractical	〔**un-** 不，**practical** 實際的〕不切實際的，不實用的
unpracticed	〔**un-** 未，**practice** 實行，練習〕未實行過的，未經練習的

🔊 432 praise ［讚揚］

praiseful	〔**praise** 讚揚，**-ful** …的〕讚不絕口的，讚揚的
praiseworthily	〔**praise** 讚揚，**worthy** 值得的，**-ly** …地〕值得讚揚地，可嘉地
praiseworthy	〔**praise** 讚揚，**worthy** 值得的〕值得讚揚的
dispraise	〔**dis-** 不，相反；「不讚揚」，「與讚揚相反」〕貶損，譴責

| overpraise | 〔over- 過分，praise 讚揚〕過分稱讚，過獎 |
| self-praise | 〔self- 自己，自我，praise 讚揚〕自我吹噓 |

🔊 433 prepare ［準備］

preparation	〔prepar(e) 準備，-ation 名詞字尾〕準備
preparative	〔prepar(e) 準備，-ative …的〕準備的，預備的
preparatory	〔prepar(e) 準備，-atory …的〕準備的，預備的 〔轉為名詞〕預備學校，預料
prepared	〔prepare 準備，-ed …的〕有準備的，準備好的
preparedly	〔見上，-ly …地〕有準備地，準備好地
preparedness	〔見上，-ness 名詞字尾〕有準備，準備好，作好 準備
unprepared	〔un- 無，未〕無準備的，尚未準備好的

P

🔊 434 press ［壓，壓印，印刷，報刊］

pressman	〔press 壓印，印刷→刊物，報刊〕印刷工人，新 聞工作者
pressure	〔press 壓，-ure 名詞字尾〕壓，擠，壓力
presswork	〔press 壓印，印刷〕印刷業務，印刷品
compress	〔com- 共同，press 壓；「to press together」 →〕壓縮，濃縮

compressible	〔見上，**-ible** 可…的〕可壓縮的，可濃縮的
compression	〔見上，**-ion** 名詞字尾〕壓縮，濃縮，凝縮
compressive	〔見上，**-ive** …的〕有壓力的，壓縮的
compressor	〔見上，**-or** 表示物〕壓縮機，壓氣機
decompress	〔**de-** 取消，除去，減去，**compress** 壓縮〕（使）減壓
decompressor	〔見上，**-or** 表示物〕減壓器
depress	〔**de-** 下，**press** 壓〕壓低，降低，壓下，使消沉
depressed	〔見上，**-ed** …的〕壓低的，降低的，意氣消沉的
depressible	〔見上，**-ible** 可…的〕可壓低的，可降低的
depression	〔見上，**-ion** 名詞字尾〕壓低，降低；意氣消沉，沮喪
impress	〔**im-** 入，**press**，壓；「壓入」，「在上面壓」→〕壓印，給…極深的印象
impression	〔見上，**-ion** 名詞字尾〕壓印，印記；印象
impressive	〔見上，**-ive** …的〕給人印象深刻的，感人的
oppress	〔**op-** 表示加強意義，**press** 壓〕壓迫
oppression	〔見上，**-ion** 名詞字尾〕壓迫
oppressive	〔見上，**-ive** …的〕壓迫的
oppressor	〔見上，**-or** 者〕壓迫者
repress	〔**re-** 回，**press** 壓；「壓回」→〕壓制，鎮壓，抑制
repression	〔見上，**-ion** 名詞字尾〕鎮壓，抑制，約束

repressive	〔見上，-ive …的〕鎮壓的，抑制的，約束的
suppress	〔sup- 下，press 壓；「壓下」→〕鎮壓，壓倒，抑制
suppression	〔見上，-ion 名詞字尾〕鎮壓，抑制
suppressive	〔見上，-ive …的〕鎮壓的，制止的
unimpressive	〔un- 不，非，見上〕給人印象不深的

🔵 435 prevent [防止，預防]

preventable	〔-able 可…的〕可防止的，可預防的
preventability	〔-ability 可…性〕可防止，可預防（性）
preventer	〔prevent 防止，預防，-er 表示人或物〕防止者，預防者；預防藥
prevention	〔prevent 防止，預防，-ion 名詞字尾〕防止，預防
preventive	〔-ive 形容詞兼名詞字尾〕預防的，防止的，預防法，預防藥

🔵 436 price [價格]

price cut	〔price 價格，cut 切，削〕削價的，減價的
price-cutter	〔見上，-er 者〕削價者
priced	〔price 價格，-ed …的〕有定價的，定價的
priceless	〔price 價格，-less 無…的〕無價的
fixed price	〔fixed 固定的，price 價格〕定價

395

market price	〔market 市場，price 價格〕市場上的價格
overprice	〔over- 過分，price 價，定價〕對…定（或估）價過高
underprice	〔under- 不足，在下，price 價格〕對…定（或估）價過低
unpriced	〔un- 無，未，見上〕無一定價格的，未標價的

🔊 437 print ［印，印刷］

printable	〔print 印刷，-able 可…的〕可印刷的，可刊印的，適於出版的
printer	〔print 印，-er 表示人或物〕印刷工人；印表機
printery	〔print 印，，-ery 表示場所〕印刷所，印刷廠
printing	〔print 印刷，-ing 名詞字尾〕印刷，印刷術，印刷業
printless	〔print 印，印痕，-less 無〕無印痕的
printseller	〔print 印→圖片，seller 銷售者，商人〕圖片商
blueprint	〔blue 藍，print 印→圖畫〕藍圖，早期計劃
fingerprint	〔finger 手指，print 印〕指紋印，手印
footprint	〔foot 腳，print 印〕腳印，足跡
handprint	〔hand 手，print 印〕手印，手紋
microprint	〔micro- 微，print 印，印刷品〕縮微印刷品
misprint	〔mis- 錯誤，print 印〕印錯，誤印

offprint	〔**off** 離，分開，**print** 印；「分開印」→「單獨印」〕單行本
photoprint	〔**photo** 照相，**print** 印〕影印
reprint	〔**re-** 重，再，**print** 印〕重印，再版，再版本
teleprinter	〔**tele** 電傳，**printer** 印表機〕電傳打字印報機
unprintable	〔**un-** 不，見上〕不能付印的，不宜付印的
woodprint	〔**wood** 木，**print** 印→圖片，畫〕木版畫

⊙ 438 prison ［監獄］

prisoner	〔**prison** 監獄，**-er** 表示人〕囚犯，俘虜
imprison	〔**im-** 入，**prison** 監獄〕關押，監禁
imprisonment	〔見上，**-ment** 名詞字尾〕關押，監禁
in-prison	〔**in-** 內，**prison** 監獄〕獄中的

P

⊙ 439 produce ［生產，製造］

producer	〔**-er** 者〕生產者
producer-city	〔**city** 城市〕生產城市
producible	〔**-ible** 可…的〕可生產的，可製造的
product	產品，產物，產量
production	生產，製作，產品，產量
productive	〔**-ive** …的〕生產的，生產性的

productivity	〔-ivity 名詞字尾〕生產率，生產力
by-product	〔by- 副，produce 產品〕副產品
mass-produce	〔mass 大量，produce 生產〕成批生產
nonproductive	〔non-不，非〕不能生產的，非生產性的
overproduce	〔over- 過度，過分地，produce 生產〕過度生產
overproduction	〔見上，-tion 名詞字尾〕生產過剩
reproduce	〔re- 再，produce生產〕再生產，再造，複製
reproducible	〔見上，-ible 可…的〕可再生產的
reproduction	〔見上〕再生產，再生產過程；複製（品）
reproductive	〔見上，-ive …的〕再生產的，複製的
underproduction	〔under- 不足，production 生產〕生產不足
unproductive	〔un- 不，見上〕不生產的，非生產性的

🔊 440 profession ［職業］

professional	〔profession 職業，-al …的〕職業（上）的，職業性的，專業的
professionalism	〔-ism 表性質〕職業特性，職業作風
professionalize	〔-ize …化〕（使）職業化，（使）專業化
professionally	〔見上，-ly …地〕職業性地，專業地
professionless	〔-less 無…的〕無職業的
nonprofessional	〔non- 無，未〕無職業的，未經專業訓練的
semiprofessional	〔semi- 半〕半職業性的

| unprofessional | 〔**un-** 非〕非職業性的，非專業的 |

441 profit ［益處，利益，利潤］

profitable	〔**profit** 益處，利益，**-able** …的〕有益的，有用的，有利（可圖）的
profiteer	〔**profit** 利潤，**-eer** 表示人〕牟取暴利者，投機商
profiteering	〔見上，**-ing** 名詞字尾〕牟取暴利，投機活動
profit-hungry	〔**profit** 利潤，**hungry** 飢餓的，渴望的→貪求的〕貪求利潤的
profitless	〔**profit** 利益，**-less** 無…的〕無益的，無利可圖的
superprofit	〔**super-** 超，**profit** 利潤〕超額利潤
unprofitable	〔**un-** 無，見上〕沒有利益的，賺不到錢的

442 progress ［前進，進步］

progression	〔**progress** 前進，**-ion** 名詞字尾〕前進，行進，進步
progressional	〔見上，**-al** …的〕向前進行的
progressist	〔**-ist** 表示人〕進步分子，進步黨派的成員
progressive	〔**progress** 前進，進步，**-ive** 形容詞兼名詞字尾〕進步的，向前進的；進步分子，進步人士
progressively	〔見上，**-ness** 名詞字尾〕進步，先進

| progressiveness | 〔見上，**-nes** 名詞字尾〕進步，先進 |
| progressivism | 〔見上，**-ism** 主義→見解，主張〕進步人士的歧見，進步黨人的主張 |

🔵 443 pronounce [發音]

pronounceable	〔**pronounce** 發音，**-able** 可…的〕可發音的
pronounced	〔**pronounce** 發音，**-ed** …的〕發…音的
pronunciation	〔**-ation** 名詞字尾〕發音
pronunciational	〔見上，**-al** …的〕發音的
mispronounce	〔**mis-** 錯誤〕發錯音，讀錯音
mispronunciation	〔見上，**-ation** 名詞字尾〕發音錯誤，讀錯音的字
unpronounceable	〔**un-** 不，見上〕不能發音的

🔵 444 propose [提議，建議]

proposal	〔**propos(e)** 提議，**-al** 名詞字尾〕提議，建議，提案
proposer	〔**propos(e)** 提議，**-er** 者〕提議者，提出者
proposition	〔**propos(e)** 提議，**-ition** 名詞字尾〕提議，建議
propositional	〔見上，**-al** …的〕提議的，建議的
counterproposal	〔**counter-** 相反，見上〕反提案

⚲ 445 protect [保護]

protection	〔protect 保護，-ion 名詞字尾〕保護，保衛；防護物
protectionism	〔見上，-ism 主義〕保護（貿易）主義，保護（貿易）制
protectionist	〔見上，-ist …的〕保護（貿易）主義者，保護（貿易）制的
protective	〔protect 保護，-ive …的〕保護的，防護的
protector	〔protect 保護，-or 者〕保護者，防禦者；保護裝置
overprotect	〔over- 過分〕過份保護
unprotected	〔un- 無，未〕沒有防衛的，未設防的

⚲ 446 pure [純的，純潔的]

P

purification	〔pur(e) 純淨的，-i-，-fication 名詞字尾〕純化，淨化，洗淨，提純
purifier	〔見上，-fier 使…的人或物〕使潔淨的人或物
purify	〔pur(e) 純淨的，-i-，-fy 使…〕使純淨，使潔淨
purity	〔pur(e) 純淨的，-ity 名詞字尾〕純淨，純潔，潔淨
impure	〔im- 不，pure 純潔的〕不純的，不純潔的
impurity	〔見上〕不純，不潔

question [問題，詢問]
447

questionable	〔question 問題，疑問，**-able** 可…的〕可疑的，有問題的
questionably	〔question 問題，疑問，**-ably** 可…地〕可疑地，有問題地
questionary	〔question 詢問，**-ary** 形容詞字尾，…的〕詢問的
questioner	〔question 詢問，**-er** 者〕詢問者，審問者
questionless	〔question 問題，疑問，**-less** 無〕無疑問的
cross-question	〔cross 交叉→反覆，question 詢問〕盤問
self-questioning	〔self- 自己；「自己問自己」→〕反省
unquestionable	〔un- 未，question 疑問，**-able** …的〕毫無疑問的
unquestioned	〔un- 未，不，question 疑問，審問，**-ed** 被…的〕無須審問的；沒有疑問的
unquestioning	〔un- 未，question 詢問，疑問，**-ing** …的〕不提出疑問的

quick [快]
448

quick-eared	〔quick 快，靈敏，**-ear** 耳，**-ed** …的〕聽覺靈敏的
quicken	〔**-en** 動詞字尾，使…〕加快
quickening	〔quicken 加快，**-ing** …的〕加快的
quick-eyed	〔quick 快，靈敏，eye 眼睛，**-ed** …的〕眼尖的

402

quickly	〔quick 快，-ly …地〕很快地，迅速地
quickness	〔-ness 名詞字尾〕快，迅速
quicksand	〔quick 快→活動的→流動的，sand 沙〕流沙，流沙區
quick-sighted	〔quick 快，靈敏，sight 視力，-ed …的〕眼尖的
quicksilver	〔quick 快→活動的，sliver 銀〕水銀，汞
quickstep	〔quick 快，step 步〕輕快舞步，快速進行曲
quick-witted	〔quick 快，靈敏，wit 智力，-ed …的〕機智的
double-quick	〔double 雙倍，quick 快〕快步的，急速的
overquick	〔over- 過分，quick 快〕過快的

449 quiet [靜]

quieten	〔quiet 靜，-en 動詞字尾，使…〕使平靜，使平息，平靜下來
quietly	〔quiet 靜，-ly 副詞字尾…地〕平靜地，靜止地
quietness	〔quiet 靜，-ness 名詞字尾〕平靜，安靜，靜止
quietude	〔quiet 靜，-tude（略去 t）名詞字尾〕平靜，寂靜
disquiet	〔dis- 不〕不平靜，不安，焦慮，使不安
disquietude	〔見上，-tude（略去 t）名詞字尾〕不安，焦慮
inquiet	〔in- 不，quiet 靜，安靜〕不安，焦慮
inquietude	〔見上，-tude（略去 t）名詞字尾〕不安，焦慮
unquiet	〔un- 不〕不平靜的，動盪的；不安，動盪

Q

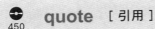

quote [引用]

quotable	〔quot(e) 引用，-able 可⋯的〕可引用的，適於引用的
quoter	〔quot(e) 引用，-er 者〕引用者
quotation	〔quot(e) 引用，-ation 名詞字尾〕引用，引證，引文，引語
quotative	〔quot(e) 引用，-ative 形容詞字尾〕引用的
quoteworthy	〔quote 引用，worthy 值得的〕值得引用的
misquotation	〔mis- 錯誤，quote 引用，-ation 名詞字尾〕引用錯誤，誤引的文字
misquote	〔mis- 錯誤，quote 引用〕錯誤地引用

race [種族]

racial	〔rac(e) 種族，-ial 形容詞字尾，⋯的〕種族的
racialism	〔見上，-ism 主義〕種族主義，種族歧視
racialist	〔見上，-ist 者〕種族主義者
racism	〔rac(e) 種族，-ism 主義〕種族主義，種族歧視
racist	〔rac(e) 種族，-ist 者〕種族主義者（的）
antiracism	〔anti- 反對，-racism 種族主義〕反種族主義，反種族歧視
antiracist	〔anti- 反對，racist 種族主義者〕反種族主義者（的）

interracial	〔inter- 在…之間，rac(e) 種族，-ial …的〕不同種族之間的
multiracial	〔multi- 多，rac(e) 種族，-ial …的〕多種族的
multiracialism	〔見上，-ism 主義〕多種族主義

● 452 rain ［雨］

rainbow	〔rain 雨，bow 弓，弓形，弧形；「雨後天空出現的彩色弧形」〕彩虹
raincoat	〔rain 雨，coat 衣〕雨衣
raindrop	〔rain 雨，drop 雨〕雨滴
rainfall	〔rain 雨，fall 降落〕一場雨，（降）雨量
rain hat	〔rain 雨，hat 帽〕雨帽
rainless	〔rain 雨，-less 無〕無雨的，缺雨的
rainmaker	〔rain 雨，maker 製造者〕人工降雨者；求雨者
rainmaking	〔rain 雨，making 製造〕人工降雨；求雨
rainproof	〔rain 雨，proof 防…的〕防雨的
rainstorm	〔rain 雨，storm 風暴〕暴風雨
raintight	〔rain 雨，tight 緊的，不漏的〕不漏雨的
rainwash	〔rain 雨，wash 洗，沖刷〕雨水沖刷；被雨刷沖走的東西
rainy	〔rain 雨，-y 多…的〕多雨的，下雨的

Q
R

raise [舉起，升起]

raised	〔-ed …的〕高起來的
raiser	〔-er 者〕舉起者，提高者，培養者
fire-raising	〔fire 火，rais(e) 升起→點起，-ing 名詞字尾〕縱火罪
hair-raiser	〔見上，-er 表示物〕使人毛髮豎起的東西（或事物）
hair-raising	〔hair 毛髮，rais(e) 升起，豎起，-ing …的〕使人毛髮豎起的，恐怖的
upraise	〔up- 上，raise 舉〕舉起，提高

reach [到達，伸及]

earreach	〔ear 耳，reach 伸及〕聽覺所及的範圍
eyereach	〔eye 眼，reach 伸及；〕視野，視界
far-reaching	〔far 遠，reach 到達，伸及，-ing…的〕深遠的
outreach	〔out- 超過，reach 伸及的範圍〕超出…的範圍，伸出去，走得太遠
unreachable	〔un- 不，reach 到達，-able 能…的〕不能到達的，得不到的

read [讀]

readable	〔**read** 讀，**-able** 可…的〕易讀的，可看懂的
reader	讀者，讀本，讀物
reading	〔**-ing** 名詞兼形容詞字尾〕閱讀；閱讀的
blind-reader	〔**blind** 盲〕（郵局的）辨字員
deep-read	〔**deep** 深→透；「深讀」，「讀透」〕熟讀的，通曉的
microreader	〔**micro-** 微，**reader** 閱讀器〕顯微閱讀器
misread	〔**mis-** 錯誤，**read** 讀〕讀錯
newsreader	〔**news** 新聞，**reader** 閱讀者〕新聞報導員
nonreader	〔**non-** 不〕不能閱讀的人，閱讀能力很差的孩子
reread	〔**re-** 再，重新，**read** 讀〕再讀，重新讀
self-reading	〔**self-** 自己〕易讀的
speed-reading	〔**speed** 快速〕快速閱讀
unread	〔**un-** 未〕未經閱讀的，尚未審閱的
unreadable	〔**un-** 不〕不能讀的，難辨認的，不值得讀的
well-read	〔**well** 好，充分，徹底，全面，**read** 讀〕博覽群書的，博學的

R

real ［真正的，現實的〕
456

realism	〔**real** 現實的，**-ism** 主義〕（文藝的）現實主義
realist	〔**real** 現實的，**-ist** 者〕現實主義者，現實主義作家
realistic	〔**real** 現實的，**-istic** 形容詞字尾〕現實的，逼真的

reality	〔**real** 真正的，**-ity** 名詞字尾〕真實，現實
realizable	〔**-able** 可…的〕可實現的
realization	〔**real** 現實的，**-zation** 名詞字尾〕實現
realize	〔**real** 現實的，**-ize** 動詞字尾，使…，「使成為現實」〕實現
really	〔**real** 真正的，**-ly** …地〕真正地，真實地，實在
irrealizable	〔**ir-** 不，**realize** 實現，**-able** 可…的〕不可實現的
neorealism	〔**neo-** 新，見上〕新現實主義
neorealist	〔**neo-** 新，見上〕新現實主義者
surrealism	〔**sur-** 超，見上〕超現實主義
surrealist	〔**sur-** 超，見上〕超現實主義者
unreal	〔**un-** 不〕不真實的，假的
unrealistic	〔**un-** 不，見上〕不現實的，與現實不符的
unreality	〔**un-** 不，**reality** 真實，現實〕不真實，不現實，空想

457 record 〔記錄〕

recordable	〔**record** 記錄，**-able** 可…的〕可記錄（或錄音）的
recordation	〔**record** 記錄，**-ation** 名詞字尾〕記錄，記載
record-breaking	〔**record** 記錄，**break** 打破，**-ing** …的〕打破記錄的
recorder	〔**record** 記錄，**-er** 者〕記錄者，錄音機，記錄器

recording	〔**record** 記錄，**-ing** 名詞字尾〕記錄，錄音
recordist	〔**record** 錄音，**-ist** 人〕錄音員
self-recording	〔**self-** 自己，自動〕自動記錄的
telerecording	〔**tele** 電視〕電視錄影，電視片錄製

🔴 458 red [紅]

red-blooded	〔**blood** 血〕充滿活力的，健壯的
redden	〔**red** 紅，**d** 重複字母，**-en** 動詞字尾，使成…，變成…〕使紅，變紅
reddish	〔**red** 紅，**d** 重複字尾，**-ish** 形容詞字尾，略…的〕略紅的，微紅的，帶紅色的
red-handed	〔**red** 紅→血，**hand** 手，**-ed** …的〕有沾滿血的手的，正在犯罪的，現行犯的
red-pencil	〔修改時用「紅筆」→〕改正，修正，刪除
red-skin	〔**skin** 皮膚〕（北美）印地安人
blood red	〔**blood** 血〕血紅色，鮮紅色
far-red	〔**far** 遠〕遠紅外線的
infrared	〔**infra-** 低；「低於紅線的」〕紅外線的；紅外線
rose red	〔**rose** 玫瑰〕玫瑰紅的
ultrared	〔**ultra-** 以外〕紅外線的

🔴 459 regard [注意，留心，關心]

regardful	〔**regard** 注意，留心，**-ful** …的〕注意的，留心的，關心的
regardfully	〔見上，**-ly** …地〕注意地，留心地，關心地
regardless	〔**-less** 不…的〕不注意的，不留心的，不關心的
regardlessly	〔見上，**-ly** …地〕不注意地，不留心地，不關心地
disregard	〔**dis-** 不，**regard** 注意〕不理，不願
self-regard	〔**self-** 自己〕關心自己，注意自己的利益
unregarded	〔**un-** 不，**regard** 注意，**-ed** 被…的〕不受注意的，無人理睬的

register ［登記，註冊］
460

registered	〔**register** 登記，註冊，**-ed** 已…的〕已登記的，已註冊的
registerable	〔**-able** 可…的〕可登記的，可註冊的，可掛號的
registrant	〔**-ant** 者〕管登記（或註冊、掛號）的人；被登記者，被註冊者
registrar	〔**-ar** 者〕管登記（或註冊）的人
registration	〔**regist(e)r** 登記，註冊，**-ation** 名詞字尾〕登記，註冊，掛號；登記證，註冊證
registry	〔**regist(e)r** 登記，**-y** 名詞字尾〕登記，註冊，掛號；登記處，註冊處，掛號處
deregister	〔**de-** 取消，除去〕撤銷…的登記
deregistration	〔見上，**-ation** 名詞字尾〕撤銷登記

| enregister | 〔en- 使，作〕登記，記錄 |
| self-registration | 〔self- 自己，自動〕自動記錄的 |

regular [規則的]
461

regularity	〔regular 規則的，-ity 名詞字尾〕規則性，規律性
regularization	〔regular 規則的，-ization 名詞字尾，…化〕規則化，規律化
regularize	〔regular 規則的，-ize …化，使…〕使規則化，使有規律
regularly	〔regular 規則的，-ly …地〕規則地，規律地
irregular	〔ir- 不〕不規則的，不規律的
irregularly	〔見上，-ity 名詞字尾〕不規則，不規律

remember [記得，想起]
462

rememberable	〔remember 記得，-able 可…的〕可記得的，可記住的
remembrance	〔rememb(e)r 記得，-ance 名詞字尾〕記憶；記憶力；紀念
disremember	〔dis- 不，remember 記得〕忘記
misremember	〔mis- 錯誤，remember 記憶〕記錯
well-remembered	〔well 好，徹底，remember 記住，-ed 被…的〕被牢記的

R

repeat 〔重說,重做,重複〕
463

repeated	〔repeat 重複,-ed …的〕重複的,反複的
repeatedly	〔見上,-ly …地〕重複地,反複地,再三地
repeater	〔repeat 重複,-er 者〕重複說(或做)的人,背誦者
repetition	〔repet=repeat 重複,-ition 名詞字尾,表示行為〕重複,反複,重說,重做
repetitious	〔repet=repeat 重複,-itious 形容詞字尾,…的〕重複的,反複的

report 〔報告〕
464

reportable	〔-able 可…的〕值得報告的,應該報告的
reportage	〔-age 名詞字尾〕報導(工作),新聞報導,報告文學
reportedly	〔-ed …的,-ly 副詞字尾〕據傳聞,據稱
reporter	〔report 報告,-er 人〕記者,通訊員
reportorial	〔-ial 形容詞字尾,…的〕報告的,報導的,報告文學的
underreport	〔under- 不足,少〕少報(收入等)

repute 〔名譽,名聲〕
465

reputable	〔**reput(e)** 名譽，**-able** …的〕聲譽好的
reputation	〔**reput(e)** 名譽，**-ation** 名詞字尾〕名譽，聲望，好名聲
reputed	〔**-ed** …的〕聲譽好的，馳名的
disreputable	〔**reput(e)** 名譽，**-able** …的〕名譽不好的，聲名狼藉的
disrepute	〔**dis-** 不，**repute** 名譽〕壞名聲，聲名狼藉
well-reputed	〔**well** 好，**repute** 名譽，**-ed** …的〕名聲好的，得好評的

🔵 466 resist 〔抵抗〕

resistance	〔**resist** 抵抗，**-ance** 名詞字尾〕抵抗，反抗，抵制
resistant	〔**resist** 抵抗，**-ant** 形容詞字尾〕抵抗的，反抗的
resister	〔**resist** 抵抗，**-er** 者〕抵抗者，反抗者
resistible	〔**resist** 抵抗，**-ible** 形容詞字尾，可…的〕可抵抗的，抵抗得住的
resistive	〔**resist** 抵抗，**-ive** 形容詞字尾，…的〕抵抗的，抵抗性的，有抵抗力的
resistivity	〔**resist** 抵抗，**-ivity** 名詞字尾〕抵抗性，抵抗力
resistless	〔**resist** 抵抗，**-less** 無，不〕無抵抗力的，不抵抗的，不可抵抗的
resistor	〔**resist** 抵抗→阻，**-or** 表示物〕電阻器，電阻
irresistible	〔**ir-** 不，**resistible** 可抵抗的〕不可抵抗的

R

413

nonresistance	〔non- 不，見上〕不抵抗（主義）
nonresistant	〔見上〕不抵抗（主義）的
shock-resistant	〔shock 震，resistant 抵抗的〕抗震的
water-resistant	〔water 水，resistant 抵抗的〕抗水的

⊕ 467 respect ［尊敬，尊重］

respectable	〔respect 尊敬，-able 可…的〕可敬的，值得尊敬的
respecter	〔respect 尊敬，-er 者〕尊敬者，尊重者
respectful	〔respect 尊敬，-ful …的〕尊敬人的，恭敬的
disrespect	〔dis- 不，respect 尊敬〕不尊敬，無禮，失禮
disrespectable	〔dis- 不，respect 尊敬，-able 值得…的〕不值得尊敬的
disrespectful	〔見上，-ful …的〕無禮的，失禮的
self-respect	〔self- 自己，respect 尊敬〕自尊，自重
self-respecting	〔self- 自己，respect 尊敬，-ing…的〕自尊的，自重的

⊕ 468 rest ［休息，靜止］

| restful | 〔rest 靜止，-ful 形容詞字尾，…的〕寧靜的，平靜的 |
| restfully | 〔見上，-ly …地〕寧靜地，平靜地 |

resting-place	〔resting 休息的,place 地方〕休息處,墳墓
restless	〔rest 休息,靜止,-less 不〕得不到休息的,不得安寧的,不安定的
restlessly	〔見上,-ly 副詞字尾,…地〕得不到休息地,不得安寧地,不安定地
armrest	〔arm 手臂,rest 休息→供休息用的支架、托板、靠墊等〕扶手
backrest	〔back 背,見上〕靠背
footrest	〔foot 腳,見上〕擱腳物
headrest	〔head 頭,見上〕(牙醫、理髮店座椅的)頭靠
leg-rest	〔leg 腿,見上〕(病人用的)擱腿墊
unrest	〔un- 不,rest 靜止,安靜〕不安,動亂

469 restrict 〔限制,約束〕

restricted	〔restrict 限制,-ed …的〕受限制的,有限的
restrictedly	〔見上,-ly …地〕受限制地
restriction	〔restrict 限制,-ion 名詞字尾〕限制,限定,約束
derestrict	〔de- 取消,restrict 限制〕取消對…的限制
nonrestrictive	〔non- 非,restrictive 限制性的〕非限制性的
restrictive	〔restrict 限制,-ive …的〕限制(性)的,約束(性)的
unrestricted	〔un- 不,restricted 受限制的〕不受限制的

R

415

revise [修訂，校正，修正]
470

revisal	〔revis(e) 修訂，-al 名詞字尾〕修訂
reviser	〔revise 修訂，-er 者〕修訂者，修正者
revision	〔revis(e) 修訂，-ion 名詞字尾〕修訂，修改，修正
revisionary	〔見上，-ary 形容詞字尾，…的〕修訂的，修正的
revisionism	〔revision 修正，-ism 主義〕修正主義
revisionist	〔見上，-ist …者，…的〕修正主義者，修正主義的
revisory	〔revis(e) 修訂，-ory 形容詞字尾，…的〕修訂的，修正的
anti-revisionism	〔anti- 反對，見上〕反修正主義

revolution [革命]
471

revolutionary	〔revolution 革命，-ary …者，…的〕革命者；革命的
revolutionist	〔-ist 者〕革命者（的）
revolutionization	〔revolution 革命，-ization 名詞字尾，…化〕革命化
revolutionize	〔-ize 動詞字尾，…化〕革命化，徹底改革
revolutionized	〔見上，-ed …的〕革命化的
counterrevolution	〔counter- 反〕反革命

416

counterrevolutionary 〔見上，**-ary** …者，…的〕反革命分子，反革命的

counterrevolutionist 〔見上，**-ist** 表示人〕反革命分子

🔵 rich ［富］
472

richly 〔rich 富，**-ly** 副詞字尾，…地〕富裕地，豐富地

richness 〔**-ness** 名詞字尾〕豐富，富裕，有錢，富饒

enrich 〔**en-** 使…，rich 富〕使富裕

enrichment 〔enrich 使富，**-ment** 名詞字尾〕發財致富，豐富

get-rich-quick 〔**quick** 快〕短期致富的（計劃或想法）

new-rich 〔「新富的」→〕新發跡的（人）；暴發戶的

oil-rich 〔**oil** 油，石油，rich 豐富〕石油藏量豐富的

🔵 right ［正確，正直］
473

righteous 〔right 正直，**-eous** 形容詞字尾，…的〕正直的，正當的

rightful 〔right 正直，**-ful** …的〕公正的，正義的

rightly 〔right 正確，正直，**-ly** …地〕正確地，正直地，正當地

rightness 〔right 正確，**-ness** 名詞字尾〕正確（性），正直，公正

aright 〔**a-** 構成，right 正確〕正確地

R

417

self-righteous	〔self- 自己，righteous 公正的〕自以為公正善良的
unrighteous	〔un- 不，見上〕不正直的，不公正的，不義的
upright	〔up- 向上〕直立的，筆直的，正直的

🔊 rise ［起立，升起］
474

risen	〔rise 的過去分詞〕升起的
riser	〔-er 人〕起床的人；起義者
rising	上升的，增長的；上升，增長，起立
high-rise	〔high 高，rise 升起〕摩天大樓
low-rise	〔low 低，rise 升起〕（建築物）不高的
moonrise	〔moon 月亮，rise 升起〕月出（時分）
sunrise	〔sun 太陽，rise 升起〕日出（時分）
unrisen	〔un- 未，見上〕未升起的
uprise	〔up- 向上，rise 起立〕升起，起床，起立
uprising	〔見上，-ing 名詞字尾〕起起，起床，起立

🔊 river ［江，河］
475

| riverain | 〔river 河，-ain 名詞字尾，表示人〕住在河邊的人；「轉作形容詞」河流的，河邊的，住在河邊的 |
| riverbed | 〔river 河，bed 床〕河床 |

riverboat	〔**river** 江，河，**boat** 船〕江河中行駛的船
riverine	〔**river** 河流，**-ine** 形容詞字尾，…的〕河流的，河流般的，靠近河邊的
riverside	〔**river** 河流，**side** 邊〕河邊的，河岸上的，河岸
riverward(s)	〔**river** 河，**-ward(s)** 形容詞及副詞字尾，向…〕向著河（的）
upriver	〔**up-** 上，**river** 河，河流〕在上游（的），向上游（的）

476 road ［路］

roadbed	〔**road** 路，**bed** 床，地基〕路基
roadblock	〔**road** 路，**block** 障礙物〕路障
roadbook	〔**road** 路→行路，旅行，**book** 書〕旅行指南
roadside	〔**side** 邊〕路邊
roadworthy	〔**road** 路→行路，**worthy** 值得的，適宜的〕適合行駛的，可安全行駛的
byroad	〔**by-** 旁，側，**road** 路〕小路
countryroad	〔**country** 鄉下〕鄉間道路，公路旁的泥路
crossroad	〔**cross** 交叉，十字，**road** 路〕十字路口
highroad	〔**=highway**〕公路，大路
railroad	〔**=railway**〕鐵路
railroader	〔見上，**-er** 人〕鐵路職工
railroading	〔**-ing** 名詞字尾，表示行為〕鐵路修築，鐵路經營

R

419

room [室，房間]

roomette	〔room 室，-ette 名詞字尾，表小〕小房間
roomful	〔room 房間，-ful 名詞字尾，滿〕滿屋子，滿房間
roommate	〔room 室，mate 同伴〕室友
roomy	廣闊的，寬敞的
anteroom	〔ante- 前〕接待室
bathroom	〔bath 浴，room 室〕浴室
bedroom	〔bed 床，room 室〕臥室
changing-room	〔changing 更換，room 室〕更衣室
classroom	〔class 班，級，room 室〕教室
courtroom	〔court 法庭，room 室〕審判室
darkroom	〔dark 黑暗，room 室〕（攝影的）暗房
fireroom	〔fire 火〕鍋爐房
guardroom	〔guard 保衛，room 室〕警衛室
guestroom	〔guest 客人，room 房間〕客房
newsroom	〔news 新聞，room 室〕新聞編輯室，報刊閱覽室
salesroom	〔sale 賣，出售〕商品出售處，拍賣場
schoolroom	教室
showroom	〔show 展示〕陳列室，展覽室
sickroom	〔sick 病，room 房間〕病房
sun-room	〔sun 太陽，陽光〕（用玻璃建造的）日光室
washroom	〔wash 洗，room 室〕盥洗室，廁所

478   root ［根］

rootage	〔**root** 根，**-age** 表抽象名詞〕根源；來源；生根，固定
root beer	〔**root** 根，**beer** 啤酒〕（麥根）沙士
rooted	〔**root** 根，生根，**-ed** …的〕生根的，根深蒂固的
rootedly	〔見上，**-ly** 副詞字尾，…地〕生根地，根深蒂固地
rooter	〔**root** 根，**-er** 人〕拔根者，挖土機
rootless	〔**root** 根，**less** 無〕無根的，不生根的，無根基的
rootlet	〔**root** 根，**-let** 小〕小根，細根
rooty	〔**root** 根，**-y** 多…的，似…的〕多根的，似根的
deep-rooted	〔**deep** 深，**root** 根，**-ed** …的〕根深的，（習慣、偏見等）根深蒂固的
disroot	〔**dis-** 除去，**root** 根〕拔根，根除
outroot	〔**out** 除去，**root** 根〕連根拔，根除
uproot	〔**up-** 向上；「把根拔上來」〕根除，拔根

R

479   round ［圓，周圍，全］

round-backed	〔**round** 圓，**back** 背，**-ed** …的〕駝背的
rounded	〔**round** 圓，**-ed** …的〕圓形的，完整的，全面的
round-eyed	〔**round** 圓，**eye** 眼，**-ed** …的〕圓睜著眼的
roundish	〔**round** 圓，**-ish** 略…的〕略圓的，稍圓的

roundly	〔**round** 圓,全,**-ly** …地〕圓圓地,全面地
round-table	〔**round** 圓,**table** 桌〕圓桌的,協商的
round-the-clock	〔**round** 環繞,**clock** 鐘;「環繞鐘面轉」〕連續二十四小時的,連續不斷的
round-trip	〔**round** 一周,一圈,**trip** 旅行〕來回旅程的
all-round	〔**all** 一切〕全面的,才能多方面的,綜合性的
all-rounder	〔見上,**-er** 人〕多面手,全能運動員
around	〔**a-** 在〕在周圍,在附近
half-round	〔**half** 半,**round** 圓〕半圓形的
surround	〔**sur-** 外,**round** 周圍,圍繞〕包圍,圍住,圍繞
surrounding	〔見上,**-ing** …的〕周圍的
year-round	〔**year** 年,**round** 周圍,週,全〕週年的,全年的,一年到頭的

🔊 480 rule [統治,支配,規則]

ruleless	〔**rule** 規則,**-less** 無…的〕無規則的,無約束的
ruler	〔**rule** 統治,支配,**-er** 者〕統治者,支配者,管理者;尺
rulership	〔**ruler** 統治者,**-ship** 表示地位、權限→〕統治地位,統治權
ruling	〔**rul(e)** 統治,支配,**-ing** …的〕統治的,支配的,主導的; 〔**-ing** 名詞字尾,表行為〕統治,支配

422

misrule	〔mis- 惡，rule 統治〕暴政，苛政，施暴政於…
overrule	〔over- 在上面，rule 統治〕統治，壓倒
self-rule	〔self- 自己〕自治
self-ruling	〔-ing …的〕自治的

🔊 481

run [跑，開動]

runaway	〔run 跑，away 離〕逃跑，逃亡；逃跑者，逃跑的
runner	〔run 跑，-er 者〕賽跑的人，外勤人員，走私者
first-run	〔first 首次，run 開動→上演〕（電影）首次放映的
forerun	〔fore- 先，前，run 跑〕走在…之前，做…的先驅
forerunner	〔見上，-er 者〕先驅者
front-runner	〔front 前面，run 跑，-er 者〕賽跑中跑在前頭的人
gunrunner	〔見上，-er 者〕軍火走私販
gunrunning	〔gun 槍，炮→軍火，run 跑，走→偷運，-ing 名詞字尾〕軍火走私
outrun	〔out- 超過，run 跑〕比…跑得快，勝過
outrunner	〔見上，-er 者〕跑得更快的人
rerun	〔re- 再，run 開動〕使再開動，重新開動；影片的再度上映
state-run	〔state 國家，run 開動→管理，經營〕國營的

R

🔊 482

safe [安全]

safety check	〔**safety** 安全，**check** 檢查〕安全檢查
safe conduct	〔**safe** 安全，**conduct** 行為〕通行許可，通行證
safe deposit	〔**safe** 安全，**deposit** 存款〕安全保管的
safeguard	〔**safe** 安全，**guard** 保衛〕保護，捍衛，保護措施
safekeeping	〔**safe** 安全，**keep** 保護〕妥善保護，妥善保管
safely	〔**safe** 安全，**-ly** …地〕安全地，平安地
safety	〔**safe** 安全，**-ty** 名詞字尾〕安全，保險
unsafe	〔**un-** 不，**safe** 安全〕不安全的，危險的

🔊
483 **sail** 〔航行〕

---

sailer	〔**sail** 航行，帆，**-er** 表示物〕船、帆船
sailflying	〔**sail** 航行，翱翔，**flying** 飛行〕翱翔飛行
sailing	〔**sail** 航行，**-ing** 名詞字尾，表行為，…術〕航行，航法，航海術
sailor	〔**sail** 航行，**-or** 表示人〕海員，水手，水兵，乘船旅行者
sailoring	〔**sailor** 水手，**-ing** 名詞字尾〕水手的生活（或職業）
sailorly	〔**sailor** 水手，**-ly** …的〕水手的，水手般的
outsail	〔**out-** 勝過，超過，**sail** 航行〕航行得比…更快
resail	〔**re-** 再，**sail** 航行〕再航行，回航
sailplane	〔**sail** 翱翔，**plane** 飛機〕翱翔機

sale 〔賣，售〕

saleable	〔sale 賣，-able 可…的〕可出售的，賣得出的，有銷路的
salesgirl	〔sale 賣，-s-，girl 女工作人員〕女售貨員
saleslady	〔sale 賣，-s-，lady 婦女〕女售貨員
salesman	〔見上〕售貨員
salesmanship	〔見上，-ship 名詞字尾〕售貨（術），推銷（術）
salesperson	〔sale 賣，-s-，person 人〕售貨員
salesroom	〔sale 賣，-s-，room 地方〕商品出售處，拍賣場
saleswoman	〔sale 賣，-s-，woman 婦女〕女售貨員
resale	〔re- 再，sale 賣〕再賣、轉賣
unsalable	〔un- 不，見上〕賣不掉的，無銷路的
wholesale	〔whole 整→成批，sale 賣〕批發
wholesaler	〔見上，-er 者〕批發商

● 485 salt 〔鹽〕

salted	〔salt 鹽，-ed …的〕用鹽處理的，鹽漬的，醃的
salter	〔salt 鹽-er 人〕製鹽人，賣鹽人，醃製者
saltern	〔salt 鹽，-ern 名詞字尾，表示場所〕（製）鹽場
saltiness	〔salt 鹽，鹹，-ness 名詞字尾，表性質〕

saltish	〔**salt** 鹽，鹹，**-ish** 形容詞字尾，略…的〕略鹹的，含鹽度
saltness	〔**salt** 鹽，鹹，**-ness** 名詞字尾，表性質〕鹹
saltwater	〔**salt** 鹽，鹹，**water** 水〕鹹水
saltworks	〔**salt** 鹽，**works** 工廠→場〕（製）鹽場
salty	〔**salt** 鹽，鹹，**-y** 形容詞字尾，…的〕鹽的，含鹽的，鹹的
desalt	〔**de-** 除去，**salt** 鹽〕除去…的鹽分
desalter	〔見上，**-er** 表示物〕脫鹽設備
dry-salt	〔**dry** 乾，**salt** 鹽→用鹽醃〕乾醃

🔊 486 satisfy [滿足，滿意]

satisfaction	〔**-faction** 名詞字尾〕滿意，滿足，稱心
satisfiable	〔**satisf(y→i)** 滿足，**-able** 可…的〕可以滿足的
satisfying	〔**satisfy** 滿足，**-ing** …的〕使人滿足的，令人滿意的
dissatisfaction	〔**dis-** 不，**satisfy** 滿意，**-faction** 名詞字尾〕不滿，不平
dissatisfied	〔**dis-** 不，**satisfy** 滿意，**-ed** …的〕不滿的，顯出不滿的
dissatisfy	〔**dis-** 不，**satisfy** 滿意〕使不滿，使不平
self-satisfaction	〔**self-** 自己〕自滿，自鳴得意
self-satisfied	〔**self-** 自己〕自滿的，自鳴得意的

| unsatisfied | 〔un- 不，未〕不滿意的，未得到滿足的 |

487 save ［救，節省］

savable	〔sav(e) 救，節省，-able 可…的〕可救的；可節省的
saver	〔save 救，節省，-er 者〕救助者；節省的人
saving	〔sav(e) 救，節省，-ing 名詞兼形容詞字尾〕節省；存款；挽救的；節省的
savior	〔sav(e) 救，-ior 表示人〕救助者，挽救者，救星
face-saving	〔face 臉，saving 挽救（的）〕保全面子（的）
laborsaving	〔labor 勞動，saving 節省的〕節省勞力的，減輕勞動的
lifesaver	〔life 生命，saver 挽救者〕救生員，救命物
lifesaving	〔life 生命，saving 挽救（的）〕救生，救生用的
timesaver	〔time 時間，saver 節省者〕節省時間的事物
timesaving	〔time 時間，saving 節省的〕節省時間的

S

488 say ［說］

said	〔say 的過去分詞，用作形容詞〕上述的
sayable	〔say 說，-able 可…的〕可說的
sayer	〔say 說，-er 者〕說話的人

427

saying	〔**say** 說，**-ing** 名詞字尾〕言語，言論，俗語
say-so	隨口說出的話，無證據的斷言
hearsay	〔**hear** 聽，**say** 說〕傳聞，道聽塗說
unsaid	〔**un-** 未，**said** 說出的〕未說出口的

🔊 489 school ［學校］

scholar	〔**schol=school**，**-ar** 者〕學者
scholarly	〔見上，**-ly** 形容詞字尾，…的〕學者派頭的，博學的
scholastic	〔**-astic** 形容詞字尾，…的〕學校的，學術的，教師的
school-ager	〔**school** 學校，**age** 年齡，**-er** 人〕學齡兒童
schoolbook	〔「學校用的書」〕教科書
schoolboy	〔**school** 學校，**boy** 男孩〕（中小學）男生
school-days	〔**days** 日子，時代〕學生時代
schoolgirl	〔**school** 學校，**girl** 女孩〕（中小學）女生
schooling	〔**school** 教育，**-ing** 名詞字尾〕教育，正規學校教育
schoolmate	〔**mate** 同伴〕同學
schoolyard	〔**yard** 院子〕校園，操場
B-school	〔**=business school**〕商業學校
interschool	〔**inter-** 在…之間，**school** 學校〕學校之間的

428

preschool	〔pre- 前，school 學校〕入學前的，學齡前的
preschooler	〔pre- 前，school 學校，-er 人〕學齡前兒童
unscholarly	〔un- 非，不，見上〕不像學者的，沒有學問的
unschooled	〔un- 未，school 學校，教育，訓練，-ed …的〕未進過學校的，沒有經過訓練的

🔊 490 screen ［簾幕，銀幕，簾］

screenplay	〔screen 銀幕→電影，play 戲劇，劇本〕電影劇本
screenwriter	〔writer 作者〕電影劇本作者
telescreen	〔tele 電視，screen 屏幕〕電視屏幕，螢光屏
unscreened	〔un- 未，screen 簾，用簾遮蔽，-ed …的〕未用簾幕遮住的
wide-screen	〔wide 寬，screen 銀幕〕寬銀幕的
windscreen	〔wind 風，screen 屏〕（汽車等的）擋風玻璃

🔊 491 sea ［海，海洋］

S

seabed	〔sea 海，bed 床→底〕海底
seabird	〔sea 海，bird 鳥〕海鳥
seafood	〔sea 海，food 食物〕海鮮
seagoing	〔sea 海，go 行→航行，-ing …的〕適於遠洋航行的

seaman	海員，水手
seamost	〔sea 海，-most 最…的〕最靠近海的
seaplane	〔sea 海，plane 飛機〕水上飛機
seaport	〔sea 海，port 港〕海港，港市
seascape	〔sea 海，-scape 景色〕海景
seashore	〔sea 海，shore 岸，濱〕海岸，海濱
seasick	〔sea 海→乘船，sick 病〕暈船的
seasickness	〔見上，-ness 名詞字尾〕暈船
seaside	〔sea 海，side 邊〕海邊的；海邊
seasider	〔seaside 海濱，-er 人〕住在海邊的人，到海邊去避暑的人
seawall	〔sea 海，wall 牆〕海堤，防波堤
seaway	〔sea 海，way 路〕海上航路
deep-sea	〔deep 深，sea 海〕深海的，遠洋的
oversea(s)	〔over- 外，越過，sea 海〕海外的，國外的
undersea	〔under- 下面，sea 海〕海底的

🔊 492　seat　［座位］

seatmate	〔seat 座位，mate 同伴〕（火車等處的）同座乘客
deep-seated	〔deep 深，seat 座，就座，坐下，-ed …的〕根深蒂固的

reseat	〔re- 再，seat 座位，就座〕使再坐，使復位
side-seat	〔side 邊，seat 座位〕邊座，背靠車身的座位
single-seater	〔single 單，seat 座位，-er 表示物〕單座車，單座飛機
two-seater	雙座汽車（或飛機）
unseat	〔un- 除去，seat 座位〕使下台

493 second [第二]

secondary	〔second 第二，-ary …的〕第二的，第二位的，次要的
second-best	〔best 最好的〕僅次於最好的，居第二位的
second-class	〔class 等級〕第二流的，二等的
secondhand	第二手的，間接的
second-in-command	〔command 指揮，統帥〕副指揮員，副司令員
secondly	〔second 第二，-ly 副詞字尾〕第二，其次
second-timer	〔second 第二，time 次，-er 人〕第二次犯罪的人

494 see [看見，看]

| seeable | 〔see 看見，-able 能…的〕能被看見的 |
| seeing | 〔see 看見，-ing 名詞字尾〕看見，觀看，視覺，視力 |

see-through	〔through 穿透，透過〕透明的，（衣服、衣料等）極薄的，透視的
farseeing	〔far 遠，see 看，-ing …的〕看得遠的，深謀遠慮的
foresee	〔fore- 預先，see 看見〕預見，預知
foreseeable	〔見上，-able 可…的〕可預見的
foreseeingly	〔見上，-ly …地〕有預見地
foreseer	〔見上，-er 者〕預見者
look-see	掃視
oversee	〔over- 上面，see 看；「從上往下看」〕監視，監督
overseer	〔見上，-er 者〕監督者，監工
sight-see	〔sight 風景，名勝，see 觀看〕觀光
sight-seeing	〔見上，-ing 名詞兼形容詞字尾〕觀光（的）
sight-seer	〔見上，-er 者→觀光者〕遊客
unforeseen	〔un- 未，fore- 預先，seen 被看到的〕未預見到的
unseeing	〔un- 不，see 看，-ing …的〕視而不見的
unseen	〔un- 未，seen（see 的過去分詞）被看見的〕未被發現的，未看見的
wait-and-see	〔wait 等待〕觀望的

🔸 495 **seed** 〔種子，籽，播種〕

432

seedbed	〔seed 種子，bed 床〕苗床，種子田；（比喻）溫床，策源地
seeded	〔seed 種子，播種，-ed …的〕播過種的；結籽的
seeder	〔seed 種子，播種，-er 表示人或物〕播種者，播種機
seedless	〔seed 籽，核，-less 無…的〕無籽的，無核的
seedling	〔seed 籽，-ling 表示小〕籽苗，幼苗，樹苗
seedsman	播種人，種子商人
seedtime	〔seed 播種，time 時間〕播種期
seedy	〔seed 籽，-y 多…的〕多籽的，結籽的，多核的
birdseed	〔bird 鳥，seed 籽〕鳥食
cottonseed	〔cotton 棉花，seed 籽〕棉花籽

🔊 496 seek ［追求，尋找］

seeker	〔seek 追求，-er 者〕追求者，探索者，搜查者
hide-and-seek	〔hide 躲藏，seek 尋找〕捉迷藏
pleasure-seeker	〔pleasure 快樂，seeker 追求者〕追求享樂者
pleasure-seeking	〔pleasure 快樂，seeking 追求〕享樂主義
self-seeker	〔self- 自己，seeker 追求者〕追求私利的人，只求自己享樂的人
self-seeking	〔見上〕追求私利（的），追求個人享樂（的）

S

select ［挑選］
497

selected	〔select 挑選，-ed …的〕被挑選出來的，精選的
selectee	〔-ee 被…的人〕選徵合格的士兵
selection	〔-ion 名詞字尾〕挑選，選擇，選擇物，選集
selective	〔-ive …的〕選擇的，挑選的，選拔的
selectivity	〔-ivity 名詞字尾〕選擇，挑選，選擇性
selector	〔select 挑選，-or 者〕挑選者，選擇器
self-selection	〔self- 自己，selection 挑選〕（顧客對商品的）自由挑選

sell ［賣］
498

seller	〔sell 賣，-er 者〕銷售者，商人
selling	〔sell 賣，-ing …的〕出售的，銷路好的
sellout	〔sell 賣，out 出〕（商品的）售缺；出賣；背叛
best-selling	〔best 最好的〕暢銷的
bookseller	〔book 書，seller 賣者，商人〕書商
hard-sell	〔hard 硬，sell 銷售〕強行推銷的
outsell	〔out- 超過，勝過，sell 賣〕比（別的商品）更暢銷
oversell	〔over- 過多，sell 賣〕賣出過多，賣空
resell	〔re- 再，sell 賣〕再賣，轉賣
resold	〔見上〕已轉賣了的

434

supersell	〔super- 超，sell 銷售〕暢銷品
undersell	〔under- 下，低，sell 出售〕低價出售

🔵 499 send 〔送〕

sender	〔send 送，-er 表示人或物〕發送者，送貨人；發射機，發送器
sending	〔send 送，-ing 名詞字尾〕發送，派遣，發射
send-off	〔send 送，off 離開〕送行，歡送
sendout	〔send 送，out 出〕送出量，輸出量
godsend	〔god 神，上帝，天，send 送給〕天賜之物
heaven-sent	〔heaven 天，上帝，sent（send過去分詞）送的〕天賜的
missend	〔mis- 錯，send 送〕送錯（郵件等）

🔵 500 separate 〔分離〕

separately	〔separate 分離，-ly …地〕分別地，不相連地，單獨地，個別地
separation	〔separat(e) 分離，-ion 名詞字尾〕分離，分開，脫離，分居，分隔物
separationist	〔見上，-ist 者〕主張脫離（或分裂）者
separatism	〔見上，-ism 主義〕分離主義者，脫離主義；分裂

S

435

| separative | 〔見上，-ive …的〕傾向分離的，引起分離的 |
| separator | 〔見上，-or 表示人或物〕分離者，分離器 |

serve [服務]
501

servant	〔serv(e) 服務，-ant 人〕僕人，佣人
server	〔serve 服務，-er 者〕服務員；伺服器
service	〔serv(e) 服務，-ice 名詞字尾〕服務，服務機構，服役
serviceable	〔service 服務，-able 可…的〕有用的，肯幫忙的
serviceman	〔service 服役，man 人〕軍人
serving	〔serv(e) 服務，-ing 名字字尾〕服務，招待
ex-service	〔ex- 以前的，service 服役〕退役的
ex-serviceman	〔ex- 以前的，serviceman 軍人〕退役軍人，復員軍人
maidservant	〔maid 女子，servant 僕人〕女僕
manserveant	〔man 男子，servant 僕人〕男僕
self-service	自助的
self-serving	〔self- 自己〕追求私利的
unserviceable	〔un- 無，不，見上〕無用的，不適用的

shade [遮蔽，蔭，罩]
502

shadeless	〔shade 遮蔽，-less 無〕無遮蔽的，無蔭蔽的
shading	〔shad(e) 遮蔽，-ing 名詞字尾〕遮蔽，蔭蔽
shadowless	〔shadow 影子，-less 無〕無陰影的，無投影的
shadowy	〔shadow 陰影，-y …的〕有影的，多蔭的，幽暗的
shady	〔shad(e) 蔭，-y 多…的〕多蔭的，成蔭的，蔭暗的
foreshadow	〔fore- 預先，shadow 陰影〕預示，預兆
lampshade	〔lamp 燈，shade 罩〕燈罩
overshadow	〔over- 上面，shadow 陰影〕對…投上陰影；使失去光彩
sunshade	〔sun 太陽，shade 遮蔽；「遮陽之物」〕陽傘；（櫥窗等的）遮陽蓬
unshaded	〔un- 無，shade 遮蔽，-ed …的〕無遮蔽的
unshadowed	〔un- 無，shadow 影，-ed …的〕無陰影的

503 shake ［搖動］

shakable	〔shak(e) 搖動，-able 可…的〕可搖動的，可被動搖的
shake hands	〔見上〕握手
shake-off	〔shake 搖，off 離開〕擺脫
shake-out	〔shake 搖，抖，out 出〕經濟蕭條
shaky	〔shak(e) 搖動，-y …的〕搖動的，搖晃的，不穩定的

boneshaker	〔bone 骨→骨架，shak(e) 搖晃，-er 表示物〕破舊搖晃的車輛
earthshaking	〔earth 地球，世界，shak(e) 搖動，震動，-ing …的〕震撼世界的，翻天地覆的
handshake	〔hand 手，shake搖動，抖動〕握手
unshakable	〔un- 不，見上〕不可動搖的，堅定不移的
unshaken	〔un- 不，shaken 被搖動的〕不動搖的，堅定的
windshaken	〔wind 風，shaken 被搖動的〕被狂風吹裂的
worldshaking	〔world 世界〕震撼世界的，驚天動地的

504 shape [形狀，成形]

shapeless	〔shape 形狀，-less 無〕無形狀的，不定形的
shapely	〔shape 形狀，樣子，-ly …的〕美觀的
shaper	〔shape 成形，造型，-er 者〕造型者，塑造者
egg-shaped	〔egg 蛋〕蛋形的
fan-shaped	〔fan 扇子〕扇狀的
misshape	〔mis- 不，惡，壞，shape 形狀〕奇形怪狀的，使成奇形怪狀
misshapen	〔見上〕奇形怪狀的，畸形的
reshape	〔re- 重新，shape 成形〕重新定形，重新塑造

505 shine [照耀，發亮，光]

shiner	〔shine 發光，-er 表示人或物〕發亮物，發光體；出色的人
shininess	〔shin(y→i) 發亮的，-ness 名詞字尾〕發亮，閃耀，晴朗
shiny	〔shin(e) 發亮，-y …的〕發亮的，閃耀的，晴朗的
moonshine	〔moon 月亮，shine 照耀，光〕月光
outshine	〔out- 超過，勝過，shine 發亮〕比…更亮，優於，勝過
shoeshine	〔shoe 鞋，shine 使發亮，擦亮〕擦皮鞋；擦皮鞋者
sunshine	〔sun 太陽，shine 照耀，光〕日光，陽光
sunshiny	〔見上，-y …的〕陽光照耀的，晴朗的

🔹 506 ship [船，用船裝運]

shipbuilder	〔ship 船，builder 建造者〕造船工人，造船技師
shipbuilding	〔ship 船，build 建造，-ing 名詞字尾〕造船（業），造船學
shipless	〔ship 船，-less 無…的〕無船的
shipload	〔ship 船，load 裝載〕船舶運載量，船貨
shipman	〔「船上的人」〕海員，水手
shipmaster	〔ship 船，master 長〕（商船等的）船長
shipmate	〔ship 船，mate 同伴〕同船水手。

S

shipment	〔ship 裝運，-ment 名詞字尾〕裝船，裝運，裝載的貨物
shippable	〔ship 裝運，p 重複字母，-able 可…的〕可裝運的
shipping	〔ship 裝運，-ing 名詞字尾〕裝運，海運，航運
shipyard	〔ship 船，yard 場地〕船塢，造船廠
airship	〔air 空中，ship 船〕飛艇
battleship	〔battle 作戰，ship 船，艦〕戰艦
flagship	〔flag 旗，ship 船，艦〕旗艦
reship	〔re- 重新，ship 裝運〕重新裝運
reshipment	〔見上，-ment 名詞字尾〕重新裝運，重新裝運的貨物
spaceship	〔space 太空，宇宙，ship 船〕宇宙船
troopship	〔troop 部隊，ship 船〕部隊運輸船
trankship	〔trank 油罐，ship 船〕油船
unship	〔un- 相反，ship 裝載；「與裝載相反」→〕從船上卸（貨），使（旅客）下船
warship	〔war 戰爭→軍事，ship 船，艦〕軍艦

🔘
507

shoe 〔鞋〕

shoelace	〔lace 帶子〕鞋帶
shoeless	〔shoe 鞋，-less 不…的〕不穿鞋的，沒有鞋的
shoemaker	〔shoe 鞋，maker 製造者〕製（或補）鞋工人

shoemaking	〔shoe 鞋，making 製造〕製鞋業
shoer	〔shoe 鞋→馬蹄鐵，-er 人〕釘馬蹄鐵工人
shoeshine	〔shine 發亮；「把皮鞋弄得發亮」〕擦皮鞋；擦皮鞋的人
horse-shoe	〔horse 馬，shoe 鞋〕馬蹄鐵，馬蹄鐵形（U 形）的東西
overshoe	〔over- 外，shoe 鞋，「套在外面的鞋」〕鞋套

● shop [商店，購買]
508

shophours	〔shop 店→營業，hours 時間〕營業時間
shopkeeper	〔shop 店，keeper 看管者，管理者〕店主
shopkeeping	〔shop 店，keeping 看管，管理〕店務管理
shopper	〔shop 購買，p 重複字母，-er 者〕購物者，顧客
shopping	〔shop 店，-ing 名詞字尾，表行為〕買東西
shoptalk	〔shop 店，talk 談話〕行話，有關本行的談論
shopwindow	商店櫥窗
shopworn	〔worn 弄舊了的〕在商店裏陳列久了的，久放而陳舊的
bookshop	〔book 書，shop 店〕書店
cookshop	飯館，飯店
sweetshop	〔sweet 糖果，shop 店〕糖果店
window-shop	〔window 櫥窗〕（在街上）瀏覽商店櫥窗

window-shopper	〔見上，-er 人〕（在街上）瀏覽商店櫥窗的人
wineshop	〔wine 酒，shop 店〕酒店
workshop	〔work 工作，shop 場所〕工作坊，工廠；研討會

🔊 509 shore 〔岸〕

shoreless	〔shore 岸，-less 無…的〕無邊無際的
shoreline	海岸線
shoreward(s)	〔shore 岸，-ward(s) 向〕向海岸
alongshore	〔along 沿，shore 岸〕沿岸，沿岸的
ashore	〔a- 在，shore 岸〕在岸上，岸上
foreshore	〔fore- 前，shore 岸〕前濱，海灘，岸坡
inshore	〔in 朝，向，靠近〕向著海岸，沿海，靠近海岸
longshore	〔long→along 沿，shore 岸〕沿海岸，海岸邊的人
longshoreman	〔longshore 海岸的，man 人〕碼頭裝卸工人
offshore	〔off 離，shore 岸〕離岸的，近海的，向海的
onshore	〔on 在，shore 岸〕在岸上（的），朝著岸（的）
seashore	〔sea 海，shore 岸〕海岸

🔊 510 short 〔短〕

| shortage | 〔short 短，-age 表抽象名詞〕短缺，不足，缺少 |

shortchange	〔**short** 短缺，少，**change** 找錢〕故意少給…零錢
shortcoming	〔＝**coming short**〕短處，缺點
shortcut	〔**short** 短，**cut** 切；「切短的路」〕近路，捷徑
short-dated	〔**short** 短，**date** 日期，**-ed** …的〕（票據等）短期的
shorten	〔**short** 短，**-en** 動詞字尾，使…〕弄短，縮短，減少
shorthand	〔**short** 短，**hand** 手跡，字跡；「縮短的字跡」〕速記
short-handed	缺乏人手的
short-lived	〔**short** 短，**lived** 生活的〕短命的
shortly	〔**short** 短，短時，短暫，**-ly** 副詞字尾〕立刻，不久
short-paid	〔**short** 短，少，**paid** 付款〕欠資的
shortsighted	〔**short** 短，**sightg** 視力〕近視的，目光短淺的
shortspoken	說話簡短的
short-term	〔**short** 短，**term** 期限〕短期的
short-timer	〔**short** 短，**time** 時期，**-er** 人〕服短期徒刑的犯人
shortwave	〔**short** 短，**wave** 波〕短波
undershorts	〔**under-** 內襯（用於衣服），**shorts** 短褲〕男（用）內褲

S

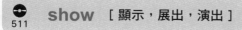

511 **show** ［顯示，展出，演出］

443

show-how	〔**show** 出示，演示，指給…看，**how** 如何（做），〕（技術、工序等的）示範
showman	〔**show** 演出，**man** 人〕主持（或安排）演出的人
showplace	〔**show** 展出，**place** 地方〕展出地，供參觀的場所
showroom	〔**show** 展出，陳列，**room** 室〕陳列室，展覽室
showstopper	〔**show** 展出，**stop** 停止，打斷〕因特別精彩而被掌聲打斷的表演（或表演者）
showy	〔**show** 顯示，**-y** …的〕顯眼的，炫耀的，賣弄的
foreshow	〔**fore-** 預先，**show** 出示〕預示，預告
sideshow	〔**side** 旁，側→非正式，**show** 演出〕（正戲中的）穿插表演，雜耍

⊙ 512 shy [羞，怕]

shyly	〔**shy** 害羞，**-ly** …的〕害羞地
shyness	〔**shy** 害羞，**-ness** 名詞字尾〕害羞，膽怯
camera-shy	〔**camera** 照相機，**shy** 羞，怕〕不願照相的
gun-shy	〔**gun** 槍，炮，**shy** 怕〕怕槍炮聲的，風聲鶴唳的
tongue-shy	〔**tongue** 語言，說話，**shy** 羞〕羞怯得說不出話來，結結巴巴的
work-shy	〔**work** 工作，**shy** 怕，不願〕不願工作的，懶於工作的

sick〔病〕

sickbed	病床
sicken	〔sick 有病的，-en 動詞字尾，使…的〕使生病，使作嘔
sickening	〔sicken 使生病，-ing …的〕引起疾病的
sickness	〔sick 有病的，-ness 名詞字尾〕疾病，噁心，作嘔
sickroom	病房
airsick	〔air 空中，航空，sick 患病的〕暈機的
airsickness	〔見上，-ness 名詞字尾〕暈機
brainsick	〔brain 頭腦，sick 有病的〕瘋狂的
carsick	〔car 車，sick 患病的〕暈車的
greensick	〔green 綠，sick 患病的〕（植物）患缺綠病的
heartsick	〔heart 心，精神，sick 有病的，不愉快的〕沮喪的，悶悶不樂的
homesick	〔home 家，家鄉，sick 病〕患思鄉病的，思念家鄉的
homesickness	〔見上，-ness 名詞字尾〕思鄉病
lovesick	〔love 愛情，戀愛→相思，sick 患病的〕思相病的
seasick	〔sea 海→乘船，sick 患病的〕暈船的
seasickness	〔見上，-ness 名詞字尾〕暈船
trainsick	〔train 火車，sick 患病的〕（乘火車）暈車的

S

water-sick	〔water 水，sick 病→病害；「遭受水害的」〕水澆得過多的

🔊 side [邊，旁，面，側]
514

sidehill	〔side 旁，側 hill 山〕山側，山邊，山坡
sidenote	〔side 旁，note 注解〕旁注
sidestroke	〔side 側，stroke（游泳的）滑水動作〕側泳
sidewalk	〔side 旁邊，walk 走道〕人行道
sideward(s)	〔side 旁，-ward(s) 向〕向旁邊（的）
sideway	〔side 旁，側，way 路〕旁路，小路
all-sided	〔all 全，side 面，ed …的〕全面的
all-sidedness	〔見上，-ness 名詞字尾，表示性質〕全面性
alongside	〔along 沿，side 邊〕在…旁邊，並排地，並肩地
aside	〔a- 在，side 邊，旁〕在一邊，在旁邊
backside	〔back 後，side 面〕背面，屁股
beside	〔be- 在，side 旁邊〕在旁邊，在…附近，在…之外
hillside	〔hill 山，side 旁，側〕山坡，山腰
inside	〔in- 裏，內，side 邊，面〕裡面，內部，內側
many-sided	〔many 多〕多邊的；（才能）多方面的
many-sidedness	〔見上，-ness 名詞字尾〕多邊；（才能等的）多面性

mountainside	〔mountain 山，side 旁，側〕山腰
one-sided	〔one 單一〕單方面的，片面的
outside	〔out- 外，side 邊，面〕外面，外部，外側
outsider	〔見上，-er 人〕外人，局外人，外行，門外漢
riverside	〔river 河，side 邊〕河岸，河岸上的，河邊的
roadside	〔road 路，side 邊〕路邊
seaside	〔sea 海，side 邊〕海邊的，海濱的
seasider	〔見上，-er 人〕住在海邊的人，到海濱避暑的人
two-sided	兩邊的，兩方面的，兩面派的
upside	〔up- 上，side 面，側〕上面，上部
underside	〔under- 下，side 面，側〕下面，下部
waterside	〔water 水，side 邊〕水邊（的），河濱（的），湖濱（的），海濱（的）

🔵 sight [看，視力]
515

sightless	〔sight 視力，-less 無…的〕無視力的，盲的
sightly	〔sight 看，-ly …的〕好看的，悅目的，漂亮的
sight-see	〔sight 看→值得觀看的東西→奇觀，景物，see 觀看〕觀光，遊覽
sight-seeing	〔見上，-ing 名詞兼形容詞字尾〕觀光（的）
sight-seer	〔見上，-er 者〕遊客
sightworthy	〔sight 看，worthy 值得的〕值得看的

S

447

eyesight	〔**eye** 眼睛，**sight** 視力〕視力
farsighted	〔**far** 遠，**sight** 看，**-ed** …的〕遠視的，有遠見的
foresight	〔**fore-** 先，預先，**sight** 看〕先見，預見，深謀遠慮
foresighted	〔見上，**-ed** …的〕有先見之明的，深謀遠慮的
insight	〔**in-** 內，**sight** 看〕洞察（力），洞悉
long-sighted	〔**long** 長遠，**sight** 看，**-ed** …的〕遠視的，有遠見的
nearsighted	〔**near** 近，**sight** 看，視力，**-ed** …的〕近視眼的，近視的
outsight	〔**out-** 外，**sight** 看〕對外界事物的觀察（力）
quick-sighted	〔**quick** 快，靈敏的，**sight** 視力，**-ed** …的〕眼尖的
sharp-sighted	〔**sharp** 尖，**sight** 視力，**-ed** …的〕目光敏銳的，眼尖的
shortsighted	〔**short** 短，**sight** 看，視力，**ed** …的〕近視的，目光短淺的
unsightly	〔**un-** 不，見上〕難看的，不雅觀的

🔵 516 sign ［簽名，符號］

signable	〔**sign** 簽名，**-able** 可…的〕可簽名的，應簽名的
signal	〔**sign** 符號，記號，**-al** 名詞字尾〕信號，暗號

signaler	〔**signal** 信號，**-er** 表示人或物〕信號員，通信兵；信號裝置
signatory	〔**sign** 簽名，簽署，**-atory** 名詞兼形容字尾〕（協議、條約等的）簽約國，簽署者，簽約的，簽署的
signature	〔**sign** 簽名，**-ature**＝**-ure** 名詞字尾〕簽名，署名
signet	〔**sign** 記號，圖記，**-et** 名詞字尾，表小；「小的圖記」〕私章，圖章
signifier	〔見下，**-er** 表人或物〕傳示意義的人或物
signify	〔**sign** 符號，**-i-**，**-fy**，動詞字尾；「用符號表示」→〕表示，表明，意味，預示
signpost	〔**sign** 符號，標記，**post** 標柱，標杆〕路標
signwriter	〔**sign** 記號→標牌，**writer** 寫的人〕寫招牌的人
undersign	〔**under-** 下面，**sign** 簽名〕在下面簽名
undersigned	〔見上，**-ed** …的〕在下面簽名的

🔊 517 silver 〔銀〕

silverfish	〔**silver** 銀色，**fish** 魚〕蠹魚；銀漢魚
silver-haired	〔**silver** 銀→白色，**hair** 頭髮，**-ed** 的〕髮白如銀的
silvering	〔**silver** 鍍銀，**-ing** 名詞字尾〕鍍銀，包銀
silverly	〔**silver** 銀，**-ly** 副詞字尾，…地〕銀子一般地，銀鈴般地（聲音）
silversmith	〔**silver** 銀，**smith** 工匠〕銀匠

S

silver-tongued	〔silver 銀，tongue 語言的；「聲音如銀鈴般的」→〕口才流利的，雄辯的
silverware	〔silver 銀，ware 器皿，商品〕銀器，銀製品
silvery	〔silver 銀，-y 形容詞字尾，…的〕似銀的，含銀的，銀製
quicksilver	〔quick 快→活動的，silver 銀〕水銀，汞

🔊 simple ［ 簡單的 ］
518

simplehearted	〔simple 簡單，單純，純潔，heart 心，-ed …的〕心地純潔的，真誠的
simpleminded	〔simple 簡單，單純，mind 頭腦，-ed …的〕純樸的；頭腦簡單的
simplicity	〔simpl(e) 簡單，-icity 名詞字尾〕簡單，簡易，簡明
simplification	〔見上，-fication 名詞字尾〕簡化，精簡
simplifier	〔simpl(e) 簡單，-i-，-fier 做…之物〕簡化物
simplify	〔simpl(e) 簡單，-i-，-fy …化，使…〕簡化，精簡
simplism	〔simpl(e) 簡單，-ism 表行為〕過分簡單化，片面看問題
simplistic	〔-istic …的〕過分簡單化的
simply	〔-ly …地〕簡單地，簡明地，簡直，僅僅，只不過
oversimplification	〔over- 過分〕過分簡單化
oversimplify	〔over- 過分，simplify 簡化〕（使）過分簡單化

⊙ sit [坐]
519

sit-downer	〔sit-down 坐下，-er 者〕靜坐罷工者
sitting	〔sit 坐，t 重複字母，-ing 名詞兼形容詞字尾〕坐，就座；坐著的，就座的
situp	(體育) 仰臥起坐
baby-sit	〔baby 嬰孩，sit 坐著照顧 =to see with a baby〕臨時替人照顧嬰孩
baby-sitter	〔見上，-er 者〕保母
bedsitter	〔bed 床→臥室〕臥室兼起居室
fence-sitter	〔fence 圍欄，圍牆；sitter 就座者〕猶豫不決者；中立者

⊙ size [大小，尺寸]
520

sizable	相當大的，大的
good-sized	〔good 充分，十〕相當大的
king-sized	特大的
large-sized	〔large 大的〕大型的
life-sized	〔life 生物→實物〕等身大的
middle-sized	〔middle 中等的〕中等尺寸的
outsize	〔out- 超過，size 尺寸〕特大號的
oversize	〔over- 過於，過度，size 大小〕特大的；特大號的東西

S

451

supersized	〔**super-** 超，**size** 大小，**ed** …的〕超大型的
undersized	〔**under-** 不足，小於，**size** 尺寸〕小於一般尺寸的，小型的
varisized	〔**vari-** 不同的，**size** 尺寸〕不同尺寸的，各種大小的

skill [技能，熟練]
521

skilled	〔**skill** 熟練，**-ed** …的〕熟練的，有技能的
skillful	〔**skill** 熟練，**-ful** …的〕熟練的，靈巧的
skillfully	〔見上，**-ly** …地〕熟練地，靈巧地
semiskilled	〔**semi-** 半〕半熟練的
unskilled	〔**un-** 不〕不熟練的，不擅長的
unskillful	〔**un-** 不〕不熟練的，笨拙的

skin [皮，皮膚]
522

skin-deep	〔**skin** 皮膚，**deep** 深〕膚淺的，表面的
skinny-dip	〔**skinny** 皮膚的→裸露皮膚的，**dip** 浸→游泳〕裸泳
skinny-dipper	〔見上，**-er** 者〕裸體游泳者
skinhead	剃光頭的人，禿頭
skinless	〔**skin** 皮，**-less** 無…的〕無皮的
skinner	〔**skin** 皮，**-er** 表示人〕皮革商，剝皮工人

452

skinny	〔skin 皮，-y 形容詞字尾，…的〕皮的，似皮的；極瘦的
skintight	〔skin 皮膚，tight 緊的；「緊貼皮膚的」〕緊身的
dark-skinned	〔dark 黑，skin 皮膚，-ed …的〕黑皮膚的

● 523 sky ［天空］

skyclad	〔sky 藍天，clad 穿衣的，被覆蓋的；「以藍天當衣服」〕裸體的
sky-high	（價格或收費）極高的（地）
skyish	〔sky 天空，-ish …的〕天空（般）的，天藍色的
skyless	〔sky 天空，-less 無，不〕看不見天的，多雲的
skylight	〔sky 天空，light 光〕（屋頂、船艙的）天窗
skyman	傘兵；飛機駕駛員
skymaster	〔sky 天空，master 主人〕巨型客機
skyrocket	〔sky 天空，rocket 火箭〕高空探測火箭
skytrooper	傘兵
skyscraper	〔sky 天空，scrape 擦，刮→摩，接觸到，-er 表示物〕摩天大樓
ensky	〔en- 使，sky 天空，天際〕把…捧上天

● 524 slave ［奴隸］

453

slaveholder	〔slave 奴隸，holder 佔有者〕奴隸主
slaveholding	〔slave 奴隸，holding 佔有（的）〕佔有奴隸（的）
slaver	〔slave 奴隸，-er 表示人或物〕奴隸販子，販運奴隸的船
slavery	〔slave 奴隸，-ery 名詞字尾〕奴隸制度，奴隸身分
slavish	〔slav(e) 奴隸，-ish …的〕奴隸（般）的，奴性的
antislavery	〔anti- 反對，見上〕反奴隸制度的
enslave	〔en- 使成…，slave 奴隸〕使做奴隸，奴役
enslavement	〔見上，-ment 名詞字尾〕奴役，束縛
enslaver	〔見上，-er 者〕奴役者，征服者
proslavery	〔pro- 贊成，見上〕贊成奴役制度的

🔊 sleep 〔睡眠〕
525

sleeper	〔sleep 睡，臥，-er 表示人或物〕睡眠者；（列車的）臥鋪
sleepless	〔sleep 睡眠，-less 無，不〕失眠的，不眠的
sleepwalker	〔見下〕夢遊者
sleepwalking	〔sleep 睡→睡夢中，walking 遊走〕夢遊
sleepwear	〔sleep 睡，wear 衣服〕睡衣睡褲（總稱）
sleepy	〔sleep 睡，-y …的〕想睡的；睏的

454

sleepyhead	〔sleepy 想睡的，head 人〕貪睡者，昏昏欲睡者
asleep	〔a- 在，sleep 睡眠〕熟睡中，睡著
dogsleep	〔狗睡眠時易醒〕不時驚醒的睡眠
microsleep	〔micro- 微小，短暫，sleep 睡眠→昏迷狀態〕短暫的暈眩
oversleep	〔over- 過度〕睡過頭

smith [工匠，鐵匠，…製作者]
526

smithery	〔smith 鐵匠，-ery 名詞字尾，表示場所、行業、…術〕鐵匠工場，鍛工工作；鍛工術
blacksmith	〔black 黑色→黑色金屬→鐵〕鐵匠
brass-smith	〔brass 黃銅〕黃銅匠
coppersmith	〔copper 銅〕銅匠
goldsmith	〔gold 金，smith 工匠〕金匠，金工，金飾商
gunsmith	〔gun 槍，炮→軍械，smith 製造者〕軍械工人
hammersmith	〔hammer 錘〕鍛工
ironsmith	〔iron 鐵，smith 工匠〕鐵匠，鍛工
locksmith	〔lock 鎖〕鎖匠
silversmith	〔silver 銀〕銀匠
songsmith	〔song 歌曲，smith 製作者〕作曲家
tinsmith	〔tin 錫→白鐵〕白鐵匠

S

| tunesmith | 〔**tune** 曲調，**smith** 製作者〕（尤指流行歌曲的）作曲者 |
| whitesmith | 〔**white** 白→白色金屬→錫、銀〕錫匠、銀匠 |

smoke〔煙，抽菸〕
527

smokeable	〔**smoke** 抽菸，**-able** 可…的〕可抽的，可吸的
smoke-bomb	〔**bomb** 炸彈〕使用煙幕彈進攻
smokeless	〔**smoke** 煙，**-less** 無〕無煙的
smokeproof	〔**smoke** 煙，**-proof** 防〕防煙的，不透煙的
smoker	〔**smoke** 抽菸，冒煙，**-er** 表示人或物〕吸菸者
smoky	〔**smok(e)** 煙，**-y** …的〕煙霧瀰漫的
chain-smoke	〔**chain** 鏈，一連串→一個接一個，**smoke** 抽菸〕一支接一支地抽菸
non-smoker	〔**non-** 非，不，**smoker** 吸菸者〕不抽菸的人

social〔社會的，社交的〕
528

socialism	社會主義
socialist	〔**social** 社會的，**-ist** 者，…的〕社會主義者，社會主義的
socialite	〔**social** 社會的，**-ite** 表示人〕社會名流，社交界名人

sociality	〔social 社交的，-ity 名詞字尾〕好交際，社交性
socialize	〔-ize …化〕使社會化，使社會主義化
social-minded	〔minded 關心…的〕關心社會的
antisocialist	〔anti- 反對〕反社會主義者
semi-socialist	〔semi- 半〕半社會主義的
unsocial	〔un- 非，不〕非社會的；不愛交際的

sound [聲音]

529

soundboard	〔sound 聲音，board 板〕共鳴板
sounder	〔-er 表示人或物〕發出聲音的人；發音器
sounding	〔sound 發出聲音，-ing …的〕發出聲音的，響亮的
soundless	〔sound 聲音，-less 無〕無聲的，寂靜的
soundproof	〔sound 聲音，-proof 防〕隔音的
high-sounding	〔high 高，sound 聲音，-ing …的〕誇大的，高調的
resound	〔re- 回，反，sound 聲音〕（廳堂的）回響，反響，迴盪
re-sound	〔re- 再，sound 發聲音〕（使）再發聲，（使）重發音
unsounded	〔un- 不，未，sound 發出聲音〕不發音的，未說出的

S

southeast	〔south 南，east 東〕東南
southeaster	〔southeast 東南，-er 表示風〕東南風
southeastern	〔southeast 東南，-ern …的〕東南的
southeasterner	〔見上，-er 人〕住在東南部的人
southeastward(s)	〔southeast 東南，-ward(s) 向〕向東南
souther	〔south 南，-er 表示風〕南風
southern	〔south 南，-ern 形容詞字尾，…的〕南方的，南部的
southerner	〔-er 人〕南方人，住在南部的人
southernmost	〔southern 南方的，-most 最〕最南的，極南的
southward(s)	〔south 南，ward(s) 向〕向南
southwest	〔south 南，west 西〕西南
southwester	〔southwest 西南，-er 表示風〕西南風
southwestern	〔southwest 西南，-ern …的〕西南的
southwesterner	〔見上，-er 人〕住在西南部的人
southwestward(s)	〔southwest 西南，-ward(s) 向〕向西南

space-age	〔space 太空，age 時代〕太空時代的

spacecraft	〔space 太空，craft 航行器〕宇宙飛船
spaceflight	〔space 太空，flight 飛行〕太空飛行
spaceclab	〔space 太空，lab＝laboratory 實驗室〕太空實驗室
spaceman	〔space 太空，man 人〕宇宙飛行員，太空人
spaceport	〔space 太空，port 機場→起飛處→發射處〕火箭、導彈和衛星的試驗發射中心
spaceship	〔space 太空，宇宙，ship 船〕宇宙飛船
spaceward	〔sapce 太空，-ward 向〕向太空
spacial	〔spac(e) 空間，-ial 形容詞字尾，…的〕空間的，宇宙的
spacious	〔spac(e) 空間，-ious 形容詞字尾，…的〕廣闊的，宇宙的
airspace	〔air 空中，space 空間〕空域，領空
interspace	〔inter- 在…之間，space 空間〕間隙，兩種物體間的空間

532 speak 〔說話〕

speakable	〔speak 說，-able 可…的〕可說出口的，可以交談的
speaker	說話者，演講者，代言人；揚聲器
speaking	發言的，交談的，說話，演講

spoken	〔**speak** 的過去分詞，用作形容詞〕口說的，口語的
spokesman	發言人，代言人
spokeswoman	女發言人，女代言人
loud-speaker	〔**loud** 響亮的〕喇叭，揚聲器
loudspoken	大聲說的
outspoken	〔**out-** 外，出〕直言的，毫無保留的
plainspoken	〔**plain** 直率的〕直言的，坦率的
short-spoken	〔**short** 短〕說話簡短的
smooth-spoken	〔**smooth** 圓滑的，流暢的〕言詞流利的，娓娓動聽的
soft-spoken	〔**soft** 溫柔的〕說話溫柔的，中聽的
unspeakable	〔**un-** 不〕說不出的，無法形容的；說不出口的
unspoken	〔**un-** 未，**spoken** 說出的〕未說出口的
well-spoken	〔**well** 好〕談吐優雅的，善於詞令的

---

533 spirit 〔精神〕

spirited	〔**spirit** 精神，**-ed** …的〕精神飽滿的，生氣勃勃的
spiritless	〔**spirit** 精神，**-less** 無〕無精打采的，垂頭喪氣的
spiritual	〔**spirit** 精神，**-ual** …的〕精神（上）的，心靈的
spiritualize	〔**-ize** 使…化〕使精神化，使超俗

dispirit	〔**di-**=**dis-** 取消，除去，**spirit** 精神，勇氣〕使氣餒，使沮喪
dispirited	〔見上，**-ed** …的〕沒有精神的，垂頭喪氣的
high-spirited	〔**high** 高，**spirit** 精神，勇氣，**-ed** …的〕高尚的，勇敢的，興奮的
inspirit	〔**in-** 使〕使振作精神，鼓舞
low-spirited	〔**low** 低〕精神不振的，沮喪的
poor-spirited	〔**poor** 貧乏的〕膽怯的，懦弱的
public-spirited	〔**public** 公眾的〕熱心公益的
weak-spirited	〔**weak** 軟弱的〕缺乏勇氣和自主力的

⬤ stand [站立，架，台，攤]
534

standee	〔**stand** 站立，**-ee** 名詞字尾，表示人〕（戲院中的）站票看客；（車船等的）站立乘客
standout	〔「站出的」→〕傑出的；傑出的人（或物）
standpoint	〔**stand** 立，**point** 點；「立足點」〕立場，觀點
standstill	〔**still** 靜止的，不動的〕停止，停頓，停滯不前
bookstand	〔**book** 書，**stand** 攤，亭〕書報攤，書櫃
bystander	〔**by-** 旁；「立於→旁者」→〕旁觀者
grandstand	〔**grand** 主要的，**stand** 台，看台〕（運動場等的）正面看台
hallstand	〔**hall** 門廳，大廳，**stand** 架〕衣帽架

S

461

handstand	〔「以手當足而立」→〕倒立
hatstand	〔hat 帽，stand 架〕（可移動的）帽架
kickstand	〔kick 踢，stand 架〕（自行車等的）撐腳架
lampstand	〔lamp 燈，stand 台〕燈座
long-standing	〔long 長，standing 站立的→持續的，存在的〕長期間的，長期存在的
newsstand	〔news 新聞→報紙，stand 攤〕報攤
outstanding	〔out- 出，stand 站，-ing …的；「站出來的」→〕傑出的，顯著的，凸出的
upstanding	〔up- 向上〕直立的，正直的
washstand	〔wash 洗，stand 架〕臉盆架
withstand	〔with- 相對，stand 站立〕抵擋，反抗；頂得住

● 535 star ［星］

stardom	〔star 明星，-dom 名詞字尾，表示地位，…界〕明星地位；明星界
starlet	〔star 星，-let 名詞字尾，表示小〕小星；小女明星
starlight	〔star 星，light 光〕星光；有星光的
starlike	〔star 星，-like 像…的〕像星星般明亮的；星形的
starlit	〔star 星，lit 明亮的（light 的過去分詞）〕星光照耀的
daystar	〔day 白天，star 星；「天明時的星」〕晨星

| pole star | 〔pole 極，star 星〕北極星 |
| superstar | 〔super- 超，star 星〕超級巨星 |

● state [國家]
536

statecraft	〔state 國家，craft 技巧→本領〕治國的本領
stateless	〔state 國家，-less 無…的〕無國籍的
statelet	〔state 國家，-let 表示小〕小國
state-run	〔state 國家，run 管理，經營〕國營的
statesman	〔states＝state's，man 人〕政治家
statesmanship	〔見上，-ship 抽象名詞字尾〕治國之才，政治家的才能
statewide	〔state 國家，wide 寬廣的（指範圍）〕全國範圍的
city-state	〔city 城市，state 國家〕（古希臘的）城邦
microstate	〔micro- 微小，state 國家〕小國
ministate	〔mini- 小，state 國家〕小國
superstate	〔super- 超級，state 國家〕超級大國

● steel [鋼]
537

steellike	〔steel 鋼，-like 形容詞字尾，像…的〕鋼鐵般的
steelmaking	〔making 製造〕煉鋼
steel-wire	〔wire 金屬絲〕鋼絲

steelworker	煉鋼工人
steelworks	〔**works** 工廠〕煉鋼廠
steely	〔**steel** 鋼，**-y** 形容詞字尾，…的〕顏色似鋼的；堅毅的

⊙ step 〔步〕
538

step-by-step	逐步的，逐漸的
steppling-stone	墊腳石，跳板
doorstep	〔**door** 門，**step** 步→踏腳處→台階〕（門前的）石階
footstep	〔**foot** 腳，**step** 步〕腳步，腳步聲
goose-step	〔**goose** 鵝；「鵝步」→〕正步走
lockstep	〔**lock** 鎖→連接，**step** 步〕前後緊接，步伐一致的前進
misstep	〔**mis-** 誤，錯，**step** 步〕失足，過失
outstep	〔**out-** 超過，**step** 步〕超出，逾越
overstep	〔**over-** 越過，**step** 步〕逾越，違犯
quickstep	〔**quick** 快〕快步舞，快步舞曲

⊙ stone 〔石〕
539

| stone-breaker | 〔**beaker** 打碎者〕碎石工人；碎石機 |

stonecutter	〔cutter 切削者〕石工，切石機
stoneware	〔stone 石，ware 器皿〕石製品
stoney	〔stone 石，-y 形容詞字尾，…的〕多石的，石質的，堅硬如石的，冷酷無情的
bloodstone	〔blood 血〕有血點（或血紋）的綠寶石
bluestone	〔blue 藍〕藍灰沙岩
chalkstone	〔chalk 白堊，stone 石，岩〕石灰岩
cornerstone	〔corner 角→牆角，stone 石〕牆角石，柱石，奠基石，基礎
doorstone	〔door 門→門口，stone 石〕門口鋪石
dripstone	〔drip 滴，stone 石〕滴水石
edgestone	〔edge 邊緣，stone 石〕（道路的）邊緣石
firestone	〔fire 火，stone 石〕耐火岩石，燧石
floatstone	〔float 漂浮，stone 石〕浮石，輕石
footstone	〔foot →底部，基礎，stone 石〕基石
grapestone	〔grape 葡萄，stone 石→果核〕葡萄核，葡萄種子
gravestone	〔grave 墓，stone 石，碑〕墓碑
grindstone	〔grind 磨，stone 石〕磨石，砂輪
ironstone	〔iron 鐵，stone 石→礦石〕含鐵礦石，菱鐵礦
lapstone	〔lap 膝〕皮匠放在膝蓋上的墊石
limestone	〔lime 石灰，stone 石〕石灰石
milestone	〔mile 英里→里程，stone 石，界碑〕里程碑，歷史上的重大操作

S

sandstone	〔sand 沙，stone 石，岩〕沙岩
stepping-stone	〔steppig 踏腳，stone 石〕墊腳石；跳板
tilestone	〔tile 瓦，stone 石〕石瓦
tinstone	〔tin 錫，stone 石〕錫石
tombstone	〔tomb 墓，stone 石，碑〕墓碑，墓石
touchstone	〔touch 試驗，stone 石〕試金石，檢驗標準

⚫ 540 stop ［停止，阻止］

stoppage	〔stop 停止，-age 名詞字尾〕停工；（足球賽的）傷停時間
stopper	〔stop 停止，-er 表示人或物〕使停止的人或物
stopwatch	〔stop 停止，watch 錶；「可以隨時使其停止走動的錶」〕（賽跑等用的）碼錶
doorstop	〔door 門，stop 阻止〕制門器
nonstop	〔non- 不，stop 停止〕不停的，（列車、飛機等）中途不停的，直達的
showstopper	〔show 表演，stop 阻止，中斷〕因特別精彩而被觀眾掌聲打斷的表演（或表演者）
unstop	〔un- 除去，stop 阻止，阻塞，障礙〕除去障礙，拔去…的塞子

⚫ 541 storm ［風暴，暴風雨］

storm-beaten	〔storm 暴風雨，beaten 被打擊的〕風吹雨打的，受暴風雨損壞的，飽經風霜的
storm-belt	〔storm 風暴，belt 地帶〕風暴地帶
stormless	〔storm 風暴，-less 無…的〕無風暴的
stormproof	〔storm 風暴，-proof 防…的〕防風暴的
stormy	〔storm 風暴，-y 多…的〕有暴風雨的，多風暴的
storm-zone	〔storm 風暴，zone 區〕風暴區
brainstorm	〔brain 腦〕集思廣益
firestorm	〔fire 火〕（原子爆炸等引起的）風暴性大火
hallstorm	〔hall 冰雹〕雹暴
rainstorm	〔rain 雨〕暴風雨
sandstorm	〔sand 沙〕沙暴
snowstorm	〔snow 雪〕暴風雪
thunderstorm	〔thunder 雷〕雷暴雨
windstorm	〔wind 風〕風暴

● stream [流，溪流]
542

S

streamless	〔stream 溪流，-less 無…的〕無溪流的
streamlet	〔stream 溪，-let 小〕小溪
streamline	〔stream 流，line 線〕流線型的
streamliner	〔見上，-er 表示物〕流線型物（特指流線型火車）

streamy	〔**stream** 溪流，**-y** …的〕多溪流的；流水般的
airstream	〔**air** 空氣，**stream** 流〕氣流
bloodstream	〔**blood** 血，**stream** 流〕血流
downstream	〔**down** 下〕順流（的），在下游（的）
mainstream	〔**main** 主要的，**stream** 流〕主流（的）
midstream	〔**mid** 中間的，**stream** 流〕中流
upstream	〔**up** 上〕在上游（的），向上游（的）

street ［街］
543

streetcar	〔**street** 街，**car** 車〕路面電車
streetscape	〔**street** 街，**-scape** 景色〕街景
streetwalker	〔在街上溜躂拉客的女人〕妓女
streetward	〔**street** 街，**-ward** 向〕向街（的），朝街（的）
streetwise	〔**street** 街道→街道居民→普通居民，**wise** 了解的，明白的；「了解普通居民的情況」〕體察民情的，了解人民所需的
streetworker	街道工作者
off-street	〔**off** 離開，**street** 街〕遠離街道的

strong ［強，堅固］
544

| strong-bodied | 〔**strong** 強壯，**bod(y→i)** 身體，**-ed** …的〕身體強壯的 |

468

strongbox	〔**strong** 堅固，**box** 箱〕保險箱
stronghearted	〔**strong** 強，**heart** 心，精神，勇氣，**-ed** …的〕勇敢的
stronghold	〔**strong** 強，堅固，**hold** 掌握，控制，控制點〕要塞，堡壘
strongly	〔**strong**，強，**-ly** …地〕強壯地，堅強地
strong-minded	〔**strong** 強，**mind** 精神，意志，**-ed** …的〕意志堅強的
strongpoint	〔**strong** 堅固，**point** 點〕防守上的戰術據點
strong-willed	〔**strong** 強，**will** 意志，**-ed** …的〕意志堅強的

🔊 545 structure ［結構，建築］

structural	〔**structur(e)** 結構，**-al** …的〕結構上的，建築上的
structured	〔**structure** 結構，**-ed** …的〕有結構的
structureless	〔**structure** 結構，**-less** 無〕無結構的
infrastructure	〔**infra-** 下〕基礎建設
restructure	〔**re-** 重新，**structure** 結構，組織〕重新組織
substructure	〔**sub-** 下〕下層結構，下部建築；基礎
superstructural	〔**super-** 上，**-al** …的〕上層建築的，上部結構的
superstructure	〔**super-** 上，〕上層結構，上部建築
understructure	〔**under-** 下〕下層結構；基礎

S

study [學習，研究]

studied	有學問的，有知識的
studious	〔stud(y→i) 學習，-ous …的〕勤學的，用功的
studiously	〔見上，-ly …地〕勤學地，用功地
overstudy	〔over- 過度，study 學習，用功〕用功過度
restudy	〔re- 再，重新，study 學習，研究〕再學習，重新研究
self-study	〔self- 自己，study 學習〕自學，自己研究

547

sun [太陽]

sunbath	〔sun 太陽，bath 浴〕日光浴
sunblind	〔sun 太陽，blind 遮光物〕（窗外的）遮蓬，遮簾
sunburn	〔sun 太陽，burn 燒〕曬傷
sundown	〔sun 太陽，down 下〕日落
sunflower	〔sun 太陽，flower 花〕向日葵
sunglasses	〔sun 太陽，glasses 眼鏡〕太陽眼鏡
sungod	〔sun 太陽，god 神〕太陽神
sunless	〔sun 太陽，-less 無，不〕不見陽光的，陰暗的
sunlight	〔sun 太陽，light 光〕日光，陽光
sunlike	〔sun 太陽，-like 像…的〕像太陽的

sunlit	〔**sun** 太陽，**lit**（**light** 的過去分詞）照亮的〕陽光照耀的，陽光普照的
sunny	〔**sun** 太陽，**n** 重複字尾，**-y** …的〕陽光充足的
sunproof	〔**sun** 太陽，**-proof** 防…，不透…〕不透日光的
sunrise	〔**sun** 太陽，**rise** 升起〕日出（時分）
sunroom	〔**sun** 太陽，**room** 室〕（用玻璃建造的）日光室
sunset	〔**sun** 太陽，**set** 落〕日落（時分），（比喻）晚年
sunshade	〔**sun** 太陽，**shade** 遮〕（女用）陽傘；（櫥窗等的）遮篷
sunshine	〔**sun** 太陽，**shine** 照耀，光〕日光，陽光
unsunned	〔**un-** 不，**sun** 太陽，**n** 重複字母，**-ed** …的〕不見陽光的，不受日光影響的

⊙
548 **suppose** 〔料想，假定〕

supposable	〔**suppos(e)** 料想，假定，**-able** 可…的〕可假定的，想像得到的
supposal	〔**suppose(e)** 想像，假定，**-al** 名詞字尾〕想像，假定，推測
supposed	〔**suppos(e)** 想像，假定，**-ed** …的〕想像上的，假定的
supposedly	〔見上，**-ly** 副詞字尾〕想像上，按推測，恐怕
supposition	〔**suppos(e)** 想像，假定，**-ition** 名詞字尾〕想像、假定，推測

S

471

suppositional	〔見上，-al 形容詞字尾，…的〕想像的，假定的，推測的
suppositious	〔suppos(e) 想像，假定，-itious 形容詞字尾，…的〕想像的，假定的，假的
suppositive	〔suppos(e) 想像，假定，-itive 形容詞字尾，…的〕想像的，假定的，推測的
presuppose	〔pre- 預先，suppose 料想，假定〕預料，推測，預先假定
presupposition	〔見上，-ition 名詞字尾〕預想（的事），預先假定（的事）

sweet 〔甜〕
549

sweeten	〔sweet 甜，-en 動詞字尾，使…〕使變甜，變甜
sweetheart	〔sweet 甜→可愛的，heart 表示人（愛稱）〕愛人，情人，甜心
sweetie	〔sweet 甜，-ie 名詞字尾，表示物〕糖果，甜食
sweetish	〔sweet 甜，-ish 形容詞字尾，略…的〕略甜的
sweetly	〔sweet 甜，-ly 副詞字尾…地〕甜蜜地
sweetshop	〔sweet 甜→甜食，shop 店〕糖果店
sweet-talk	〔sweet 甜，talk 說話〕用甜言蜜語勸誘，諂媚，奉承
sweety	〔sweet 甜，-y 名詞字尾，表示物〕同 sweetie

550 system [系統]

systematic	[system 系統，-atic …的] 有系統的，成體系的
systematical	[=systematic] 有系統的
systematically	[見上，-ly …地] 有系統地
systematist	[-ist 人] 制定系統者，按照系統者，分類學者
systematize	[-ize 使…化] 使系統化，使成體系
systemless	[system 系統，-less 無] 無系統的
microsystem	[micro- 微，system 系統] 微型系統
subsystem	[sub- 分支，system 系統] 分系統，支系統
unsystematic	[un- 無，system 系統，-atic …的] 無系統的

551 take [取，拿]

takeoff	[off 離開] 起飛
takeover	[「拿過來」] 接收，接管，接任
taker	接受者
breathtaking	[=taking breath] 使人透不過氣來的，驚人的，激動人心的，驚險的
caretaker	[=one who takes care of …] （空屋等的）看管人
give-and-take	平等交換（的），交換意見（的）
intake	[in- 入，take 取] 吸入，攝取

S
T

473

mistakable	〔mis- 誤，take 拿，認為，-able 易…的〕易弄錯的
mistake	〔mis-誤，take拿，認為〕弄錯，搞錯；錯誤
mistaken	〔mistake 的過去分詞，用作形容詞〕弄錯的，錯誤的
painstaking	〔pains 辛苦，刻苦，努力；「taking pai-ns」〕費盡心力的
retake	〔re- 再，回，take 拿，取〕取回，奪回
unmistakable	〔un- 不，見上〕不會弄錯的
uptake	〔up 向上，take 拿〕舉起，拿起

talk [談話]
552

talkative	〔talk 談話，-ative …的〕喜歡講話的，健談的
talker	談話者，健談者，多嘴的人，空談家
takie	〔talk 說話，-ie 名詞字尾，表示物〕早期的有聲電影
talky	〔talk 說話，-y 多…的〕喜歡講話的，多嘴的
double-talk	〔double 雙關的，兩可的，talk 說話〕模稜兩可的欺人之談
outtalk	〔out- 勝過，talk 說話〕在口才方面勝過，比…講得響亮
overtalk	〔over- 過分，talk 談話，說話〕過分多言
shoptalk	〔shop 本行，talk 談話〕行話，有關本行的談論

| sweet-talk | 〔sweet 甜，talk 談話〕諂媚，奉承 |

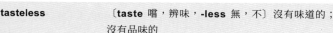

taste [嚐，辨味]
553

tasteful	〔taste 嚐→欣賞，鑒賞，-ful …的〕有品味的
tasteless	〔taste 嚐，辨味，-less 無，不〕沒有味道的；沒有品味的
taster	〔taste 嚐，-er 者〕賞味者
tasty	〔tast(e) 嚐，-y …的〕可口的，美味的
aftertaste	〔after- 後，以後，taste 辨味〕餘味
distaste	〔dis- 不，taste 嚐〕不合口味，不喜歡，厭惡
distasteful	〔見上，-ful …的→〕不合口味的，令人厭惡的
foretaste	〔fore- 先，taste 嚐〕預先體驗

tax [稅]
554

taxable	〔tax 稅，徵稅，-able 可…的〕可徵稅的，應納稅的
taxation	〔tax 稅，徵稅，-ation 名詞字尾〕稅收制度
tax-free	〔tax 稅，free 無…的〕免稅的
taxman	〔「收稅的人」〕稅務官
taxpayer	〔tax 稅，payer 付款者〕納稅人（在美國常作為「公民」的同義詞）

overtax	〔**over-** 過甚，**tax** 稅〕徵稅過多
supertax	〔**super-** 超，以外，**tax** 稅〕附加稅
surtax	〔**sur-** 超，過多，**tax** 稅〕附加稅
undertax	〔**under-** 低，不足，**tax** 稅〕徵稅不足
untaxed	〔**un-** 未，**tax** 稅，**-ed** …的〕未完稅的，免稅的
taxi	〔**taxicab** 的縮寫形式〕出租汽車，計程車
taxicab	〔**tax** 稅→收款，收費，**-i-** 連接字母，**cab** 車；「收費的車」〕出租汽車，計程車

555 teach [教]

teachable	〔**teach** 教，**-able** 可…的〕可教的，適合教學的
teacher	〔**-er** 者〕教師
teaching	〔**teach** 教，**-ing** 名詞兼形容詞字尾〕教學，教導；教學的
self-taught	〔**self-** 自己，**taught**（**teach** 的過去分詞）教的〕自學的，自修的
unteachable	〔**un-** 不，見上〕不可教的，不適合教學的

556 tell [講，告訴]

| **tellable** | 〔**tell** 講，**-able** 可…的〕可講的，可告別的 |
| **teller** | 〔**-er** 者〕講述者，講故事的人 |

telltale	〔tell 講，tale 壞話〕搬弄是非者，告密者；泄露秘密的
foretell	〔fore- 預先，tell 講〕預言，預示
fortune-teller	〔fortune 命運，teller 講述者〕算命師
fortune-telling	〔見上，-ing 名詞字尾〕算命
retell	〔re- 再，重，tell 講〕重述，重說
retold	〔re- 再，重，told（tell 的過去分詞）講述的〕複述的，重述的
storyteller	〔story 故事，tell 講，-er 者〕講故事的人
taletelling	〔見上，-ing 名詞字尾〕講故事，搬弄是非
untold	〔un- 未〕未說過的，未透露的

🏓 test [試驗，測驗，考驗]
557

testable	〔test 試驗，-able 可…的〕可試驗的
testbed	〔test 試驗，bed 床，基地〕試驗床，試驗台，試驗地
test-drive	〔test 試驗，drive 駕駛〕（賣車前）試車
tested	〔test 試驗，考驗，-ed …的〕經過試驗的，經過考驗的
test-fire	〔test 試驗，fire 射擊〕（核武）試射
posttest	〔post- 後，test 試驗〕期末測驗
pretest	〔pre- 先，test 試驗〕預先測驗

| time-tested | 〔**time** 時間，**test** 考驗，**-ed** …的〕經過時間考驗的 |

🔊 558 thing ［東西，事物］

anything	〔**any** 任何〕任何事（或物），什麼事（或物）
everything	〔**every** 每〕每件事（或物），一切
in-thing	〔**in-** 新近，**thing** 東西〕新近流行的東西
know-nothing	〔**know** 知道，**nothing** 無物〕無知的人
nothing	〔**no** 無，**thing** 東西〕沒有東西（或物），沒有什麼
nothingness	〔見上，**-ness** 表抽象名詞〕虛無，不存在；無價值（的事物），微不足道的（事物）
something	〔**some** 某〕某事（或物）
underthings	〔**under-** 內，**things** 東西，用品〕女用內衣褲

🔊 559 think ［想，思考］

thinkable	〔**think** 想，**-able** 可…的〕可加以思考的，想像中可能的
thinker	思想家，思考者
thinking	〔**think** 想，**-ing** 形容詞兼名詞字尾〕思想的，好思考的；思想，思考
think-so	未經證實的想法

478

bethink	〔**be-** 加強意義，**think** 想〕想起，想到
doublethink	〔**double** 雙重的，**think** 想法〕矛盾想法
groupthink	〔**group** 小團體，**think** 想法〕團體迷思
rethink	〔**re-** 再，重新，**think** 想〕再想，重新考慮
unthink	〔**un-** 不，**think** 想〕不再思考
unthinkable	〔**un-** 不，**thinkable** 可以思考的〕難以想像的，不加以考慮的
unthinking	〔**un-** 無，**think** 思想，**-ing** …的〕不動腦筋的

🔊 tight [緊的，不漏的]
560

tighten	〔**tight** 緊的，**-en** 動詞字尾，使…〕使變緊，使繃緊，變緊，繃緊
tight-fisted	〔**tight** 緊，**fist** 拳頭，**-ed** …的；「握緊拳頭的」→〕吝嗇的，小氣的
tight-lipped	〔**tight** 緊，**lip** 嘴唇，**-ed** …的〕嘴唇緊閉的，寡言的
tightly	〔**tight** 緊，**-ly** …地〕緊緊地，牢固地
tight-mouthed	〔**tight** 緊，**mouth** 嘴，**-ed** …的〕守口如瓶的
airtight	〔**air** 空氣，**tight** 不漏的〕密不透氣的，密封的
skintight	〔**skin** 皮膚，**tight** 緊的；「緊貼皮膚的」→〕緊身的
watertight	〔**water** 水，**tight** 不漏的〕不透水的，嚴密的
windtight	〔**wind** 風，**tight** 不漏的〕不透風的，不通風的

T

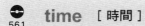

● 561　time〔時間〕

time-consuming	〔**consum(e)** 消耗，花費，**-ing** …的〕費時的
timeless	〔**-less** 無〕無時間限制的，無日期的，永恆的
timely	適時的，及時的
time-saver	〔**save** 節省〕節省時間的事物
timesaving	〔見上，**-ing** …的〕節省時間的
timetable	〔**table** 項目表〕時間表，時刻表
time-tested	〔**test** 考驗〕經受時間考驗的
anytime	〔**any** 任何〕（在）任何時候
bedtime	〔**bed** 床→上床，睡覺〕就寢時間
daytime	〔**day** 白天〕日間，白天
foretime	〔**dore** 以前，先前〕以往，過去
full-timer	〔**full** 全部〕全職人員
ill-timed	〔**ill** 不好的，不恰當的〕不合時宜的
kill-time	〔**kill** 毀掉，消磨掉〕用來消磨時間的事情
lifetime	〔**life** 生命，一生〕終身；一生，壽命
longtimer	〔**long** 長〕（在某地）住了很久的人；長期從事（某項）工作的人；長期徒刑犯
mistime	〔**mis-** 錯誤〕估計錯（或搞錯）時間；使（話、事情等）不合時宜
nighttime	〔**night** 夜〕夜間
old-time	〔**old** 古、舊、老〕古時的，舊時的，老資格的

480

oldtimer	老前輩，老手，上了年紀的人
overtime	〔over- 超過〕超過規定的時間，超時
part-time	〔part 部分〕部分時間的，非全日的，兼職的
part-timer	〔見上，-er 人〕打工的人，非全日工
short-timer	〔short 短〕服短期徒刑的犯人
sometime	〔some 某〕在某一時候，有朝一日
sometimes	有時，偶爾
spare time	〔spare 多餘的，剩下的〕空閒時間
springtime	〔spring 春〕春季，春天，青春（期）
summertime	〔summer 夏〕夏季，夏天
untimely	〔un- 不〕不適時的，過早的
wartime	〔war 戰爭〕戰時
well-timed	〔well 好〕時機選得好的，準時的
wintertime	〔winter 冬〕冬季，冬天

562 tongue [舌頭，語言]

tongueless	〔-less 無，不〕沒有舌頭的，緘默的
tonguester	〔-ster 表示人〕健談的人，道人長短的人
tongue-shy	〔shy 害羞〕羞怯得說不出話來的，結結巴巴的
tongue-tied	〔tie 栓，結〕（由於為難）不好開口的，結結巴巴的
double-tongued	〔double 兩面的，兩可的〕欺騙的

481

honey-tongued	〔honey 甜蜜〕甜言蜜語的
long-tongued	〔long 長〕長舌的，話多的
loose-tongued	〔loose 鬆的，沒有約束的，tongue 舌頭，-ed …的〕隨口亂說的
sharp-tongued	〔sharp 尖〕說話刻薄的，挖苦的
silver-tongued	〔silver 銀→銀鈴般的〕口才流利的，雄辯的
smooth-tongued	〔smooth 圓滑的〕油嘴滑舌的

🔊 top [頂]
563

top-heavy	〔top 頂→頭，heavy 重〕頭重腳輕的，資本過大的
topless	〔-less 無…的〕裸露上身的
top-level	〔top 頂，高，-level 級別〕最高級的
top-line	〔line 行，條〕頭條新聞的
top-ranking	〔top 頂，高，rank 等級〕最高級的
top-secret	〔top 頂端→最，secret 祕密的〕最高機密的
atop	〔a- 在，top 頂〕在頂上
flattop	〔flat 平，頂〕平頂建築物
hilltop	〔hill 山〕山頂
housetop	〔house 房屋〕屋頂
mountaintop	〔mountain 山〕山頂
overtop	〔over- 超過，top 頂〕高出，超過，勝過
tabletop	〔table 桌〕桌面

| tiptop | 〔**tip** 尖頂，**top** 頂〕絕頂，最高點；出色的，第一流的 |
| topmost | 〔**top** 頂，高，**–most** 最…的〕最高的，最上面的 |

🔵 564 town [城，鎮]

townee	〔**-ee** 名詞字尾，表示人〕城裡人，鎮民，市民
townlet	〔**-let** 表示小〕小鎮
townsman	城裡人，鎮民，市民
townspeople	鎮民，市民，城裡生長的人
towny	〔**-y** 表示人〕城裡人，鎮民；
	〔**-y** …的〕城裡的，城市生活的
Chinatown	中國城，唐人街
downtown	〔**down** 下〕往（或在）市中心商業區的
hometown	〔**home** 家〕故鄉，家鄉
midtown	〔**mid** 中間〕商業區與住宅區之間的地區
uptown	〔**up** 上〕往（或在）非商業區的

🔵 565 train [火車]

trainload	〔**train** 裝載〕列車載重，列車的裝載量
trainman	列車員
trainsick	〔**sick** 病的，嘔吐的〕（乘火車）暈車的

detrain	〔de- 下，離開〕下火車，使下火車
entrain	〔en- 上，登上〕上火車，使上火車
minitrain	〔mini- 小〕小型列車
supertrain	〔super- 超〕超高速火車

🔊 566 translate ［翻譯］

translatable	〔translat(e) 翻譯，-able 能…的〕能翻譯的
translation	〔translat(e) 翻譯，-ion 名詞字尾〕翻譯，譯文
translational	〔見上，-al …的〕翻譯的
translationese	〔translation 翻譯，-ese 語言，文體〕（受譯文影響而不夠流暢的）翻譯文體
translative	〔translat(e) 翻譯，ive …的〕翻譯的
mistranslate	〔mis- 錯誤，translate 翻譯〕錯譯，誤譯
mistranslation	〔見上，-ion 名詞字尾〕錯譯，誤譯
translator	〔translat(e) 翻譯，-or 者〕譯者
untranslatable	〔un- 不，見上〕不能翻譯的，難以翻譯的

🔊 567 treat ［對待，治療，處理］

treatable	〔treat 治療，處理，-able 能…的〕能治療的，能處理的
treatment	待遇，處理，治療
ill-treat	〔ill 壞的，粗暴的，treat 對待〕虐待，苛待

484

ill-treatment	〔見上，-ment 名詞字尾〕虐待，苛待
maltreat	〔mal- 惡，treat 對待〕虐待，粗暴地對待
maltreatment	〔見上，-ment 名詞字尾〕虐待
mistreat	〔mis- 惡，treat 名詞字尾〕虐待
posttreatment	〔post- 以後，treatment 治療〕治療期以後的
pretreatment	〔pre- 以前，預先，treatment 治療，處理〕治療以前的，預先的處理

⊕ true [真實的]
568

truehearted	〔true 真實的，heart 心，-ed …的〕忠實的，忠誠的
true-life	〔life 生活〕（作品等）忠於現實生活的
truelove	〔love 情人〕（忠實的）戀人，愛人
truly	〔tru(e) 真實的，-ly …地〕真正地，確實地
truth	〔tru(e) 真實的，-th 表示抽象名詞〕真實，真理
truthful	〔truth 真實，-ful …的〕真實的，說真話的，忠實的
truthfully	〔見上，-ly …地〕真實地，忠實地
truthless	〔truth 真實，-less 不〕不老實的，不忠實的
half-truth	〔half 半〕只有部分真實性的報導
untrue	〔un- 不，true 真實的〕不真實的
untruth	〔untru(e) 不真實的，-th 表示抽象名詞〕不真實，虛假，假話

T

485

| untruthful | 〔見上，**-ful** …的〕不真實的，說謊的 |

569 trust [信任]

trustful	〔**trust** 信任，**-ful** …的〕深信不疑的，信任他人的
trustily	〔見上，**-ly** …地〕可信賴地，可靠地
trusting	〔**trust** 信任，**-ing** …的〕深信不疑的，信任他人的
trusty	〔**trust** 信任，**-y** …的〕可信賴的，可靠的
distrust	〔**dis-** 不，**trust** 信任〕不信任，懷疑
distrustful	〔**dis-** 不，**trust** 信任，**-ful** …的〕不信任的，多疑的
entrust	〔**en-** 加強意義，**trust** 信任〕信託，委託，託管
entrustment	〔見上，**-ment** 名詞字尾〕信託，委託，託管
mistrust	〔**mis-** 不，**trust** 信任〕不信任，不相信，懷疑
mistrustful	〔見上，**-ful** …的〕不信任的，不相信的，多疑的
self-distrust	〔**self-** 自己，**distrust** 不信任〕缺乏自信
trustworthy	〔**trust** 信任，**worthy** 值得的〕值得信任的
untrustworthy	〔**un-** 不，見上〕不值得信任的，不能信賴的

570 try [試驗，考驗]

| trial | 〔**tr(y→i)** 試驗，**-al** 名詞字尾〕試驗，試用，考驗 |
| tried | 〔**tr(y→i)** 試驗，**-ed** …的〕試驗過後的，考驗過的 |

trier	〔**tr(y→i)** 試驗，**-er** 表示人或物〕試驗者，檢驗器；盡力工作的人
retrial	〔**re-** 再，見上〕再試驗，重新試驗
retry	〔**re-** 再，**try** 試驗〕再試，再試做
untried	〔**un-** 未，**tr(y→i)** 考驗，**-ed** …的〕未經考驗的，未經檢驗的
well-tried	〔**well** 充分地，徹底地，**tried** 試驗的〕經反覆試驗證明的

🔄 turn [轉動]
571

turner	〔**turn** 轉，旋轉，**-er** 者〕旋轉者，旋工，車工，旋轉器
turnover	〔**turn** 轉，**over** 顛倒〕翻轉，翻倒，倒轉
about-turn	〔**about** 轉到相反方向，**turn** 轉〕（朝反方向）轉；（意見或行為的）徹底轉變
downturn	〔**down** 向下，**turn** 轉〕衰退，下降
overturn	〔**over-** 反，顛倒，**turn** 轉〕打翻，推翻
return	〔**re-** 回，**turn** 轉〕返回，歸還，回報；恢復至（狀態）
returnable	〔**-able** 可…的〕可退回的
returnee	〔**return** 返回，**-ee** 表示人〕回國的人，回來的人
returned	〔**return** 返回，**-ed** …的〕已歸來的，已回國的；被退回的

T

487

| upturn | 〔**up** 向上，**turn** 轉〕好轉，回升，改善 |
| upturned | 〔見上，**-ed** …的〕朝上的，向上翹的 |

⊙ unite [團結，聯合，統一]
572

united	〔**unite**聯合，統一，**-ed** …的〕聯合的，統一的，團結的
unitive	〔**unit(e)** 聯合，統一，**-ive** …的〕聯合的，統一的，團結的
unity	〔**-y** 名詞字尾〕團結，統一
disunite	〔**dis-** 不，**unite** 團結，統一〕使分裂
disunity	〔見上，**-y** 名詞字尾〕分裂
reunite	〔**re-** 再，**unite** 聯合〕使再聯合

⊙ use [用，使用]
573

usage	〔**us(e)** 用，**-age** 名詞字尾〕使用，用法
useability	〔**use** 用，**-ability** 名詞字尾〕可用，能用
useable	〔**use** 用，**-able** 可…的〕可用的，能用的
useful	〔**use** 用，**-ful** 有…的〕有用的，實用的
useless	〔**use** 用，**-less** 無…的〕無用的，無益的
uselessly	〔見上，**-ly** …地〕無用地，無益地
user	〔**use** 使用，**-er** 者〕使用者，用戶

abuse	〔ab- 不正常，use 使用〕濫用
abusive	〔見上，-ive …的〕濫用的，被濫用的
disuse	〔dis- 不，use 用〕閒置，廢棄
ill-usage	〔ill 惡，粗暴的，use 使用，-age 名詞字尾〕虐待，濫用
ill-use	〔ill 惡，粗暴的，use 使用，對待〕虐待，濫用
misusage	〔mis- 誤，use 用，-age 名詞字尾〕誤用，濫用
misuse	〔mis- 誤，use 用〕誤用，濫用
misuser	〔見上，-er 者〕誤用者，濫用者
nonuse	〔non- 不，use 使用〕不使用
overuse	〔over- 過度，use 使用〕使用過度（或過久）
reusable	〔re- 再，use 使用，-able 可…的〕可再使用的，可反覆使用的
reuse	〔re- 再，use 使用〕再使用，重新使用

🔄 574 value ［價值，估價］

valuable	〔valu(e) 價值，估價，-able …的〕有價值的，寶貴的；可估價的
valuation	〔valu(e) 估價，-ation 名詞字尾〕估價，定價，評價
valuator	〔valu(e) 估價，-ator 者〕估價者，評價者
valued	估了價的，經估價的；受到尊重的
valuer	〔valu(e) 估價，-er 者〕估價者，評價者

U
V

devaluation	〔**de-** 向下，降低，**value** 價值，**-ation** 名詞字尾〕貶值
devalue	〔**de-** 向下，降低，**value** 價值〕降低價值，貶值
evaluate	〔**e-** 加強意義，**valu(e)** 估價，**-ate** 動詞字尾〕估價，評價
evaluation	〔見上，**-ation** 名詞字尾〕估價，評價
invaluable	〔**in-** 無，不，**valu(e)** 估價，**-able** …的〕無法估價的
outvalue	〔**out-** 勝過，**value** 價值〕價值大於，比…更可貴
overvalue	〔**over-** 過度，**value** 估價〕估價（或定價）過高
revaluation	〔**re-** 再，**value** 估價，**ation** 名詞字尾〕再估價，重新估價
revalue	〔**re-** 再，**value** 估價〕再估價，重新估價
undervaluation	〔**under-** 低，**value** 估價，**-ation** 名詞字尾〕低估，輕視
undervalue	〔**under-** 低，**value** 估價〕低估，小看
unvalued	〔**un-** 無，不，未，**value** 價值，估價，**-ed** …的〕無價值的，不受重視的，未曾估價的

☻ 575 view ［見，看］

| viewer | 〔**view** 觀看，**-er** 者〕（電視）觀眾 |
| counterview | 〔**counter-** 相反，反對，**view** 看，看法，意見〕反對意見 |

interview	〔inter- 互相，view 見〕面談，面試，採訪
interviewee	〔見上，-ee 被…者〕參加面試者，受訪者
interviewer	〔見上，-er 者〕面試官，採訪者
preview	〔pre- 預先，view 觀看〕預覽，預演，預習
review	〔re- 回，再，view 看〕回顧，複習；評論
reviewable	〔見上，-able 可…的〕可回顧的，可評論的
reviewer	〔見上，-er 者〕評論者，書評作者
viewpoint	〔view 觀看，point 點〕觀點，看法，見解

⊙ 576 voice [聲音]

voiced	〔voice 聲音，-ed …的〕有聲的，濁音的
voiceful	〔voice 聲音，-ful 有…的〕有聲的，嘈雜的
voiceless	〔voice 聲音，-less 無…的〕無聲的，沉默的
voice-over	〔voice 聲音，over 在那邊→在外邊〕（電視、電影、廣告等的）旁白
outvoice	〔out- 勝過，voice 聲音，講話〕話講得比…更響
rough-voiced	〔rough 粗〕粗聲的
unvoiced	〔un- 未〕未說出口的，未用言語表達出來的

⊙ 577 wait [等候]

wait and see	觀望的
waiter	〔**wait** 等候，**-er** 者〕侍者，服務生
waitress	〔**wait** 等候，**-ress** 表示女性〕女侍者，女服務生
await	〔**a-** 加強意義，**wait** 等候〕等待
lady-in-waiting	女官
long-awaited	〔**long** 長久，**await** 等待，**-ed** …的〕被期待已久的
maid-in-waiting	〔**maid** 少女，侍女〕女官

🔊 578 walk [走，走道]

walkable	〔**walk** 步行，**-able** 可…的〕可以步行的，適於步行的
walkabout	〔**walk** 步行，**about** 到處〕徒步旅行
walker	步行者，常散步的人
walkout	〔「走出去」→〕（表示抗議的）退席；罷工
walk-up	〔「走上去」→〕無電梯的大樓
bywalk	〔**by-** 旁，側，**walk** 道路〕偏僻小路
crosswalk	〔**cross** 交叉，橫穿，**walk** 走道〕行人穿越道
moonwalker	〔**moon** 月球〕月球漫步者，月球探險者
sidewalk	〔**side** 旁邊的，**walk** 走道〕人行道
sleepwalker	〔**sleep** 睡眠，**walk** 走，**-er** 者〕夢遊者
sleepwalking	〔**sleep** 睡眠；「睡夢中行走」〕夢遊（病）
streetwalker	〔在街上溜躂拉客的女人〕妓女

| streetwalking | 〔見上〕賣淫 |

579 war ［戰爭］

warbird	〔bird 鳥〕作戰飛機
warbird	〔bird 鳥〕作戰飛機
war-gamer	〔game 遊戲〕愛好戰爭遊戲者
warhead	彈頭
warlike	好戰的，尚武的，戰爭的，軍事的
warlord	〔lord 領主，巨頭，老爺〕軍閥
warlordism	〔見上，-ism 主義〕軍閥主義，軍閥作風
warmonger	〔monger 販子〕戰爭販子
warplane	〔plane 飛機〕軍用飛機
warrior	〔-ior 人〕戰士
warship	〔ship 船〕軍艦
wartime	戰爭時期
warweary	〔weary 厭倦的〕厭戰的
antiwar	〔anti- 反對，war 戰爭〕反戰的
inter-war	〔inter- 在…之間〕兩次戰爭之間的（尤指第一次世界大戰與第二次世界大戰之間）
miniwar	〔mini- 小，war 戰爭〕小規模戰爭
postwar	〔post- 以後，war 戰爭〕戰後的，在戰後
prewar	〔pre- 以前，war 戰爭〕戰前的，在戰前
unwarlike	〔un- 不〕不好戰的

W

ware [商品，器皿]
580

warehouse	〔ware 商品，house 房屋〕倉庫
wareroom	〔room 室〕商品陳列室，商品儲藏室
artware	〔art 藝術〕工藝品
glassware	〔glass 玻璃〕玻璃製品
hardware	〔hard 硬的，金屬的〕金屬器具；（電腦）硬體
ironware	〔iron 鐵，ware 器皿〕鐵器
metalware	〔metal 金屬〕金屬器皿
silverware	〔silver 銀〕銀器，銀製品，銀餐具
smallware	〔small 小〕小商品
software	〔soft 軟〕（電腦的）軟體
stoneware	〔stone 石〕石製品，粗陶器
tableware	〔table 桌，餐桌〕餐具
tinware	〔tin 錫〕馬口鐵器皿
woodenware	〔wooden 木製的〕木器

warm [溫暖]
581

warm-blooded	〔warm 溫暖，blood 血，-ed …的〕（動物）溫血的
warmer	〔warm 溫暖，-er 表示物〕取暖器

warm-hearted	〔**ware** 溫暖，**heart** 心，**-ed** …的〕熱烈的，熱情
warmly	〔**warm** 溫暖，**-ly** …地〕溫暖地，熱情地
warmth	〔**warm** 溫暖，**-th** 名詞字尾〕溫暖，暖和，熱情
heartwarming	〔**heart** 心，**warm** 使溫暖，**-ing** …的〕暖人心房的，感人的
housewarming	〔**house** 房屋，**warming** 使溫暖，**-ing** 名詞字尾；「暖居」〕喬遷派對

🔊 wash ［洗］
582

washable	〔**wash** 洗，**-able** 可…的〕可洗的，耐洗的
washboard	〔**board** 板〕洗衣板
washcloth	〔**cloth** 布〕（尤指洗臉與洗手的）小毛巾
washed-out	〔「洗掉的」→〕（洗到）褪色的，（人）看起來精疲力盡的
washer	洗衣機
washhouse	〔**house** 房屋〕洗衣房
washroom	盥洗室，廁所
washstand	〔**stand** 架〕臉盆架
washwomen	〔**women** 女工作人員〕洗衣女工
brainwash	〔**brain** 頭腦〕對（人）實行洗腦，強行灌輸思想
dishwasher	〔**dish** 盤〕洗碗機
eyewash	〔**eye** 眼，**wash** 洗〕洗眼液
landwash	〔**land** 陸地→海岸〕波浪對海岸的沖擊

mouthwash	〔mouth 嘴，wash 洗〕漱口水
rainwash	〔rain 雨〕被雨水沖走的東西
unwashed	〔un- 未〕沒洗過的

water [水]

watercolor	〔water 水，color 顏色〕水彩畫，水彩（顏料）
watercraft	〔craft 航行器，技巧〕水運工具，船舶；駕舟技術
watered	〔water 給水，-ed …的〕澆了水的，加了水的
waterfall	〔water 水，fall 降落，落下〕瀑布
waterless	〔water 水，-less無…的〕無水的，乾的
waterlocked	〔lock 鎖；「周圍被水封鎖的」〕環水的
waterlocks	〔lock（運河等的）船閘→〕水閘
waterman	船工，船夫
watermark	〔mark 記號，標記〕水位標記
watermelon	〔melon 瓜〕西瓜
waterpower	〔power 力〕水力，水能，水力發電
waterproof	〔-proof 防…的，不透的〕防水的，不透水的
waterproofer	〔見上，-er 表示物〕防水布，防水材料
water-sick	〔sick 病→病害〕受水害的，灌溉過度的
waterside	〔side 邊〕水邊（的），河（湖，海）濱（的）
watertight	〔tight 緊的，不漏的〕不透水的，嚴密的

watery	〔water 水，-y …的，像…的〕水的，充滿水的，像水的
breakwater	〔break 破壞，water 水→波浪；「破壞波浪之物」→制服波浪之物→〕防波堤
cold-water	〔cold 冷，water 水〕沒有水暖設備的
deepwater	〔deep 深，water 水〕深海的，遠洋的
dewater	〔de- 除去，water 水〕除去水分的，使脫水
dewaterer	〔見上，-er 表示物〕脫水器
firewater	〔fire 火→熱→烈，water 水〕（口語）烈酒
freshwater	〔fresh 新鮮的，淡的〕淡水的
groundwater	〔ground 地→地下〕地下水
headwater	〔head 頭；「水頭」→〕河源
limewater	〔lime 石灰〕石灰水
overwater	〔over- 在上面〕給水過多的，過分灌溉的
underwater	〔under- 在…下，water 水〕在水下的，在水下
unwatered	〔un- 無，water 水，-ed …的〕缺水的，除掉水分的，未用水沖淡的

 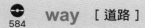

way 〔道路〕

wayless	〔way 路，-less 無…的〕無路的
way-out	新潮的；前衛的
wayside	路邊，路邊的

W

archway	〔arch 拱，弓形〕拱道，拱廊
byway	〔by- 旁，側，way 路〕偏僻小路
cableway	〔cable 鋼絲繩，索〕索道
clearway	〔clear 暢通無阻的〕超速道路，快車道
doorway	〔door 門〕門口，（比喻）入門
driveway	〔drive 駕駛，開車〕車道
floodway	〔flood 洪水，道→河道〕分洪河道
four-way	四面都通的
freeway	〔free 暢通無阻的〕高速公路
gateway	〔gate 大門〕入口，途徑
halfway	〔half 半〕在中間（的）；在中途（的）
hallway	〔hall 廳〕門廳，走廊
highway	公路
highwayman	攔路搶劫的強盜
manway	〔「人走的道」〕（礦井中）人行巷道
midway	〔mid 中間〕中途
motorway	〔motor 汽車〕高速公路
one-way	單程的；單行的；單方面的
parkway	（兩旁有草地和樹木的）林蔭大道
pathway	〔path 小徑〕小路
railway	〔rail 鐵軌，way 路〕鐵路
ropeway	〔rope 繩索〕架空索道
seaway	〔sea 海〕海上航路，可航海區

sideway	〔side 邊，旁，way 路〕小路，旁路
skyway	〔sky 天空〕（航空）航線；高架公路
speedway	〔speed 快〕快車道
stairway	〔stair 樓梯，way 道〕樓梯
superhighway	〔super- 超級〕超級公路
subway	〔sub- 下，way 道路〕地下鐵

⊜ 585 week ［週，星期］

weekday	平日，工作日，星期天（或和星期六）以外的日子
weekdays	〔見上，-s 副詞字尾〕在每個平日，在平時每天
weekend	〔week 週，end 末尾〕週末，週末假期
weekender	〔week 週，er 者〕渡週末假期的人
weekends	〔weekend 週末，-s 副詞字尾，表方式〕在每一個週末
weekly	每週的（地）；週刊，週報
biweekly	〔bi- 雙，兩〕兩週一次的（地）；一週兩次的（地）；雙週刊；一週出兩次的刊物
midweek	〔mid 中間〕週間（通常指星期二到星期四）
newsweekly	〔news 新聞〕新聞週刊
semiweekly	〔semi- 半〕半週一次的（地）；半週刊
triweekly	〔tri- 三〕每三週一次的（地），三週刊；每週三次的（地），每週出版三次的刊物

W

| workweek | 〔work 工作〕一週的總工時 |

west ［西］
586

western	〔west 西，-ern 形容詞字尾，…的〕西方的，西部的
westerner	〔western 西方的，-er 人〕西方人，住在西方的人
westernmost	〔western 西方的，-most 最〕最西的，極西的
westward(s)	〔west 西，-ward(s) 向〕向西
northwest	〔north 北，west 西〕西北
northwester	〔northwest 西北，-er 表示風〕西北風
northwestern	〔northwest 西北，-enr …的〕西北的
northwesterner	〔northwest 西北，-er 表示人〕西北人，住在西北部的人
northwestward(s)	〔northwest 西北，ward(s) 向〕向西北
southwest	〔south 南，west 西〕西南
southwester	〔southwest 西南，-er 表示風〕西南風
southwestern	〔southwest 西南，-ern …的〕西南的
southwesterner	〔southwest 西南，-er 人〕西南人，住在西南部的人
southwestward(s)	〔southwest 西南，-ward(s) 向〕向西南

where ［哪裡，那裡，地點］
587

whereabouts	〔about 在；=about where，near what place〕 在哪裡；下落，行蹤，所在
whereas	〔as 當〕然而；反之
whereat	〔at 在〕在那裡
whereby	〔by 靠，由〕藉以，由此
wherein	〔in 在〕在哪裡，在哪方面；在那裡，在那方面
wherever	〔ever 無論，究竟，where 哪裡〕究竟在哪裡，無論在哪裡，在任何地方
anywhere	〔any 任何，無論，where 地方〕任何地方，無論何處
elsewhere	〔else 其他的，別的，where 地點〕在別處，向別處
everywhere	〔every 每，where 處〕到處，無論何處
nowhere	〔no 無，不，where 處〕無處，任何地方都不
somewhere	〔some 某，where 處〕在某處，到某處

🖋 white ［白］
588

whiten	〔whit(e) 白，-en 動詞字尾，使成…〕使白，漂白，刷白，變白
whiteness	〔white 白，-ness 名詞字尾〕白，蒼白，潔白
whitesmith	〔white 白，→白色金屬→銀，錫，smith 工匠〕銀匠，錫匠
whitish	〔whit(e) 白，-ish 形容詞字尾，略…的〕略白的，帶白色的，有些蒼白的

W

501

antiwhite	〔anti- 反對，white 白，白種人〕反白種人的
antiwhitism	〔antiwhite 反白種人，-ism 主義〕反白人主義
nonwhite	〔non- 非，white 白，白種人〕非白種人的
off-white	〔off 低於一般標準的，white 白〕灰白色（的）
snow-white	〔snow 雪，white 白〕雪白的

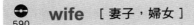 wide ［寬，廣，廣泛］
589

widely	〔wide 廣泛，-ly …地〕廣泛地，大大地
widen	〔wid(e) 寬，-en 動詞字尾，使…〕加寬，放寬，擴大
wide-screen	〔wide 寬，screen 銀幕〕寬銀幕的
widespread	〔wide 廣，spread 散佈，散開〕分布廣的，廣為流傳的
widish	〔wid(e) 寬，-ish 形容詞字尾，略…〕略寬的
width	〔wid(e) 寬，-th 名詞字尾〕寬闊，廣闊，寬大，寬度
countrywide	〔country 國家〕全國性的，全國的
nationwide	〔nation 國家〕全國性的，全國的
statewide	〔state 國家〕全國性的，全國的
worldwide	〔world 世界〕遍及全球，全世界的

wife ［妻子，婦女］
590

wifehood	〔**wife** 妻子，**-hood** 名詞字尾，表示身分〕妻子的身分
wifeless	〔**wife** 妻子，**-less** 無…的〕沒有妻子的
wifelike	〔**wife** 妻子，**-like** 像…的〕妻子（般）的
wifely	〔**wife** 妻子，**-ly** …的〕妻子（般）的
goodwife	主婦
housewife	〔**house** 家，**wife** 婦女〕家庭主婦，作家務的婦女
housewifely	〔**housewife** 家庭主婦，**-ly** …的〕家庭主婦（似）的
housewifery	〔**housewife** 家庭主婦，**-ery** 名詞字尾〕家務，家政
midwife	接生婆，助產士
midwifery	〔見上，**-ery** 名詞字尾〕接生，助產學，產科學

⊙ will 〔意志，意願〕
591

willful	〔**will** 意志，**-ful** …的〕故意的，存心的，任性的
willing	〔**will** 願意，**-ing** …的〕願意的，心甘情願的
willingly	〔見上，**-ly** 地〕願意地，心甘情願地
willpower	〔**will** 意志，**power** 力量〕意志力
freewill	〔**free** 自由的〕自願的，非強迫的
goodwill	〔**good** 好，**will** 意願〕好意，友好，親善
self-will	〔**self** 自己，**will** 意志〕固執己見，任性

W

503

self-willed	〔**self-will** 固執己見，任性，**-ed** …的〕固執己見 的，任性的
strong-willed	〔**strong** 堅強的〕意志堅強的
unwilling	〔**un-** 不，見上〕不願意的，不情願的
unwillingly	〔見上，**-ly** 地〕不願意地，不情願地
weak-willed	〔**weak**弱〕意志薄弱的

🔊 592 wind 〔風〕

windbreak	〔同上〕防風籬，防風林
windbreaker	〔**-er** 表示物〕防風外衣
windfall	〔**wind** 風，**fall** 落〕被風吹落的果實；（比喻）意外的收穫，橫財
windless	〔**wind** 風，**-less** 無…的〕無風的，平靜的
window	窗戶，窗子
windowed	〔**window** 窗戶，**-ed** …的〕有窗的
windowless	〔**window** 窗戶，**-less** 無…的〕無窗的
window-shop	（在街上）瀏覽商店櫥窗
window-shoper	（在街上）瀏覽商店櫥窗的人
windproof	〔**wind** 風，**-proof** 防…的〕防風的
windscreen	〔**wind** 風，**screen** 屏〕（汽車等的）防風玻璃
windstorm	〔**wind** 風，**storm** 暴風雨〕風暴
windtight	〔**wind** 風，**tight** 緊的，不透…的〕不透風的

windy	〔**wind** 風，**-y** 多…的〕有風的，風大的
breakwind	〔**break** 破壞，**wind** 風；「破壞風力之物」→制服風勢之物→〕防風籬，防風林，擋風牆
crosswind	〔**cross** 橫穿，**wind** 風〕側風
downwind	〔**down** 往下，**wind** 風〕順風的（地），順風
upwind	〔**up** 往上，**wind** 風〕逆風的（地）

winter [冬天]
593

winter-kill	〔**winter** 冬天→寒冷，**kill** 殺死〕使（植物）凍死
winterless	〔**winter** 冬天，**-less** 無，不〕沒有冬天的，不像冬天的
winterly	〔**winter** 冬天，**-ly** …的〕冬天似的
wintertime	冬天，冬季
winter-weight	〔**weight** 重→衣服沉重〕（衣服）厚得可以禦寒的
midwinter	〔**mid** 中間的，當中的，**winter** 冬天〕仲冬，冬至
overwinter	〔**over-** 越過，**winter** 冬天〕活過冬天，把…保存過冬

wise [聰明的，了解的]
594

wisedom	〔**wis(e)** 聰明的，**-dom** 名詞字尾〕智慧，才智
wisely	〔**wise** 聰明的，**-ly** …地〕聰明地，明智地

wiseness	〔wise 聰明的，-ness 名詞字尾〕聰明，賢明
streetwise	〔street 街道→街道居民→普通居民，wise 了解的，明白的；「了解普通居民的情況」→〕體察民情的，了解人民所需的
unwisdom	〔un 無，wisdom 智慧〕缺乏智慧
unwise	〔un- 不，wise 聰明的〕不明智的

🔊 595 wish ［希望，祝願］

wisher	〔wish 希望，-er 者〕希望者，祝願者
wishful	〔wish 希望，-ful …的〕懷有希望的，表示願望的
wishfully	〔wishful 懷有希望的，-ly …地〕懷有希望地，表示願望地
ill-wisher	〔ill 惡，壞，wish希望，-er 者〕幸災樂禍的人
unwished-for	〔un- 非，不〕非所希望的，不想要的
well-wisher	〔well 好，wish 祝願，-er 者〕支持者
well-wishing	〔見上，-ing 名詞字尾〕良好的祝福

🔊 596 wit ［智力，才智］

| witless | 〔wit 才智，-less 無…的〕愚蠢的 |
| witling | 〔wit 才智，聰明，-ling 名詞字尾，表示人〕假作聰明的人，假才子 |

afterwit	〔**after**，後，**wit** 智力，聰明〕事後聰明
dimwit	〔**dim** 模糊的，遲鈍的，**wit** 智力〕笨蛋，傻子
half-wit	〔**half** 半→不全，**wit** 智力〕笨蛋，愚笨
half-witted	〔**halfwit** 愚笨，**-ed** …的〕愚笨的，智力上有缺陷的
outwit	〔**out** 勝過，**wit** 智力〕比…機智
quick-witted	〔**quick** 敏捷的，**wit** 智力，**-ed** …的〕機智的
sharp-witted	〔**sharp** 敏銳的，**wit** 智力〕機智的，靈敏的
slow-witted	〔**slow** 遲鈍的，**wit** 智力〕遲鈍的
soft-witted	〔**soft** 軟弱的，**wit** 智力〕半痴半呆的
thick-witted	〔**thick** 愚鈍的，**wit** 智力〕遲鈍的，笨的

🔊 597 woman [女人，婦女]

womanish	〔**woman** 女人，**-ish** …的〕女子氣的
womanlike	〔**woman** 女人，**-like** 像…的〕像女人的，女子似的
gentlewoman	〔**gentle** 高貴的〕貴婦，淑女，有教養的女士
gentlewomanly	〔**gentlewoman** 貴婦人，**-ly** …的〕貴婦人的，淑女似的
madwoman	〔**mad** 發瘋的〕瘋女人，女瘋子
noblewoman	〔**noble** 顯貴的，貴族的〕女貴族
policewoman	〔**police** 治安，公安〕女警
spacewoman	〔**space** 空間，太空〕女太空人

W

| sportswoman | 〔**sport** 運動〕女運動員，女運動愛好者 |
| womanly | 〔**woman** 女人，**-ly** …的〕有女子氣質的 |

wood [樹林，木材]

598

woodchopper	〔**wood** 樹木，**chop** 砍伐，**-er** 者〕伐木者
woodcut	〔**wood** 木，**cut** 刻〕木刻；木版畫
woodcutter	〔**wood** 木，**cut** 刻，砍，**-er** 者〕木刻家，伐木工人
wooden	〔**wood** 木，**-en** 形容詞字尾，由…製的〕木製的；笨拙的
woodenhead	〔**wooden** 木製的，**head** 腦袋〕愚笨的人
woodenheaded	〔見上，**-ed** …的〕愚笨的
woodenware	〔**wooden** 木製的，**ware** 器皿〕木器
woodless	〔**wood** 樹木，**-less** 無…的〕沒有樹木的
woodpecker	〔**wood** 木，**peck** 啄，**-er** 表示物〕啄木鳥
woodsman	在森林裡居住（或工作）的人
woody	〔**wood** 樹木，**-y** …的〕樹木茂密的，木質的
woodyard	〔**wood** 木，**yard** 場院〕堆木場
backwoods	〔**back** 偏僻的，**woods** 森林〕偏遠地區
deadwood	〔**dead** 死的，**wood** 樹木〕枯木，枯枝
firewood	〔**fire** 火，**wood** 木材〕木柴，柴火
redwood	〔**red** 紅，**wood** 樹木〕紅杉，紅木

| underwood | 〔under 下面，wood 樹林〕（樹林中的）下層林叢 |
| wildwood | 〔wild 野，wood 樹林〕原始森林，自然林 |

🔊 599 word [單字，言語]

wordage	〔word 單字，-age 名詞字尾〕文字（總稱）；字彙量，用字，措詞
wordbook	〔word 單字，book 書〕字典，字彙表
word-formation	〔word 單字，formation 構成〕購字法
wordmonger	〔word 文字，monger 商人，專做…的人〕賣文為生者，舞文弄墨者
wordy	〔word 言語，-y 多…的〕多言的，嘮叨的
afterword	〔after 後，word 言〕編後記，跋
foreword	〔fore 前，word 言〕前言，序言
headword	〔head 頭，word 字詞〕=（在章節前的）標題
loanword	〔loan 借，word 字詞；由別國文字中「借來的字」→〕外來語
password	〔pass 通過，word 言語〕（通過警戒線時使用的）口令，密碼
reword	〔re- 再，重，word 言，說〕重說
swearword	〔swear 咒罵，word 話〕罵人話

W

🔊 600 work [工作，勞動]

509

workbox	〔**work** 工作，**box** 箱，盒〕工具箱；針線盒
workman	勞動者，工作者
worker	〔**work** 工作，**-less** 無…的〕失業的
workless	工人，勞動者，工作者
workmate	〔**work** 工作，**mate** 伙伴〕同事
workshop	〔**shop** 工作處，工作室〕工作坊，工廠；研討會
worksite	〔**work** 工作，**site** 場所〕工地
brainwork	〔**brain** 頭腦〕腦力勞動
bywork	〔**by-** 旁，非正式，**work** 工作〕業餘工作
counterwork	〔**counter-** 相反，反對，**work** 行動〕對抗行動
coworker	〔**co-** 共同，**work** 工作，**-er** 者〕同事
fieldwork	〔**field** 場地，野外〕實地考察，野外研究
housework	〔**house** 家，**work** 勞動〕家事
ironworker	〔**iron** 鐵〕鋼鐵工人
legwork	〔**leg** 腿〕跑腿工作，新聞採訪工作
lifework	〔**life** 一生〕畢生的事業，一生中最重要的工作
outwork	〔**out-** 外〕外勤工作
outworker	〔見上〕外勤工作人員
overwork	〔**over-** 過度，**work** 勞動〕（使）勞累過度；工作過度，過分勞累
subworker	〔**sub-** 副，**worker** 工作者〕副手，助手
underwork	〔**under-** 少，不足〕少做工作，工作馬虎
unworkable	〔**un-** 不〕（計劃）不可行的，難以實施的

510

world ［世界］

world-class	〔world 世界，class 等級〕世界第一流水準的
world-famous	〔famous 聞名的〕世界聞名的
worldling	〔world 塵世，-ling 名詞字尾，表示人〕凡人
wordly	〔world 世界，塵世，-ly …的〕塵世的；善於處世的
worldly-wise	〔wordly 世俗的，wise 明白的，了解的〕善於處世的，圓滑的
world-shaking	〔shake 搖動，震動〕震撼世界的
world-weary	〔weary 厭倦的〕厭世的
worldwide	〔world 世界，wide 寬，廣泛〕世界範圍的
dreamworld	〔dream 夢，幻想，world 世界〕夢境，幻想世界
otherworldly	〔見上，-ly …的〕超脫塵世的；脫俗的
underworld	〔under- 下〕陰間，地獄；黑社會

worm ［蟲］

602

worm-eaten	〔worm 蟲，eaten 被吃的；「被蟲吃的」→〕蟲蛀的
wormlike	〔worm 蟲，-like 像…的〕像蟲一樣的
wormy	〔worm 蟲，-y …的〕多蟲的，蟲蛀的，生蟲的
bookworm	〔book 書，worm 蟲〕蛀書蟲；書呆子

W

earthworm	〔earth 泥土，worm 蟲〕蚯蚓
glowworm	〔glow 發光，worm 蟲〕螢火蟲
hookworm	〔hook 鉤〕鉤蟲
roundworm	〔round 圓的，worm 蟲〕蛔蟲，任何圓體不分節的蟲
silkworm	〔silk 絲，「吐絲的蟲」〕蠶
tapeworm	〔tape 條，帶，worm 蟲〕條蟲
threadworm	〔thread 條，worm 蟲〕線蟲

worthy 〔值得的，適宜於…的〕

603

airworthy	〔air 空中，航空，worthy 適於…的〕適航的，飛行性良好的
blameworthy	〔blame 責備〕應受責備的
combat-worthy	〔combat 戰鬥〕適於戰鬥的，有戰鬥力的
flightworthy	〔flight 飛行〕可（參加）飛行的，可用於飛行的
newsworthy	〔news 新聞，worthy 值得的〕值得報導的，有新聞價值的
noteworthy	〔note 注意〕值得注意的，顯著的
praiseworthy	〔praise 讚揚〕值得讚揚的
quoteworthy	〔quote 引用〕值得引用的，值得引證的
roadworthy	〔road 道路，worthy 適於…的〕適於在道路上用的；（人）適於旅行的

seaworthy	〔sea 海→航海，worthy 適於…的〕（船）適於航海的，經得起風浪的
sightworthy	〔sight 看，worthy 值得的〕值得看的
spaceworthy	〔space 太空，宇宙〕適於宇航的
thankworthy	〔thank 感謝，worthy 值得的〕值得感謝的
trustworthy	〔trust 信任〕可信賴的，值得信任的
unseaworthy	〔un- 不，見上〕不適於航海的
untrustworthy	〔un- 不，見上〕不可信賴的，不能信任的
unworthy	〔un- 不〕不值得的，無價值的

🔊 604 write ［寫］

writer	作者，作家
writing	書寫，寫作，書法，筆跡
written	〔write 的過去分詞，用作形容詞〕寫下的，書面的
handwriting	筆跡，手寫稿
overwrite	〔over- 上面〕寫在…上面； 〔over- 過度，過甚〕寫得太多
playwriting	〔play 劇本，writing 寫作〕劇本創作
rewrite	〔re- 再，重，write 寫〕重寫，改寫，修改，舊作
screenwriter	〔screen 銀幕→電影，writer 作者〕電影劇本作者
songwriter	〔song 歌曲，writer 作者〕流行歌曲作者
sportswriter	〔sport 體育運動，writer 作者〕體育專欄作家

W

storywriter	〔story 故事,小說〕小說家
typewrite	〔type 打字機〕打字,用打字機打
underwrite	〔under- 下面,write 寫〕寫在…下面,簽名於…
unwritten	〔un- 未〕非書面的;不成文的

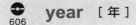

605 yard [庭園,場]

backyard	〔back 後,yard 庭院〕後院
boneyard	〔bone 骨,屍骨,yard 場地〕墓地
churchyard	〔church 教堂〕教堂院子
courtyard	〔court 庭院〕院子,庭院
dooryard	門前庭院
farmyard	〔arm 農場〕農場建築物周圍的空地
graveyard	〔grave 墳墓,yard 場地〕墓地,墳場
schoolyard	操場
shipyard	〔ship 船,yard 場→工場〕船塢,造船廠,修船廠
switchyard	〔switch 鐵路的轉轍器〕鐵路調車場
woodyard	〔wood 木,yard 場〕堆木場

606 year [年]

| yearbook | 年鑑,年刊 |

514

year-end	〔end 年尾〕年終（的）
year-long	持續一年的，整整一年的
yearly	每年（的），一年一度（的），年年
year-round	〔round 一圈，一週〕一年到頭的，整年的
light year	〔light 光，year 年〕光年
mid-year	〔mid 中間的，當中的，year 年〕年中

附 錄

1. 字首表 (prefix)

▶ **a-** 1. 無、不、非

aperiodic 非週期的	**atypical** 不典型的
ahistorical 與歷史無關的	**apolitical** 不關心政治的

    2. 含有 in, on, at, by, to 等意義

abed 在床上	**afoot** 徒步
afield 在田裡	**afar** 遙遠地

    3. 加強意義

arise 起來，升起	**ashamed** 羞恥的
await 等待	**awash** （尤指被水）淹過的

▶ **ab-** 離去、相反、不

abnormal 反常的，不正規的	**absord** 吸收
abaxial 離開軸心的	**abuse** 濫用

▶ **ac-** 含有 at, to 之意，或表示加強意義

accompany 陪伴	**account** 計算，算帳
acclimate （使）適應	**acknowledge** 承認，認知

▶ **ad-** 含有 at, to 之意，或表示加強意義

admixture 混雜	**adventure** 冒險
adjudge 依法判處，裁決	**adjoin** 緊臨，緊貼

▶ **af-** 含有 at, to 之意，或表示加強意義

afforest 造林，綠化 **affix** 附加，貼上
affright 震驚，恐懼 **affront** 對抗，冒犯

▶ **ag-** 含有 at, to 之意，或表示加強意義

aggrandize 擴大…的權勢 **aggravate** 使…更糟
aggrieve 使悲痛

▶ **amphi-** 兩、雙

amphicar 水陸兩用車 **amphitheater** 圓形露天劇場
amphibian 水陸兩用的

▶ **an-** 1. 無、不

anharmonic 不和諧的 **anarchism** 無政府主義

　　　2. 加強意義

annotate 加註解 **announce** 宣布，通知

▶ **ante-** 前、先

antedate 比實際早的日期 **anteroom** 前廳，接待室

▶ **anti-** 反對、防止

anti-war 反戰的 **anti-tank** 反坦克的
anti-abortion 反墮胎的 **anti-ageing** 抗老化的

▶ **ap-** 加強意義

appoint 指定、任命 **appraise** 評定

▶ **auto-** 自己、自動

autobiography 自傳 **autopilot** 飛機等的自動駕駛儀

▶ **be-** 1. 使…、使成為…

belittle 貶低 **befriend** 以朋友相待

　　　2. 在…

beside 在…旁邊 **behind** 在…後面
below 在…下面 **before** 在…以前

▶ **bi-** 兩、雙

bicolor 雙色的　　　　　　**bilingual** 雙語的
biweekly 兩週一次的；雙週刊　**bisexual** 雙性的

▶ **by-** 旁、非正式

byroad 小路　　　　　　　**by-product** 副產品
bywork 副業，兼職　　　　**byname** 別名，綽號

▶ **circum-** 周圍、環繞

circumnavigate 環球航行　**circumpolar** 極地附近的

▶ **co-** 共同

coexistence 共存，共處　　**cooperation** 合作
coaction 共同行動　　　　**coeducation** 男女同校

▶ **col-** 共同

collaboration 協作；勾結　**collinear** 在同一條直線上的

▶ **com-** 1. 共同

compatriot 同國人，同胞　**compassion** 同情
combine 聯合，結合　　　**commiserate** 表示同情

　　　　2. 加強意義

compress 壓縮　　　　　　**collateral** 使動亂，使動搖

▶ **con-** 1. 共同

concentric 同心（圓）的　**conjoin** 使聯合

　　　　2. 加強或引申意義

confirm 使堅定　　　　　**consolidate** 鞏固，加強
configure 使成形　　　　**condense** 使凝結；使濃縮

▶ **contra-** 反對、相反、相對

contradict 反駁；與…矛盾

▶ **cor-** 共同、互相，或作加強意義

correlation 相互關係   **correct** 改正，糾正

correspond 通信；相稱   **corrival** 競爭者

▶ **counter-** 反對、相反

counteraction 反作用   **counterattack** 反擊，反攻

▶ **de-** 1. 否定、取消、除去

denationalize 使非國有化   **decontrol** 取消管制

demilitarize 使非軍事化   **dewater** 除去…的水分

     2. 離開、下

derail 使（火車）出軌，離軌   **deplane** 下飛機

     3. 向下、降低、減少

devalue 貶值   **depress** 降低

     4. 使成…、作成…，或作加強意義

delimit 劃定…的界限   **denude** 使（土地）裸露

▶ **di-** 二、雙

diatomic 雙原子的   **dioxide** 二氧化物

disyllabic 雙音節的   **dichromatic** 兩色的

▶ **dia-** 貫通、對穿、相對、透過

diagonal 對角線   **diameter** 直徑

▶ **dis-** 1. 不、無

dishonest 不誠實的   **disorder** 無秩序，混亂

disagree 不同意   **disability** 無能，無力

     2. 取消、除去、毀

disarm 解除武裝，裁軍   **discolor** 使褪色

discourage 使失去勇氣

▶ **dys-** 不良、惡、困難

dysfunction 機能失調   **dyspepsia** 消化不良

► **e-** 1. 加強意義

elongate 使變長，使延長	**estrange** 使疏遠

    2. 外、出

eject 驅逐，趕出	**elect** 選出
emigrate 移民	**erupt** 噴發，爆發

► **em-** 1. 置於…之內、上…

embus 裝入車中，上車	**embed** 安置（as in a bed）
emplane 乘飛機	**embay** 使（船）入灣

    2. 用…來做某事、飾以…

embalm 用藥物做防腐處理	**emblazon** 用紋章裝飾

    3. 使成某種狀態、致使…、使之如…、作成…

embow 使成弓形	**empower** 使（某人）有權力
embody 使具體化	

► **en-** 1. 置於…之中、使上…、登上…

entrain 上火車	**enthrone** 使登上王位
encage 關入籠中	**encase** 裝入箱中

    2. 使成某種狀態、致使…

enlarge 使擴大	**endanger** 使遭危險
enrich 使富足	**enslave** 使成奴隸

    3. 加在動詞之前，表示「in」，或只作加強意義

enclose 把…圍住	**entrust** 委託
enfold 包（裹）住	**enkindle** 點火

► **ex-** 1. 出、外、從…中弄出

expose 揭露，暴露	**exclude** 把…排除在外
export 輸出，出口	**excavate** 挖出，發掘

    2. 前任的、以前的

ex-president 前任總統	**ex-boyfriend** 前男友
ex-mayor 前任市長	**ex-soldier** 退伍軍人

▶ **exo-** 外、外部

exobiology 外太空生物學   **exosphere** 外大氣層

▶ **extra-** 以外、超過

extralegal 法律權利以外的   **extrapolitical** 超政治的
extraprofessional 職業以外的   **extraordinary** 非凡的

▶ **fore-** 前、先、預見

foretell 預言   **foreword** 前言，序言
forehead 前額   **foresee** 先見，預見

▶ **hemi-** 半

hemisphere 半球   **hemiparasite** 半寄生物
hemicycle 半圓形   **hemipyramid** 半錐面

▶ **hyper-** 過度、太甚

hyperactive 活動過度的   **hypermilitant** 嫉妒好戰的
hyperslow 極慢的   **hypersuspicious** 過分多疑的

▶ **il-** 不、無、非

illegal 不合法的，非法的   **illiterate** 不識字的
illogical 不合邏輯的   **illimitable** 無限的，無邊的

▶ **im-** 1. 不、無、非

impossible 不可能的   **imperfect** 不完美的
impersonal 非個人的   **immovable** 不可移動的

    2. 入、向內

imprison 送入獄中，監禁   **immigrate** 移民入境
import 輸入，入口   **imbibe** 飲（酒），吸入

    3. 加強意義，或表示「使…」、「飾以…」、「加以…」

impulse 衝動   **impearl** 使成珍珠，飾以珍珠

▶ **in-** 1. 不、無、非

inhuman 不人道的	**incorrect** 不正確的
incapable 無能力的,不能的	**injustice** 不公正的

    2. 內、入

indoor 室內的	**intake** 吸入,攝取
inland 內地的,國內的	**inhale** 吸入

    3. 加強意義,或表示「使…」、「作…」

inspirit 使振作	**invigorate** 使振奮
inflame 燃燒	

▶ **infra-** 下、低

infrastructure 基礎建設	**infrasound** 亞音速
infrahuman 低於人類的	**infrared** 紅外線的

▶ **inter-** 1. 在…之間、…際

international 國際的	**intercity** 城市間的
interoceanic 大洋之間的	**intergroup** 團體之間的

    2. 互相

interact 相互作用	**interview** 面談、面試、採訪
interchange 互換	**interdependence** 互相依靠

▶ **intra-** 在內、內部

intraparty 黨內的	**intraday** 一天之內的
intracity 市內的	

▶ **intro-** 向內、入內

introduce 引進,導入,介紹	**introvision** 內省
introspect 內省,反省,自省	

▶ **ir-** 不、無

irregular 不規則的	**irresistible** 不可抵抗的
irremovable 不可移動的	**irrelative** 無關係的

▶ **kilo-** 千

kiloton 千噸　　　　**kilometer** 公里
kilogram 公斤　　　　**kilobyte** 千位元組

▶ **mal-** 惡、不良、失、不（亦作 male）

maltreat 虐待　　　　**malformation** 畸形
malpractice 不法行為　　　　**malposition** 位置不正

▶ **micro-** 微

microbiology 微生物學　　　**microwave** 微波
microworld 微觀世界

▶ **mini-** 小

miniskirt 迷你裙　　　　**miniwar** 小規模戰爭
minitrain 小型列車　　　　**miniradio** 小收音機

▶ **mis-** 誤、惡

mishear 誤聽　　　　**misdoing** 壞事，惡行
misuse 誤用，濫用　　　　**mistrust** 不信任

▶ **mono-** 單一、獨（在母音前作 mon-）

monosyllable 單音節字　　　**monodrama** 單人劇
monoplane 單翼飛機　　　　**monatomic** 單原子的

▶ **multi-** 多（在母音前作 mult-）

multicolored 多彩的　　　　**multiparty** 多黨的
multinational 多國的

▶ **neo-** 新

neocolonialism 新殖民主義　　**neorealism** 新現實主義
neofascism 新法西斯主義　　**neoimpressionism** 新印象派

▶ **non-** 不、無、非

non-party 無黨派的，非黨的　**non-standard** 不標準的
non-smoker 不抽菸的人

▶ **omni-** 全、總、共、都

omnipresent 無所不在的   omnipotent 全能的，萬能的

▶ **out-** 1. 勝過、超過

outact 行動上勝過   outlive 比…活得長
outgo 走得比…遠   outeat 吃得比…多

   2. 過度

outsize 過大   outspend 花費過度
outsit 坐得太久   outdream 做夢太多

   3. 外、出

outdoor 戶外的   outtell 說出
outhouse 附屬小屋

   4. 除去

outroot 除根   outlaw 剝奪公權
outgas 除去…的氣

▶ **over-** 1. 過度

overproduction 生產過剩   overwork 工作過度
overcrowd 過度擁擠   overdrink 飲酒過度

   2. 在上、在外、從上、越過

overbridge 天橋   oversea(s) 海外的
overcoat （長）外套   overlook 俯瞰

   3. 顛倒、反轉

overturn 翻倒   overthrow 推翻

▶ **pan-** 全、泛

Pan-Asianism 泛亞洲主義   Pan-Americanism 泛美洲主義
Pan-Africanism 泛非洲主義   panchromatic 全色的

▶ **poly-** 多

polycentric 多中心的 | **polyatomic** 多原子的
polysyllable 多音節字 | **polydirectional** 多方向的

▶ **post-** 後

postwar 戰後的，在戰後 | **postgraduate** 大學畢業後的
postliberation 釋放後的 | **postmeridian** 午後的

▶ **pre-** 1. 前

preschool 學齡前的 | **preliberation** 釋放前的
prewar 戰前的，在戰前 | **prehistoric** 史前的

　　　　2. 預先

prebuilt 預建的 | **predict** 預測
prepay 預付 | **preheat** 預熱

▶ **pro-** 1. 向前、在前

prolong 延長 | **project** 投射
progress 進步 | **prologue** 前言

　　　　2. 擁護、親、贊成

pro-British 親英的 | **proslavery** 贊成奴隸制度的
pro-American 親美的

▶ **proto-** 前、原始

protohistory 史前時期 | **protolanguage** 原始母語
protohuman 早期原始人的 | **protozoology** 原生動物學

▶ **pseudo-** 假

pseudodemocratic 假民主的 | **pseudosymmetry** 假對稱
peudoscience 偽科學 | **pseudoclassic** 偽古典的

▶ **re-** 1. 返回、向後

return 回來，返回 | **retreat** 後退
recall 召回，回憶 | **regress** 倒退，退步

2. 再、重新

reuse 重新使用	**restart** 重新開始
reproduction 再生產	**resell** 再賣，轉賣

3. 相反

reaction 反動，反應	**rebel** 反叛，謀反
resist 反抗，抵抗	**reverse** 反轉的，顛倒的

► **retro-** 後、回、反

retroacet 倒行，起反作用	**retroject** 向後拋擲
retrograde 退化，退步	**retrogress** 倒退

► **semi-** 半

semi-colony 半殖民地	**semiconductor** 半導體
semi-official 半官方的	**semiliterate** 半文盲

► **step-** 後、繼

stepfather 繼父	**stepson** 繼子
stepdaughter 繼女	**stepmother** 繼母

► **sub-** 1. 下

subway 地下鐵	**subsurface** 表面下的
substructure 底部結構	

2. 次、亞、準

subcontinent 次大陸	**submetallic** 亞金屬的
subatomic 次原子的	**subcollege** 準大學程度的

3. 稍、略、微

subacid 略酸的	**subacute** 略尖的
subangular 略有稜角的	**subarid** 略乾燥的

4. 副、分支、下級

subworker 副手，助手	**subbranch** 分支，支店
subeditor 副編輯	**suboffice** 下級官員

5. 接近

subequal 接近相等的	**subadult** 接近成年的
subarctic 近北極圈的	**subcentral** 接近中心的

6. 更進一層、再

subdivide 再分，細分	**sublet** 再租，轉租
subculture 再次培養	**subtenant** 轉租租戶

▶ **super-** 1. 超級

supermarket 超級市場	**supertrain** 超高速火車
superpower 超級大國	**superhighway** 超級公路

2. 上

superstructure 上層結構	**supervise** （由上面）監視
superimpose 放在…上面	**superstratum** 上層

3. 過度

supercharge 過重負載	**supercool** 過度冷卻
superheat 過熱	**superexcitation** 過度興奮

▶ **supra-** 超

supra-politics 超越政治的	**supranational** 超越國家的

▶ **sur-** 上、外、超

surpass 超越	**srutax** 超額稅
surcoat 女士上衣	**surrealism** 超現實主義

▶ **syn-** 共同

synonym 同義字	**synthermal** 同溫的
synchronous 同時的	

▶ **tetra-** 四

tetracycline 四環素	**tetragon** 四邊形
tetrasyllable 四音節字	**tetrachord** 四度音階

▶ **trans-** 越過、橫過、轉換

transcontinental 橫貫大陸的　　　**transnational** 超越國界的
transpersonal 超越個人的　　　　**transplant** 移植

▶ **tri-** 三

triweekly 三週一次　　　　　　　**triangle** 三角形
tricolor 三色的　　　　　　　　　**trisyllable** 三音節字

▶ **ultra-** 1. 極端、過度

ultra-democracy 極端民主　　　　**ultracritical** 批評過度的
ultra-fashionable 極其時髦的　　**ultra-reactionary** 極端反動的

　　　　　　 2. 超、以外

ultrashort 超短（波）的　　　　　**ultramicroscope** 超顯微鏡
ultramodern 超現代化的

▶ **un-** 1. 不

unhappy 不快樂的　　　　　　　　**unfriendly** 不友善的
uncomfortable 不舒服的　　　　　**unreal** 不真實的

　　　　 2. 無

unconditional 無條件的　　　　　**unfathered** 無父的
unambitious 無野心的　　　　　　**unlimited** 無限的

　　　　 3. 非

unartistic 非藝術的　　　　　　　**unartificial** 非人工的
unsoldierly 非軍人的　　　　　　**unofficial** 非官方的

　　　　 4. 未

undecided 未定的，未決的　　　　**uncorrected** 未改正的
unfinished 未完成的　　　　　　　**uneducated** 未受教育的

　　　　 5. 相反動作、取消、除去

unbind 解開　　　　　　　　　　　**undress** （使）脫衣服
unlock 解鎖　　　　　　　　　　　**unship** 從船上卸貨

528

▶ **under-** 1. 下

underline 劃線於…之下   **undersea** 在海面下，在海底
underground 地下的   **underworld** 下層社會

2. 內（用於衣服）

underclothing 內衣褲   **underskirt** 襯裙
undershirt 貼身內衣，汗衫   **underpants** 內褲，襯褲

3. 不足

underproduction 生產不足   **undersize** 不夠大的
underpay 少付…工資   **underpopulated** 人口稀少的

4. 副、次

underagent 副代理人   **undersecretary** 次長，副部長

▶ **vice-** 副

vice-chairman 副主席   **vice-president** 副總統
vice-premier 副總理，副首相   **vice-minister** 副部長

▶ **with-** 向後、相反、相對

withdraw 撤回、撤退   **withstand** 抵抗，反抗
withhold 阻止，抑制

2. 字尾表 (suffix)

-ability ［名詞字尾］

▶ **-able+-ity** 構成抽象名詞，表示「可…性」、「可…」

movability 可移動性	**dependability** 可靠性
changeability 可變性	**predictability** 可預測性

-able ［形容詞字尾］

▶ 表示「可…的」、「能…的」、「具有…性質的」

movable 可移動的	**respectable** 可敬的
taxable 可徵稅的	**honorable** 可敬的

-ably ［副詞字尾］

▶ 由形容詞字尾 **-able** 轉成，表示「可…地」、「…地」

suitably 合宜地	**comfortably** 舒適地
movably 可移動地	**peaceably** 和平地

-acy ［名詞字尾］

▶ 抽象名詞，表示狀態、行為、性質、職權等

privacy 隱私	**supremacy** 至高無上
conspiracy 陰謀	**candidacy** 候選資格

-ade ［名詞字尾］

▶ 1. 抽象名詞，表示行為、狀態、事物

cannonade 砲擊	**escapade** 逃避，越軌行動
decade 十年	**blockade** 封鎖

▶ 2. 表示物（由某種材料製成者或按某種形狀製成者）

orangeade 橘子水	**cockade** 帽章
lemonade 檸檬水	**arcade** 拱廊

-age [名詞字尾]

▶ **1.** 表示集合名詞、總稱

baggage （所有）行李   tonnage 噸數，噸位

mileage 英里數   percentage 百分比，百分率

▶ **2.** 表示場所，地點

orphanage 孤兒院   hermitage 隱居處，修道院

anchorage 下錨地點   passage 通道

▶ **3.** 表示費用

postage 郵資，郵費   freightage 貨運費

railage 鐵路運費

▶ **4.** 表示行為或行為的結果

marriage 結婚   breakage 破碎物

passage 穿越   rootage 生根

▶ **5.** 表示狀態、情況、身分及其他

shortage 短缺，不足   parentage 出身，門第

bondage 奴隸   alienage 外國人身分

▶ **6.** 表示物

roughage 纖維素   package 包裹

bandage 繃帶

-aire [名詞字尾]

▶ 表示人

millionaire 百萬富翁   billionaire 億萬富翁

concessionaire 特許經銷商   commissionaire 看門人

-al ① [形容詞字尾]

▶ 表示「具有…性質的」

mutual 共同的   natural 自然的

sentimental 傷感的   supernatural 超自然的

-al ② [名詞字尾]

▶ **1.** 抽象名詞，表示行為、狀態

renewal 換新 **proposal** 提議
refusal 拒絕 **removal** 移動

▶ **2.** 表示人

arrival 達到的人 **aboriginal** 原住民
criminal 犯罪分子，罪犯 **rival** 競爭者

-ality [名詞字尾]

▶ **-al+-ity** 構成抽象名詞，表示狀態、性質

personality 個性，人格 **nationality** 國籍
conditionality 條件性，制約性 **exceptionality** 例外，特殊性

-ally [副詞字尾]

▶ **-al+-ly** 表示方式、程度、狀態、「…地」

continually 連續不斷地 **systematically** 有系統地
practically 實際上 **heroically** 英勇地

-an [形容詞字尾]

▶ 表示屬於…的，有時兼做名詞字尾，表示人

suburban 郊區的 **European** 歐洲的；歐洲人
republican 共和政體的 **African** 非洲的；非洲人

-ance [名詞字尾]

▶ 抽象名詞，表示狀態、性質、行為，與 **-ancy** 相同

hindrance 阻礙 **appearance** 外觀
forbearance 寬恕 **brilliance** 聰慧

-ancy [名詞字尾]

▶ 抽象名詞，表示狀態、性質、行為，與 **-ance** 相同

occupancy 佔有，佔用 **expectancy** 期待，期望

-ant ① ［形容詞字尾］

▶ 表示「具有…性質的」

constant 連續不斷的	**pleasant** 令人愉快的
resistant 抵抗的	**reliant** 依賴的

-ant ② ［名詞字尾］

▶ **1.** 表示人

participant 參與者	**merchant** 商人
occupant 佔用者	**tenant** 房客

▶ **2.** 表示物

coolant 冷卻劑	**disinfectant** 消毒劑
determinant 決定性的因素	**stimulant** 刺激物

-ar ［名詞字尾］

▶ 表示人

scholar 學者	**liar** 說謊的人
beggar 乞丐	**burglar** 破門盜竊者

-ard ［名詞字尾］

▶ 表示人（大多含有貶義）

drunkard 醉鬼，酒徒	**coward** 膽小鬼
dullard 笨蛋	**laggard** 落後者

-arian ［形容詞兼名詞字尾］

▶ 當形容詞時表示「…的」；當名詞時表示人

humanitarian 人道主義的（人）	**equalitarian** 平等主義的（人）
vegetarian 素食主義的（人）	**fruitarian** 以水果為食的人

-arium ［名詞字尾］

▶ 表示場所、地點、…室、…館

aquarium 水族館	**oceanarium** 大型水族館
planetarium 天文館	**herbarium** 植物標本室

-ary ① [名詞字尾]

▶ **1.** 表示場所、地點

  library 圖書館   **infirmary** （學校的）醫務室

  rosary 玫瑰園   **granary** 穀倉

▶ **2.** 表示人

  secretary 秘書；書記   **dignitary** 顯要人物

  revolutionary 革命者   **adversary** 對手，敵手

-ary ② [形容詞字尾]

▶ 表示「具有…性質的」、「關於…的」

  stationary 靜止的   **honorary** 榮譽的

  solitary 獨自的   **imaginary** 虛構的

-ate ① [動詞字尾]

▶ 表示使之成…、做…事

  hyphenate 加連字符   **orientate** 使向東，定方向

  differentiate 使不同   **separate** 使分開

-ate ② [形容詞字尾]

▶ 表示「具有…性質的」、「…形狀的」

  accruate 準確的   **fortunate** 幸運的

  separate 各自的   **determinate** 確定的

-ate ③ [名詞字尾]

▶ 表示職位、職權、總稱

  doctorate 博士學位   **directorate** 董事會，理事會

  professoriate 教授職位   **electorate** 全體選民

-atic [形容詞字尾]

▶ 表示「具有…性質的」

  systematic 有系統的   **diagrammatic** 圖解的

  problematic 有問題的   **idiomatic** 慣用語的

-ation ［名詞字尾］

▶ **1.** 表示行為、狀態

separation 分開，分居	**flotation** 漂浮
examination 考試，檢查	**expectation** 期待

▶ **2.** 表示行為的結果，或由行為產生的事物

information 消息，情報	**quotation** 引文，引語，引證
combination 聯合，結合	**determination** 決定

-ative ［形容詞字尾］

▶ 表示「…的」

alternative 可替代的	**conservative** 保守的
imaginative 想像力豐富的	**representative** 有代表性的

-ator ［名詞字尾］

▶ 表示「做…工作的人或物」

valuator 估價者；評價者	**calculator** 計算機
illustrator 插畫家	**generator** 發電機

-atory ① ［形容詞字尾］

▶ 表示「…的」

condemnatory 譴責的	**circulatory** 循環系統的
obligatory 強制性的	**explanatory** 解釋的，說明的

-atory ② ［名詞字尾］

▶ 表示場所、地點、工作地點

observatory 天文台	**laboratory** 實驗室
conservatory 溫室，暖房	**lavatory** 盥洗室，廁所

-cy ［名詞字尾］

▶ 抽象名詞，表示性質、狀態、職權

bankruptcy 破產	**democracy** 民主
accuracy 準確性	**expediency** 權宜之計

-ed [形容詞字尾]

▶ 加在名詞之後，表示「有…的」、「如…的」、「…的」；加在動詞之後，表示「已…的」、「被…的」

talented 有才能的   condemned 已被定罪的

kind-hearted 熱心的   extended 擴展的

-ee [名詞字尾]

▶ 表示人（包括主動者和被動者）

trustee 受託管理人   employee 員工

trainee 受訓者   interviewee 受訪者

-eer [名詞字尾]

▶ 表示人

volunteer 志願者   pioneer 先驅

rocketeer 火箭專家   engineer 工程師

-en ① [動詞字尾]

▶ 表示「使變成…」

thicken 使變厚   soften 使軟化

harden 使變硬   lengthen 使變長

-en ② [形容詞字尾]

▶ 表示「由…製成的」、「含有…的」、「似…的」

wooden 木製的   golden 金質的；金的

woolen 羊毛製的   silken 絲綢般的

-ence [名詞字尾]

▶ 抽象名詞，表示性質、狀態、行為

existence 存在，生存   insistence 堅持

dependence 依賴   difference 不同，區別

-ency ［名詞字尾］

▶ 抽象名詞，表示性質、狀態、行為；有些字具有 **-ency** 與 **-ence** 兩種字尾形式

consistency　連貫性　　　　urgency　緊急
emergency　突然事件　　　　sufficiency　充分

-ent ① ［形容詞字尾］

▶ 表示「具有…性質的」、「關於…的」

dependent　依賴的　　　　different　不同的
existent　存在的　　　　emergent　緊急的

-ent ② ［名詞字尾］

▶ 表示人

student　學生　　　　resident　居民
president　總統；（大學）校長　　correspondent　通訊員；記者

-eous ［形容詞字尾］

▶ 表示「…的」

righteous　正直的　　　　courteous　有禮貌的
hideous　極醜的　　　　gorgeous　美麗動人的

-er ［名詞字尾］

▶ **1. 表示人**

（**a**）行為的主動者，做某事的人

farmer　農夫　　　　adventurer　冒險家
dancer　舞者　　　　reader　讀者

（**b**）與某事物有關的人

hatter　帽商；帽匠　　　　teenager　十幾歲的青少年
banker　銀行家　　　　geographer　地理學家

（**c**）屬於某國、某地區的人

Icelander　冰島人　　　　westerner　西方人
villager　村民　　　　Southerner　南方人

▶ **2.** 表示物及動物

exchanger 交換器　　　　　　　**bomber** 轟炸機

lighter 打火機　　　　　　　　**woodpecker** 啄木鳥

-ery ［ 名詞字尾 ］

▶ **1.** 表示場所、地點、工作地點

bakery 烘焙坊　　　　　　　　**brewery** 啤酒廠

fishery 漁場　　　　　　　　　**eatery** 食堂

▶ **2.** 抽象名詞，表示行為、狀態

foolery 愚蠢行為　　　　　　　**robbery** 掠奪，搶劫

trickery 欺詐　　　　　　　　　**snobbery** 虛榮，勢利

▶ **3.** 抽象名詞、表示行業、…術、地位

cookery 烹調法　　　　　　　　**slavery** 隸奴身份；隸奴制度

midwifery 助產（術、工作）　　**fishery** 漁業

-ese ① ［ 形容詞兼名詞字尾 ］

▶ 表示某國的、某地的；某國或某地的人及語言

Chinese 中國的（人）、中文　**Japanese** 日本的（人）、日語

Vietnamese 越南的（人、語）　**Cantonese** 廣東的（人、話）

-ese ② ［ 名詞字尾 ］

▶ 表示某派（或某種）的文體、文風或語言

bureauratese 官僚語言　　　　**computerese** 電腦語言

translationese 翻譯文體　　　　**officialese** 公文體

-esque ［ 形容詞字尾 ］

▶ 表示如…的、…式的

picturesque 如畫的　　　　　　**Romanesque** 羅馬式的

-ess ［ 名詞字尾 ］

▶ 表示女性或雌性

actress 女演員　　　　　　　　**lioness** 母獅

waitress 女服務生　　　　　　　**princess** 公主

-est ［形容詞兼副詞字尾］

▶ 加在形容詞及副詞之後，表示最高級

smallest 最小的	**earliest** 最早（的）
highest 最高的	**soonest** 最快

-et ［名詞字尾］

▶ 表示小

islet 小島	**midget** 矮人（常有貶意）
lionet 幼獅，小獅	**eaglet** 小鷹

-eth ［形容詞兼名詞字尾］

▶ 表示「第…十」或「…十分之一」

thirtieth 第三十；三十分之一	**fiftieth** 第五十；五十分之一
fortieth 第四十；四十分之一	**sixtieth** 第六十；六十分之一

-ette ［名詞字尾］

▶ **1.** 表示小的

novelette 短篇（言情）小說	**kitchenette** 小廚房
roomette 小房間	**cigarette** 香煙

▶ **2.** 表示女性

majorette 儀隊指揮	**undergraduette** 女大學生
typette 女引座員	**bachelorette** 未婚女性

-fication ［名詞字尾］

▶ 表示「…化」、「使成為…」，與動詞字尾 **-fy** 相對應

simplification 簡化	**classification** 分類
electrification 電氣化	**falsification** 偽造

-fier ［名詞字尾］

▶ **-fy+-er**，表示「做…的人或物」

qualifier 入圍者	**purifier** 淨化器（劑）

-fold ［ 形容詞兼副詞字尾 ］

▶ 表示「…倍（的）」

twofold 兩倍（的）	tenfold 十倍，十重（的）
manifold 繁多（的）	thousandfold 千倍（的）

-ful ① ［ 名詞字尾 ］

▶ 加在名詞之後，表示充滿時所需之量

handful 一把	mouthful 一口
houseful 滿屋	spoonful 一匙

-ful ② ［ 形容詞字尾 ］

▶ 表示「有…的」、「充滿…的」、「具有…性質的」

fearful 可怕的	useful 有用的
hopeful 有希望的	helpful 有幫助的

-fy ［ 動詞字尾 ］

▶ 表示「…化」、「使成為…」、「變成…」

simplify 使簡化	glorify 頌揚，誇讚
beautify 使美化	purify 使潔淨，淨化

-hood ［ 名詞字尾 ］

▶ 抽象名詞，表示身份、資格、時期、狀態等

motherhood 母性；母親身份	childhood 童年
girlhood 少女時期	sisterhood 姐妹關係

-i ［ 形容詞兼名詞字尾 ］

▶ 表示屬於某地方或某國的，兼表示某地方或某國的人或語言

Israeli 以色列的（人）	Bengali 孟加拉的（人、語）
Iraqi 伊拉克的（人）	Pakistani 巴基斯坦的（人）

-ial ［ 形容詞字尾 ］

▶ 表示「…的」

imperial 帝國的	initial 最初的
potential 潛在的	memorial 紀念的

-ian ① ［形容詞字尾］

▶ 表示屬於某地方或某國的，兼作名詞表示某地方或某國的人或語言

Arabian 阿拉伯的（人）　　**Parisian** 巴黎的（人）

Egyptian 埃及的人（人）　　**Iranian** 伊朗的（人）

-ian ② ［名詞字尾］

▶ 表示某種職業、地位或特徵的人

politician 政治家　　**civilian** 平民

guardian 守衛者　　**historian** 歷史學家

-ibility ［名詞字尾］

▶ **-ible+-ity** 構成抽象名詞，表示「可…性」、「…性」、「可…」

possibility 可能性　　**visibility** 能見度

sensibility 敏感性　　**flexibility** 彈性

-ible ［形容詞字尾］

▶ 表示「可…的」、「具有…性質的」

audible 可聽到的　　**sensible** 可察覺的

visible 可見的　　**credible** 可信地

-ibly ［副詞字尾］

▶ 由形容詞字尾 **-ible** 轉成，表示「可…地」、「…地」

visibly 顯而易見地　　**sensibly** 可察覺地

horribly 可怕地　　**credibly** 可信地

-ic ［形容詞字尾］

▶ 表示「…的」

ironic 諷刺的　　**public** 公開的

poetic 詩意的　　**organic** 器官的

-ice ［名詞字尾］

▶ 抽象名詞，表示性質、狀態、行為

justice　正義　　　　　　　　cowardice　膽怯

service　服務　　　　　　　　practice　實踐

-icity ［名詞字尾］

▶ 大多數由 **-ic+-ity** 而成，抽象名詞，表示性質、狀態

complicity　同謀　　　　　　simplicity　簡單；純樸

duplicity　欺騙　　　　　　　historicity　歷史性；真實性

-ics ［名詞字尾］

▶ 表示「…學」

electronics　電子學　　　　politics　政治學

economics　經濟學　　　　　physics　物理學

-ie ［名詞字尾］

▶ 表示小稱及愛稱

sweetie　親愛的　　　　　　birdie　小鳥

doggie　小狗　　　　　　　　oldie　老人；老歌

-ier ［名詞字尾］

▶ 表示人

soldier　軍人　　　　　　　　bombardier　砲手，投彈手

financier　金融（資本）家　　cashier　出納員

-ine ［形容詞字尾］

▶ 表示「屬於…的」、「如…的」、「具有…性質的」

marine　海（洋）的　　　　　metalline　金屬（性）的

riverine　河邊的；像河的　　crystalline　結晶的

-ing ① ［名詞字尾］

▶ 1. 抽象名詞，表示行為、狀態

walking　散步　　　　　　　sleeping　睡眠

teaching　教導　　　　　　　dying　死亡

▶ **2.** 表示「…行業」、「…學」、「…術」

shoemaking	製鞋業	**banking**	銀行業
accounting	會計（學）	**printing**	印刷業，印刷術

▶ **3.** 表示總稱及材料（與…有關的物品，製…所用的材料）

bagging	製袋用的材料	**hatting**	製帽材料
bedding	寢具	**clothing**	衣服，衣著

▶ **4.** 表示某種行為的產物、為某種行為而用之物、與某種行為有關之物

building	建築物	**giving**	給予物，禮物
filling	填充物；填料	**winning**	贏得物，錦標

-ing ② ［形容詞字尾］

▶ 表示「…的」、「正在…的」、「令人…的」

fighting	戰鬥的	**burning**	燃燒的
rising	正在升起的	**exciting**	令人興奮的

-ion ［名詞字尾］

▶ 抽象名詞，表示行為、行為的結果、狀態

completion	完成	**possession**	佔有，擁有
perfection	完美	**action**	活動，作用

-ior ［名詞字尾］

▶ 表示人

savior	救助者，救星	**superior**	上級，上司
warrior	勇士，戰士	**senior**	上級，上司

-ious ［形容詞字尾］

▶ 表示「具有…性質的」、「如…的」，同 **-ous**

contrandictious	相矛盾的	**spacious**	寬敞的
laborious	耗時費力的	**anxious**	焦慮的

-ish ［形容詞字尾］

▶ **1.** 加在名詞之後，表示「如…的」、「有…的」

childish	如小孩的，幼稚	**selfish**	自私的
wolfish	狼似的	**bookish**	書卷氣的

► **2.** 加在形容詞之後，表示「略…的」、「具有…性質的」

shortish	稍短的	**reddish**	略紅的
longish	稍長的	**oldish**	有點老的，有點舊的

► **3.** 加在民族、國家、地方等名詞之後，表示某國或某民族的，兼作名詞表示某國的語言

English	英國的；英語	**Swedish**	瑞典的；瑞典語
Spanish	西班牙的；西班牙語	**Danish**	丹麥的；丹麥語

-ism〔名詞字尾〕

► **1.** 表示「…主義」

feminism	女性主義	**communism**	共產主義
terrorism	恐怖主義	**socialism**	社會主義

► **2.** 表示宗教

Buddhism	佛教	**Taoism**	道教
Catholicism	天主教		

► **3.** 表示語言、語風、風格

colloquialism	口語用語	**commercialism**	商業用語
Americanism	美式用語		

► **4.** 表示行為

baptism	（基督教）洗禮	**escapism**	逃避現實
criticism	批評	**tourism**	旅遊

► **5.** 表示「…學」、「…術」、「…論」、「…法」

magnetism	磁力學	**spiritism**	招魂術
historicism	歷史循環論	**phoneticism**	音標表音法

► **6.** 表示疾病名稱

iodism	碘中毒症	**alcoholism**	酒精中毒症
rheumatism	風濕症	**morphinism**	嗎啡中毒症

► **7. 表示「…學派」**

modernism 現代派	**Platonism** 柏拉圖學派
impressionism 印象派	**cubism** （藝術上的）立體派

► **8. 表示「具有…性質」**

humanism 人性	**professionalism** 職業特性
globalism 全球性	**foreignism** 外國風俗習慣

► **9. 表示情況、狀態**

barbarism 野蠻狀態	**alienism** 外僑身分
bachelorism 獨身	**dwarfism** 矮小

► **10. 表示制度**

multipartism 多黨制	**centralism** 中央集權制
federalism 聯邦制	**landlordism** 地主所有制

► **11. 其他**

organism 有機體	**journalism** 新聞業
patriotism 愛國心	**mechanism** 機械裝置

-ist ① ［ 名詞字尾 ］

► 表示人

communist 共產主義者	**novelist** 小說家
artist 藝術家	**physicist** 物理學家

-ist ② ［ 形容詞字尾 ］

► 表示「屬於…的」

communist 共產主義的	**nationalist** 民族主義的
socialist 社會主義的	**collectivist** 集體主義的

-istic ［ 形容詞字尾 ］

► -ist+-ic ，表示「…的」

realistic 現實主義的	**coloristic** 色彩的
artistic 藝術的	**idealistic** 理想主義的

-ite ［名詞字尾］

▶ 表示人

socialite	社會名流	**Islamite**	伊斯蘭教徒
Tokyoite	東京市民	**suburbanite**	郊區居民

-ition ［名詞字尾］

▶ **1.** 表示行為

opposition	反對，反抗	**supposition**	推測
exposition	暴露	**proposition**	提議

▶ **2.** 表示行為的結果或由行為產生的事物

composition	組成物；作文	**definition**	定義
addition	附加；附加物	**acquisition**	獲得；獲得物

-itive ［形容詞字尾］

▶ 表示「…的」

additive	添加的	**compositive**	組成的
competitive	競爭的，比賽的	**suppositive**	假定的

-itude ［名詞字尾］

▶ 抽象名詞，表示性質、狀態

attitude	心態	**definitude**	明確，精確
solitude	獨處	**gratitude**	感謝之情

-ity ［名詞字尾］

▶ 抽象名詞，表示性質、狀態，同 **-ty**

security	安全	**reality**	現實，真實
quality	品質	**speciality**	特性，特長

-ive ① ［形容詞字尾］

▶ 表示「…的」

active	有活動力的；主動的	**protective**	保護的
purposive	有目的的	**productive**	生產（性）的

-ive ② ［名詞字尾］

▶ **1.** 表示物

locomotive　火車引擎

explosive　炸藥；爆裂物

directive　指令

▶ **2.** 表示人

detective　偵探

native　本地人

captive　俘虜

fugitive　逃亡者

-ivity ［名詞字尾］

▶ **-iv(e) +-ity** 構成抽象名詞，表示性質、狀態

collectivity　集體（性）

productivity　生產力；生產率

activity　活動性；活動

expressivity　善於表達

-ization ［名詞字尾］

▶ **-iz(e) +-ation** 構成抽象名詞，表示行為的過程或結果，「…化」，與動詞字尾 **-ize** 相對應

modernization　現代化

normalization　正常化

realization　實現

popularization　普及，推廣

-ize ［動詞字尾］

▶ 表示「…化」、「照…樣子做」、「變成…狀態」、「使成為…」，與名詞字尾 **-ization** 相對應

modernize　（使）現代化

normalize　使正常化

realize　實現

popularize　普及，推廣

-less ［形容詞字尾］

▶ 表示「無…的」、「不…的」

hopeless　無希望的

colorless　無色的

careless　粗心的

sleepless　不眠的

-let ［名詞字尾］

▶ 表示小

booklet　小冊子

bomblet　小型炸彈

-like ［形容詞字尾］

▶ 表示「如…的」、「具有…性質的」、「屬於…的」

fatherlike	父親般的	**womanlike**	女人般的
dreamlike	如夢的	**warlike**	好戰的，軍事的

-ling ［名詞字尾］

▶ **1.** 表示人或動物

weakling	體弱的人	**yearling**	一歲的動物
underling	部下，下屬	**cageling**	籠中鳥

▶ **2.** 表示小

birdling	小鳥	**pigling**	小豬
catling	小貓	**lordling**	小貴族，小老爺

-logical ［形容詞字尾］也作-logic

▶ **-log(y) +-ical**，表示「…學的」

zoological	動物學的	**climatological**	氣候學的
oceanological	海洋學的	**technological**	工藝學的

-logist ［名詞字尾］

▶ **-log(y) +-ist**，表示「…學家」

zoologist	動物學家	**climatologist**	氣候學家
oceanologist	海洋學家	**technologist**	工藝學家

-logy ［名詞字尾］

▶ 表示「…學」

zoology	動物學	**climatlolgy**	氣候學
oceanology	海洋學	**technology**	工藝學

-ly ① ［形容詞字尾］

▶ **1.** 加在名詞之後，表示「如…的」、「具有…性質的」

friendly	友愛的，友好的	**childly**	孩子般天真的
fatherly	父親般的	**godly**	神的

► **2.** 加在時間名詞之後，表示「每…的」；有些字可兼作名詞，表示刊物

hourly	每小時的	**weekly**	每週的；週刊
daily	每日的，日報	**monthly**	每月的；月刊

-ly ② ［副詞字尾］

► **1.** 加在時間名詞之後變副詞，表示「每…地」

hourly	每小時地	**weekly**	每週地
daily	每日地	**monthly**	每月地

► **2.** 加在形容詞之後變副詞，表示狀態、程度、性質、「…地」

greatly	大大地	**quickly**	迅速地
badly	惡劣地	**clearly**	清楚地

-ment ［名詞字尾］

► **1.** 表示行為、行為的過程或結果

treatment	待遇	**achievement**	成就
management	管理，安排	**movement**	運動，移動

► **2.** 表示物

pavement	人行道	**equipment**	裝備，設備
fragment	碎片	**refreshment**	茶點

-ness ［名詞字尾］

► 加在形容詞之後變抽象名詞，表示性質、狀態

goodness	仁慈；善行	**tiredness**	疲倦，疲勞
badness	惡劣，壞	**darkness**	黑暗

-or ［名詞字尾］

► **1.** 表示人

traitor	叛徒	**inventor**	發明者
constructor	建造者	**educator**	教育者

▶ **2.** 表示物

conductor 導體，導線　　　　**detector** 探測器

sensor 感測器　　　　　　　**tractor** 拖拉機

-ory ① ［名詞字尾］

▶ 表示場所、地點、工作地點

observatory 天文台　　　　**factory** 工廠

depository 倉庫　　　　　　**dormitory** （學校）宿舍

-ory ② ［形容詞字尾］

▶ 表示「…的」

advisory 給予意見的　　　　**celebratory** 慶祝的

possessory 佔有的　　　　　**revisory** 修訂的，修正的

-ous ［形容詞字尾］

▶ 表示「如…的」、「有…性質的」、「多…的」

victorious 勝利的　　　　　**mountainous** 多山的

poisonous 有毒的　　　　　**continuous** 繼續不斷的

-proof ［形容詞字尾］

▶ 表示「防…的」、「不透…的」

gasproof 防毒氣的　　　　　**airproof** 不透氣的

waterproof 防水的　　　　　**soundproof** 隔音的

-ry ［名詞字尾］

▶ **1.** 表示行為、狀態、性質

artistry 藝術性　　　　　　　**bravery** 勇敢，大膽

▶ **2.** 表示「…學」、「…術」、「…行業」

forestry 林學，林業　　　　**dentistry** 牙醫術，牙科學

chemistry 化學　　　　　　　**heraldry** 紋章學

▶ **3.** 表示集合名詞（同類的總稱）

peasantry 農民（總稱）　　　**tenantry** 客房（總稱）

citizenry 公民（總稱）　　　　**weaponry** 武器（總稱）

-ship ［ 名詞字尾 ］

▶ 抽象名詞，表示身分、資格、職位、狀態

friendship 友誼	**leadership** 領導
scholarship 學位	**hardship** 苦難，困苦

-sion ［ 名詞字尾 ］

▶ 抽象名詞，表示行為、行為的過程或結果

expansion 擴張，伸展	**conclusion** 結論；結束
decision 決定	**divison** 分開，分割

-some ［ 形容詞字尾 ］

▶ 表示「充滿⋯的」、「產生⋯的」、「有⋯傾向的」

fearsome 可怕的	**burdensome** 重負的，繁重的
gladsome 令人高興的	**troublesome** 令人煩惱的

-ster ［ 名詞字尾 ］

▶ 表示人

hipster 趕時髦的人	**gangster** 犯罪集團成員

-th ［ 名詞字尾 ］

▶ 抽象名詞，表示行為、性質、狀態

length 長度	**depth** 深度
truth 真理	**warmth** 溫暖，熱情

-tic ［ 形容詞字尾 ］

▶ 表示「具有⋯性質的」、「與⋯有關的」，同 **-ic**

neurotic 神經質的	**dramatic** 戲劇（性）的
romantic 浪漫的	**authentic** 真正的

-tion ［ 名詞字尾 ］

▶ 抽象名詞，表示行為、行為的過程或結果

description 描寫，描述	**intervention** 干涉
introduction 介紹，引進	**production** 生產

-ty ［名詞字尾］

▶ 抽象名詞，表示性質、狀態

cruelty 殘忍，殘酷 　　　　**loyalty** 忠誠，忠心

surety 確實 　　　　　　　**specialty** 特性，專長

-ual ［形容詞字尾］

▶ 表示「具有…性質的」，同 **-al**

actual 實際的；現實的 　　　**sexual** 性別的；性的

spiritual 精神（上）的

-ure ［名詞字尾］

▶ 抽象名詞，表示行為、行為的過程或結果

exposure 暴露，揭露 　　　**closure** 關閉，結束

failure 失敗 　　　　　　　**departure** 離開，出發，啟程

-ward ［形容詞兼副詞字尾］

▶ 表示「向…」

downward(s) 向下（的）　　**northward(s)** 向北（的）

upward(s) 向上（的）　　　**southward(s)** 向南（的）

-ways ［副詞字尾］

▶ 有的兼作形容詞字尾，表示方向、方式、狀態，常與 **-wise** 通用

sideways 斜向一邊地（的）

-wise ［副詞字尾］有的兼作形容詞字尾

▶ **1.** 表示方向、方式、狀態，常與 **-ways** 通用

sidewise 斜向一邊地（的）

▶ **2.** 也有不與 **-ways** 通用者

clockwise 順時針方向 　　　**likewise** 同樣的

counterclockwise 逆時針方向　**otherwise** 要不然，否則

-y ① ［形容詞字尾］

▶ 表示「多…的」、「有…的」、「如…的」

    sunny 陽光充足的   **silvery** 似銀的

    watery 如水的，多水的   **woody** 樹木茂密的

-y ② ［名詞字尾］

▶ **1.** 抽象名詞，表示性質、狀態、行為

    discovery 發現   **difficulty** 困難

▶ **2.** 表示小稱及愛稱（在一部字中與 **-ie** 通用）

    doggy（**=doggie**） 小狗   **mommy** 媽媽

    piggy（**=piggie**） 小豬   **daddy** 爸爸

▶ **3.** 表示人或物

    nighty 婦女或孩子的睡衣   **sweety** 糖果

    towny 城裡人，鎮民

-yer ［名詞字尾］

▶ 表示人

    lawyer 律師   **buyer** 買家

MEMO

MEMO

MEMO

字首、字尾活記!增進10倍!英文字彙記憶能力/蔣爭著.
-- 初版. -- 臺北市:笛藤出版, 2020.12
　　面;　　公分
隨身版
ISBN 978-957-710-805-0(平裝)
1.英語 2.詞彙
805.12　　　　　　　　　　　　　　109020069

■■隨身版■■
字首&字尾活記

[增進10倍!]

英文字彙記憶能力

附 MP3 音檔連結

2020年12月24日　初版第1刷　定價380元

著者	蔣爭
編輯	徐一巧・林子鈺
封面設計	王舒玗
總編輯	賴巧凌
編輯企劃	笛藤出版
發行人	林建仲
發行所	八方出版股份有限公司
地址	台北市中山區長安東路二段171號3樓3室
電話	(02) 2777-3682
傳真	(02) 2777-3672
總經銷	聯合發行股份有限公司
地址	新北市新店區寶橋路235巷6弄6號2樓
電話	(02)2917-8022・(02)2917-8042
製版廠	造極彩色印刷製版股份有限公司
地址	新北市中和區中山路二段380巷7號1樓
電話	(02)2240-0333・(02)2248-3904
郵撥帳戶	八方出版股份有限公司
郵撥帳號	19809050